Nicole Lehmkühler

Julmond

-

Jäger zwischen den Jahren

Fantasy

AAVAA
VERLAG

1. Auflage 2013

Umschlaggestaltung: Walter Kötter.
Bildkombination des Buchumschlages unter Verwendung folgender Bilder:
Fotolia 355524 © Cristian Nitu;
Fotolia 4151515 © DeVice;
Fotolia 41140626 © Zacarias_da_Mata,
Bild Steingrab Titel: Nicole Lehmkühler;
Bild Steingrab Rückseite: Ingrid Kötter.
Printed in Germany

ISBN 978-3-8459-0826-7

AAVAA Verlag, Hohen Neuendorf, bei Berlin
www.aavaa-verlag.com

Für Gregor

Wintersonnenwende

21. Dezember 2009

„Eine gute Reise ins neue Jahr", rief der Norweger dem rot gelockten Mädchen zu.

Marie schmunzelte, seine Wortwahl machte ihn so sympathisch. Fröhlich winkend sprang sie aus der Kawasaki-Mule und ihre Stiefel knirschten dabei in dem harschen Schnee. Sie schlenderte zum Heck des Wägelchens, das sie wenige Meter entfernt vor dem Hintereingang eines großräumigen Blockhauses geparkt hatte. „Ich wünsche dir auch schöne Feiertage Hjalmar", erwiderte sie heiter, „und vor allem eine gute Heimfahrt." Die Luft dampfte bei ihren Worten, so kalt war es.

Hjalmar stand zusammen mit Raoul, dessen Haar im hellen Sonnenschein silberblond schimmerte, neben der geöffneten Fahrertür seines alten Volvos. Aus dem Innenraum erklang leise Musik und Raoul – lässig an der Hintertür lehnend – ließ seine Stiefelspitze im Takt dazu wippen. Er hielt den Kopf gesenkt, sodass sein stoppeliges Kinn in dem dicken olivfarbenen Rollkragenpullover verschwand und eine Ponysträhne seiner halblangen Haare fiel ihm dabei ins Gesicht. Selbstvergessen legte er eine Hand auf den Türrahmen und sagte etwas zu Hjalmar, das Marie nicht verstehen konnte.

Sie beobachtete die beiden Jungs interessiert, während sie den toten Fuchs von der Ladefläche zog. Der Norweger legte ebenfalls seine Hand auf die Tür – oder war es auf Raouls Hand?

Marie blinzelte irritiert mit den Augen, doch der Moment war vorbei. Die Tür klappte zu und Hjalmar machte sich auf den Weg in seine Heimat, um dort die Winterferien zu verbringen.

Raoul lief Marie mit großen Schritten entgegen, er wirkte beinahe verlegen, lachte allerdings, als er den Fuchs sah. „Waidmannsheil. Hast du ihn doch noch ausgetrickst", er betrachtete ihn genauer, „kräftiger Kerl", vermied es jedoch sie anzusehen und wand sich dem Gebäude zu. „Komm, lass ihn uns wiegen, ist sowieso zu kalt hier draußen."

Sie folgte ihm verwundert auf die Veranda, die das Haus umschloss, blieb stehen und warf einen Blick über ihre Schulter. „Grille willst du mit?" Die Braunschimmel Deutsch Drahthaar Hündin sprang freudig aus dem offenen Pritschenwagen und spurtete los.

Grille war ein Geschenk ihres Großvaters anlässlich ihres zwölften Geburtstags. Im Oktober vor sieben Jahren hatte er ihr die damals neun Wochen alte Hündin mitgebracht, nur, um sie im Anschluss daran zu verlassen. So empfand Marie es jedenfalls, denn sie hatte ihn seit diesem Tage nicht wiedergesehen.

Er wolle eine Weltreise machen, hatte er damals gesagt.

Mittlerweile war es wohl mehr ein Selbstfindungstrip. Die letzte Postkarte kam vergangene Weihnachten aus dem tiefsten Nirgendwo in Peru.

Grille begrüßte Raoul, indem sie schwanzwedelnd seine Hand mit der Schnauze stupste. „Hey Süße", sagte er, strich ihr über den Kopf und zupfte kurz an der hellen Strähne in der Stirnmitte.

Sie gingen auf der Veranda links an der Hintertür vorbei, um das Gebäude herum und gelangten durch einen weiteren Nebeneingang direkt in eine Futterküche. Raoul durchwühlte sogleich eifrig die Schubladen eines Arbeitstisches inmitten der Küche auf der Suche nach der Waage. Ungewohnt fahrig hängte er die Taschen-Wildwaage an den Haken, der aus der niedrigen Decke hervorlugte, und Marie musterte ihn währenddessen wachsam. *‚Geht er mir etwa aus dem Weg?'*

Er wirkte sonst so cool und lässig, dabei war er eigentlich total schüchtern. Seine schönen braunen Augen versteckte er gern hinter dem langen Pony, der ihm immer wieder ins Gesicht fiel. Die Art, wie er die langen Strähnen daraufhin hinter die Ohren klemmte, war einfach bezaubernd. Sein Gesicht war kantig, mit einer kurzen Stirn und kräftigen blonden Augenbrauen. Das Kinn mit dem Grübchen vielleicht etwas zu spitz, doch er war auf jeden Fall sehenswert, ein echter Hingucker. Mit einer Größe von einem Meter fünfundachtzig und seiner athletischen Figur war er der Mädchenschwarm schlechthin, doch ihn interessierte nicht ein einziges.

Plötzlich hielt er inne und schaute sie direkt an. „Was ist?"

„Nichts, alles bestens", sie lächelte, während sie einen Hinterlauf des Fuchses durch die Schlinge zog. Raoul half ihr, ihn anzuheben, um ihn an die Waage zu hängen.

„Wie lange bleibt Hjalmar in Norwegen?"

„Am vierten Januar muss er wieder im Forst arbeiten, also wird er wohl am Sonntag wiederkommen", meinte Raoul und starrte übermäßig aufmerksam auf den Zeiger der Waage. „Hey, stattliche neun Kilo."

Marie schaute, mit zur Seite geneigtem Kopf, auf den Fuchs. „Am besten ziehe ich das Fell gleich heute Abend ab, denn so bekomme ich den Fuchs nicht mehr in die Truhe."

„Kommst nicht mehr nach, wie?", spottete er.

Sie grinste. „Ach, Karl sammelt seit einiger Zeit Schleppwild zum Üben für die junge Jagdhündin, die er im Januar bekommt und nun platzt die Truhe aus allen Nähten."

„Bei den Temperaturen kannst du ihn aber auch ruhig ein paar Tage draußen liegen lassen."

Grille machte eine lange Nase, schnüffelte am Fang des Fuchses und zeigte Anstalten hineinzubeißen. „Aus", rief Marie, nahm den Fuchs und brachte ihn nach draußen vor die Tür.

Raoul stand an der großen Spüle vor den beiden einzigen Fenstern im Raum, die Blick auf die Przewalski-Pferdewiese und das Wildstübchen boten, und wusch sich gründlich die Hände. Die Futterküche war großzügig angelegt und ausgefüllt mit einer ganzen Reihe Gefriertruhen, Kühlschränken, Arbeitsflächen und Regalen, die wiederum bestückt waren mit Schüsseln und Eimern und bis zur Decke reichten.

Außer der Küche befanden sich in dem Gebäude noch einige Büros, ein Lager- und Kühlraum im Erdgeschoss sowie Sozialräume, die das gesamte Obergeschoss einnahmen. Es war komplett aus Rundhölzern gebaut und strahlte eine urige Gemütlichkeit aus. Die Wände wie auch die Decken waren mit Vertäfelung verkleidet und der Fußboden bestand aus langen, mittlerweile von Gebrauchsspuren gespickten Holzbohlen.

Als Marie zu ihm an die Spüle trat, rückte er zur Seite, um ihr Platz zu machen. Sie war sehr vorsichtig, wenn es um die Übertragung des Fuchsbandwurms ging, so seifte sie sich gleich zweimal die Hände ein.

Raoul lehnte am Arbeitstisch, während er sich seine Hände trocknete, und beäugte Marie dabei aus den Augenwinkeln. Ein winziges Lächeln huschte ihm übers Gesicht. Eigentlich beneidete er sie um ihren Hund, sie waren wie Gefährten, gingen zusammen auf die Jagd und hingen auch sonst ständig zusammen. Sie war nie allein, Grille war ihr ständiger Begleiter. Sicher, sie war nicht der perfekt ausgebildete Jagdhund, dafür hatte Marie einfach zu viel durchgehen lassen. Zum einen durch ihre Unerfahrenheit als junges Mädchen und Erstlingsführerin, zum anderen, weil sie einfach zu weich war, auch wenn sie es niemals zugeben würde. Doch die zwei waren ein gut eingespieltes Team. Er hatte schon weitaus schlechter geführte Jagdhunde gesehen.

„Hallo ihr Wilddiebe", grüßte Jonas, als er durch die Hintertür die Futterküche betrat, „habt schon Beute gemacht, wie?", fügte er lachend hinzu. „Kommt ihr mit ins Wildstübchen, Mittagessen? Ich glaube, Tante Tilde hat wieder was Leckeres gezaubert", und schon war er zur Vordertür verschwunden.

Sie arbeiteten gemeinsam als Tierpfleger in einem Wildtiergehege, wobei Marie und Raoul sich noch in der Ausbildung befanden. Jonas dagegen war schon ein alter Hase in dem Job.

Die zwei schauten sich an und stürzten kichernd los. „Wer ist schneller?" Grille sprang auf und quetschte sich noch vor ihnen durch die halb geöffnete Tür.

„Hoppla!", rief Karl, der Leiter des Wildtiergeheges und ebenso Maries Onkel, während er über den Hund stolperte und wild mit den Armen ruderte. Dabei glitt ihm das Buch aus der Hand, in dem er zuvor geblättert hatte und es klatschte auf den Boden. „Grille, du Rüpel."

Der Hund kniff den Schwanz ein und hechtete zum Haupteingang, um dort in sicherer Entfernung zu warten.

„Oh Karl." Marie beherrschte sich sichtlich, damit ihr nicht sämtliche Gesichtszüge entglitten.

„Wehe du lachst", sagte er streng und streifte sie mit einem gespielt finsteren Blick. Raoul hob flink das Buch vom Boden auf und reichte es ihm.

„Und? Beute gemacht?", fragte er dröge und untersuchte den Einband auf Blessuren.

„Ja", sie nickte beschwingt.

„Oh, hast ihn doch noch gefangen? Waidmannsheil. War ja ganz schön gerissen der Fuchs", er krauste die Stirn, „oder war es eine Fähe?"

„Ein dicker Rüde, neun Kilo", rief Raoul voreilig und klopfte Marie auf die Schulter.

„Womit hast du ihn denn nun überlistet?", wollte Karl wissen.

„Mit frischem Rehpansen und Geduld", sie strich sich die wirren Locken aus dem Gesicht. „Na ja, der Bengel hat sich schon ziemlich Zeit gelassen, fünf Tage. Er war sehr vorsichtig. Jede Nacht hat er am Rand der Durchlauffalle gegraben und hier und da gekratzt." Sie sprach auch mit den Händen und ahmte mit ihren schlanken Fingern die Bewegung nach. „Aber der frische Pansen hat es letztendlich doch gebracht, er konnte nicht widerstehen."

„Hm", erneut legte sich die Haut seiner Stirn in Falten, „ist jetzt schon der sechste Fuchs diese Saison, nicht wahr"?

„Der siebte", verbesserte sie ihn schalkhaft und auch ein wenig stolz.

Er lächelte und strich ihr mit den Fingerknöcheln leicht über die linke Wange. „Wenn das deine Mama wüsste!" Sie sahen sich an und für einen kaum greifbaren Moment huschte ein Schatten der Traurigkeit über ihre Gesichter. Dann wandte er sich an Raoul. „Und wie läuft's bei dir?"

„Gestern habe ich meinen sechsten Steinmarder gefangen."

„Waidmannsheil." Karl nickte anerkennend.

Sie waren schon fast aus der Tür, als Hummel, eine Springer Spaniel Hündin, ein wenig verschlafen aus Karls Büro getrottet kam. Grille schnuffelte sie freudig ab und die zwei liefen voraus.

Sie schritten über die Veranda nach rechts und folgten einem schmalen Weg, der sie zum Wildstübchen, dem Bistro des Wildtiergeheges, führte. Durch ein geöffnetes Fenster schlug ihnen der intensive Duft von Grünkohl mit Pinkel, dem heutigen Tagesgericht, entgegen.

„Deine Mutter ist sicher schier begeistert, dass eure Truhe voll mit Marderfellen ist", stellte Karl trocken fest.

Raoul griente vergnügt und hüllte sich in Schweigen, während sie das Stübchen betraten.

„Und Lisette erst", witzelte Marie, „ich sehe ihr Gesicht förmlich vor mir, wie sie verzweifelt zwischen all den Tüten mit Fellen nach ihrer Pizza fischt."

21. Julmond 434

Das Kaninchen saß verborgen unter der Schneedecke in einer kleinen Mulde. Frithjof war der frischen Fährte gefolgt und stupste nun leicht mit dem Fuß gegen den Schnee, wo die Spur endete. Doch das Kaninchen blieb stur und bewegte sich nicht. Das Habichtsweib Vedrfölnir stand aufmerksam, mit leicht gesträubtem Gefieder am Hinterkopf, auf seiner Faust und verfolgte neugierig die Bewegung. Erneut stupste er, energischer als zuvor, in die Mulde, um das Tierchen flottzumachen. Sekunden später startete es durch, rannte über den Schnee, um sich in den nächstgelegenen Bau zu retten.

Das Habichtsweib reagierte blitzartig auf das Kanin und stieß von der Faust hinterher. Der graue Flitzer schlug einen Haken nach links, doch der Vogel parierte sogleich, musste dadurch allerdings erst wieder an Geschwindigkeit aufholen. Noch einmal schlug es einen Haken, diesmal nach rechts, wohl wissend, dass der Bau ganz in der Nähe lag. Der Habicht setzte hinterher, wich einem tief hängenden Zweig aus, unter dem das Kanin herhuschte, und schlug mit seinen Fängen zu.

Frithjof wartete auf das Klagen des geschlagenen Tieres, aber nichts geschah. „Vreder, komm", sagte er leise zu seiner Hündin und lief durch den Wald. Er brauchte einen Moment, um seinen Beizvogel aufzuspüren. Entdeckte das Weib dann aber auf dem Boden stehend vor dem Bau, in den sich das Kaninchen hatte retten können. Sie hielt nur ein paar Zweige, die aus dem Schnee lugten, in ihren Fängen.

Frithjof schüttelte den Kopf. So eine gute Gelegenheit und sie fängt das Kaninchen nicht. Er lockte seinen Vogel mit einem kleinen Stück Hasenfleisch auf die Faust und ging zurück zu seinem Begleiter.

„Schwager", frotzelte Teutobald unbekümmert, „Vedrfölnir ist heute nicht gerade erfolgreich, so muss ich wohl deinen Beitrag zum Julfest fangen."

„Scheint so", grummelte er.

Sie waren schon eine Weile unterwegs und das Weib hatte bereits bei ihrem ersten Flug das Kanin nicht geschlagen, wobei der Erfolg bei der Gelegenheit von vornherein nicht sehr wahrscheinlich war. Teutobalds Rothabicht Lykke – ein Jungvogel – indessen hatte unlängst ein Kanin erbeutet und dadurch gut aufgelegt, verspottete er nun seinen Freund.

„Gestern war ich zu freizügig mit dem Futter", seufzte Frithjof verdrossen. „Sie hatte einige anstrengende Flüge, und nachdem sie den Hasen geschlagen hatte, gab ich ihr eine ganze Schulter davon zu kröpfen." Er begutachtete kritisch den Habicht, der schlank auf seiner Faust stand. „Sie ist heute noch satt und träge, ihr fehlt einfach der Biss." Seinem Hund über die Schnauze kraulend meinte er: „Komm Vreder, gehen wir weiter."

21. Dezember 2009

Marie bummelte durchs Gehege in Richtung Buschhöhe. Dort stand die Durchlauffalle, in der sie den dicken Fuchs gefangen hatte. Leider hatte sie es in der Früh versäumt, sich frischen Köder einzupacken. Also musste sie nun noch mal hin, um die Falle damit zu bestücken.

Sie ließ sich Zeit, ihre Arbeit war für heute erledigt und ihr standen eineinhalb freie Tage bevor, da sie über die Weihnachtstage arbeiten musste. Das Gehege blieb zwar geschlossen, doch die Tiere mussten ja dessen ungeachtet trotzdem versorgt werden.

Marie wanderte gedankenverloren rechts an dem Wildstübchen und dem Haupteingang vorbei, um dann geradeaus dem Hauptweg zu folgen. Jetzt im Winter war der Park nicht so gut besucht, auch heute am Montag nicht.

Sie kürzte die Strecke ab, indem sie die kleine Brücke des künstlich angelegten Sees überquerte, der mittlerweile zugefroren war. Es war wunderschön an dieser Stelle und sie verweilte für einen Moment, um die Umgebung auf sich wirken zu lassen. Sie mochte die klare Luft bei diesen Temperaturen, und der Nebel der letzten Nacht hatte sich auf das Schilf um den See wie auch auf die Zweige der Bäume und Sträucher niedergeschlagen. Der Frost tat das Übrige und verwandelte alles in eine zauberhafte Winterlandschaft, die nun bei strahlendem Sonnenschein glitzerte.

Marie steuerte auf das Birkwildgehege zu, lief rechts daran vorbei und erreichte nach gut hundertfünfzig Metern das Hünengrab auf der Buschhöhe. Die Durchlauffalle lag noch einmal fünfzig Meter links davon, gut versteckt und unscheinbar in einem Erdhaufen. Nur wenn man genau hinsah, waren die Eingänge zu erkennen.

Grille legte sie bei den Hünensteinen ab, ging zu der Falle und machte sich daran, den Deckel in der Mitte des Fangsystems zu öffnen, um an die Köderschnur zu gelangen. Konzentriert befestigte sie den Pansen daran, als sie überraschend ein leises Aufjaulen vernahm.

Marie schaute sich um, drehte sich in alle Richtungen. Die Hündin war nicht zu sehen. Nirgendwo. Weg war sie. Eilig lief sie auf das Hünengrab zu. ‚*Sie war doch grad noch hier!*' Von Grille keine Spur, als wäre sie verschluckt. Marie fluchte lautstark. Noch einmal schaute sie sich um. Nichts.

„Jaul!"

Ganz leise vernahm Marie den Laut. ‚*Das gibt es doch gar nicht.*' Sie bückte sich und schaute durch den großzügigen Spalt zwischen den Hünensteinen. ‚*So ein Blödsinn, als wenn sie hier verschwinden könnte.*'

„Jaul Jaaul!" kaum zu vernehmen.

Marie hockte sich hin, krabbelte unter einen Deckstein und lauschte. Ein Stück vor ihr schienen die Steine zu flimmern. ‚*War das schon immer so?*'

Das Hünengrab war ein sogenanntes Ganggrab und bestand aus drei Jochen. Ein Joch ist ein Deckstein, der auf zwei Tragsteinen ruht. Durch die Jahre war es vom Wind freigelegt und lag nun völlig offen da. Ein paar Wandsteine hatten nachgegeben und waren zur Seite gerutscht, wodurch auch die Decksteine irgendwann einmal weggesackt waren. Der eigentliche Eingang lag auf der südlichen Längsseite, dort hätten noch einmal zwei kleinere Decksteine auf Tragsteinen liegen müssen, jedoch fehlten sie mittlerweile.

Marie kroch nun aus nord-westlicher Richtung unter den Stein, verblüfft stellte sie fest, dass hinter dem Flimmern Licht einfiel. Vorsichtig tastete sie mit der Hand nach dem Flirren und griff ins Leere. Schnell zog sie sie zurück. ‚*Das kann ja nicht sein!*'

„Jaul!"

Mutig kroch sie weiter. Erst streckte sie nur einen Arm hindurch, fühlte aber nichts als Luft, dann durchdrang sie mit dem Kopf das Flimmern. Dunkelheit umgab sie und nur einen, vielleicht auch zwei Schritte vor ihr, fiel ein Lichtschein in die Finsternis. Sie robbte weiter und entsetzt tastete sie etwas, was sich definitiv nicht wie Erde, Laub oder Steine anfühlte. Sie war bestimmt nicht pingelig aber das gehörte hier jetzt einfach nicht hin, jedenfalls nicht in diese Zeit. *‚Knochen?'*

Sie stieß gegen irgendwelche Gefäße, konnte aber nicht erkennen, was es war. Als sie geduckt ins helle Licht hinaustrat und sich langsam aufrappelte, traf sie beinahe der Schlag. Sie kannte ihre Umgebung nicht wieder. Das Gehege war weg und auch von den Windrädern war nichts zu sehen. Nichts mehr da. Nur Bäume. Mächtig. Düster und irgendwie gespenstisch. Marie wurde unheimlich zumute. Diese Stille.

Sie stand inmitten eines Waldes, eines wirklich alten Waldes mit knorrigen, riesigen uralten Bäumen. Wunderschönen Buchen, borkigen Eichen, Kiefern und ... sie konnte nicht einen bekannten Punkt ausmachen. Verwirrt drehte sie sich um sich selbst, um dann erschrocken innezuhalten. *‚Das ist doch gar nicht möglich ...'*

Das Hünengrab war eine richtige Grabkammer, nicht nur aufeinandergestapelte Steine. Es war ein Hügel mit einem Eingang. Verblüffenderweise glich es dem in Hüven, welches in den Fünfzigerjahren wieder annähernd in den ursprünglichen Zustand gebracht wurde, es war nur etwas kleiner. Und es war so still. Viel zu still.

Marie spürte die beklemmende Furcht, die sich beharrlich in ihr ausdehnte, sie wagte kaum zu atmen und sah sich noch einmal vorsichtig um. Völlige Waldesruhe umgab sie, nicht einmal ein leises Vogelzwitschern ließ sich vernehmen.

Das Rasen ihres Herzens kam ihr dagegen unglaublich laut vor, das Blut rauschte ihr in den Ohren und ihre Nerven waren durch diese unheimliche Lautlosigkeit zum Zerreißen gespannt. Sie verspürte Angst. Hier gab es Nichts! Nur Stille.

„Jaul!"

„Grillleee", rief Marie nun leicht panisch und entfernte sich einige Schritte von der Grabstätte. *‚Verdammt, was jagt sie denn hier?'*

Sie ging weiter, achtete aber genau auf die Richtung, in der sie sich von dem Hünengrab entfernte. Nach einer Weile hörte sie ihren Hund gar nicht so weit entfernt.

„Jaul, jiiiifff!"

Marie pfiff zwei Mal mit ihrer Hundepfeife und wartete. Plötzlich packte sie etwas von hinten und warf sie grob zu Boden.

Zauberei oder Schicksal?

21. Julmond 434

Der zum Teil undurchdringliche Wald lag still vor ihnen. Vreder stöberte eifrig im Buschwerk und Frithjof gönnte ihr den Spaß. Lykke war es gelungen, ein weiteres Kaninchen zu schlagen und dabei wollten sie es für heute belassen. Als Scherflein fürs Fest würde es allemal reichen.

Teutobald freute sich diebisch und konnte es kaum erwarten, seiner Frau Friedlinde, Frithjofs jüngerer Schwester, von der Jagd zu berichten. Sie waren erst seit dem jüngsten Wonnemond vermählt und sie lauschte, zu seiner großen Freude, immer wieder mit Begeisterung seinen Erzählungen.

Unverhofft ging ein paar Meter links neben Frithjof der Hase hoch. Vreder, die rechts von ihm lief, hatte ihn nicht einmal gewittert, so fest hatte er in seiner Erdmulde gesessen. Vedrfölnir sprang hinterher. Frithjof hatte seinen Habicht nur locker an den Geschühriemen gehalten – Lederriemen, die der Vogel an den Füßen trägt –, sodass es zu keiner Verzögerung durch unnötiges Festhalten kam. Der Hund setzte ebenfalls zur Verfolgung an.

„Halt Vreder, zurück!", rief Frithjof.

Der Hase war schnell, eilig huschte er über den Waldboden. Der Habicht holte auf, war ihm dicht auf den Fersen, doch plötzlich drehte er ab.

„Jaul, jiiiifff!"

Wie aus dem Nichts fegte ein braunweißer rauhaariger Hund einige Meter rechts von ihnen hysterisch jaulend hinter dem Hasen her. Ein fremdartig schriller Ton erklang daraufhin in einiger Entfernung, einmal kurz und einmal lang.

„Jaul!"

Teutobald schaute Frithjof entgeistert an. „Was war das?"

Ebenso überrascht schüttelte er den Kopf. Vreder knurrte und winselte, sie hätte so gerne die Hatz aufgenommen. „Geh' du nachsehen, ich hole Vedrfölnir ein." Frithjof lief in die Richtung, in die sein Vogel sich abgesetzt hatte und verschwand im Wald.

Teutobald ging dem Laut des Hundes nach, es war nicht mehr weit bis zu ihrer Siedlung, doch der Hund kam mit ziemlicher Sicherheit nicht aus ihrer Gegend.

Plötzlich hörte er einen gellenden Schrei. Darauf folgte Stille. Wieder ein Schrei, nur diesmal erklang er noch angstvoller. Er rannte los. Die Stimme klang nach einer Frau. Teutobald hätte gar nicht anders reagieren können, der Beschützerinstinkt war tief in ihm verankert und diese Frau war offenbar in Not, warum auch immer. Es spornte ihn nur an, schneller zu laufen, was sich als nicht so leicht erwies mit einem Habicht auf der Faust.

Da erblickte er sie. Ein junges Mädchen, das sich vehement gegen einen grobschlächtigen Kerl zu Wehr setzte, doch kaum eine Chance hatte. Sie lag im Schnee, er saß auf ihr und schlug ihr erbarmungslos ins Gesicht.

Wut packte Teutobald, er schickte Lykke in den nächsten Baum, später würde er sie sicher wiederbekommen, und rannte auf das kämpfende Paar zu. Er stürzte sich auf den Kerl, umschlang ihn mit seinen Armen und landete gemeinsam mit ihm auf der Seite neben dem Mädchen. Dieses blieb wie erstarrt liegen. Fassungslosigkeit und Furcht zeichneten ihr Gesicht.

Der Mann befreite sich aus Teutobalds Würgegriff und schmiss ihn auf den Rücken. Er sprang auf und wollte sich gleich wieder auf den am Boden liegenden Angreifer stürzen, als er plötzlich innehielt. „Teutobald?"

„Adalhart!", rief dieser aufgebracht.

„Du hast doch schon ein Weib", zischte er ihn böse an. „Du solltest dich nicht einmischen."

Teutobald setzte sich auf, wagte aber nicht, näher an das junge Mädchen in ihrer bizarren Kleidung heranzukriechen. „Mag sein, aber dieses Weib gehört nicht zu dir", fauchte er.

Adalhart starrte ihn wütend an. Er war ein heimtückischer Mensch, daher war es nicht weiter verwunderlich, dass er eine junge Frau, die offenbar schutzlos durch den Wald lief, so rüde angriff. Doch das hieß noch lange nicht, dass Teutobald dies duldete, ob es ihm nun zustand oder nicht. Auch Frithjof würde so etwas nicht hinnehmen, geschweige denn sein Vater Friedmund. Er war „der Erste" unter ihnen. Sie vertrauten in schweren Zeiten auf seine Führung und Frithjof war sein Sohn, was ihm ebenso hohes Ansehen verlieh.

„Sie gehört zu Frithjof", hörte er sich sagen, bevor er weiter darüber nachdenken konnte und ... bereute es sofort.

Adalhart wurde blass.

*

Frithjof hatte Vedrfölnir eingeholt und ging nun in die Richtung, aus der er das hitzige Geschrei vernommen hatte. Vreder knurrte und Frithjof schaute sich um. Dort lief der rauhaarige Hund, nicht weit entfernt. Anscheinend lief er auf seiner eigenen Spur zurück. Er pfiff leise. Der Hund reagierte, blieb stehen und schaute ihn scheel an.

„Komm her."

Er rührte sich nicht. Frithjof hockte sich hin. „Leg dich Vreder", flüsterte er. „Na komm", lockte er und streckte seine Hand aus. Neugierig kam Grille einige Schritte auf ihn zu, hielt schließlich wieder inne und taxierte ihn argwöhnisch. Er nahm ein kleines Stück Hase mit Fell aus der Tasche und hielt es dem Hund hin.

Vedrfölnir reagierte ebenfalls auf das dunkelrote Fleisch und gab einen bettelnden Laut von sich. Vreder machte eine lange Nase, doch auch Grille schien interessiert. Frithjof bewegte sich auf Knien ein wenig dichter an den Hund heran und köderte mit dem Fleisch. Und tatsächlich war Grille neugierig genug, um näher zu kommen. Sie nahm das Stück von ihm und er kraulte ihr sachte den Kopf. *‚Was für ein drahtiges Fell.'*

Er ergriff die Langfessel – einen langen Lederriemen – seines Habichts, die an seinem Gürtel hing, und legte sie dem Hund um. Nun hielt er beide Enden fest, stand auf und der Hund hatte keine andere Wahl, als zu folgen.

*

„Ich wusste nicht, dass sich Frithjof eine Frau genommen hat." Adalhart betrachtete erst das immer noch am Boden liegende Mädchen und schaute dann auf Teutobald. Nervös wischte er sich mit der rechten Hand übers Gesicht.

„Warum ist es noch nicht bekannt?", fuhr er den Jungen an.

„Nun", antwortete Teutobald, bestrebt sich aus dem Schlamassel herauszuwinden, „es ist noch nicht so lange vereinbart." Langsam winkelte er seine Beine an, ohne jedoch den Mann aus den Augen zu verlieren. „Aber abgesehen davon ist es dir wohl nicht gestattet, beliebig Frauen zu überfallen, ob sie nun versprochen sind oder nicht", fügte er grollend hinzu.

„Ha!", raunzte der Ältere, packte ihn grob am Kragen und zog ihn auf die Beine.

„Hast du ein Problem, Adalhart?", erklang leise drohend Frithjofs rauchige Stimme. Er stand bereits einen Augenblick in ihrem Rücken und hatte Teutobalds unbedachte Äußerung mit Schrecken vernommen, ließ sich dadurch jedoch nicht aus der Fassung bringen.

„Grille!", wisperte Marie und rappelte sich auf die Knie. Ihre Unterlippe war von den groben Schlägen aufgeplatzt und eine feine Blutspur zog sich über ihr Kinn. Für einen Sekundenbruchteil durchströmte sie die Erleichterung, als sie den Drahthaar erblickte, doch der immer noch gegenwärtige Schreck dämpfte diese Regung.

Frithjof neigte seinen Kopf und betrachtete Marie neugierig. Aus leuchtenden Augen musterte er sie fasziniert und sie glaubte, ein amüsiertes Zucken in seinen Mundwinkeln zu erkennen. Er ließ den Hund locker vom Riemen, indem er ein Ende fallen ließ und Grille sprang wedelnd auf sie zu. Marie legte einen Arm um sie, beäugte Frithjof unterdessen allerdings nicht weniger überrascht.

„Wow!", platzte sie heraus, noch ehe sie nachdachte.

Seine linke Augenbraue hob sich flüchtig und in seinen Augen blitzte es heiter auf. Widerstrebend wandte er seinen Blick langsam ab und konzentrierte sich stattdessen auf seinen Freund.

„Teutobald", sprach er ihn leise an, „du solltest dich um Lykke kümmern."

Sein Schwager nickte unschlüssig, schien aber merklich erleichtert, verschwinden zu können und insgeheim verfluchte er sein loses Mundwerk.

Es passte Adalhart ganz und gar nicht, ausgerechnet Frithjof in die Quere zu kommen. Er verabscheute ihn zwar, konnte es sich aber im Grunde nicht leisten, ihn gegen sich aufzubringen. Geschweige denn seinen Vater Friedmund. Dafür waren sie in dieser öden Gegend einfach zu sehr aufeinander angewiesen. „Es tut mir leid", sagte er schroff.

Frithjof beachtete ihn nicht, sondern kniete sich vor das Mädchen. *‚Diese Haare, was für eine seltsame Farbe.'* Solch eine Farbe hatte er noch nie gesehen, nur davon gehört. Dunkle, satt rote, wirre Locken, die ihr trotzdem weich bis knapp auf die Schultern fielen. *‚Und diese Augen. Wie Honig …'*

Er näherte sich ihr mit seiner freien Hand, zögerte und wartete ihre Reaktion ab, doch sie schreckte nicht zurück, sondern starrte ihn nur an. Dadurch ermutigt, fasste er ihr behutsam mit den Fingern unters Kinn und fuhr mit dem Daumen über die feine Blutspur. Ein leichter blumiger Duft stieg ihm in die Nase. *‚Sie duftet wie eine Blumenwiese …'*

Adalhart sog scharf die Luft ein, das würde nicht gut laufen für ihn.

Marie spürte ein leichtes Kribbeln an ihrem Kinn, wo Frithjof sie berührte und vergaß für den Moment ihre Angst. Aus hellblauen Augen, die trotz dieser kühlen Farbe eine wohlige Wärme ausstrahlten, schaute er sie an. Lange dunkelblonde Wimpern, die sich an den Enden leicht nach oben bogen, umrahmten sie und er strahlte eine Ruhe und Gelassenheit aus, die unversehens auf sie übersprang.

„Geht es dir gut?", fragte er ruhig.

Marie nickte und klammerte sich an Grille, die ihre Schnauze innig gegen ihren Arm drückte.

Er strich ihr noch einmal sachte über das Kinn, griff neben sich, nahm eine Handvoll Schnee und reichte ihn ihr. Vedrfölnir reagierte auf die Bewegung und breitete ihre Schwingen aus, wobei einige Federn sein Gesicht streiften. „Der Schnee kühlt und lindert den Schmerz", er nickte ihr aufmunternd zu.

Überrascht von dieser Geste nahm sie den Schnee und hielt ihn vorsichtig an ihre Unterlippe. Erst brannte es, doch sie biss die Zähne aufeinander und nach und nach spürte sie, wie eine wohlige Betäubung den Schmerz ablöste.

Frithjof wartete und beobachtete sie abschätzend. Kurz darauf erhob er sich und heftete seinen eisigen Blick auf Adalhart. Er erfasste wieder einmal, wie wenig er ihn leiden konnte.

Adalhart wurde nervös und diese Gefühlsregung ärgerte ihn erheblich, er war der Ältere und dennoch fühlte er sich ihm unterlegen. „Mir war nicht bekannt, dass sie die Deine ist." Er betonte jedes Wort und fixierte sein Gegenüber eingehend.

Frithjof strahlte nur kühle Überlegenheit aus. „So", er blickte zu Marie hinab, die ihn verwirrt ansah, „die Meine?", erwiderte er gelassen. „Nun, dann weißt du es jetzt."

21. Dezember 2009

Karl öffnete ungeduldig das große Paket. Er fand erst jetzt die Zeit, seine Post zu sichten und auf den Inhalt war er sehr gespannt.

Es war ein Weihnachtsgeschenk für Marie. Karl hatte klammheimlich ihre gesammelten Fuchsfelle zum Gerber gegeben und eine Decke daraus fertigen lassen. Sie war völlig ahnungslos und immer noch in dem Glauben, die Bälge befänden sich in der Truhe. Doch Karl hatte so viel Schleppwild auf die verbliebenen Tüten mit Marder- und Iltisfellen gelegt, dass sie das Fehlen gar nicht bemerkte.

Lächelnd hielt er die Decke nun in den Händen. Ein wirklich schönes Stück und Marie würde sicher ganz außer sich sein vor Freude. Er strich versonnen über den weichen Pelz, als sein Blick an einer Postkarte hängen blieb, die oben auf dem Stapel Briefe lag. Karl legte die Decke beiseite, nahm die Karte auf und drehte sie. Einen Gruß von der Osterinsel stellte er verwundert fest.

Nachdenklich krauste er die Stirn. Das tat er häufig und mittlerweile hatten sich schon richtige Denkerfalten ausgeprägt, die seinem Gesicht nicht nur eine gewisse Reife, sondern auch Charme verliehen. Er fuhr sich mit einer Hand durch sein recht kurz geschnittenes rotblondes Haar, das sich stellenweise zu locken schien. Nur ein paar Ponyfransen fielen ihm in die Stirn.

Mit seinen dunkelgrünen Augen, den hellen Augenbrauen und einem leicht runden Gesicht mit weichen vollen Lippen und einem immer gepflegt aussehenden Dreitagebart wirkte er sehr attraktiv. Er trug mit Vorliebe diese netten englischen Tweedjacketts mit Lederflicken an den Ärmeln, Rollkragenpullover und grüne oder braune Cordhosen.

Karl war achtundvierzig Jahre alt, mit seinem Beruf verheiratet, und lebte mit seiner Nichte auf dem Windberg im Wildgehege. Sie bewohnten, zusammen mit den zwei Jagdhunden, ein hübsches kleines Holzhaus direkt neben dem Park.

Bevor er sich vor elf Jahren dazu entschlossen hatte, wieder auf dem Hümmling sesshaft zu werden, hatte er in England an einem Institut für Wildtierwissenschaften gearbeitet. Karl war zwei Jahre nach Absolvierung seines Biologiestudiums nach London übergesiedelt. Ihm wurde dort ein interessanter Job angeboten und das Land hatte ihn schon immer begeistert. Dafür verließ er sogar seine Jugendliebe. Anfänglich nur vorübergehend, doch nachdem sie drei Jahre vergeblich auf ihn gewartet hatte, gab sie ihm den Laufpass. Er bemerkte viel zu spät, was er verloren hatte, und bereute seine Entscheidung noch heute.

Der Landkreis war seinerzeit eine treibende Kraft, das Wildtiergehege auf dem Hümmling zu realisieren. Und sein Schulfreund Matthias Brantbur, der in leitender Position für den Landkreis tätig war, wollte ihn als Experten unbedingt für dieses Projekt gewinnen und hatte ihm den Job vermittelt.

Karl hatte sich in England sehr wohl gefühlt und verließ das Land nur schweren Herzens. Wäre Marie nicht gewesen, hätte er sich höchstwahrscheinlich auch nicht für dieses neue Aufgabengebiet entschieden. Ihm gefielen die sympathisch schrullige Art der Engländer, ihre Einstellung zur Jagd und die unübertreffliche Landschaft, vor allem die Küstenregion.

Zwar arbeitete er zuletzt in der Nähe von Exeter, nachdem er jedoch Marie zu sich genommen hatte, kaufte er ein kleines Haus in Newquay. Damals war er der Ansicht, die Küste täte ihr gut. Die Gegend war wunderschön, der Atlantik rau, aber das Klima sehr angenehm.

Sein Vater Dionysius war sogar für eine Weile zu ihm gezogen, um sich mit Marie zu beschäftigen, doch der eigentliche Aufschwung in ihrem Leben war tatsächlich erst gekommen, als sie im Wilden Westen Niedersachsens – auf dem Hümmling – ansässig wurden. Marie hatte sich auf Anhieb heimisch gefühlt in diesem waldreichen urigen kleinen Hügelland, welches – reich an Hünengräbern – von einem bisweilen recht eigenwilligen Menschenschlag bewohnt wird.

Es stimmte ihn noch heute traurig, wenn er an den Tag dachte, an dem er dieses kleine Mädchen aus Madrid abgeholt hatte. Sie war damals gerade sieben Jahre alt geworden und durch ein Attentat auf das Finanzgebäude, in dem ihre Eltern arbeiteten, zur Waise geworden. Zu dem Zeitpunkt hielt sie sich in ihrer Schule nur ein paar Häuser weiter auf. Die Detonation der Bombe hatte an vielen Gebäuden in der näheren Umgebung ihre Auswirkungen gezeigt, doch Marie war glücklicherweise nur leicht am Kopf verletzt worden. Die schwerste Verletzung trug sie im Inneren und die würde wohl auch nie ganz ausheilen. Der Verlust ihrer Mutter Sophie und ihres Vaters Estevan, einem Spanier, hatte sie hart getroffen und verstört zurückgelassen.

So hatte Karl sie auf der Kinderstation des Krankenhauses vorgefunden. Sie kannte ihn kaum, nur von den kurzen Besuchen an den Feiertagen, an denen die Familie zusammengekommen war.

Das erste Jahr war für sie sehr schwer. Maries junge Seele hatte in einem Kokon aus tiefer Trauer gelebt, aus dem sie sich einfach nicht herauszuwinden vermochte. Bis Karl sich eines Tages dazu entschlossen hatte, ihr seine Hunde anzuvertrauen. Zur damaligen Zeit führte er noch die alte Setterhündin Biene und eine Springerhündin namens Wespe, die ihn immer mit ins Institut begleiteten. Er hatte Marie gebeten, sich um sie zu kümmern, während er fort war und da sein Vater ja auch noch da war, konnte er sie damit auch nicht überfordern. Letztendlich war es die richtige Entscheidung gewesen. Sie hatte eine Aufgabe gebraucht, die sie ablenkte, und jemanden, der keine Fragen stellte, sondern sie so annahm, wie sie war. Und dafür waren die Hunde bestens geeignet.

„Die Osterinsel", murmelte Karl und betrachtete die Rückseite der Karte, auf der überraschenderweise mehr als nur eine Zeile in schön geschwungener Schrift zu lesen war. Sein Vater war in den letzten Jahren nicht wirklich mitteilsam gewesen, dennoch verspürte er nicht die geringste Lust, sie jetzt zu lesen und steckte sie für Marie in sein Jackett.

21. Julmond 434

„Solltest du dich ihr je wieder nähern, Adalhart, wirst du es sehr bedauern", sagte Frithjof so leise, dass es gefährlich klang. Es gelang ihm, obwohl er nur einen halben Kopf größer war, derart auf Adalhart herabzusehen, dass dieser einen Schritt zurückwich. „Außerdem rate ich dir, auch anderen Mädchen in dieser Gegend nicht so unfein zu Leibe zu rücken." Er zuckte mit keiner Wimper und sein ganzes Auftreten offenbarte nur eisige Dominanz, was sein Gegenüber noch verdrießlicher stimmte. Wut stieg in dem Älteren auf und er schnaufte verächtlich, besann sich jedoch wieder und senkte kaum merklich den Kopf, was man mit sehr viel Wohlwollen als ein Nicken deuten konnte.

Marie sortierte noch immer ihre Gedanken und Gefühle und starrte sie beide an. Sie empfand keine Angst mehr. Ihr drohte allem Anschein nach im Augenblick keine Gefahr, doch sie war verwirrt und konnte nicht fassen, was ihr hier widerfuhr. Ihr war, als wäre sie in vertrauter Umgebung falsch abgebogen und sie kannte sich mit einem Mal nicht mehr aus. Sie ließ den Schnee fallen und wischte sich vorsichtig das restliche Blut von den Lippen.

‚Was sind das nur für Typen?' Noch immer kniete sie neben ihrem Hund und Adalhart sah zerknirscht zu ihr hinüber. „Bitte verzeih!", sagte er gedehnt, überzeugte sie damit allerdings nicht, denn die verhaltene Wut unterstrich den Klang seiner Stimme.

„Geh nun", verlangte Frithjof gelassen und er ließ keinerlei Gefühlsregung erkennen.

Der andere warf ihm einen bitterbösen Blick zu, wandte sich ab und verschwand leise fluchend im Wald.

Der junge Mann betrachtete Marie für einen Augenblick unschlüssig, trat einen Schritt näher und bot ihr seine freie Hand, um ihr aufzuhelfen. Zögernd griff sie danach und fühlte überrascht die Wärme, die von seiner leicht rauen Haut ausging.

Sie standen sich, Hand in Hand, schweigend gegenüber und die Zeit strich dahin, ohne dass sie es überhaupt bemerkten.

Marie wunderte sich über ihn wie auch über seinen Beizvogel. Etwas Seltsameres war ihr bisher noch nicht untergekommen. Das Habichtsweib ertrug das alles mit einer für ihre Art sehr ungewöhnlichen Ruhe. Leicht aufgeplustert stand sie auf seiner Faust, über die er einen grob gefertigten Handschuh gezogen hatte. Ein wunderschönes Weib, mit dunklem schieferfarbenem Rücken und kontrastreicher Sperberung an der Brust. Auffällig war ihr stechender Blick aus leuchtend, durchdringend orangeroten Augen. Der helle Überaugenstreif wirkte beinahe wie gekämmt und verlieh dem Greifvogel eine würdevolle Anmut. Offensichtlich handelte es sich hierbei um einen reiferen Beizvogel, rein optisch gesehen, aber ebenso auch dem Gebaren nach, denn sie war bisher nicht ein einziges Mal von der Faust abgesprungen, seit sie Frithjof begegnet war. Marie kannte so manchen Habicht und für gewöhnlich waren sie sehr launisch und zickten rum. Alle!

Frithjofs Augenbrauen zogen sich zusammen, sodass sich eine steile Falte zwischen ihnen bildete, während er sie von oben nach unten mit seinem Blick streifte. Er schüttelte verwirrt den Kopf und ein Lächeln schlich sich um seine Lippen.

In ihrer offenen grünen Faserpelzjacke stand Marie vor ihm und Frithjof widerstand dem Impuls, danach zu greifen, um festzustellen, wie sich dieser Stoff anfühlte. Darunter trug sie einen ebenso grünen Rollkragenpullover, und ihre dunkle Lederhose, an deren Bund ein Messer befestigt war, steckte in einem Paar mit Lammfell gefütterten Jagdstiefeln. Über die er besonders stutzte. Ihre Handschuhe hatte sie, während sie mit ihrer Falle beschäftigt gewesen war, in die Jackentasche gesteckt und nun lugten sie ein wenig daraus hervor. Er neigte leicht den Kopf und wunderte sich über diese Zipfel.

Nervös steckte Marie eine Hand in die Tasche, während sie ihn unverwandt ansah. Mit ihrem leicht zerzausten Haar, die Wangen von der Kälte und vielleicht auch von der Aufregung gerötet, war sie einfach bezaubernd, ohne sich dessen überhaupt bewusst zu sein. Die kurze Stirn unter dem Haaransatz sowie auch ihre schmale Nase waren mit Sommersprossen übersät, doch das wirklich Besondere an Marie waren ihre Augen. Sie leuchteten geradezu in ihrem Gesicht und der Kontrast zu den dunkelroten Haaren war beeindruckend. Ihre Farbe glich einem edlen Weinbrand, sie wirkten wohltuend warm und waren umschattet von dunklen Wimpern. Darüber hingen ein paar schmale dunkle und akkurat geschwungene Augenbrauen, von denen die Linke mit einer kleinen Narbe durchtrennt war. Bei näherer Betrachtung fiel einem auch die feine helle Linie an der linken Schläfe auf, die bis zum Ohr reichte. Es beeinträchtigte jedoch nicht den Reiz ihres Gesichtes, sondern machte sie eher interessanter. Sie war unwesentlich kleiner als Frithjof, gerade mal ein paar Zentimeter, und von schlanker Figur.

Von Neuem stieg ihm dieser wundersame Duft in die Nase. ‚*Wie kann jemand nur so riechen ...*'

Marie war nicht weniger verblüfft und musterte ihn ihrerseits.

Sie schätze ihn auf einen Meter achtzig, er hatte eine recht gute Statur, schlank und drahtig, mit kräftig aussehenden Schultern. Ihr Blick blieb an seiner goldblonden Haarpracht hängen, die ihm in weichen Wellen bis tief in den Rücken fiel. Die Seiten trug er mit einem Lederband am Hinterkopf zusammengebunden. Ein paar Strähnen wanden sich hervor, umgaben sein Gesicht und fielen ihm in die hohe Stirn, was ihm eine ungebändigte Wildheit verlieh. Unter buschigen dunkelblonden Augenbrauen lagen seine schmalen, etwas auseinanderstehenden Augen, in diesem wunderbar klaren Blau, die sie nun anlächelten.

Das Gesicht war insgesamt sehr schmal, mit hoch angesetzten Wangenknochen, die einen leichten Schatten auf die darunterliegenden Wangen warfen. Seine Nase war lang und gerade und er hatte unglaublich weich aussehende schön geschwungene Lippen. *‚Wie die sich wohl anfühlen? – ....Nein denk nicht mal daran.'*

Das Kinn in seinem wirklich schönen Gesicht war relativ rund und überraschenderweise glatt rasiert. Marie stutze, als sie seine Kleidung näher betrachtete. Er trug einen weiten Umhang aus Fuchspelzen, doch waren die einzelnen Pelze noch in einem Stück, also mit Beinen, Schwanz und Schnauze. Sie waren nur mit einem Lederband zusammengeknüpft und so baumelten die buschigen Schwänze ebenso wie die Beine um ihn herum. Darunter schaute ein burgunderfarbener dicker Wollumhang hervor, der an der einen Schulter mit einer geschwungenen Nadel, die fast so aussah wie die Schwinge eines Vogels, zusammengehalten wurde. Von dem hellen Hemd sah sie nur den unteren Teil. Nein es war kein richtiges Hemd, eher eine Tunika, die fast bis zu den Knien reichte und mit einem Ledergürtel, dessen reich verzierte Schließe ihr sogleich ins Auge fiel, in der Taille zusammengerafft war. Seitlich an dem Gürtel steckte ein Messer und daneben hing ein kleiner Lederbeutel. Dazu trug er eine röhrenartige Hose in einer nicht zu definierenden Farbe. Diese reichte aber nur bis zu den Waden, die wiederum in sehr sonderbaren Beinwickeln steckten und seine Füße ebenso bedeckten. Als Schuhe dienten rustikale Lederschalen, die mit mehreren Riemen zusammengehalten wurden.

‚Meine Güte, welcher Zeit ist der nur entsprungen?' Sie runzelte fassungslos die Stirn und warf einen Blick auf den völlig entspannten Vogel. Sie hätte erwartet, dass er wenigstens jetzt, wo sie so dicht bei ihm stand,

leise zwitscherte, eine ganz typische Unmutsäußerung des Habichts. Doch wider Erwarten stand das Weib völlig gelassen auf der Faust. Sie wirkte ebenso cool wie ihr Falkner. Marie war hingerissen und das nicht nur vom Habicht.

„Ich habe bisher versäumt mich vorzustellen", meinte Frithjof leise. Seine Stimme klang ein wenig rau und dennoch sehr melodisch.

‚Ob er wohl immer so leise spricht?' Marie kam nicht umhin zu bewundern, welch eine überlegene Ruhe dieser Typ ausstrahlte.

„Ich bin Frithjof, Sohn des Friedmunds, dem Ersten des Hügellandes."

‚Oh! .....Wo in aller Welt bin ich hier nur gelandet?' Sie schaute auf ihren Hund. *‚Böses Mädchen!'*

„Mein Name ist Mariella Elena Juana Fernández Lünshof", entgegnete sie und versuchte ebenso gelassen zu klingen.

Er betrachtete sie abwägend, mit leicht zur Seite geneigtem Kopf und presste seine Lippen aufeinander. *‚Jemand wie dich gibt es hier im Grunde nicht. Mariella ...'*

„Doch man nennt mich Marie", sagte sie lächelnd.

Frithjof lächelte zurück und seine unglaublichen Augen funkelten dabei.

‚Wow!' Für einen flüchtigen Moment war sie sprachlos. „Ich muss gehen", murmelte sie unruhig. „Ich habe mich nur verlaufen und bin hier gelandet, doch jetzt finde ich sicher nach Hause", fügte sie rigoroser hinzu und wollte schon los.

„Du kannst nicht einfach gehen", erwiderte er und sah ihr dabei fest in die Augen.

„Klar kann ich, ich habe Beine", meinte Marie brüsk und wurde misstrauisch.

„Du gehörst zu mir", sagte er leise und um seine Mundwinkel zuckte es abermals. „Dank meines Freundes Teutobald bist du nun", er zögerte, „hm, die Meine!" Seine Augen leuchteten vergnügt.

‚Jede wäre gerne die Deine mein Lieber ..., darauf möchte ich wetten!' Sie schüttelte sich und unterdrückte ein Seufzen. „Mog wal", rutschte ihr raus. Sie konnte nicht wirklich Plattdeutsch, doch manchmal färbte ihre Umgebung einfach ab. Peinlich war es nur, wenn die Leute, die der plattdeutschen Sprache mächtig waren, sie verständnislos ansahen.

„Frithjof."

‚Wie schön das klingt.'

„Ich bin nur aus Versehen hier, und ich gehöre hier auch gar nicht hin", sie stockte und überlegte einen Moment. „Ich meine, deine Welt ist nicht so ganz meine und nun will ich nach Hause." Sie trat einen Schritt zurück. „Tschüss."

Schnell drehte sie sich um und prallte ausgerechnet jetzt gegen Teutobald. Der fuhr erschrocken zusammen und Lykke sprang ab, ihre Bells – Glöckchen – klirrten dabei. Vreder, die während der ganzen Zeit sehr entspannt – wie sollte es auch anders sein – neben Frithjof gesessen hatte, stand sogar auf.

„Oh, da habe ich nicht aufgepasst", entgegnete er völlig überrascht.

„Äh, ... ja tut mir auch leid", sagte Marie verwirrt.

Teutobald sah Frithjof verdutzt an und Marie erkannte ihre Chance. Sie rannte los. Grille flitzte hinterher und Marie rannte so schnell sie konnte durch den dichten urwüchsigen Wald. Die beiden Jungs waren völlig überrumpelt und schauten ihr ratlos nach. Sie drehte sich nicht um, sondern hoffte nur, auch den richtigen Weg eingeschlagen zu haben. Ihr Orientierungssinn ließ sie nur selten im Stich und nun entdeckte sie auch ihre eigene Spur im Schnee. Da war es. Das Hünengrab. Marie stürzte sich förmlich hinein, packte ihren Hund im Nacken und zog ihn mit sich. Sie kroch in die Dunkelheit, achtete nicht auf irgendwelche Knochen oder Gefäße, hoffte nur auf den Ausgang. *‚Bitte, ich will nach Hause!'*

Da war das Flimmern zu sehen und je näher sie kroch, umso deutlicher wurde das Licht dahinter. Sie krabbelte hindurch, Grille immer noch im Nacken gefasst, und ... war zuhause.

*

„Wo ist sie hin?" Teutobald suchte ihre Spur im Schnee.

Frithjof blickte ihn finster an. „Viel interessanter ist doch, wo kam sie her?", seine hellblauen Augen wurden ein paar Grad dunkler. „Was in Odins Namen hast du dir dabei gedacht", seine Stimme war nur ein Flüstern, „sie Adalhart als die Meine zu verkünden?"

„Es tut mir wirklich leid, Frithjof", er zögerte beschämt, „es ist mir einfach rausgerutscht", und schluckte, „ich weiß gar nicht, wie wir aus dem Schlamassel wieder rauskommen."

„Wir?", er schnaufte. „Schlamassel sagst du?", seine Stimme klang eiskalt. „Ausgerechnet Adalhart. Er wird jeden aufsuchen und die Neuigkeit mit Freuden verkünden. Teutobald, ich werde mein Gesicht verlieren, wenn ich dieses Mädchen nicht zur Frau nehme. Das ist wahrlich mehr als ein Schlamassel."

Wütend stapfte er, Vreder an seiner Seite, den Schritten im Schnee nach. Sein Freund folgte ihm.

„Sie ist doch recht hübsch und ...", weiter kam er nicht. Frithjof packte ihn mit der rechten Hand am Kragen. Lykke sprang erneut ab und gab einen verstimmten Laut von sich. Vedrfölnir wurde sehr schlank auf der Faust, blieb ansonsten aber ruhig.

„Halt einfach deinen Mund und geh' mir aus den Augen." Während der Habicht noch flatterte, ließ er ihn los und ging weiter.

Teutobald wagte nicht, ihn noch mehr zu bedrängen, sprach beruhigend auf seinen Beizvogel ein und machte sich auf den Heimweg. Er würde Friedmund von der Begebenheit berichten und ihm wohl auch seine Unbesonnenheit beichten müssen und vielleicht wusste Friedlinde ja einen Rat.

Frithjof kochte innerlich vor Wut, war jedoch bemüht, sich zu beherrschen. Er lief eine Weile der Spur des Mädchens nach, um zu sehen, wohin sie geflüchtet war. Und geflüchtet war sie, er hatte noch nie ein Mädchen so schnell laufen sehen. Bei dem Gedanken musste er lächeln. Doch wie konnte sein Freund es wagen, ihn in eine derartige Lage zu bringen. Er fluchte leise vor sich hin, als ihm plötzlich bewusst wurde, dass dieses Mädchen direkt auf ein Hünengrab zugelaufen war.

‚Seltsam.' Die Fußspuren führten ihn zum Grab. Er würde es nicht betreten. Das war eine von alten Seelen bewohnte und von Thursen gebaute Grabstätte. Wie konnte sie nur den Mut aufbringen, sich dort zu verbergen. *‚Mariella, du steckst voller Überraschungen.'*

Sollte er warten, bis sie herauskam. Ewig könnte es nicht dauern, sie würde doch sicher mit ihrer Sippe das Julfest feiern wollen. Doch wo kam sie her? Und wo war ihre Sippe? Waren sie auf Wanderung?

Er sah sich noch einmal um und nun entdeckte er auch die zweite Fährte, die aus dem Hünengrab herausführte. Wieso war ihm das nicht gleich aufgefallen, sie lagen nur zwei vielleicht auch drei Schritte auseinander.

Doch der zweiten Spur folgend, gelangte er wieder in die Richtung, aus der er gekommen war.

Er blieb stehen, drehte sich um und betrachtete einen Moment misstrauisch die Grabstätte. Das ging nicht mit rechten Dingen zu.

Dionysius Rätsel

21. Dezember 2009

„Hallo!", rief Lisette mit heller, klangvoller Stimme, während sie durch die unverschlossene Eingangstür Karls Haus betrat. Es gab keinen Flur in dem kleinen Blockhaus und so stand sie direkt im Wohnraum. „Jemand zu Hause?"

Hummel lief ihr freudig, am ganzen Körper wackelnd, entgegen. „Ah, mein Mädchen", sagte sie lachend und nahm die Springerhündin in den Arm.

„Ich bin in der Küche!"

Lisette durchschritt den großzügig geschnittenen Raum. Ein behagliches Feuer prasselte in dem Specksteinofen, der links von ihr einen Großteil der Wand für sich beanspruchte. Daneben führte eine Treppe nach oben zu den Schlafräumen. Lissi nahm flink die Treppe rechts daneben und landete in der ein halbes Stockwerk tiefer gelegenen Küche. „Hallo Karl!"

Er saß an dem alten Holztisch inmitten des Raumes, ein erheblich zerlesenes Buch in der Hand und eine halb verzehrte Riesentafel Vollmilchschokolade vor sich. Im Hintergrund trällerte Alanis Morissette ihr „No Pressure over Cappuccino."

„Hey Lissi", grüßte Karl sie und schaute auf.

„Ist Marie nicht da?", fragte sie, während sie sich an der Hightech Kaffeemaschine selbstständig bediente, ihre Armreifen klimperten dabei.

„Ich habe sie noch nicht gesehen, doch ich glaube, sie ist in ihrem Zimmer."

„Möchtest du auch Kaffee?" Sie wartete einen Moment, als keine Antwort kam, sah sie sich um. „Karl?" Lissi betrachtete ihn skeptisch. „Du liebe Güte, liest du jetzt auch schon dieses Buch?", stellte sie verdutzt fest.

Er schmunzelte. „Hin und wieder schaue ich hinein, da es ja ständig hier in der Küche liegt. Marie liest es immer mal wieder und so kann ich wenigstens mitreden."

Es war dem Buch deutlich anzusehen, dass es häufig in die Hand genommen wurde. Etliche Seiten hatten Eselsohren und es steckten drei, wenn nicht gar vier Lesezeichen darin.

Lissi stellte ihm einfach eine Tasse Kaffee hin und nahm sich für ihren den Zucker vom Tisch. „Mami steht auch total auf diese Geschichte." Sie rührte in ihrer Tasse. „Vielleicht sollte ich mich irgendwann mal aufraffen und sie auch lesen, muss ja was dran sein."

„So", meinte er leise lächelnd. „Marlene liest es also auch."

„Ja, ihr gefällt der Typ so gut, wie heißt er noch?"

„Mr. Darcy!" Er lächelte noch immer. „Der gefällt allen Frauen."

„Wer gefällt dir denn?", fragte sie schelmisch.

„Lizzis Mutter!", erwiderte er trocken.

„Oh!" Sie stutzte, aber nur einen winzigen Moment, und war dann mit ihren Gedanken schon wieder woanders.

„Bis später Karl." Lissi knickte sich ein Stück von der Schokolade ab, nahm ihren Kaffee und wollte schon verschwinden, als Karl die Postkarte, die noch immer in seinem Jackett steckte, einfiel. „Ach Lissi, gibst du die bitte Marie."

Sie ergriff die Karte und war schon verschwunden, huschte die Treppen hinauf, um nach kurzem Klopfen durch die Tür ins Zimmer ihrer Freundin zu platzen.

Grille kam ihr entgegengesprungen und Lissi war schwer bemüht, ihre Tasse zu retten, ohne dass alles überschwappte. „Hallo ihr Süßen", grüßte sie und kraulte den Hund.

Marie hockte am Schreibtisch vor ihrem Computer. „Hey!" Sie drehte sich zu ihr um.

„Oh je", rief ihre Freundin erschrocken, als sie die aufgeplatzte Lippe sah, „hat dich ein Fuchs gebissen oder hast du dich etwa geprügelt?"

„Na der Fuchs war es nicht." Dabei fiel ihr ein, dass der von heute Vormittag immer noch neben der Tür zur Futterküche lag. „Wenn ich dir erzähle, was mir passiert ist, lässt du mich sicher gleich einweisen", entgegnete Marie spröde.

Ihre Freundin lachte glockenhell. „Na los, erzähl schon", sagte sie interessiert und machte es sich in dem Ohrensessel vor dem Fenster gemütlich. Sie legte ihre in kniehohen blauen Wildlederstiefeln steckenden Füße auf den davorstehenden Hocker und zupfte an Grilles Fellsträhnen, die sogleich ihren Kopf auf ein Bein legte. Sie schlürfte ihren Kaffee und wartete gespannt.

Marie war, nachdem sie das Hünengrab fluchtartig verlassen hatte, auf direktem Weg nach Hause gehetzt. Nicht fähig, auch nur eine Minute länger dortzubleiben – nicht einmal in der Nähe – hatte sie sogar ihre Durchlauffalle zurückgelassen, ohne sie fängisch zu stellen.

Fassungslos hatte sie daraufhin in ihrem kleinen Bad ihr Spiegelbild angestarrt. Hatte sich betrachtet, mit den Fingerspitzen ihre geschwollene, aufgeplatzte Unterlippe befühlt und ihr vom Blut und den Schlägen gerötetes Kinn betastet. Unterschwellig hatte sie sogar noch das sanfte Kribbeln, hervorgerufen durch Frithjofs Berührung, auf ihrer Haut verspürt.

Es war also keine Einbildung gewesen. Kein Streich ihrer Nerven. Kein Fantasiegebilde. Ganz kurz hatte sie befürchtet – aber wirklich nur ganz kurz – Tante Tilde hätte dem Grünkohl versehentlich irgendwelche Halluzination verursachenden Kräuter untergemischt und sie wäre auf einem Trip.

Nein. Es war wahrhaftig geschehen. Es war real. Sie war Besucherin in einer fremden, alten Zeit gewesen. Einfach so, mal eben kurz nach dem Mittag. Wie war das möglich? Magie? Zauberei?

Marie hatte noch einige Minuten gebraucht, um sich zu fassen, und um wieder runterzukommen, doch seitdem googelte sie im Internet, in der Hoffnung irgendwelche Informationen zu bekommen.

„Du wirst mir nicht ein Wort glauben Lissi!"

„Dir glaube ich alles", sie lächelte ihr bezauberndes Lächeln. Lissi war bildhübsch und Marie fühlte sich neben ihr manchmal wie ein Mauerblümchen. Sie stand auf, um sich auf den Hocker zu setzen und sah ihre Freundin eindringlich an, die ihre Beine ein wenig beiseite rückte, um Platz zu machen.

„Lissi, versprichst du mir, niemandem von dieser Geschichte zu erzählen?"

Der ernste Klang in Maries Stimme irritierte sie. „Natürlich werde ich nichts verraten", erwiderte sie ebenso ernst. „Du kannst auf mein Stillschweigen zählen", fügte sie hinzu und zwinkerte. „Ich bin deine Freundin."

Marie fühlte sich hin und hergerissen, doch letztendlich berichtete sie ihr so kurz und knapp wie es eben ging von der Begebenheit. Anschließend sah Lissi sie nur schweigend mit großen Augen an. Nach einem Weilchen wurde es Marie zu bunt, sie stand auf und setzte sich beunruhigt, da keine Reaktion von ihrer Freundin kam, wieder vor ihren Rechner. Sie ärgerte sich schon, überhaupt etwas von dieser unglaublichen Geschichte erzählt zu haben.

„Nun", sprach Lissi ruhig, „da ich weiß, dass du keine Drogen nimmst und auch kein Spinner bist, muss es ja wohl so gewesen sein, wie du sagst." Sie machte eine Pause. „Aber dir ist schon klar, dass sich das alles sehr ausgedacht anhört, ja?"

„Ja", äußerte Marie schlicht.

Lissi spielte mit ihren Armreifen. „O-kay", sie zog das Wort beim Aussprechen sehr in die Länge. „Sah er denn wenigstens gut aus?" Sie fing an zu kichern.

„Wer?", fragte Marie verwirrt.

„Na der Typ, dem du jetzt gehörst?" Ihr Kichern wurde lauter.

„Oh Lissi, kannst du nur daran denken."

„Sag schon."

„Hm", sie druckste ein bisschen rum, „ja!"

‚Wenn du wüsstest, er wäre vor dir nicht mehr sicher ...'

Sie schauten sich an und aus dem Kichern wurde ein lautes Gelächter. Marie fühlte sich in dem Moment fast ein wenig befreit und es dauerte einige Zeit, bis sie sich wieder einkriegten.

„Hast du denn irgendwas im Internet herausgefunden?", fragte Lissi, während sie sich vorsichtig die feuchten Augen tupfte, um die Wimperntusche nicht zu verreiben.

„Nein", Marie schüttelte den Kopf, „ich weiß auch nicht wonach ich suchen soll."

Lissis Handy trällerte. „We are the People"...

„Oh, das ist Tristan", sie lächelte verträumt und drückte sich das Telefon an die Brust, bevor sie dranging.

Marie verdrehte die Augen, typisch Lissi, sie war ständig verliebt.

Das Gespräch dauerte nicht lange, doch Lissi hatte es danach sehr eilig. „Marie, bist du mir böse wenn ich jetzt gehe? Ich werde morgen wiederkommen und dir bei deinen Nachforschungen helfen." Sie war schon aufgesprungen.

„Klar, kein Problem", entgegnete sie leichthin und wandte sich ab, um ihre Enttäuschung zu verbergen.

„Tristan hat mich auf einen Weihnachtsmarktbummel in Meppen eingeladen", rief Lisette ganz aufgeregt und hatte Maries außergewöhnliches Erlebnis schon wieder vergessen. Sie ergriff ihre Tasche, drückte ihre Freundin noch einmal flüchtig und verschwand.

„Tschüss", rief Marie, doch die Tür war schon zu. Grille kam träge angewackelt, um sich nun von ihr Streicheleinheiten abzuholen.

Seufzend drehte sie sich auf ihrem Schreibtischstuhl und tätschelte Grille den Kopf. Sie wollte sich gerade wieder ihrem Rechner zuwenden, als ihr die Postkarte, die auf dem Boden lag, ins Auge fiel. Anscheinend hatte sie unter Lissis Tasche gelegen und war runtergefallen. Marie hob sie auf und stellte erfreut fest, dass sie von ihrem Opa kam und dieses Mal mehr als nur eine Zeile daraufstand.

Liebe Marie, lieber Karl,
Lest die folgenden Worte mit Sorgfalt und löst das Rätsel. Taucht ein in die alte Zeit und eine ferne Welt wird sich euch offenbaren.
- Wenn Einzug hält die Rauhnacht
und am Himmel ein blauer Mond erwacht,
eine Übermacht wird erscheinen,
an von Drachen bewachten Hünensteinen. -
Gehabt euch wohl ihr Lieben, ich wünsche euch eine besinnliche Weihnacht und passt gut auf euch auf.
Dionysius
PS. Mir geht es gut.

Ein flaues Gefühl kroch Marie in den Magen. Sie starrte die Karte an und drehte sie hin und her. Ein weiteres Mal las sie den Text und dann noch ein drittes Mal.

Konnte es denn wahr sein? Spielte ihr Großvater tatsächlich auf die Hünengräber an? Wusste er davon, oder besser gesagt, kannte er tatsächlich den Zugang in die andere Welt? Konnte es denn Zufall sein, dass er ausgerechnet jetzt diese Karte schickte?

Sie war sicher schon hundertmal an diesem Hünengrab. Als Kinder hatten Raoul, Lisette und sie darin gespielt, nie war so etwas passiert. Sie wurde von ihrem Großvater zu sämtlichen Hünengräbern in der Umgebung geschleppt. Und weiß der Himmel, auf dem Hümmling gab es einige davon. Noch nie hatte sie Derartiges erlebt. Nie!

Er hatte immer gesagt, die Hünengräber sind gute Orte. Das hatte er aber auch von Stonehenge behauptet, als sie dort waren. Was war jetzt anders als sonst? Marie las noch einmal das Rätsel, welches ihr Opa ihnen geschickt hatte.

Wenn Einzug hält die Rauhnacht.

‚Rauhnacht?' Sie googelte Rauhnacht. Zwölf Nächte! Zwölf Nächte zwischen den Jahren. *‚Hm!'* Sie googelte weiter. Zwölf Rauhnächte, beginnend mit der Wintersonnenwende oder auch dem germanischen Jul. Dem Julfest.

‚Julfest?' Mit dem Julfest haben die Germanen das vollendete Sonnenjahr gefeiert. *‚Die Germanen?'* Marie dachte an ihren Geschichtsunterricht und wünschte, sie hätte besser aufgepasst. Soweit sie sich dunkel erinnerte, entsprach der Kleidungsstil der Germanen tatsächlich dem von Frithjof.

‚Frithjof, welch schöner Name ...' Sie lehnte sich in ihrem Stuhl zurück, dachte an seine kühle, überlegene Art und wie er ihr mit seiner Ruhe und Gelassenheit ihre Angst genommen hatte.

‚Unglaublich!' Marie war vor Angst wie erstarrt gewesen, nachdem dieser schreckliche Typ sie zu Boden geworfen und sich auf sie gestürzt hatte. Sie mochte sich gar nicht ausmalen, was passiert wäre, wenn dieser Teuto...irgendwas nicht gekommen wäre.

‚Germanen?' Sie strich sich mit beiden Händen durch die Locken und verschränkte sie hinter ihrem Kopf.

Das Sonnenjahr geht von Wintersonnenwende zu Wintersonnenwende und dauert exakt 365,25 Tage. Das Mondjahr hat bei den Germanen auch eine große Bedeutung. Ein Mondjahr beinhaltet 12 Mondmonate, die jeweils von Neumond zu Neumond gehen. Diese 12 Mondphasen dauern jeweils ungefähr 29,5 Tage. Das ergibt für die Länge des Mondjahres 354 Tage. So ergab sich für die Germanen also eine Differenz zwischen dem Sonnen- und dem Mondjahr von 11 Tagen und 12 Nächten. Die 12 Rauhnächte. Sie liegen außerhalb der Zeit, also zwischen den Jahren.

‚Heute! Jetzt! Wir haben doch heute Wintersonnenwende.'

Sie setzte sich wieder aufrecht hin und las den letzten Abschnitt noch einmal. Als sie gerade die Seite ausdruckte, klopfte es an ihre Tür. Karl öffnete sie. „Magst du auch was essen?"

Maries Magen knurrte schon wieder. „Ja, gerne", erwiderte sie und sprang auch gleich auf. *‚Ob Karl davon weiß?'*

Sie kam in die Küche und war im selben Augenblick froh, dass Karl schon das Hundefutter bereitete. Grille wedelte erfreut und stürzte sich, gierig wie immer, auf ihren Napf.

Auf dem Küchentisch standen Schwarzbrot, Käse, Wildschinken, Tomaten und eine Flasche Rotwein. Karl goss ihnen beiden ein Glas ein und setzte sich. Marie setzte sich ebenfalls und schaute ihn an.

„Hast du die Postkarte gelesen?"

Überrascht sah er auf. „Nein." Er nippte an seinem Wein. „Was schreibt er denn?"

„Ein Rätsel."

Karl krauste die Stirn. „Ein Rätsel? Warum sollte er das tun?"

„Keine Ahnung", sie zögerte, trank ebenfalls von ihrem Wein und schob ihm die Karte über den Tisch zu. „Ist schon sehr kurios."

Sie beobachtete ihn genau, während er die Karte las, doch seine Miene verriet rein gar nichts.

„Das ist in der Tat sehr merkwürdig", meinte er. „Vielleicht wird er langsam senil."

„Ach Karl!", sie lachte kurz auf. „Du glaubst also nicht, dass es etwas bedeutet?"

„Nun", er nahm sich ein Stück von dem Wildschinken, „ich erinnere mich schwach an eine Geschichte, die er mir vor vielen Jahren einmal in einer Weinlaune erzählte."

Marie wurde hellhörig. Karl biss in sein Brot und kaute gedankenverloren. Seine Nichte wurde ungeduldig und zappelte auf ihrem Stuhl. Er kaute immer noch, als ihm plötzlich Maries Unruhe bewusst wurde.

„Was ist mit dir?", fragte er, schaute sie an und stutzte. „Was ist mit deinem Mund passiert?"

„Lange Geschichte", sagte sie abwehrend, „erzähl' du erst mal deine."

*

Raoul rührte sich nicht. Seine Waffe schon bereit, wartete er nur noch den Moment ab, bis sich das Reh eine Idee weiter nach links drehte, sodass es breit stand und keins von den anderen Tieren durch Geschosssplitter gefährdet werden konnte. Er beobachtete die fünf Rehe nun schon einen Augenblick und hatte erst das weibliche Kitz ins Auge gefasst, sich nun aber doch für das Schmalreh – ein weiblicher Jährling – entschieden. Das Kitz war eigentlich sehr kräftig und gut veranlagt und im Gegensatz dazu war das Schmalreh beinahe kümmerlich. Ansonsten standen nur noch die Ricke, ein Bockkitz und ein Bock in dem Sprung. Sie waren vielleicht sechzig Meter entfernt und ästen – fraßen – hier und da ein wenig von dem Mais, den er zum Locken dort verstreut hatte.

Raoul schaute durch das Glas seines Zielfernrohres und wartete. Jetzt stand es pass. Er atmete ein, atmete aus und ließ die Kugel fliegen. Das Tier ruckte einmal kurz, bevor es auf die Seite fiel. Er repetierte und verharrte, die Waffe im Anschlag, für den Fall, dass es sich noch einmal aufnahm. Das Reh zappelte einen Augenblick mit den Beinen, dann war es verendet. Das Ganze dauerte keine Minute.

Die anderen Tiere hatten sich davongemacht, hielten inne und schauten verwundert zurück, doch letztendlich zogen sie gemächlich weiter.

„Puh." Raoul war aufgeregt, sein Puls schlug schnell, sämtliche Muskeln in seinem Leib waren angespannt und sein Blut pochte in den Ohren. Er wartete noch gut eine viertel Stunde, bevor er seine Waffe entlud und den Hochsitz verließ. In der Zwischenzeit betrachtete er die Abenddämmerung. In einiger Entfernung sah er einen Wagen in den Feldweg fahren, wunderte sich jedoch nicht weiter. Er beobachtete eine Waldohreule, die immer mal wieder an seinem Hochsitz vorbeiflog, und machte sich einen Spaß daraus, sie zu locken, indem er die Lippen zusammenpresste und die Luft dazwischen geräuschvoll einsog. Neugierig geworden, kam die Eule immer wieder vorbeigehuscht, in dem Glauben dort sei eine Maus.

Wieder sah er den Wagen, wie er auf dem Weg hin und her rangierte. Es war mittlerweile fast dunkel, doch mit seinem Fernglas konnte er erkennen, was für ein Auto dort fuhr.

Ein SUV. Könnte Wenzeslaus Lünshof sein, Karls Onkel. Aber was sollte der um diese Zeit bei den Düvelskuhlen Steingräbern suchen?

Zufrieden, dass alles gut gelaufen war, ging er zu dem Stück Wild. Er fasste es an den Hinterläufen und schleppte es über die Schneise an den Waldrand. Bis zu seinem Wagen waren es von hier nur wenige Meter. Er legte seine Waffe neben sich und machte sich daran, das Stück sauber auszunehmen. Raoul war darin sehr geübt, so wurde er zügig damit fertig.

Den Aufbruch – die Eingeweide – packte er in eine Kiste, die er eigens dafür im Auto hatte. Morgen würde er ihn auf dem Luderplatz – einem Köderplatz, den er für Raubwild angelegt hatte – vergraben. Momentan wurde der zwar nur sporadisch angenommen, da die Füchse mitten in der Paarungszeit waren und den Hunger darüber vergaßen, nur vernachlässigen wollte er ihn auch nicht. Raoul nahm das Schmalreh und legte es in eine Wanne in seinen uralten Nissan Patrol.

Das Auto war mit Jagdutensilien nur so vollgestopft. Von diversen Fallen, Spaten, Werkzeugen, bis hin zu Wasserkanistern tummelte sich darin alles, was er für seine Jagdausübung benötigte.

Für ihn gab es nicht viel mehr außer seiner Arbeit und der Jagd. Die Fallenjagd verrichtete er während seiner Arbeitszeit, aber er begeisterte sich auch für den Fuchsansitz im Revier seines Onkels, in dem er nun auch das Schmalreh geschossen hatte. Außerdem war er von Oktober bis Januar ständig auf Treib- oder Drückjagden und ab Ende November bis Februar jedes Wochenende mit ein paar Jägern zur Baujagd unterwegs.

Wieder sah er diesen Wagen fahren, langsam zockelte er den Feldweg lang. Er setzte sich in seinen Nissan und wartete, bis das Auto vorbeifuhr. Raoul sah auf das Nummernschild. WL 1934. Das war Wenzeslaus Lünshof. „Na, was will er nur hier?", sprach Raoul zu sich selbst und machte sich auf zum Gehege, um dort das Reh ins Kühlhaus zu hängen.

*

Karl sah Marie einigermaßen verwirrt an. „Ob an der Geschichte was dran ist, weiß ich nicht." Er trank noch einen Schluck von seinem Wein. Marie zupfte ungeduldig an ihrem Schwarzbrot.

„Jedenfalls erzählte er einmal", er schluckte noch ein Stück Käse herunter, „dass er und Onkel Wenzeslaus irgendwann in den Fünfzigerjahren von einem Moment zum anderen in einer anderen Zeit gelandet wären."

Marie lächelte. Innerlich jubelte sie.

„Was ja totaler Unsinn ist, wie sollte so etwas wohl gehen", meinte er nachdenklich, „doch Dionysius war fest davon überzeugt." Karl nahm sich noch von dem Schinken. „Er sagte damals, es hätte mit den Hünengräbern zu tun. Doch Marie, du weißt selbst wie oft wir dort gewesen sind. Ist dir je so etwas widerfahren?"

Sie schwieg und starrte ihn an. Mit so einer direkten Frage hatte sie nicht gerechnet. Anlügen mochte sie ihn nicht.

Er sah sie an, sein Glas in der Hand schwenkend, wartete aber nicht ernsthaft auf eine Antwort und griff nochmals nach dem Schinken.

„Ja!"

Er hielt in seiner Bewegung inne. „Was?"

„Ja!"

Karl krauste die Stirn.

„Heute!"

„Wie viel Wein hast du schon auf?"

„Karl!", rief sie empört.

„Marie!", sagte er ernst.

„Nun, mir ist heute was Komisches passiert", sie zupfte wieder an ihrem Brot, „ich dachte ja selbst schon, dass ich spinne. Doch dann kam diese Karte und nun erzählst du noch solche Geschichten." Sie seufzte. „Mir ist heute wirklich Ähnliches widerfahren."

Sie sah ihm fest in die Augen und er schaute ernst zurück. Karl sagte kein Wort, goss ihnen beiden Wein nach, lehnte sich zurück und wartete. Marie hatte keine andere Wahl. Sie würde nun erzählen müssen, er würde sie nicht vom Tisch lassen, ohne ihre Geschichte gehört zu haben.

Sie versuchte nun so kurz und knapp, wie schon zuvor bei Lissi, das Geschehene zu berichten. Auf Frithjofs blaue Augen ging sie nicht weiter ein, und auch ihre Verwirrtheit erwähnte sie nur am Rande. Dafür erzählte sie aber, was sie bisher über die Rauhnacht in Erfahrung gebracht hatte.

Karl blieb, nachdem sie geendet hatte, schweigend sitzen und starrte sein Glas an. „Daher also deine lädierte Unterlippe?", fragte er ruhig.

Marie nickte.

„Hm", meinte er. Nach einer Weile stand er auf und reichte Marie seine Hand. „Los, gehen wir hin und zeigen es dem Kerl noch mal so richtig."

„Was?" Sie war wie vom Donner gerührt.

„Nun diesmal bin ich bei dir und passe auf dich auf", sagte er trocken.

„Ich ...", sie schluckte, „will da nicht wieder hin!" Sie war außer sich. „Du glaubst mir nur nicht und willst mich jetzt auf die Probe stellen", sie kniff böse die Augen zusammen.

„Marie, ich will es verdammt noch mal mit eigenen Augen sehen. Du und dein Großvater ihr seid beide", er überlegte einen Moment, „ich will nicht sagen Träumer, aber ihr habt eine recht ausgeprägte Fantasie. Ich muss es selbst sehen." Er stand immer noch vor ihr.

„Träumer?" Sie starrte ihn fassungslos an.

Karl lächelte. „Ja, aber das macht euch so besonders sympathisch und liebenswert, mein Herz."

Marie war nicht nach Lächeln, sie fühlte sich gekränkt.

„Ach Mariella, sei mir nicht böse." Er strich ihr eine Locke aus der Stirn. „Ich bin eher geneigt dir zu glauben als meinem Vater. Doch solchen Hokuspokus muss ich selbst erleben, bevor ich ihn glauben kann."

‚Er hat ja recht.' Sie seufzte: „Es ist finster da draußen!"

„Es liegt Schnee und der Mond kommt bald, wir haben in einigen Tagen Vollmond."

„Woher willst du denn wissen, dass dort der Mond genauso steht wie hier?"

Karl grinste. „Wir gehen trotzdem!"

„Nimm dein Messer mit", meinte sie ernst und stand auf.

Er schaute sie zweifelnd an und hob die Augenbrauen. Doch er ging zu seinem Waffenschrank, der links neben der Küche in dem kleinen Hauswirtschaftsraum stand, und holte sein Messer.

Raoul hörte, einigermaßen überrascht, die lauten Stimmen aus der Küche, als er Karls Haus durch den Hintereingang betrat. Sein Klopfen hatte anscheinend keiner von ihnen wahrgenommen denn die Waterboys spielten im Hintergrund.

„Oh, hallo Raoul", rief Karl freudig, „komm, du kannst uns begleiten."

„Klar, wohin geht's?", meinte er leichthin.

Julfest

21. Julmond 434

Marie fluchte leise vor sich hin, als sie wieder unter den Deckstein krabbelte. Sie fragte sich, womit sie das alles eigentlich verdient hatte, für heute war ihr Bedarf an Abenteuer an und für sich gedeckt. Doch andererseits wollte sie Karl nicht enttäuschen, ihr bedeutete es viel, ihn zu überzeugen, dass dies keine ihrer Fantasie entsprungene Geschichte war. Von wegen Träumer. Dass nun Raoul mit von der Partie war, nun ja, er war für jedes Abenteuer zu haben.

„Au!" Marie hatte sich prompt in der Dunkelheit den Kopf an der Decke gestoßen. ‚*Ist das Flimmern noch da?*'

Hinter ihr kicherten Karl und Raoul. Sie holte ihre kleine Taschenlampe hervor und schaltete sie ein, denn allein auf ihren Tastsinn wollte sie sich lieber nicht verlassen. ‚*Da ist es.*'

„Kommt ihr jetzt oder was?" Zügig krabbelte sie hindurch, stieß wieder gegen alle möglichen Gefäße und war froh, den Ausgang zu erreichen. Gedämpft schimpfend raffte sie sich auf und gewahrte halbwegs beruhigt, dass ihnen der Mond im Zusammenspiel mit dem Schnee eine relativ gute Sicht bescherte.

Die zwei kicherten plötzlich auch nicht mehr. Karl war verstummt. Er kam hinter ihr aus dem Hünengrab, gefolgt von Raoul, und blieb für einen Moment verblüfft stehen, entfernte sich ein paar Schritte und sah sich um. „Ich werd' verrückt!", flüsterte er.

Raoul sagte nichts, schweigend stand er da und ließ den dunklen Wald auf sich wirken. Er sog tief die Luft ein und Marie betrachtete ihn dabei erstaunt. Doch er hatte recht, die Luft hier war ganz anders. So rein und so sauber. Es roch nach Wald, nach Moos, irgendwie harzig und nach frisch gefallenem Schnee. Er schritt auf eine alte Buche zu und befühlte ehrfürchtig ihren glatten Stamm.

Marie hatte ihm zuvor in kurzen Worten erklärt wo Karl mit ihr hinwollte. Erstaunlicherweise hatte er ihre Geschichte nicht infrage gestellt, sondern wartete erst einmal auf die Dinge, die kommen würden. Typisch Raoul! Für ungewöhnliche Geschehnisse konnte er sich schon immer erwärmen, außerdem würde er ihre Worte nie anzweifeln.

Er lehnte sich gegen den Baum und schaute durch das dichte Astwerk zum Himmel. „Marie, das ist unglaublich", wisperte er leise, schaute sie an und lachte kaum hörbar.

Sie bewegten sich nie mit viel Lärm durch den Wald, sondern auf eine ruhige, besonnene Art und waren bemüht, so wenig Geräusche wie möglich von sich zu geben. Und hier, an diesem Ort, war diese Unberührtheit der Natur förmlich greifbar. Diese Stille und die Erhaberheit der Bäume waren wie ein Wink. Hier herrschten andere Regeln und die Gesetze der Natur erschienen ihnen mächtiger zu sein.

Karl kam auf sie zu. Seine Augen glänzten und er grinste übermütig. „Gehen wir ein wenig spazieren?", flüsterte er aufgeregt.

Marie war zwar vorsichtig, doch sie empfand keine Angst wie zuvor am Nachmittag und nickte.

„Der Mond steht genau wie bei uns", stellte Raoul überrascht fest, während sie gemächlich durch den Wald gingen. „Scheint die gleiche Stunde zu sein."

„Wir sind hier an demselben Ort, an dem wir uns sonst täglich bewegen", meinte Karl beschwingt, „nur in einer anderen Zeit." Er atmete tief durch. „Kommt, gehen wir zum höchsten Punkt des Windbergs."

„Was wenn wir auf jemanden treffen?", gab Marie zu bedenken.

Karl blieb stehen. „Nun, wir tun einfach so, als gehörten wir dazu."

„Ach!", sie nahm ihn am Arm. „Wir sehen aber überhaupt nicht so aus wie die Typen, die ich heute Nachmittag hier traf."

Er ergriff ihre Hand und ging weiter. „Ich glaube nicht, dass sich hier um diese Zeit so viele Menschen aufhalten. Komm schon, morgen ist der Spuk vielleicht vorbei."

Raoul nickte kichernd. „Wo ist dein Sinn fürs Abenteuer?"

‚Na toll, die Jungs wollen was erleben!'

Sie bewegten sich leise weiter. Zwischendurch hielt Karl immer mal wieder inne, um sich zu orientieren. Wobei das in diesem Dickicht kaum möglich war. Hilfreich war einzig und allein sein kleiner Kompass, der sogar beleuchtet war und den er, wie so oft, in der Jackentasche mit sich herumtrug. Als sie fast dort angekommen waren, wo seiner Meinung nach ihr Haus stehen müsste, bemerkten sie Feuerschein. Sie vernahmen auch Stimmen und blieben stehen. Doch Karl war viel zu neugierig und schlich sich langsam näher. Raoul zog Marie mit sich und sie musste achtgeben, nicht ins Straucheln zu geraten. Im fahlen Licht des Mondes konnten sie vor sich einen Zaun ausmachen. Sehr grob, dennoch akkurat aus dicken Ästen gefertigt und mindestens eineinhalb Meter hoch. Sie pirschten ein wenig geduckt an ihm längs, bis sie die Feuerstelle einsehen konnten. Die Stimmen klangen recht ausgelassen, wie auf einer Feier. Die kleine Ansammlung von Häusern hinter dem Zaun, die sich rings um die Feuerstätte verteilten, ließen eine Siedlung vermuten.

Karl war begeistert, am liebsten wäre er gleich noch näher geschlichen, doch Marie hielt ihn zurück.

Ihnen wehte der Duft von geröstetem Fleisch entgegen und jemand spielte Musik. Seltsam klingende Musik, doch im Grunde melodisch.

„Julfest", flüsterte Marie. „Heute ist Wintersonnenwende."

Karl sah zu ihr herüber. „Du magst recht haben."

„Besser wir bleiben hier und gehen nicht weiter", sagte Raoul, „sonst werden wir noch entdeckt." Er deutete auf eine Öffnung im Zaun nur einige Schritte vor ihnen.

Sie beobachteten eine Weile das Treiben. Die Menschen waren gekleidet wie die Männer, die Marie zuvor am Tag getroffen hatte. Nur, dass die Frauen lange Kleider in Tunikaform trugen, allerdings gleichfalls mit Gürteln in der Taille zusammengerafft, an denen zwar keine Messer aber ebensolche Beutel befestigt waren. Die dicken Wollumhänge waren ganz ähnlich und viele hatten sich zusätzlich Pelze umgelegt, um sich vor der Kälte zu schützen. Marie war sich nicht schlüssig, was für Felle es waren, doch Raoul war der Meinung, es wären zusammengeknüpfte Kaninchenpelze.

Karl beobachtete fasziniert die Greifvögel, die hier und dort auf Sitzstangen aufgestellt waren. Ein Hund lag direkt neben einem Habicht und döste, während andere Hunde bei ihren Falknern lagen.

„Kaum zu glauben", flüsterte er.

Eine Frau entzündete irgendetwas am Feuer und ein eindrucksvoll aussehender Mann ging damit zu den umliegenden Häusern.

„Vielleicht ist das Räucherwerk", meinte Marie nachdenklich.

„He da!", rief ihnen jemand zu. Ein junges Pärchen stand rechts von ihnen an der Zaunöffnung. Sie hatten sie gar nicht bemerkt.

„Wer seid ihr?", wollte dieser Jemand wissen und trat näher.

Marie schaute auf, die Stimme klang vertraut. *‚Mein Retter! Wie hieß er noch ...?'*

Die junge Frau kam ebenfalls näher heran und betrachtete sie bei dem schwachen Licht, sie wagte einen weiteren Schritt und blieb vor ihnen stehen. Marie wurde nervös und sah sich Hilfe suchend nach Karl um.

„Du musst Mariella sein", sagte sie schlicht.

„Äh ..., ja die bin ich."

‚Oh je, das kann nicht gut sein.'

Das Mädchen ergriff ihre Hand. Marie zuckte zurück. „Keine Angst", sagte sie sanft, „ich bin Friedlinde, Teutobalds Gemahlin und die Schwester von Frithjof."

‚Frithjof ...'

„Oha", flüsterte Karl leise, besann sich jedoch an seine Höflichkeit und stellte sich und Raoul ebenfalls vor. Marie zeigte keine Regung.

„Oh Mariella, ich habe von dieser unsäglichen Geschichte gehört. Es tut mir furchtbar leid, dass mein Gemahl dich in solch eine wirklich peinliche Lage gebracht hat." Friedlinde holte tief Luft. „Doch auch für meinen Bruder ist es äußerst unangenehm."

Marie schaute entgeistert auf.

„Nicht du natürlich, nein, sondern diese ganze Gegebenheit. Teutobald hat ihn mit seinem Übermut arg in Verlegenheit gebracht." Sie druckste einen Moment herum und warf ihrem Mann einen ernsten Blick zu. „Wenn Frithjof dich nun nicht zur Frau nimmt, Mariella, wird er sein Gesicht verlieren." Friedlinde griff wieder nach ihrer Hand. „Teutobald meinte es nur gut", sie seufzte. „Wenn du nun auf dem Julfest erscheinst", sprach sie nickend weiter, „was alle natürlich erwarten werden, denn die Neuigkeit hat sich dank Adalhart in Windeseile verbreitet, wird mein Vater offiziell eure Verlobung bekannt geben."

‚Nichts wie weg hier!'

Doch Friedlinde, auf eine bezaubernde Art sehr anhänglich, bemerkte Maries Rückzug und eilte ihr nach. „Mach dir keine Sorgen, Frithjof ist ganz wunderbar."

‚Wunderbar!'

„Wir werden sicher eine Lösung finden. Die Verlobungszeit kann sich noch bis in den Wonnemond ziehen, bis dahin ist noch viel Zeit." Sie lächelte ermutigend.

Marie hingegen fehlten die Worte.

Karl kam an ihre Seite. „Erzähl mir doch bitte mal, was du in der kurzen Zeit, in der du hier warst, nur angestellt hast, meine Liebe." Er schüttelte grinsend den Kopf.

Raoul lachte in sich hinein. „Weißt du Marie, mit dir ist es wirklich nie langweilig."

Sie platzte fast. „Lasst uns hier verschwinden", knurrte sie.

Karl betrachtete sie nachdenklich und sagte dann sehr ruhig, „Nein! So eine Gunst des Augenblicks bekommen wir vielleicht nie wieder. Überleg mal, ein Julfest zu feiern, in einer uns völlig fremden Zeit, mit diesen Leuten." Er zuckte leicht mit den Schultern. „Marie, da musst du jetzt durch."

„WAS?", entsetzt starrte sie ihn an.

„Hey Süße", neckte Raoul sie flüsternd, „ich bin bei dir und pass auf dich auf. Aber ich denke auch, dass solch eine Gelegenheit nicht wiederkommt, außerdem bin ich sehr gespannt auf Frithjof!"

‚Na toll!'

Friedlinde schaute die beiden Männer von Neugier erfüllt an, sie wusste nicht zu deuten, was sie soeben gesagt hatten. „Stammt ihr aus dem Sudri?"

Karl nickte vorsorglich, ohne zu wissen was Sudri bedeutete.

Teutobald, der bis dahin verlegen vor sich hin geschwiegen hatte und dessen Gesichtsfarbe hin und wieder von rot zu blass wechselte, nahm seine Frau am Arm. Er verneigte sich ein wenig vor Marie. „Sollen wir gehen?"

‚Nein!'

Friedlinde lächelte und zog sie mit sich, die anderen folgten ihnen und Marie warf Karl giftig böse Blicke zu, nur war er leider viel zu fasziniert, um es zu bemerken.

Als sie durch die Zaunöffnung schritten, offenbarte sich ihnen die ganz besondere Atmosphäre dieses Ortes. Die Einfachheit der Häuser, die dem Anschein nach ausschließlich aus Holz, Lehm und Stroh gebaut waren, die Schlichtheit der ganzen Ansiedlung und das friedlich, heitere und harmonische Miteinander, ob Tier oder Mensch, machten sie aus. Alle wirkten entspannt und fröhlich, sie teilten dass Geringe, was sie besaßen und feierten.

„Ist das nicht fabelhaft, Mariella und ihre Familie sind eingetroffen", rief sie ihrem Vater zu und geleitete sie zu ihm ans Feuer, denn als „Ersten" unter den hier ansässigen Sippen oblag es Friedmund, die Gäste zu empfangen und einzuführen.

Als Marie näher trat, versiegten sämtliche Gespräche und alle Augen ruhten auf ihr. Sie realisierte es nicht einmal, denn ihr Verdruss brodelte vor sich hin und sie hatte Mühe, sich zusammenzunehmen. Doch Karl bemerkte es und besorgt eilte er schnellen Schrittes an ihre Seite. Vielleicht war seine Idee doch nicht so gut gewesen, dachte er für sich. Denn es zeigte sich jetzt mit aller Deutlichkeit, dass hier andersgeartete Welten aufeinandertrafen. Raoul beobachtete aufmerksam die Umstehenden. In ihren Blicken spiegelten sich Unglaube und Wissbegierde, doch nicht die Spur von Feindseligkeit. Sie waren ihnen offenbar freundlich gesinnt.

Friedmund verneigte sich behutsam, kaum wahrnehmbar, doch mit dieser Geste vermittelte er Marie ein Empfinden von Wertschätzung und überrascht sah sie ihn an. Ihr Unmut verebbte augenblicklich. Die Ähnlichkeit mit Frithjof war sehr ausgeprägt, stellte sie fest, und dieser Gedanke entlockte ihr doch wahrhaftig ein Lächeln. Er betrachtete Marie dagegen ein wenig fassungslos, bevor er jedoch mehr Reaktion zeigen konnte, kam eine Frau an seine Seite.

„Komm, meine Tochter, lass dich umarmen", rief sie erfreut, und ehe Marie sich versah, fand sie sich in einer innigen Umarmung wieder. „Ich bin Irmlind, Frithjofs Mutter", raunte sie ihr erst ins Ohr, schob sie dann auf Armeslänge von sich, um sie ausgiebig zu begutachten.

‚Zwinkert sie mir etwa zu?'

Teutobald wäre am liebsten im Erdboden versunken, so unangenehm war ihm die Situation. Nur wegen seines losen Mundwerks war nun die ganze Familie gezwungen ein Lügenmärchen zu spielen.

Nachdem auch Karl und Raoul freudig begrüßt worden waren, stand Marie einigermaßen verwirrt von diesem Empfang am Feuer. Jemand hatte ihr einen Becher Met in die Hand gedrückt und sie nippte vorsichtig daran. *‚Ich sollte mich vielleicht einfach damit betrinken?'* Sie nahm einen kräftigen Schluck und schüttelte sich.

„Mariella Vorsicht, Met hat es in sich!" bemerkte Friedlinde spöttisch neben ihr.

*

Frithjof hatte sie schon von Weitem erspäht. Es gab sonst keine Mädchen mit dunkelroten Locken in der Gegend. Er stand einige Zeit im Schatten eines Hauses und beobachtete sie. Wirklich wohlzufühlen schien sie sich nicht. Was tat sie hier nur? Er betrachtete neugierig ihre Begleiter. Sollte der junge Bursche ihr Bruder sein? Sie waren so vertraut. Und der Andere, war das ihr Vater? Sie trugen ebenso seltsame Gewänder wie sie.

Mariella war nervös, das konnte er ihr ansehen. Ihre ganze Erscheinung wirkte so fremd, ihre Art sich zu bewegen war so fließend und geschmeidig. Nicht wie die Frauen hier. Doch vielleicht waren die Frauen aus dem Land der Sonne so. Sie konnte nur aus dem Sudri stammen, bei den Haaren. Dort hatten angeblich alle Menschen dunkles Haar. Andererseits – ihre sind rot.

‚Es sei denn, du bist eine Hagzissa …' Die hatten seines Wissens auch manchmal rotes Haar. Ihm war bisher noch nie jemand aus der Fremde begegnet. Hierher verirrten sich nicht so viele Menschen, das Hügelland war dafür zu abgeschieden. Doch was, wenn sie leibhaftig eine Hagzissa war? Schließlich brach nun die magische Zeit der Rauhnächte an, war es dann ein gutes Omen?

Er seufzte und lächelte in sich hinein. Jedenfalls würden diese Rauhnächte abenteuerlicher als die vergangenen, so viel war sicher. *‚Hm, … Mariella weißt du überhaupt, was sie jetzt von uns erwarten?'*

*

Frithjof trat aus dem Schatten und schritt ruhevoll, Vreder an seiner Seite, auf die Feuerstelle zu.

Marie erkannte ihn gleich, auch auf die Distanz, und wurde schlagartig nervös. In ihrem Magen begann es seltsam zu flattern und ihre Knie wurden plötzlich auffallend weich.

Ruhig und gelassen näherte er sich, wobei er sie unverwandt ansah. Sein jetzt offenes Haar wehte in der leichten Brise und die Fuchsschwänze seines Pelzumhanges wippten bei jedem seiner Schritte. Mit schlanken Fingern strich er sich eine verirrte Haarsträhne aus der Stirn, ohne jedoch Marie dabei aus den Augen zu lassen.

Raoul, der in Maries unmittelbarer Nähe stand, bemerkte die Veränderung an ihr auf Anhieb und folgte ihrem Blick. Die Hände in den Taschen seiner Hose vergraben, den Kopf leicht gesenkt beobachtete er den jungen Mann, der auf sie zukam.

„Hm", seufzte er. „Geschmack hast du ja!"

‚Hä!' Sie sah ihn verblüfft an und ihre Gesichtsfarbe wurde merklich blasser.

Frithjof hingegen war die Ruhe selbst. Er hatte es nicht eilig, an den Mitgliedern seiner Sippe vorbeizugehen. Hier und da wechselte er ein paar Worte, doch die ganze Zeit ruhten seine Augen auf Marie. Er kraulte seinem Hund flüchtig den Fang, während er an einem jungen Mädchen vorbeiging, das versuchte, seine Aufmerksamkeit zu erhaschen, doch er bemerkte sie nicht einmal.

Marie wurde jetzt wirklich unruhig und ihre Knie fühlten sich mittlerweile an wie Pudding. Als er näher kam, erkannte sie das Leuchten seiner Augen im Feuerschein und ein schelmisches jungenhaftes Lächeln zuckte um seine Mundwinkel.

‚Ist das überhaupt erlaubt, so zu gucken?' Sie widerstand dem Drang sich abzuwenden und konnte dann doch nicht anders als zurückzulächeln.

Nach einer Ewigkeit stand er vor ihr.

„Mariella", begrüßte er sie mit seiner leisen rauchigen Stimme.

„Frithjof", ihr Flüstern klang mehr wie ein Krächzen.

Sein Blick glitt über ihr Gesicht und verweilte an ihrem Mund. Marie vergaß glatt das Atmen und ihr Herz pochte so heftig, als wolle es jeden Moment aus der Brust springen.

Er kam noch näher und fing ihren Blick ein. Behutsam fasste er ihr unters Kinn und strich mit seinem Daumen über ihre verletzte Unterlippe. „Geht es dir gut?"

„Ja!", erwiderte sie tonlos.

„Uff", stöhnte Raoul und wandte sich Karl zu, der die beiden mit großen Augen beobachtete.

Frithjof sog tief die Luft ein. „Hm", und lächelte. *‚Kein Mensch duftet so wie du, Mariella!'* Seine Lippen kräuselten sich amüsiert.

Vor Verlegenheit wusste sie nicht wohin. Ihr Herz raste, ihr Mund war mittlerweile so trocken, dass ihre Zunge am Gaumen festzukleben schien und ihr Magen spannte derart, als wolle er sich jeden Augenblick umkrempeln. *‚Darf so einer überhaupt frei rumlaufen?'* Marie nahm verzweifelt einen kräftigen Schluck von ihrem Met und rümpfte die Nase. *‚Urrg! Was für ein Zeug …'*

Frithjof lachte ganz leise und seine Augen funkelten dabei.

Friedmund trat vor und ergriff das Wort. Alle Anwesenden schauten interessiert auf.

„Nun, heute möchte ich euch eine freudige Nachricht überbringen, auch wenn wir eigentlich das Julfest feiern." Er machte eine kleine Pause und blickte abwartend in die Runde.

„Mein Sohn Frithjof verlobte sich jüngst", er sah ihn an und trat dann zwischen ihn und Marie, „mit einem Mädchen, aus dem Sudri."

Plötzlich wurde Frithjof fahrig, er wirkte beunruhigt und überrascht erkannte Marie die Unsicherheit in seinen Augen.

„Hier möchte ich euch heute meine künftige Tochter Mariella Elena Juana vorstellen."

Maries Puls überschlug sich, sämtliches Blut wich ihr aus dem Kopf. *‚Wow! Wie konnte er sich alle meine Namen merken?'* In ihren Augen verdeutlichte sich ihre Verwunderung und sie suchte seinen Blick. Doch Frithjof schaute zu Boden. Er wirkte tatsächlich verlegen.

Sie erwartete sehnlichst den Moment, wo es „Peng" machte und sie endlich in ihrem Bett aus diesem Albtraum aufwachte. Stattdessen legte Friedmund ihre linke Hand in die seines Sohnes und trat zurück.

Um sie herum weilte Stille. Nur das Knacken des Feuers unterbrach diese Regungslosigkeit.

Frithjof, auf wundersame Weise wieder die Gelassenheit in Person, wandte sich ihr zu und erneut lag ihm dieses schelmische Lächeln auf den Lippen.

Er führte ihre Hand langsam an dem Fuchspelz vorbei auf seine linke Brust und legte die Seine darüber. Marie fühlte die Wärme, die er durch diesen seltsam rauen Stoff ausstrahlte, in den Fingerspitzen und für einen Moment spürte sie auch seinen Herzschlag.

Sie hielt gespannt den Atem an.

Sachte strich er ihr mit seiner linken Hand über die Wange. „Du bist die Meine!", sagte er leise. Seine Finger glitten langsam durch ihr Haar und zupften spielerisch an einer Locke. „Du gehörst zu mir!", flüsterte er. Ein blaues Glühen funkelte ihr entgegen und ihr war, als sehe sie ein amüsiertes Aufblitzen in den von feinen Fältchen gekräuselten Augenwinkeln. Er ließ seinen Blick über ihr Gesicht wandern, betrachtete jeden ihrer Züge eingehend und Maries Magen rutschte tief hinab, bis in die Kniekehlen. Den Kopf zur Seite geneigt fing er nun ihren Blick wieder ein und ganz sanft streifte sein Mund über ihre Lippen. Er deutete den Kuss nur an, es war der Hauch einer Berührung. Und dauerte Sekunden.

Doch Marie empfand es wie eine kleine Ewigkeit. Sie nahm das zarte Streicheln seiner Lippen, seinen Geruch und seine Wärme in sich auf und sämtliche Gefäße ihres Köpers wurden damit geflutet. Er löste sich widerstrebend von ihr und atmete noch einmal tief ein.

Marie starrte ihn an. Ihr Kopf war wie leer gefegt und sie stand ihm völlig perplex gegenüber. Er lächelte und führte für einen kurzen Moment ihre Finger an seine Lippen.

Die Stille war nahezu beklemmend, denn keiner rührte sich.

„Wir werden also bald wieder eine Hochzeit feiern", verkündete Friedmund zögernd und sah die beiden irritiert an.

Langsam kam Bewegung in die Gruppe. Irmlind und Friedlinde wechselten erstaunt einen Blick. Karl und Raoul schauten sich betroffen an, sie standen etwas abseits und wussten nicht so recht wie sie sich verhalten sollten.

Marie registrierte es überhaupt nicht, sondern war immer noch gefangen von dem jungen Mann an ihrer Seite.

Glückwünsche und Trinksprüche wurden gerufen, hier und da jemand, der Frithjof die Schulter klopfte. Nur eine war scheinbar nicht erfreut. Eine junge Frau stob wütend davon.

Marie schaute sich verzweifelt um. *‚Ich bin hier falsch, ich muss hier weg, und zwar schleunigst.'*

*

„Frithjof hat wirklich Talent", sagte Teutobald leise an Marie gewandt und sah sie dabei eindringlich an. Er stand mit Friedlinde neben ihr, während Frithjof für einen Moment davongegangen war.

Erstaunt sah sie auf, ihr war nicht klar, worauf er hinauswollte.

Ein wenig erschüttert fügte er hinzu: „Soeben hat er selbst mich überzeugt, zu glauben, du wärst die Seine." Er stockte und schaute sie bestürzt an. „Doch wir wissen es ja besser."

Marie schluckte und ihr wurde klar, was für ein Schussel sie doch war. *‚Du dumme Gans ...'* Natürlich! Er wollte sein Gesicht wahren und spielte nur. Er spielte wirklich gut, das musste sie ihm lassen. Viel zu gut! *‚Oh, du bist so blöd ..., was bist du nur für eine blöde Kuh?'*

„Hm", seufzte sie, „und das alles verdanke ich dir Teutobald!" Abrupt drehte sie ihm den Rücken zu und ging davon.

Verwirrt sah er ihr nach, um dann fragend Friedlinde anzusehen. Diese verdrehte die Augen und stieß ihm in die Rippen. „Oh mein Lieber, du hast ja keine Ahnung von Frauen!"

Marie ergriff Karls Hand. „Wir gehen jetzt. Und wenn du nicht mitkommst, gehe ich ohne dich!"

„Okay", er sah sie fragend an, doch ihre Miene riet ihm, besser keine Fragen zu stellen. „Ich regele das hier. Geh schon mal Raoul einfangen."

Marie stapfte davon, vor ihrem Freund blieb sie kurz stehen, nickte ihm zu mitzukommen, wartete aber nicht. Ehe sie sich versahen, war sie auf und davon. Karl beeilte sich, ihr zu folgen und berührte Raoul flüchtig am Arm, der erst jetzt bemerkte, dass Marie schon weg war.

„Was ist los?", flüsterte er.

„Keine Ahnung."

Sie holten sie nach kurzer Zeit ein und nahmen sie in ihre Mitte.

„Ich will nichts hören und ich will auch nicht wieder hierher kommen. Nächstes Mal geht gefälligst ohne mich", meinte sie kühl.

*

Frithjof sah, wie Marie die Siedlung verließ und die beiden Männer ihr kurz darauf folgten. *‚Warum läufst du davon?'*

Er machte einen Bogen um die Feuerstelle und bewegte sich im Schatten der Häuser zum Ausgang. In einiger Entfernung konnte er sie im Wald verschwinden sehen und folgte ihnen leise.

Als ihm irgendwann klar wurde, dass sie tatsächlich wieder auf das Hünengrab zusteuerten, wurde er unsicher und verlangsamte seinen Schritt. Zögernd blieb er stehen, doch sein Bedürfnis, mehr über dieses Mädchen zu erfahren, siegte und er schlich behutsam weiter. Vreder bewegte sich leise neben ihm.

Wahrhaftig! Sie betraten alle die Grabstätte und verschwanden darin. Frithjof wurde unruhig. Mit einem unliebsamen Druck entfaltete sich Furcht in seinem Magen und ließ ihn frösteln.

‚Was sind das für Wesen …? Menschen betreten solche Orte für gewöhnlich nicht.'

Mariella war menschlich, davon war er überzeugt. Doch womöglich war sie tatsächlich eine Hagzissa, eine Zaunreiterin, die zwischen den Welten wandelte.

‚Eine zaubernde Waldjungfrau …'

Der Gedanke jagte ihm eine Gänsehaut über den Rücken. Was waren dann ihre Begleiter? Umgab sie sich etwa mit Trugwesen?

Er verharrte – mit sich selbst uneins – einen Augenblick im Schatten der Bäume. Vreder stupste ihn leicht am Knie, woraufhin er ihr über den Fang strich. „Komm", flüsterte er und schritt mutig zur Grabstätte. Vor dem Eingang blieb er noch einmal zweifelnd stehen, schaute sich um und lauschte. Er atmete ein, atmete aus und kämpfte innerliche Schlachten.

‚Will ich das wirklich?'

Es war unverzeihlich, solch eine Stätte zu betreten. Der Zorn der Thursen könnte ihn womöglich niedermetzeln. Alben könnten ihn heimsuchen. Niemand wusste Genaues, doch eines wusste er sicher. Noch nie hatte ein Mitglied seiner Sippe solch eine Grabanlage betreten.

Wachsam duckte er sich und schlich durch den schmalen Eingang hinein. Hier ruhten die alten Seelen. Es war dunkel und es roch nach Erde. Kein Laut war zu hören. Stille.

Niemand war hier. Verwundert stellte er fest, dass sich niemand außer ihm hier drin aufhielt.

‚Mariella, du bist wirklich nicht von dieser Welt!'

Des Rätsels Lösung

22. Dezember 2009

Das Klingeln des Telefons riss Marie aus dem Schlaf. Sie war, nachdem sie die ganze Nacht vor ihrem Computer verbracht hatte, da sie viel zu aufgedreht zum Schlafen war, frühzeitig aufgebrochen, um ihre Fallen zu kontrollieren. Dafür brauchte sie jeden Morgen gut eineinhalb Stunden.

Ihr Onkel hatte sie und Raoul, seit sie vor zwei Jahren ihre Ausbildung begannen, neben ihrer eigentlichen Arbeit auch mit der Fangjagd des Raubwildes im Gehege betraut. Enthusiastisch widmeten sie sich, mit anfänglicher Unterstützung seitens Karls und eines Berufsjägers aus dem Forst, dieser Aufgabe. Für sie bedeutete dies zwar ein erhebliches Maß an Mehrarbeit, doch es vermittelte ihnen auch ein Gefühl von Eigenverantwortlichkeit. Vor allem aber sammelten sie durch die intensive Betreuung der Fallen unschätzbare Erfahrungen, welche sie in zwei Jahren deutlich hatten reifen lassen.

Die Bejagung der Räuber in dem etwa hundert Hektar großen Wildgehege war zwingend notwendig, da durch die Vielzahl der Tiere, insbesondere der Vögel und des Federwildes, natürlich auch eine Menge Raubwild angezogen wurde und die Besätze überhandnahmen. Das Futter lockte die Mäuse und das Mäusepipi lockte die Füchse. Die Marder und vor allem die Iltisse und Hermeline waren besonders neugierig und kontrollierten regelmäßig die Volieren und mit Vorliebe das gut ein Hektar große Birkwildgehege, gerade jetzt bei den hohen Schneelagen und dem strengen Frost. Für alle ging es um das nackte Überleben und jeder suchte, mit so wenig Energieaufwand wie möglich, nach der leichtesten Beute. Erstaunlicherweise fanden die Füchse immer irgendein Loch im Zaun und die Marder kletterten einfach darüber.

Den ersten Fuchs hatte Marie sich präparieren lassen, doch die anderen Beutegreifer balgte sie ab und lagerte die Felle in der Truhe um sie bei Gelegenheit zum Gerben zu geben.

Sie und Raoul waren schon als neunjährige durch die Felder gestreift, hatten kleine Treibjagden veranstaltet und waren mit ihren Holzflinten auf die Pirsch gegangen. Sowohl Karl wie auch sein Vater Dionysius hatten diese Begeisterung gefördert, es war gut für Marie, besser als jede Therapie. Nachdem sie dann noch ihren eigenen Jagdhund bekommen hatte, stöberten Marie und Raoul jede freie Minute durch den Forst und spielten Großwildjäger oder auch Wilderer. Sie waren noch keine sechzehn, da hatten sie ihren Jagdschein gemacht und seitdem hatten sie nicht viel anderes im Kopf. Sehr zum Leidwesen von Lisette, Raouls Zwillingsschwester und Maries bester Freundin, die sich so gar nicht für die Jagd begeisterte.

Nach der Fallenkontrolle, hatte sie weiter recherchiert und war wohl doch noch vor ihrem Rechner eingenickt. Jetzt fühlte sie jeden Knochen im Leib, als sie sich erhob und ihr Zimmer verließ. Karl war schon fort und sie war allein mit Grille.

„Fernández Lünshof", meldete sie sich.

„Hallo Marie, wie gut das ich dich erreiche. Hier ist Paula Meyerling", ertönte die wohl vertraute Stimme der Kassiererin des Geheges. „Hier gab soeben jemand einen kleinen Vogel ab, scheint verletzt zu sein. Magst du ihn abholen? Die Anderen haben alle keine Zeit."

Marie seufzte: „Bin schon auf dem Weg."

Es wurden häufig Tiere abgegeben, meistens verletzte Greifvögel oder Eulen. Es gab allerdings auch so manchen Feigling, der einfach seine überflüssigen Tiere vor dem Haupttor entsorgte. Einmal hatte jemand bei Nacht und Nebel einen ganzen Schwung Katzenwelpen vor der Tür deponiert. Ein anderer hatte unauffällig noch fast nackte Taubenküken neben dem Haupttor abgelegt und irgendwer hatte sogar seinen Hund dort angebunden zurückgelassen. Derartige Aktionen fand dann keiner der Mitarbeiter mehr lustig.

Müde strich Marie sich die Locken nach hinten und ging in ihr kleines Bad, um sich mit einem Schwall Wasser wachzubekommen. Die vergangene Nacht war furchtbar gewesen. Gestern Abend hatte sie, ohne ein weiteres Wort zu verlieren, Karl und Raoul stehen lassen und sich in ihr Zimmer verkrochen.

Sie fühlte sich verwirrt, beschämt, verletzt, peinlich berührt und war zu allem Überfluss einfach hingerissen von dem Germanen. Stundenlang hatte sie sich mit dem Rätsel ihres Großvaters beschäftigt, um Licht ins Dunkel zu bringen. Diese ganze Geschichte war sehr mysteriös und zugleich auch abenteuerlich. So einen Ausflug in alte Zeiten unternahm sie schließlich nicht alle Tage. Für gewöhnlich hielt sich die Spannung in ihrem Leben ja eher in Grenzen, was allerdings durchaus so gewollt war. Marie mochte es gerne ruhig und beschaulich, sie vergnügte sich mit ihrem Hobby und empfand die Jagd als Aufregung genug.

Nach mühevoller Recherche war sie fündig geworden. Tatsächlich hatte sie des Rätsels Lösung gefunden. Und nun hatte sie eine Menge Informationen zu verdauen, ein bisschen Ablenkung täte ihr daher ganz gut.

*

Der kleine Vogel entpuppte sich als Turmfalke. Ein wunderschöner kleiner Terzel – ein männlicher Greifvogel –, der sie aus großen dunklen Augen ansah. Sie hatte den Karton, in dem er saß, mit in die Futterküche genommen und griff nun vorsichtig hinein, um ihn hervorzuholen. Angeblich konnte er nicht mehr fliegen und wäre vor einer Scheune herumgesprungen.

Zack! Er packte mit seinen kleinen Fängen zu.

‚Shit!' Sie griff ihm über den Rücken, sodass er seine Fänge nicht einsetzen konnte. Nun hielt sie ihn in einer Hand und er biss ihr in den Finger. „Au!"

Sie drehte ihn auf den Rücken und suchte nach Verletzungen. Alles schien so weit in Ordnung. Sie zog erst die eine Schwinge vorsichtig auseinander und befühlte sie nach eventuellen Bruchstellen, dann nahm sie den Terzel in die linke Hand, um dies auch mit dem anderen Flügel zu tun. Grille schnuffelte und sah ihr gebannt zu.

„Bist ganz schön mager, Kerle", stellte sie fest. Befühlte das Brustbein etwas genauer und siehe da, eine Macke. Direkt auf der Brust. „Geprellt oder doch gebrochen?", murmelte sie vor sich hin.

Marie stellte ihn erst einmal in einen extra für solche Fälle gefertigten blickdichten Kunststoffkäfig, in dem ausschließlich durch die runden Stäbe der Durchlasstür Licht einfiel, und hängte ein dunkles Tuch davor damit der Vogel zur Ruhe kam.

„Komm Grille, wir holen eine Taube für den kleinen Kerl."

Wedelnd lief die Hündin voraus. Sie liebte Brieftauben. In der Voliere, nahe dem Blockhaus, fing Marie die Erstbeste ein. Sie konnte und mochte nicht lange darüber nachdenken. Fressen und gefressen werden, so war das halt.

Grille war außer sich. Marie betäubte die Taube mit einem kräftigen Schlag auf den Kopf und drehte ihr den Hals um. Ihre Hündin saß schon wedelnd vor ihr und pure Begeisterung spiegelte sich in ihren braunen Augen. Marie wartete noch einem Moment ab, bevor sie ihr die verendete Taube gab. Grille trug sie stolz bis in die Futterküche, setzte sich sogleich artig hin und wartete auf ihr Kommando. „Gib aus." Sie nahm ihr die Beute ab. „Brav Grille", und legte sie auf die Arbeitsfläche neben der Spüle.

Die Tür flog auf und Lisette schwebte in den Raum. „Hallo Marie", rief sie. „Paula sagte du wärst hier."

„Hey Lissi", überrascht schaute sie auf.

Ihre Freundin kam auf sie zu, legte ihr einen Arm um die Schulter und schwärmte drauflos. „Oh, ich hatte so einen tollen Abend. Tristan ist total klasse!"

„So was."

„Und das Beste kommt noch", sie strahlte. „Sein Freund Kjelt findet dich supersüß und würde so gerne mit dir auf die Silvesterparty gehen. Ist das nicht wunderbar?"

„Hmmh, ja sicher", druckste sie rum, „kenne ich den?"

„Oh Marie, der coolste Typ der Gegend", rief sie mit den Augen klimpernd. Sie drehte sich im Kreis und blieb dann an der Spüle lehnend neben Marie stehen.

„Was ist mit dir, du sagst ja gar nichts?", fragte sie.

„Och, was soll ich sagen." Sie zuckte mit den Schultern. „Ich hatte auch einen recht spannenden Abend."

„Tatsächlich?" Lissi sah sie zweifelnd an.

‚Na toll!'

„Ja! Einen recht außergewöhnlichen sogar." In ihre Stimme färbte sich ein garstiger Klang.

Lissi schwieg betroffen und sah sie neugierig an. Marie haschte nach der Brieftaube und zupfte das Brustgefieder ab. Woraufhin Grille freudig näher kam und versuchte, die eine oder andere Feder einzufangen.

„Nun, ich war gestern Abend mal kurz in der Spätantike, irgendwann im 5. Jahrhundert, zum Julfest in einer germanischen Siedlung." Sie hielt kurz inne, um Lissi zuzunicken. „Wahrscheinlich ein Stamm der Sachsen." Sie rupfte noch immer einige Federn und Grille himmelte sie an. „Später habe ich mich verlobt und noch ein bisschen Met getrunken", sie rümpfte die Nase. „Ein fürchterliches Zeug sag ich dir."

Die Brust der Taube war nahezu nackig. Sie entfernte mit einem Ruck erst die Schwanzfedern, den Kropf, schnitt dann den Kopf ab und warf alles in einen Eimer. Lissi starrte sie ungläubig an.

„Mein Zukünftiger", fuhr Marie fort, „ist unstreitig der coolste Typ, den ich je getroffen habe." Sie seufzte: „Seine blauen Augen sind unbeschreiblich." Marie nahm sich währenddessen ein Messer und schnitt am Brustbein der Taube entlang, griff anschließend zur Geflügelschere und durchtrennte die Knochen.

„Er ist so ... sinnlich", bemerkte sie versonnen mit zusammengekniffenen Lippen. Konzentriert bog sie mit den Fingern die durchtrennte Brust auseinander, sodass die Innereien freilagen. „Und weißt du, was das Schlimmste ist?" Sie sah kurz auf ihre Freundin. „Er hat mir gestern Abend nur so schöne Augen gemacht, damit er sein Gesicht nicht verliert." Mit einem gekonnten Griff entfernte sie die Eingeweide und warf sie ebenfalls in den Eimer. „Hm, für einen Moment hatte ich wirklich geglaubt, er würde mich mögen", sprach sie ein wenig leiser. Sie entfernte die Membran über den Lungenflügeln und schob dann ihren Daumen darunter, um die Lunge komplett zu entfernen. Greifvögel konnten sich so schnell eine Aspergillose – eine Verpilzung – von den Tauben einfangen. Darum achtete sie sehr sorgfältig darauf.

Lisette schwieg, verlagerte ein wenig ihr Gewicht, holte kurz Atem, um Marie dann doch nur wieder anzustarren.

Diese trennte noch fix die Füße der Taube ab und schnitt das Brustfleisch heraus, welches sie für den Falken brauchte. Den Rest würde sie einem Habicht geben, der ebenfalls als Gast hier weilte.

„Marie, willst du mich auf den Arm nehmen?", fragte Lissi ernst.

„Durchaus nicht, geh, frag deinen Bruder. Er war dabei", sie stutzte kurz, „eigentlich hat er sogar die Schuld daran, na und Karl auch." Sie stellte den Eimer weg, den Inhalt würde sie später Raoul geben für seinen Luderplatz, machte die Spüle sauber und legte die Bruststücke der Taube auf ein Schneidebrett.

Plötzlich fing Lisette an zu kichern. Einen Moment später wurde ein prustendes Lachen daraus. „Meine Zeit", gibbelte sie. „Der schärfste Typ vom Hümmling steht auf dich und du willst mir jetzt ernsthaft erzählen, dass du dich in einen Steinzeitmacker verknallt hast, der dich womöglich noch Keule schwingend an den Haaren in seinen Bau schleift?"

Marie sah überrascht auf. „Lissi, du hast in Geschichte echt nicht aufgepasst!", meinte sie amüsiert. „Ich denk' du machst gerade dein Abitur?"

Wieder öffnete sich die Tür und Raoul trat ein. „Hey Mädels!", rief er, umfasste seine Schwester von hinten und küsste ihr flüchtig den Nacken. Dann schritt er zu Marie und zupfte an einer ihrer roten Locken. „Alles klar?", fragte er.

„Ja sicher", sie nickte. „Hilf mir eben, ich habe hier einen verletzten Turmfalken. Der braucht nötig was zu fressen und ich befürchte fast, wir müssen ihn erst einmal zwangsernähren." Sie sah ihre Freundin an. „Danach gehen wir im Wildstübchen Kaffee trinken. Okay?"

*

Marie und Raoul betraten das Wildstübchen. Es war recht voll, viele waren zum Mittagessen hergekommen. Das Bistro war nicht ausschließlich Gehegebesuchern vorbehalten, so kam es regelmäßig vor, dass sich Gäste nur zum Speisen hier aufhielten. Das urige Ambiente lockte und Tante Tildes Küche war ausgezeichnet und für jedermann erschwinglich.

Marie war hier zu Hause, es war ihr der liebste Ort im Gehege. Sie mochte das Gebäude, welches ebenso wie alle anderen im Gehege aus Holz gebaut war. Die große Panoramaverglasung an zwei Seiten der Stube, mit Blick auf die Wildpferdewiese, fand sie besonders schön. Und in den wärmeren Monaten des Jahres saß sie abends häufig auf der großen Terrasse davor, um zu lesen oder einfach nur um vor sich hinzuträumen.

Doch was diesen Ort für sie wirklich ausmachte, war die spektakuläre Präparatesammlung. Hier tummelten sich über vierhundert Wildtierpräparate, wirklich gute Stücke, keine zähnefletschenden Kreaturen, sondern einfach natürlich wirkende Tiere.

Marie kannte und mochte sie alle. Es gab eine ganze Reihe Kopf-Schulter-Präparate. Von einem Wisent, der sehr viel Platz beanspruchte, einem ungewöhnlich endenreichen Hirschen, einem Muffelwidder, der mit den Vorderläufen voran aus der Wand zu springen schien, einem hübsch anzuschauenden, dunklen Rehbock und letztendlich von einem stattlichen Wildschwein. Außerdem waren die Wände mit einer beeindruckenden Anzahl Wasser-, Wiesen- und Greifvögeln sowie Eulen, Schnepfenvögeln und Möwen versehen, die nach Arten sortiert in kleinen Gruppen hingen. Sehr schön war, dass das Gehege auch über eine beachtliche Eiersammlung verfügte, und so waren diese entsprechend der Tierarten in kleinen Schaukästen daneben zu bewundern.

Der europäische Uhu, im Anflug aufs Buffet, war ein echter Blickfang und die vielen kleinen und großen Singvögel, die in säulenförmigen Glasvitrinen links und rechts daneben untergebracht waren, luden zum Verweilen ein. Sämtliches Raub- und Haarwild war vertreten und zwischen den runden Tischen auf Baumstämmen platziert, die als Raumteiler dienten. Auch das Federwild, wie Rebhuhn und Fasan, fand hier seinen Platz.

Besonders die Häsin mit ihren Jungen hatte es ihr angetan. Sie waren an einem Fensterplatz aufgestellt und Marie hatte ihn als ihren Stammplatz auserkoren. Ein paar Schreitvögel wie Grau- und Silberreiher, stolzierten auf einem mit Moos bewachsenen Stamm an der Kasse entlang. Ein Kranich begrüßte die Gäste im vorderen Eingang und in der Mitte des Saals thronte auf einem Stamm ein Storchennest mit einem Paar darin, die – ihren Kopf in den Nacken gelegt – als Klapperstörche dargestellt waren.

Die Nähe zu den Wildtieren gab diesem Raum eine ganz besondere Atmosphäre. Die Möglichkeit, sich eine Bekassine, einen Wendehals oder auch ein Hermelin ohne jegliche Distanz anschauen zu können, oder den Maulwurf, der nur zur Hälfte aus einem Sandhaufen lugte, begeisterte nicht nur Marie, sondern auch viele andere Menschen. Es gab immer wieder Neues zu entdecken.

Im Laufe der Jahre hatten sich dadurch interessante Projekte entwickelt. Schulen verlegten in den Wintermonaten gerne mal ihren Biologieunterricht hierher. Im Sommer gab es dafür die Wildschule draußen im Gehege. Die Kinder waren immer wieder aufs Neue begeistert und entwickelten dadurch einen ganz anderen Bezug zu den Wildtieren. Die Jägerschaft kam schon mal mit ihren Jagdscheinanwärtern im Rahmen ihres Wildtierunterrichts vorbei und im Winter fanden hier nach den Treibjagden sogar regelmäßig Schüsseltreiben – gemeinschaftliche Abendessen – statt.

*

Lissi wartete schon eine Weile an einem Tisch, den sie ergattert hatte am Fenster neben ein paar Steinmardern, als Marie und Raoul das Bistro betraten. Grille drückte sich währenddessen dicht an ihr rechtes Bein. Sie kam hier täglich hinein und immer wieder zeigte sie Angst vor dem riesigen Keiler, der links von ihnen im hinteren Eingangsbereich zum Gehege stand. Sie war nicht die Einzige, viele Hunde fürchteten sich davor und so mancher hinterließ vor lauter Schreck auch schon mal eine Pfütze.

Sie gingen zuerst an die Theke, um sich Kaffee und Donuts zu holen. Es duftete nach frischgebackenem Brot und Marie konnte nicht widerstehen, ordentlich zuzugreifen. Zum frühstücken war sie bisher nicht gekommen. Mit einem gut gefüllten Tablett schlängelten sie sich an den Tischen vorbei, und an einem Fensterplatz – neben ein paar Waschbären – erkannte sie einen blonden jungen Mann aus dem Dorf. Sie wurde sogleich verlegen. So selten sie ihn auch sah, es gelang ihm immer wieder, sie mit seinem anziehenden Lächeln zu verwirren.

„Hey, ich dachte schon ihr kommt gar nicht mehr!", nörgelte Lissi, die nichts bemerkte.

„Viecher brauchen Zeit, Süße", erwiderte Raoul trocken.

Sie setzten sich zu ihr und Marie begann sogleich ungeduldig, zu essen. Sie bemerkte erst jetzt, wie hungrig sie war.

„Marie, nun erzähl endlich!", sagte ihre Freundin zappelig.

Sie nickte. „Gleich."

Raoul zwinkerte ihr zu und just in dem Moment klingelte Lissis Handy. „We are the people ..."

„Oh, das ist Tristan", sie sprang auf und ging durch die Eingangstür nach draußen. Die Tür ins Gehege konnte sie nicht nehmen, da sie dort zuvor durch ein Drehkreuz musste und das funktionierte nur mit einer

Eintrittskarte, die sie natürlich nicht hatte. Marie und Raoul sahen sich lächelnd an und aßen schweigend weiter. Irgendwann holte er ihnen noch mal Kaffee und tatsächlich kam seine Schwester kurz darauf wieder.

Jetzt, wo sie etwas im Magen hatte, fühlte Marie sich gleich besser. Sie schaute aus dem Fenster und beobachtete ein paar Blaumeisen, die sich um einen Krümel am Futterhäuschen prügelten.

„Gestern erhielten wir eine Postkarte von meinem Großvater – mit einem Rätselreim", begann sie zu erzählen. „Anfangs wurde ich nicht ganz schlau daraus, doch ich glaube, jetzt habe ich es gelöst."

„Ein Rätsel?" Die Zwillinge sprachen zugleich.

Sie überlegte einen Moment, um es nicht falsch aufzusagen.

„Wenn Einzug hält die Rauhnacht und ein blauer Mond am Himmel erwacht, wird eine Übermacht erscheinen, an von Drachen bewachten Hünensteinen. Klingt eigenartig nicht wahr?" Sie lehnte sich zurück und sah von einem zum anderen.

„Und du hast es gelöst?", fragte Lissi erstaunt.

„Nun ja, ich hoffe." Sie betrachtete wieder die Blaumeisen. „Bei den Germanen sind die Rauhnächte jetzt, genauer gesagt vom 21. Dezember bis 2. Januar. Diese Tage liegen außerhalb der Zeit, also zwischen den Jahren. Das Ganze hängt mit dem Sonnen- und Mondkalender zusammen." Marie machte eine kurze Pause, um von ihrem Kaffee zu trinken. Raoul rückte gespannt näher.

„Für die Germanen scheint diese Zeit von großer Bedeutung zu sein." Sie lächelte und dämpfte ihre Stimme. „Angeblich jagen an diesen Tagen die Seelen der Verstorbenen als wilde Horde, von Odin angeführt, durch die Lüfte. Die Germanen zünden dann Räucherwerk an, um sie von ihrem Heim fernzuhalten."

Lissi machte große Augen.

„Die Menschen, die wir gestern trafen, sind auf jeden Fall Germanen", sagte sie noch leiser. „Sie müssen dem Stamm der Sachsen angehören."

„Wie kommst du darauf?", fragte Raoul.

„Ich habe geforscht, welche Völker hier in früheren Zeiten gelebt haben und stieß dabei auf die Chauken – auch ein Germanenstamm. Die siedelten hier anscheinend bis ins 2. Jahrhundert, aber so genau würde ich mich da nicht festlegen wollen." Sie nippte noch einmal an ihrem Kaffee und liebäugelte mit dem halben Donut, der noch auf Raouls Teller lag. Er schob ihr wortlos den Teller rüber.

„Erzähl doch weiter", drängelte Lissi.

„Ein wesentlicher Aspekt ist – denke ich – die Falknerei. Die kam erst im Zuge der Völkerwanderung nach Europa. Also im 4. Jahrhundert ungefähr. Auch die Sachsen rückten in dieser Zeit hier ein. Vielleicht vermischte sich der Stamm der Chauken mit dem der Sachsen." Marie biss in den kleinen Kuchen und seufzte. „So aus dem Bauch raus tippe ich, dass diese kleine Gruppe Menschen von gestern Abend irgendwann im 5. Jahrhundert lebte. Viel früher kann es nicht gewesen sein und der Kleidung nach kann es auch nicht so viel später sein."

„Wäre ich nicht dabei gewesen, würde ich dir kein Wort glauben", flüsterte Raoul.

„Ja, und was hat es nun mit dem Rest des Rätsels auf sich", fragte Lissi ungeduldig.

„Das ist echt bemerkenswert", meinte Marie nickend und strich sich eine Locke aus den Augen. „Der blaue Mond hat mich ja erst ein wenig irritiert, aber eigentlich ist er total bekannt. Blue Moon! Steht für ein seltenes Ereignis. Das ist ein zusätzlicher Vollmond, wo eigentlich keiner sein sollte. Es kommt regelmäßig vor, dass ein Jahr dreizehn Vollmonde hat."

„Blue Moon", meinte ihr Freund grüblerisch, „gibt es da nicht ein Lied?"

„Ja, Sinatra, Elvis, Dean Martin und Liza Minelli, alle haben es gesungen", lächelte Marie.

„Wir haben an Silvester Vollmond", rief Lissi, die mit ihrem Telefon surfte.

„Richtig und am 2. Dezember hatten wir auch einen. Und dieses Ereignis findet im Dezember nur alle neunzehn Jahre statt."

„Ach, das heißt so viel, dass dein Großvater das vor all den Jahren schon einmal erlebt hat?"

„Ich schätze schon, warum sonst sollte er dieses Rätsel schicken." Gedankenvoll sah sie wieder den Blaumeisen zu. „Interessant ist nur, dass er die näheren Umstände kennt und genau weiß, was die Ursache ist. Vor neunzehn Jahren an derartige Informationen zu kommen bedurfte wohl weitaus mehr Zeit als heute mit dem Internet. Vielleicht hat er es ja schon mehr als einmal erlebt."

„Das wäre ja ein Ding", platzte es Lissi raus.

„Und was hat es mit den Drachen auf sich?", fragte Raoul stirnrunzelnd.

Marie sah ihn an. „Ja, das war gar nicht so leicht. Doch ich glaube, auch hier ist die Erklärung ganz einfach." Sie lachte in sich hinein und freute sich, dass ihre Freunde ebenso begeistert waren wie sie selbst. „Es gibt sogenannte Leylinien, auch Drachenlinien genannt. Das sind Energiebahnen, die unseren Planeten wie Meridiane umspannen. In der Regel liegen sie an der Erdoberfläche und sind einen Meter breit und mehrere Meter hoch. Sie verbinden Städte, Kulturplätze und Kirchen miteinander. Aber eben auch Hünengräber."

„Habe ich noch nie gehört", meinte Lissi brüsk.

„Kannte ich ehrlich gesagt auch noch nicht. Jedenfalls kann eine Drachenlinie mehrere Hundert Kilometer lang sein. Jede Linie hat einen Beginn und ein Ende, und an diesen Stellen fließt die Energie entweder in die Erde oder aus ihr heraus." Sie grinste. „Das sind gute Orte, dort fließt sehr viel positive Energie."

Die Zwillinge schauten sie verblüfft an.

„Und wenn ich nun das Rätsel richtig verstanden habe, müssen alle diese Faktoren eintreffen, um eine Übermacht an einem Hünengrab auszulösen."

„Ein Portal", meinte Raoul nachdenklich, „eine Tür in eine andere Zeit. Mensch, das ist wie Zeitreisen!" Er lachte. „Ich werd' verrückt."

Lissi war tatsächlich sprachlos.

„Ja, eine Zeitreise. Doch ich bin mir nicht sicher, ob es immer dasselbe Hünengrab ist oder ob vielleicht noch andere auch diesen Zugang ermöglichen. Und ist es immer in dieselbe Zeit?", rief Marie aufgeregt und musste sich zusammenreißen, um nicht zu viel Aufmerksamkeit bei den anderen Gästen zu erregen. „Ich meine, ist mein Opa schon in derselben Zeit gelandet wie wir oder in einem ganz anderen Jahrhundert?"

„Meine Güte ist das abenteuerlich", nickte Lissi und lehnte sich verdattert zurück.

„Bei den Leylinien verhält es sich so, dass sie durch Hindernisse, also Gebäude, schwächer werden. Deshalb kann es ja sein, dass sich die Zugänge im Laufe der Zeit verändert haben. Ich meine, dass nicht immer dasselbe Grab einen Zugang hatte." Sie nahm schnell noch einen Schluck

Kaffee. „Welches ist wohl das andere Grab, das mit dem Unseren verbunden ist?"

„Wir sollten vielleicht mal auf einer Karte nachschauen", schlug Raoul vor.

Wieder klingelte Lisettes Handy. Marie und ihr Freund verdrehten die Augen. „Oh, das ist Tristan", äfften beide Lissi nach und kicherten. Diese stob beleidigt ab und ging wieder vor die Tür.

Sie schwiegen für den Moment, Marie lehnte sich seufzend in ihrem Korbstuhl zurück. Sie fühlte sich müde und erschöpft. Mit geschlossenen Augen lauschte sie der Musik, die leise im Hintergrund erklang. Sie mochte den Song von Livingston.

Raoul lehnte sich ebenfalls zurück. Das stoppelige Kinn in seinem hellen Rollkragenpullover versunken, betrachtete er sie nachdenklich. Nach ein paar Minuten unterbrach er das Schweigen. „Dieser Frithjof hat dich ganz schön umgehauen, nicht?", fragte er ruhig.

Sie zögerte und ihre Augen blickten direkt in seine. „Eigentlich mag ich gar nicht über ihn sprechen."

„Okay!", sagte er, beäugte sie dennoch kritisch.

Grille streckte sich unter dem Tisch lang aus und legte eine Pfote auf ihren Fuß. Lissis Absätze klackerten auf dem Holzboden, als sie strahlend zurückkehrte. „Kjelt hat nachgefragt, wie es denn aussieht mit Silvester?", sagte sie eifrig.

Marie tat so, als höre sie nichts. Raoul, der aus dem Fenster gesehen hatte, stupste sie an.

„Ist das nicht Wenzeslaus Lünshof?"

Sie sah ebenfalls hinaus. „Ja", und wunderte sich. „Der andere Typ ist Albert. Sein Adoptivsohn. Was machen die hier im Park? Kann mich nicht erinnern, sie hier je als Besucher gesehen zu haben."

„Gestern sah ich ihn bei dem Hünenbett Düvelskuhlen fahren."

„Na so was!" Marie sah ihn überrascht an.

Nach einer viertel Stunde trennten sie sich voneinander. Raoul wollte noch sein Stück Rehwild versorgen. Schließlich sollte es der Weihnachtsbraten für die Familie werden und bedurfte der weiteren Verarbeitung. Lisette war schon wieder mit ihrem Tristan verabredet und Marie musste jetzt einfach ergründen, was denn ihr Großonkel hier suchte. Doch sie verabredeten sich für den Abend, um sich gemeinsam eine Karte vom Hümmling anzuschauen.

*

Marie nahm Grille an die Leine, zog den Reißverschluss ihrer Jacke bis zum Kragen zu, setzte sich ihre Wollmütze auf und ging ihnen nach. Sie konnte nur die grobe Richtung einschlagen, doch nach einer Weile war sie sich ziemlich sicher, dass die zwei zu dem Hünengrab auf der Buschhöhe unterwegs waren.

Es war kalt an diesem Mittag, die Nacht über hatte es ordentlich gefroren und der Schnee war harsch und barst bei jedem Schritt.

Plötzlich sah sie Wenzeslaus vor sich, er kam gerade um die Ecke des Birkwildgeheges. Er erkannte sie auch sogleich und winkte ihr zu. „Marie, guten Tag", rief er und sein Schritt wurde eine Spur schneller.

„Hallo Onkel Wenzeslaus, welch eine Überraschung dich hier zu treffen."

„Ach ja, mir war heute nach einem kleinen Spaziergang unter Wildtieren", meinte er freundlich.

„Bist du ganz alleine hier?"

„Ja, bin ich, wie immer", er seufzte. Fügte dann rasch hinzu: „Ich muss mich beeilen, gleich habe ich einen Termin. Marie grüße mir den Karl und habt schöne Weihnachtsfeiertage." Und schon ging er weiter.

„Dir auch schöne Feiertage Onkel Wenzeslaus", meinte Marie sichtlich verdutzt und sah ihm nach. *‚Warum wohl flunkert er mich an?'* Sie ging in die Richtung, aus der er gekommen war – also zum Hünengrab. Anhand der Spuren konnte sie genau sehen, dass hier zwei Personen gelaufen waren. Tatsächlich war aber nur eine ins Hünengrab hineingegangen. Sie brauchte zwar einen Moment, um die Spur einzuordnen, doch dann war es ganz klar.

Sie hockte sich hin und krabbelte mit Grille im Schlepptau durch die Lücke zwischen den Steinen, obwohl sie sich ja geschworen hatte, NIE wieder hierherzukommen.

Erneut konnte sie ganz deutlich dieses Flirren erkennen und in dem Augenblick, wo sie hindurchkroch, spürte sie ein Prickeln. Als würde sie ein feines Netz durchdringen. Ein Spinnennetz. Sie fühlte keinen wirklichen Widerstand und doch war dort etwas. Die Male vorher war ihr das gar nicht aufgefallen. Sie rutschte langsam zurück. Wieder dieses Kribbeln. ‚*Energie!*' Fast greifbar. Sie bewegte sich bedächtig vorwärts und da war es, genau an dieser Stelle. Zögernd legte sie ihre Finger an den flirrenden, glatten Stein. Ein feines Zittern kroch durch sie hindurch bis in die Hand und weiter in den Arm. Wie eine Vibration zog sich diese Empfindung durch ihren Körper und wurde – je länger sie den Hautkontakt zu dem Urgestein hielt – noch intensiver.

‚*Unglaublich!*' Sie löste sich davon und im Nu war der Impuls verflogen, hinterließ jedoch ein sanftes Summen unter ihrer Haut. Verblüfft starrte sie auf ihre Finger. ‚*Das ist nicht nur ein guter Ort. Ein magischer Ort!*'

Marie verließ das Steingrab und bog, noch fasziniert von diesem Eindruck, ihren Rücken durch. Er schmerzte fürchterlich, jeder Muskel schien verspannt. Stundenlang krumm am Schreibtisch zu hocken war schlicht ungesund.

Grille stupste ihre Hand und trippelte wedelnd hin und her.

Da waren die Schritte im Schnee. Sie folgte den Fußtritten, doch trotz des dichten Baumbestandes pfiff ein ordentlich kalter Wind und verwehte schon jetzt die Spuren. Marie zweifelte. Das Wetter war nicht gut, sie könnte sich unter Umständen in diesem Urwald verlaufen. „Komm schon Fernández Lünshof!", sprach sie zu sich selbst und schritt voran.

Je weiter sie lief, umso schlechter ließen sich die Schritte verfolgen. Schneegestöber setzte ein und der Wind blies ihr eiskalt um die Ohren. Sie drehte sich um. ‚*Ist zu riskant!*'

Auf ihrem Rückweg konnte sie ihrer eigenen Spur nicht mehr folgen. Dicke Schneeflocken hatten sie bereits verdeckt. Sie blieb stehen, um sich zu orientieren. Doch alles sah gleich aus. Dicht und undurchdringlich. ‚*Verdammt!*' Sie versuchte, die Richtung zu halten, doch es war kein Hünengrab in Sicht. ‚*Hier müsste es doch schon längst sein.*' Ihr Hund wurde jetzt ebenfalls merklich unsicher.

„Okay, gehen wir wieder zurück", sprach sie erneut zu sich selbst. Doch auch hier fand sie kein Steingrab. ‚*Ist es denn zu glauben, wir haben uns verlaufen!*' Marie war mittlerweile am Verzweifeln. ‚*Zu Hause wäre mir das nie passiert!*' Sie fluchte vor sich hin, doch das brachte sie auch nicht weiter. Ihr wurde der Ernst ihrer misslichen Lage bewusst. Fände sie jetzt nicht den Heimweg oder einen Unterschlupf, würde sie hier erfrieren, zusammen mit ihrem Hund. Marie zog Grilles Signalhalsung aus ihrer Jackentasche und hängte sie weit über einen Zweig. Falls sie hier wieder landen sollte, wusste sie so wenigstens Bescheid. Dann ging sie langsam und konzentriert in dem immer dichter werdenden Gestöber in die Richtung, von der sie glaubte, in ihr die Grabstätte zu finden.

Schneesturm

22. Julmond 434

Frithjof stapfte, auf dem Weg zu seinem Onkel, der in einer Ansiedlung nahe des großen Handelsweges lebte, durch den harschen Schnee. Es war ein mühseliger Gang, doch er benötigte dringend neue Glöckchen für Vedrfölnir. Heute Morgen war ihm der Riss in der einen Bell aufgefallen und nach einem kritischen Blick auf die Fänge seines Habichts sah er auch sogleich die kleine Verletzung, die das scharfe Metall verursacht hatte. Verärgert entfernte er das Glöckchen sogleich und betupfte die Wunde mit einer Johanniskraut-Lösung, die er für solche Fälle besaß. Das Metall war nicht einwandfrei, eigentlich hatte es ihm von Anfang an nicht gefallen. Er selbst beherrschte nicht das Geschick solche Dinge herzustellen, doch sein Onkel Irmbert war in der Schmiedekunst bewandert und fertigte für viele in der Gegend Bells, ebenso auch Waffen und manches Mal sogar Schmuck. Es war ein anständiger Fußmarsch von hier in Richtung Sudri. Um hin- und wieder zurückzukommen, würde er bei dieser Witterung den ganzen Tag brauchen. Vedrfölnir und Vreder begleiteten ihn, so konnten sie unterwegs gleich ein paar Kaninchen beizen, für sich selbst und für seinen Onkel zum Tausch gegen die Bells.

Frithjof versorgte sich selbst, da er es vorzog alleine zu leben. Es war nicht ungewöhnlich, wenn die Söhne sich ein eigenes Heim schufen, doch wenn überhaupt, dann eigentlich erst nach ihrer Vermählung. In den meisten Fällen lebten mehrere Generationen gemeinsam mit ihrem Vieh unter einem Dach. Aber er war schon immer sehr eigenbrötlerisch, und um den ständigen Streitigkeiten mit seinem dominanten Vater ein Ende zu setzen, hatte er sich im Frühjahr vor zwei Wintern ein eigenes Haus gebaut. Anfänglich hatten alle gedacht, er wolle sich nun bald eine Frau nehmen und so manch ein Mädchen, auch außerhalb seiner Siedlung, hatte sich Hoffnungen gemacht. Allen voran Bernhild, die Tochter des Bernfried. Sie war gleich alt und in direkter Nachbarschaft zu ihm aufgewachsen. Doch nichts lag ihm ferner, er war froh endlich allein zu sein.

Der Habicht hatte erfreulicherweise schon zwei Kaninchen erbeutet, als sich das Wetter zusehends verschlechterte. Frithjof betrachtete einen

Moment den Himmel und entschied sich umzukehren, es würde bald sehr ungemütlich werden.

Der Wind und auch der Schnee wurden mit einem Mal übermäßig heftig und er schritt zügig voran. Es war zu gefährlich hier draußen.

Vreder lief neben ihm, den Kopf gesenkt, um nicht zu viel Schnee in die Augen zu bekommen. „Es ist nicht mehr weit!", sagte er leise. Seinen linken Arm hielt er sich vor die Brust, sodass der Habicht durch seinen Körper einigermaßen geschützt auf der Faust stand.

Was war das? Frische Spuren! Überrascht sah er genauer hin. Mensch und Hund! Nur einen Moment vor ihm. Er beeilte sich, um sie einzuholen. Wer sollte jetzt hier umherlaufen? Frithjof konnte kaum glauben, wen er dort vor sich sah. *‚Frau! Du bist unmöglich!'*

„Mariella!"

Sie drehte sich abrupt um. *‚Oh Himmel sei Dank!'*

„Frithjof!"

„Was tust du hier, weißt du denn nicht, wie gefährlich es ist, jetzt draußen herumzulaufen?", rief er aufgebracht und völlig bestürzt, sie hier bei dem Schneetreiben zu sehen.

„Ich habe mich verlaufen", gab sie kleinlaut zu, war jedoch einfach nur heilfroh, ihn zu sehen. Sie hatte sich noch nie über jemanden so sehr gefreut wie in diesem Moment.

„Komm mit mir", rief er gegen den heftig wehenden Wind.

Marie hegte keinerlei Einwände, sie war erleichtert der Schneehölle zu entkommen, wohin auch immer.

Er ergriff ihre Hand und zog sie mit sich. Der Wind ließ ihr die Augen tränen, wodurch sie nichts mehr sah und über die am Boden liegenden schneebedeckten Äste strauchelte. Ständig verhedderte sich ihre Hundeleine und Marie war entnervt. Ausgerechnet sie, die doch immer der Meinung war, ihr könnte im Wald nichts passieren, sie käme überall klar, versagte hier auf ganzer Linie. Frithjof ließ ihre Hand nicht los und passte sich ihrem Tempo an. Er kannte diesen urwüchsigen Wald so viel besser und fand mit Leichtigkeit seinen Weg. So gelangten sie zur Siedlung, die gar nicht mal so weit entfernt lag. Sie schritten an einigen Zäunen vorbei auf ein kleineres Haus zu, doch bei dem Schnee war nicht mehr allzu viel von der Umgebung zu erkennen, obwohl sie interessiert daran gewesen wäre. Doch jetzt mussten sie erst einmal in Deckung. Sie durchquerten den Hofraum und gelangten zur Eingangstür. Frithjof schubste sie auf und schob Marie zusammen mit ihrem Hund hinein.

Sie schüttelte sich den Schnee ab, zog sich die Mütze vom Kopf und atmete erleichtert auf. *‚Glück gehabt!'*

Neugierig blieb sie stehen. Es gab nur den einen Raum, nicht übermäßig groß, vielleicht sechs Meter lang, der sowohl einen Meter links, wie auch rechts von ihr mit einer halbhohen Wand aus Weidengeflecht geteilt wurde. Gegenüber der Tür, durch die sie eingetreten waren, lag eine weitere Tür. Doch Fenster gab es keine. Nur winzige Luken.

Sie ging ein paar Schritte und drehte sich um sich selbst, Grille immer noch mit sich ziehend. Das ganze Haus basierte auf einem Holzständerwerk. An den beiden Längsseiten standen mehrere schwere Balken, die wiederum einen Dachbalken trugen. Breit war das Ganze maximal vier Meter. Die Wände bestanden aus mit Lehm beworfenem Flechtwerk und das Dach aus Stroh. Sie spähte vorsichtig hinter die Wand rechts von ihr und wurde sogleich von einem Mutterschaf und einem größeren Jungtier angeblökt. Grille schnuffelte neugierig. Nun ging sie zur anderen Trennwand, hinter der Frithjof verschwunden war. Er hockte gut einen Meter vor der Flechtwand in der rechten Ecke und befestigte sein Habichtsweib mit der Langfessel an einer gebogenen Sitzstange, währenddessen stand dieses noch immer auf seiner Faust. Erst als er fertig war, ließ er sie auf den Habichtsbogen übersteigen.

Erstaunt sah sie Frithjof an. *‚Er lebt ganz allein.'*

Seine ganze Aufmerksamkeit galt immer noch dem Vogel. Vedrfölnir schüttelte sich und begann ihr Federkleid zu sortieren. Schnell wandte Marie sich ab und schritt weiter in die Mitte des Raumes auf eine großzügige Feuerstelle zu. Hier glimmte nur die Glut vor sich hin, strahlte jedoch noch Wärme ab. Direkt dahinter stand an der Wand ein Podest, das mit mehreren Fellen und sogar Wolldecken bedeckt war. Vreder hatte sich links davon nahe dem Feuer auf einem Schafsfell eingerollt und Frithjof brachte ein paar Holzscheite, die neben der Eingangstür lagerten, um das Feuer wieder anzufachen.

An der linken Längsseite konnte Marie noch einen Tisch, einen Stuhl, und schräg in der Ecke zum Weidengeflecht eine große Holzkiste ausmachen. An der anderen Wand stand nur ein Regal mit einigen Krügen und Schüsseln, mehr war nicht zu entdecken.

„Setzt dich ans Feuer Mariella", sagte er. Erneut griff er nach ihrer Hand und führte sie zu seinem Nachtlager. Marie spürte die Wärme seiner Finger und er hielt die ihren länger als nötig gewesen wäre. Zum ersten Mal seit der vergangenen Nacht trafen sich nun ihre Blicke und sie wurde prompt rot. Seine Augen blitzten übermütig und um seine Mundwinkel zuckte ein Lächeln.

‚Junge, du machst mich völlig fertig.' In ihrem Bauch kribbelte es, als wären darin Hunderte Ameisen unterwegs und verlegen drehte sie sich zur Seite und konzentrierte sich auf Grille. Marie leinte sie ab, zog sich kurzerhand ihre Faserpelzjacke aus und legte sie für ihren Hund auf den Sandboden vor die Feuerstelle.

„Grille, ablegen", meinte sie leise. Zweifelnd schaute diese auf und Marie runzelte ihre Stirn und nickte energisch. Ihr Hündin tapste auf die Jacke und drehte sich erst zweimal im Kreis, bevor sie sich niederließ. Marie seufzte, als sie sich selbst setzte. Sie streckte ihre Hände vor, um sie zu wärmen. Dann schaute sie nach oben, da sie sich fragte, wie der Rauch abzog, und entdeckte zu ihrer Verwunderung ein Loch im Dach.

Frithjof stand neben dem Feuer und sah sie noch immer an. Nervös strich sie sich mit einer Hand die Haare aus dem Gesicht. *‚Madre de Dios! Schau mich doch nicht so an!'*

„Was hattest du nur bei dem Wetter da draußen zu suchen?"

Sie druckste ein wenig herum, sah auf ihre Hände, dann in die Flammen. „Nun, ich habe jemanden gesucht."

„Hm. Jemanden?" Er wirkte fast ein wenig enttäuscht.

„Ja, einen Mann, vielleicht hast du ihn gesehen?"

„Ich habe nur dich gesehen", erwiderte er knapp, legte seinen feuchten Pelzumhang ab und hängte ihn über den Stuhl. Anschließend öffnete er die schöne Fibel an der rechten Schulter und legte auch den Wollumhang ab. Währenddessen ruhte sein Blick noch immer auf ihr.

„So, wie schade." Marie war völlig erledigt, alles tat ihr weh, sie war übermüdet und außerdem war ihr kalt.

Frithjof kam zögernd einen Schritt näher, griff nach einer dunklen Wolldecke, faltete sie auseinander und legte sie ihr um die Schultern. Für einen flüchtigen Augenblick blieben seine Hände auf ihnen liegen, bevor er sich zu ihr setzte.

„Dass dein Vater dich bei dem Wetter draußen herumlaufen lässt", meinte er kopfschüttelnd und nahm sich ebenfalls eine der Decken.

Marie griff nach den Enden ihres Überwurfs und zog ihn sich dichter um den Körper. „Niemand weiß, dass ich hier bin." Sie drehte ihren Kopf zur Seite, um ihn anzusehen.

Um seine Augen bildeten sich winzige Fältchen, als sich wieder ein Lächeln in sein Gesicht schlich. „Na wie gut, dass du zu mir gehörst, sonst wärst du jetzt wohl in Gefahr deinen Ruf zu verlieren."

Sie lachte leise. „So schlimm wird es nicht sein. Bei uns hätte niemand ein Problem damit."

Eine Weile schwiegen sie beide. Das Feuer prasselte und die Flammen warfen zuckende Schatten an die Wände. Frithjof war aufgewühlt, er hätte so gerne Gewissheit und doch konnte er sich nicht dazu durchringen, sie darauf anzusprechen.

„Was ist los?", fragte Marie beherzt, seine Befangenheit war ihr nicht entgangen.

Erstaunt sah er auf, in seinem Blick lagen so viele Fragen und noch viel mehr. „Mariella, woher kommst du? Du bist nicht von dieser Welt. Bist du eine Hagzissa, oder gar ein Trugwesen?"

Erschrocken starrte sie ihn an.

‚Hagzissa?Trugwesen? Wovon redest du …?'

„Ich bin euch gestern gefolgt, nachdem du einfach weggelaufen bist und ihr seid alle in der Grabstätte verschwunden", sprach er mit rauer Stimme. „Als hättet ihr euch in Luft aufgelöst."

Wieder trafen sich ihre Blicke und Marie fühlte, wie ihr Puls zu flattern begann und sah schnell ins Feuer. *‚Nachdem ich einfach weggelaufen bin …? Verdammt, warum macht er mich nur so nervös?'*

„Frithjof", flüsterte sie, „ich weiß weder was eine Hagzissa noch was ein Trugwesen ist, doch ich kann dir versichern, dass ich weder das eine noch das andere bin. Ich bin einfach nur ein Mädchen und ich lebe an genau diesem Ort, genau hier, nur in einer anderen Zeit. Unser Haus steht sogar fast an der gleichen Stelle", fügte sie lachend hinzu, kuschelte sich noch tiefer in ihre Decke und sah in die Flammen.

„Du wandelst zwischen den Welten", meinte er nach einer Weile leise und strich sich durch das noch feuchte Haar. „Du bist eine Zaunreiterin. Was solltest du sonst sein?"

„Was auch immer das ist ..., ich bin es nicht."

Er sah sie ernst an und seine Augen wurden dabei schmal. „Du überschreitest die Grenze zwischen den Welten Mariella. Du beherrschst die Magie."

„Ich beherrsche nicht die Magie, es hat nichts mit mir zu tun", entgegnete sie energisch. „Diese Grabstätte ist ein Tor, welches unsere Zeiten miteinander verbindet. Du kannst es genauso wie ich durchschreiten. Und so würdest du in meiner Zeit landen."

‚Dich würde sicher der Schlag treffen ...'

Ihre Stimme wurde weicher. „Frithjof zwischen uns liegen gut tausendfünfhundert Jahre Zeitunterschied."

Unverständnis spiegelte sich in seinem Gesicht.

‚Rechnen die Germanen eigentlich in Jahren? Oder vielleicht in Jahreszeiten?'

„Wie alt bist du?"

„Neunzehn Winter."

Marie grinste. „Ich auch", sie streckte ihre Beine ein wenig nach vorne und Grille legte augenblicklich ihren Kopf auf einen Stiefel. „Also zwischen uns liegen tausendfünfhundert Winter."

Er taxierte sie ungläubig. Im Hintergrund erklang das leise Klirren Vedrfölnirs verbliebener Bell, die noch immer ihr Gefieder pflegte.

‚Und du bist doch eine Hagzissa Mariella ...'

„Dieses Phänomen scheint nur alle neunzehn Jahre ..., Winter, aufzutreten", sprach Marie nun im Flüsterton. „Es hat mit dem erwachenden Vollmond während der Rauhnächte zu tun und natürlich mit den Steingräbern." Sie erzählte ihm von dem, was sie alles erfahren hatte und er lauschte schweigend. Hin und wieder sah er sie fragend an und sie versuchte dann, es auf einem anderen Weg zu erklären.

Als sie endete, fügte sie ruhig hinzu: „Frithjof, ich bin wirklich einfach nur ein Mädchen. Und wenn der Sturm vorüber ist, werde ich dir meine Welt gerne zeigen, wenn du möchtest."

Er lachte rau und strich seinem Hund sachte übers Fell. „Du bist nicht nur ein Mädchen Mariella, wahrlich nicht." Seine Augen strahlten. „Jemanden wie dich hat es hier noch nie gegeben. Glaube mir."

Prompt huschte ihr wieder die Röte ins Gesicht und ihr Herzschlag überschlug sich. Schnell zog sie sich die Decke ein wenig höher übers Kinn. „Was ist Vreder für ein Hund, zu welcher Rasse gehört sie?", fragte sie, um vom Thema abzulenken, während sie beobachtete, wie die Hündin ihren Kopf an Frithjofs Bein drückte.

Er runzelte die Stirn. „Ich weiß nicht, was du mit Rasse meinst. Wir unterscheiden ein paar Gruppen Jagdhunde. Vreder ist ein Hapuhunt, ein Habichtshund."

Marie war sich nicht sicher, was alles in Vreder steckte, aber der Figur nach war auf jeden Fall eine Windhundart dabei. Der Kopf hatte schon wieder mehr von einem Griffon und auch das drahtige, wollige, sehr dichte Fell. Aber die rehbraune Farbe war ganz Magyar Vizsla.

„Ein Onkel von mir züchtet diese Hunde, sie sind wirklich sehr gut."

Marie nickte ihm zu, mehr zu erzählen. Sie war neugierig auf ihn und alles was ihn umgab. „Wie alt ist sie?"

„Vom fünften Winter, ich habe sie mir erst geholt, nachdem ich Vedrfölnir eingejagt hatte."

„Vedrfölnir ist ein seltsamer Name", flüsterte Marie und dachte, wie gut es sich anfühlte – abgesehen von ihrem ständigen Herzrasen – einfach hier am Feuer zu sitzen und sich über solche Dinge zu unterhalten. Sie hatte sonst – außer mit Raoul – nicht so häufig die Gelegenheit, sich mit jungen Männern über Hunde oder die Jagd zu unterhalten. Anfänglich fand der eine oder andere, mit dem sie sich getroffen hatte, es ja noch ganz spannend. Doch sobald sie realisierten, dass sie das Raubwild, welches sie in den Fallen fing, auch tötete und ihnen dann auch noch das Fell über die Ohren zog, war das Interesse sehr schnell verflogen.

Und doch war da noch mehr zwischen ihnen. Er war ihr so vertraut, obschon sie ihn gar nicht kannte. Sie fühlte sich wohl in seiner Nähe, auch wenn er sie nicht minder nervös machte. Als würde ihr Innerstes leise summen, erfüllte sie ein hoffnungsfroher Widerhall.

Um seinen Mund bildeten sich kleine Grübchen. „Mein Vater war damals nicht nur sehr verärgert, dass ich dem Habicht diesen Namen gab, er war wegen des ganzen Vogels verärgert." Frithjof schaute ihr in die Augen und grinste verschmitzt. „Ich habe ihn ohne sein Wissen aus dem Horst genommen. Er war der Meinung, ich wäre noch zu jung für einen eigenen Beizvogel, da ich noch mitten in der Kriegerweihe war."

„Kriegerweihe?"

„Ja, wenn ein Junge zum Mann wird. Mit dem zwölften Winter beginnt die Einweihung und dauert bis zum fünfzehnten. Danach wird der junge

Mann als vollwertiges Mitglied in die Thinggemeinschaft aufgenommen."

Sie runzelte ihre Stirn. „Und wie kamst du auf den Namen?"

Er legte seinen Kopf leicht schief und betrachtete sie unsicher. „Es gibt einen Habicht auf der Spitze des immergrünen Weltenbaums, der so benannt ist."

„Ein Weltenbaum?"

„Yggdrasil! Sagt dir das nichts?"

Marie schüttelte den Kopf.

„Hm", er sah in die Flammen, „woran glaubst du dann?"

Verwundert überlegte sie, was sie dazu sagen sollte. „Wie meinst du das?"

„Du musst doch eine Vorstellung von der Welt haben, in der du lebst."

„Nun ja, sicher." Marie schmunzelte. „Die habe ich, sehr konkret sogar. Aber in der gibt es weder einen Weltenbaum noch einen Habicht in dessen Spitze."

Seine linke Augenbraue hob sich.

Grille rollte sich auf den Rücken und streckte wedelnd einen Vorderlauf in die Luft. Marie langte mit einer Hand zu ihr hinunter und tätschelte flüchtig ihren Bauch.

„Was ist denn ein Weltenbaum?"

Frithjof stand auf, um noch ein paar Scheite Holz auf das Feuer zu legen. Die Flammen schlugen daraufhin gleich höher, sprühten Funken und knisterten laut.

„Yggdrasil ist das Zentrum der Welt. Die immergrüne Eibe ist der größte und beste aller Bäume, sie berührt alle neun Welten und in ihrer Mitte liegt Midgard, unsere Menschenwelt. Ihre Krone überragt den Himmel Asgard und ihre Zweige wachsen bis nach Utgard. Ihre drei Wurzeln dringen zu den Asen, nach Nilfheim und nach Jötunheim." Er setzte sich wieder zu ihr und warf sich die Decke über.

„Unter ihren Wurzeln quellen die heiligen Brunnen", sprach er leise weiter. „Am Urdbrunnen sitzen die drei Nornen, die Schicksalsgöttinnen Urd, Verandi und Skuld. Urd steht für die Vergangenheit, Verandi für die Gegenwart und Skuld für die Zukunft. Dort halten die Asen, die Götter, die über die Regenbogenbrücke Bifröst aus Asgard kommen, Gericht. Am Brunnen Hvergelmir, im kalten nebeligen Nilfheim benagt der

Drache Nidhöggr die Wurzeln, dort entspringt alle Schlechtigkeit dieser Welt." Frithjof machte eine Pause, um Atem zu holen und Marie betrachtete ihn fasziniert. Er streckte seine mit Bandagen umwickelten Beine aus und schlug die Füße übereinander. „Die dritte Wurzel führt nach Jötunheim, in das Land der Thursen. Dort befindet sich Mimirs Brunnen, in dem sich Weisheit und Geisteskraft verbergen."

Er wandte ihr sein Gesicht zu, während er lebhaft weitersprach. „An den Knospen des Weltenbaumes weiden die vier Hirsche, Dain, Dwalin, Dunneir und Durathor. Außer dem Drachen nagen auch die zwei Schlangen Goin und Moin, die von dem Wolf Grafwitnier abstammen, an den Wurzeln. Auf der Kronenspitze des Weltenbaumes sitzt ein Riese namens Hräsvelgr in der Gestalt eines Adlers. Er bringt uns flügelschlagend den Wind und zwischen seinen Augen sitzt ein Habicht namens Vedrfölnir, der Wettermacher", auf seinem Gesicht zeigte sich ein Lächeln.

Marie krauste ihre Stirn. *‚Mein Hund trägt tatsächlich einen sehr einfältigen Namen ...'*

„Die Tiere, die an der Eibe weiden, nehmen von ihrer Lebenskraft, doch die drei Nornen begießen sie jeden Tag mit dem Wasser des Urdbrunnens und schenken ihr dadurch neue Kraft. Denn solange die Eibe grünt, bestehen auch unsere Welten. Sollte sie aber welken, kündigt sich das Ende Ragnarök an und die Götter und Dämonen kämpfen ihre letzte Schlacht." Wieder ruhte sein Blick auf ihr.

Sie wandte sich ihm ebenfalls zu und in seinen Augen lag so viel Wärme, dass sie erneut die Hitze im Gesicht spürte. Für einen Moment war es still, nur das Pfeifen des Windes störte die Ruhe. Marie rückte näher an die Flammen, einfach um irgendetwas zu tun und um von ihrer Verlegenheit abzulenken. Richtig warm wurde es in diesem Haus nicht, es war zugig, laut und kühl. Andererseits fühlte sie sich hier sehr wohl, es war auf eine eigentümliche Art gemütlich.

„Was für eine wunderschöne Geschichte", sagte Marie. Seine Worte wirkten noch immer in ihr nach. Sie konnte sich nicht entsinnen, je davon gehört zu haben. *‚Glaubt er ernsthaft daran?'*

„So stellst du dir wahrhaftig die Welt vor?"

„Aber ja!", sagte er nickend. Er stand auf, umrundete das Feuer, ging zu dem Regal, nahm dort Krug und Becher auf und setzte sich wieder neben Marie. Nachdem er den einen Becher zur Hälfte gefüllt hatte, reichte er ihn ihr.

„Das ist Bier, du bist sicher durstig."

„Bier? Um diese Tageszeit?" fragte sie skeptisch.

Fragend sah er sie an. „Möchtest du nicht?"

„Doch, danke", sie war natürlich durstig und ein Bier würde sie schon nicht umhauen, obwohl ihr ein Kaffee jetzt lieber wäre.

Vorsichtig nippte sie an dem rustikalen dunklen Becher und wieder einmal war sie überrascht. Es schmeckte und duftete nach Gewürzen und Kräutern.

„Mhm, das ist gut", sagte sie lächelnd.

Er nickte lachend und schenkte sich ebenfalls ein.

„Was ist denn eine Thinggemeinschaft?"

„Das Thing ist eine Versammlung. Unsere Thingstätte liegt im Sudri nahe des großen Handelsweges inmitten der vielen Hünengräber." Er stellte den Krug beiseite. „Zu diesen Versammlungen sind nur freie Männer zugelassen. Stammesangehörige natürlich. Wir treffen uns regelmäßig zu Neumond, um uns zu beraten oder auch um Gericht zu halten."

Marie huschte ein Grinsen übers Gesicht. Von Emanzipation hatten sie hier wahrscheinlich noch nie etwas gehört. *‚Sudri..., inmitten der vielen Hünengräber?'*

Es konnte sich eigentlich nur um die Hünengräberstraße zwischen Hüven und Groß Berßen handeln. Über einen Thingplatz gab es keine Informationen, soweit ihr bekannt war.

„Welchem Stamm gehörst du an?"

„Dem Stamm der Sachsen."

‚Google sei Dank, ich hatte recht ...' Sie nickte müde und unterdrückte ein Gähnen.

„Du bist müde", er hob andeutungsweise die Hand, als wolle er ihr Gesicht berühren, hielt sich im letzten Moment jedoch zurück.

Sie lächelte scheu. „Ich habe nicht so viel geschlafen in der letzten Nacht."

„Ich auch nicht", gestand er flüsternd und betrachtete sie. Abrupt stand er auf und ging zu dem Tisch an der Wand, auf den er zuvor die Kaninchen abgelegt hatte. Marie sah ihm nach. *‚Schade, dass es dich nicht in meiner Zeit gibt.'*

Eigentlich müsste sie nötig wieder nach Hause, doch der Sturm wütete noch immer und schien auch noch eine Weile anzuhalten. Erneut gähnte sie. Sie spürte die Erschöpfung in jeder Pore. Der Schlafmangel, die Aufregung und auch die Angst – das ließ sich nicht leugnen, die Angst, die sie packte, als sie allein mit Grille im Schneesturm umherirrte – forderten nun ihren Tribut. Sie könnte es sich ja einen klitzekleinen Moment gemütlich machen und sich hinlegen. Nur kurz. Zwei, drei Minuten.

Frithjof hantierte, ihr den Rücken zugewandt, mit den Kaninchen herum. Sie schaute ihm dabei zu und bemerkte kaum, wie ihr immer wieder die Augen zufielen. Nachdem sie im Sitzen zu schwanken begann, zog sie sich kurzerhand ihre Stiefel und den dicken Wollpullover aus und kuschelte sich in die Felle. Die beiden Wolldecken zog sie noch über sich und war auch schon im selben Moment eingeschlafen.

*

„So, Wenzeslaus ist also zu alt geworden, um selbst zu kommen", grummelte Adalwolf und füllte seinem Gast noch Bier nach. „Sind ja auch so einige Winter vergangen seit dem letzten Mal." Er setzte sich wieder und musterte sein Gegenüber sehr aufmerksam.

Albert nahm zügig einen Schluck von dem Bier, es war gar nicht so übel. Er war überhaupt sehr überrascht von dem gefälligen Empfang und der Gastfreundschaft dieses Mannes. Wenzeslaus hatte ihm sehr ausführlich Anweisungen gegeben, zu ausführlich für seinen Geschmack. Außerdem hatte er ihm bis ins kleinste Detail erläutert, was ihn auf der anderen Seite erwarten würde, doch wirklich überzeugt war er nicht von der Geschichte gewesen. Als er die andere Zeit betreten hatte, staunte er nicht schlecht und jetzt, wo er tatsächlich diesen Adalwolf traf, musste er sich eingestehen, dass sein alter Herr es doch faustdick hinter den Ohren hatte.

Adalwolfs Blick zuckte immer wieder zwischen dem Fremden und dem gut gefüllten Rucksack, den dieser neben sich abgelegt hatte, hin und her. Er war erwartungsvoll und ungeduldig. Neunzehn Winter war es her, als er zuletzt mit dem alten Mann aus der Anderswelt hier gesessen hatte. Es war ein hervorragendes Geschäft gewesen und hatte ihm zum Wohlstand verholfen. Genau das erhoffte er sich auch dieses Mal. Er beäugte sein Gegenüber kritisch. Diesen Mann hatte er zur damaligen Zeit zu sehen gehofft, und doch war er nicht dabei gewesen. Ihn jetzt zu treffen überraschte ihn sehr, vor allem, da er so gar nicht das war, was er erwartet hatte.

Dort saß ihm ein äußerst gut genährter rundlicher Mann gegenüber. Seine kleinen blaugrauen Augen wirkten kalt, unruhig und eine Spur zu neugierig. Die Nase war zu spitz in dem runden Gesicht und verlieh ihm etwas Nagerhaftes. Seine ganzen Züge wirkten irgendwie linkisch, vielleicht lag es an den schmalen, feucht aussehenden Lippen und dem fliehenden Kinn. Das dünne blonde Haar trug er sehr kurz geschnitten und zeigte daher deutlich seinen wulstigen Nacken. Alles in allem wirkte er nicht wie ein Mann, der hier draußen überleben könnte. Anscheinend hatte er bisher ein sehr bequemes Leben geführt.

Albert saß nun erleichtert an dem großen Tisch und aß und trank gierig. Die Wanderung durch den Schneesturm war für ihn enorm anstrengend gewesen und er bezweifelte, dass er sein Ziel erreicht hätte, ohne Wenzeslaus Ausstattung. Dieser hatte ihm die genauen Koordinaten, einen Kompass, eine kleine einlaminierte Zeichnung, eine Taschenlampe und ein Codewort, welches ihm Einlass gewähren würde, mit auf den Weg gegeben. Wie hatte er doch an seinem Vater gezweifelt bevor er das Hünengrab verließ, doch das hier erklärte so einiges, was er in all den Jahren nie wirklich verstanden hatte.

Interessiert schaute er sich um und ihm wurde bewusst, unter was für einfachen Umständen diese Menschen hier hausten. Leben wollte er dieses Dasein nicht nennen. Alles war einfach, geradezu armselig. Kein Wunder, dass diese Leute bereit waren, für die Dinge, die in seinem Rucksack verpackt waren und auch das, was sie Morgen erwarten würde, eine Menge zu tun. Sie besaßen ja nicht viel! Er betrachtete Adalwolf genauer. Von Wenzeslaus wusste er, dass dieser Mann vielleicht fünfundfünfzig Jahre alt war, doch er sah mindestens genauso alt aus wie sein Vater, und der wurde bald dreiundsiebzig Jahre. Armselig! Nun, er brauchte nur kurz hier verweilen, einen Job erledigen, dabei würde er sogar Spaß haben und sich dann wieder davonmachen.

Die Tür wurde geöffnet und ein junger Mann trat ein.

„Adalhart", rief Adalwolf erfreut. „Das ist mein Sohn", sagte er wohlwollend nickend zu seinem Gast. Dieser erhob sich zur Begrüßung und wandte sich dann schnell wieder seinem Bier zu.

Adalhart betrachtete ihn misstrauisch, wechselte einen intensiven Blick mit seinem Vater, sagte jedoch nichts weiter, sondern setzte sich ebenfalls an den Tisch.

„Der Mann, der uns eigentlich mit seinem Besuch beehren wollte, ist zu alt und kränklich geworden und hat darum seinen Sohn geschickt", erklärte Adalwolf. „Doch ich werde mein Wort halten und nun ihn unterstützen, wenn auch er sein Wort hält", fügte er mit einem Seitenblick auf den Rucksack hinzu.

Da dämmerte es Albert allmählich, er beugte sich hinunter und hob sein Gepäck vor das Feuer, sodass seine Gastgeber auch genauer sehen konnten, was er hervorholte. Neugierig beugten sie sich zu ihm. Nach und nach packte er ein paar Jagdmesser aus, einige Tüten mit Thermo-Unterwäsche, Wollsocken, Gewürze aller Art, Whisky, ein paar Schinken, Mettwürste und einen großen Käse.

Adalharts Augen leuchteten, als er eines der Messer genauer betrachtete. Mit Bedacht zog er es aus der Lederscheide und hielt es in den Feuerschein. Er starrte auf die Klinge, runzelte seine Stirn und schaute wieder auf die Lederscheide mit der Schlaufe am oberen Ende. Seltsam, dieses Mädchen mit den komischen roten Haaren, Frithjofs Weib, hatte ein ähnliches Messer getragen. Doch wie sollte sie an ein solches kommen? Misstrauisch betrachtete er den Auswärtigen genauer. Die Gewänder, die er trug, sahen ebenso befremdlich aus, genau wie die der Roten gestern.

*

Vedrfölnir stand bettelnd auf dem Habichtsbogen und breitete ihre Schwingen aus, als Frithjof zu ihr trat und sich vor ihr hinhockte. Sie sprang ihm auf die Faust und schlug mit einem Fang in den Vorderlauf des Kanins, den er hielt.

Aus der Distanz beobachtete er einigermaßen fassungslos Maries festen Schlaf. *‚Das erste Weib in meinem Heim … und was tut sie? Schläft einfach ein…'*

Sie schlief tief und fest und bekam offenbar nichts mit. Er hatte einstweilen von draußen Feuerholz geholt, das eine Schaf gemolken, zuvor die beiden Kaninchen ausgenommen, eines zerteilt und dem anderen das Fell abgezogen. Die beiden Hunde fraßen nun an je einer Keule. Vreder hatte sich auch sogleich eilig darüber hergemacht doch dieser seltsame braunweiße Hund lutschte nur darauf herum.

Der Habicht rupfte ungeduldig an dem Fell, riss alsbald große Stücke des Fleisches vom Knochen und verschlang diese gierig.

Marie lag auf dem Rücken, eine Hand hinter dem Kopf, die andere lag auf ihrer Brust. Er konnte auch aus der Entfernung das Heben und Senken eines jeden Atemzuges sehen. Ihre eigenwilligen roten Locken verdeckten das Gesicht, doch der schlanke Hals schimmerte goldig im flackernden Schein des Feuers.

‚Hat sie so viel Vertrauen?' Er seufzte und wandte sich ab. Der Beizvogel kröpfte eilig und es war kaum noch Muskelfleisch am Knochen. Frithjof ließ ihn mit dem verbliebenen Rest zum Abnagen zurück auf die Sitzstange steigen. Den Falknerhandschuh abstreifend, ging er langsam auf sein Nachtlager zu, verweilte, um sie erneut zu betrachten und lächelte in sich hinein.

‚Mutiges Mädchen. Oder bist du einfach nur leichtsinnig? Du kennst mich doch gar nicht.' Fasziniert betrachtete er die kleinen Knöpfe in der Mitte ihres hellen langärmeligen Hemdes. Die obersten beiden standen offen und der dritte schien sich jeden Moment aus dem Knopfloch verflüchtigen zu wollen.

‚Mariella, du bist zu schön, um wahr zu sein!' Leise hockte er sich nieder. Der ihm mittlerweile wohl vertraute blumige Duft stieg ihm in die Nase und sein Blick schweifte über ihr Gesicht. An ihren Lippen blieb er hängen und erinnerte sich nur zu genau an deren Weichheit, die er gestern empfand, als er sie küsste. Mit den Fingerspitzen strich er zaghaft über ihren Arm hinunter bis zur Hand, er befühlte den ungewohnten Stoff und ihre warme Haut. Ein Kribbeln schlich sich in seine Finger und er lächelte über diesen Impuls. Sachte zeichnete er die eine geteilte Augenbraue nach und das mit rötlich braunen Punkten übersäte Jochbein.

‚Wie ungewöhnlich du bist ...' Er atmete ihren Duft ein. Sie war so nahe und in ihm erwachte der Wunsch, sich zu ihr zu legen, sie zu fühlen, jedes Fleckchen ihrer duftigen Haut zu erforschen und sie mit all seinen

Sinnen wahrzunehmen. Doch als sie sich regte, sprang er auf und wandte sich eilig ab. Er schritt zu dem Tisch an der Wand, um das Kaninchen zu holen, spießte es auf einen Stock und steckte es zum Rösten schräg neben die Feuerstelle.

Durch ein Zischen wurde Marie wach. Noch etwas benommen nahm sie den Geruch von gegrilltem Fleisch wahr. Ihr Oberkörper schnellte hoch und irritiert schaute sie sich um. Frithjof stand am Feuer und lächelte sie an.

„Ich bin eingeschlafen", stellte sie verlegen fest.

Grille sah wedelnd auf, mochte aber nicht von ihrer Keule lassen. Marie griff ihr ins Maul, um zu sehen, worauf sie da kaute. Sie fühlte nur eine glitschige, durchgelutschte Masse mit ein wenig Pelz am Ende und wusste gleich Bescheid. „Da hast du meinen Hund aber sehr glücklich gemacht", sagte sie lachend. „Wie spät ist es?"

„Was meinst du?", fragte Frithjof.

„Wie spät, wie viel Uhr ist es?"

„Ich habe keine Ahnung was du meinst."

„Welche Tageszeit haben wir?", versuchte sie es erneut.

„Es ist schon dunkel."

„Oh", sie rappelte sich auf, „habe ich so lange geschlafen?" Sie griff nach ihrer Jacke, schob ihren Hund ein wenig zur Seite, sodass sie an die Innentasche herankam, und zog eine kleine Taschenuhr hervor. Vorsichtig drückte sie den Verschluss und der Deckel schnappte auf. Auf der Innenseite des Deckels war eine Widmung eingraviert. Ganz schlicht und ohne Schnörkel. Ihre Mutter Sophie hatte die Uhr seinerzeit ihrem Vater Estevan geschenkt.

‚Fünf Uhr gewesen. Oh je. Karl wird besorgt sein und Raoul wollte vorbeikommen ... und der Turmfalke hat bestimmt Hunger ... und ...'

„Ich muss los, man wird sich schon Sorgen machen." Sie zog sich ihren Pullover über und wollte nach ihren Stiefeln greifen.

„Mariella", sagte Frithjof ernst und sein Blick ruhte auf ihr. „Draußen es ist noch immer stürmisch."

Sie lauschte und hörte nun auch den Wind. Es war sehr laut durch die dünnen Wände und auch das Dach knackte und knisterte. Seufzend senkte sie ihren Kopf.

„Lass uns zusammen von dem Kaninchen essen und danach bringe ich dich, wohin du möchtest", bot er großmütig an.

Einige Zeit später standen sie vor dem Eingang des Grabhügels.

„Mariella!", flüsterte Frithjof und ergriff ihre Hand.

‚Himmel, wie er das sagt!' Ruhig sah sie ihn an.

Das Mondlicht brach durch die Wolkendecke und ließ sein Gesicht hell aufleuchten, wodurch seine Augen deutlich dunkler wirkten. Er hatte sich zuvor die langen Haare zu einem Zopf geflochten, doch vereinzelte Strähnen arbeiteten sich daraus hervor und fielen ihm in die Stirn. „Was ist?"

Er zog sie näher an sich heran. Mit seinem Daumen strich er ihr sachte über die Fingerknöchel. „Werden wir uns wiedersehen?", fragte er zögerlich und blickte in ihre hellen Augen.

‚Ist das nun doch schon der Abschied?'

„Ich dachte du wolltest meine Zeit kennenlernen?"

„Lieber nicht!", er lachte ganz leise.

Marie war nicht wirklich überrascht, trat einen Schritt zurück und seufzte. Irgendwie fühlte sich der Abschied nicht richtig an. „Ich weiß es nicht", flüsterte sie.

Sie schauten einander lange an und schwiegen. Ihr war klar, dass sie sich nicht wiedersehen würden. Diese Welt wollte sie kein weiteres Mal betreten. Was auch immer Albert hier suchte, dieser Schneesturm heute hatte ihr mehr als deutlich ihre Grenzen gezeigt.

Sie trat wieder näher und legte ihm sachte ihre freie Hand an die Wange. Ein letztes Mal wollte sie seine Haut, seine Wärme fühlen. Mit dem Daumen strich sie ihm über das mittlerweile nicht mehr ganz so glatt rasierte Kinn und spürte die feinen Stoppeln, die sie in dem fahlen Licht nicht sehen konnte.

‚Cuidate mucho mi carinio!'

"Leb' wohl Frithjof!" Sie wollte sich umdrehen, doch er hielt noch immer ihre Hand. Ganz sachte zog er ihre Finger an seine Lippen und schaute ihr dabei fest in die Augen. „Lebe wohl Mariella!", er ließ sie los, drehte sich um und verschwand in der Dunkelheit.

Maries Welt

22. Dezember 2009

„Wo bist du nur so lange gewesen, Marie, ich war schon in Sorge", rief Karl merklich erleichtert, nachdem sie die Küche betrat. Lange hätte er nicht mehr auf sie gewartet, dann wäre er aufgebrochen, um sie zu suchen. Er saß zusammen mit Raoul über eine Landkarte gebeugt am Küchentisch.

„Tut mir leid Karl, ich ..äh ... wurde aufgehalten."

„Aufgehalten?", seine Stirn legte sich in Falten. „Soso."

„Von wem denn?", fragte Raoul prompt.

Marie zog ihre Jacke aus und hängte sie über den nächsten Stuhl. „Von einem Schneesturm."

Karl und Raoul wechselten grinsend einen Blick. „Deshalb trägst du auch deinen Pullover falsch herum, ja?", meinte ihr Onkel trocken und betrachtete sie amüsiert.

„Oh!", sie griff sich sofort an den Kragen und entdeckte die Innennaht. *‚Mierda!'*

„Das muss ja ein ziemlich heißer Schneesturm gewesen sein", witzelte Raoul, schaute dabei aber längst nicht so erheitert aus.

Karl kam auf sie zu, umfasste mit dem Arm ihre Schulter und lächelte. „Was auch immer. Schön, dass du wieder da bist." Mit der anderen Hand zwickte er ihr liebevoll in die Nase. „Raoul erzählte, du wärst hinter Onkel Wenzeslaus und Albert her und wahrscheinlich wieder bei den Germanen. Ich hatte schon befürchtet, dir wäre etwas passiert, nachdem es immer später wurde."

„Wir hätten uns bald auf die Suche nach dir gemacht." Raoul kniff die Augen zusammen, während er ein wenig spröde hinzufügte: „Sagtest du gestern nicht, du wolltest dort nie wieder hin?"

Marie ging zur Kaffeemaschine und machte sich einen Espresso. „Die Neugierde hat gesiegt", sagte sie knapp und lehnte sich mit dem Rücken an die Arbeitsplatte, um die beiden anzusehen. Sie würde von sich aus nicht weiter darauf eingehen und nicht von ihrem Versagen berichten. Auf keinen Fall. Und Frithjof wollte sie auch nicht erwähnen. Sie riss sich zusammen und unterdrückte einen Seufzer. Zum wievielten Mal heute? Es war alles so unwirklich, eine total verrückte Geschichte. Kein Mensch würde ihr glauben, welch seltsamen Nachmittag sie verbracht hatte. Mit einem Menschen, den es hier schon über tausendfünfhundert Jahre nicht mehr gab und in dessen Welt sie noch lange nicht existierte. Ihr Blick streifte durch die Küche. Über die wunderschönen alten Küchenschränke, den englischen Herd, den kleinen offenen Kamin. An den Holzwänden hingen hier und da Porträts von Wildtieren, die Karl im Laufe der Jahre fotografiert hatte. Eine funktionale und trotzdem urgemütliche Küche.

‚Wir leben so bequem! Der reinste Luxus. Und wir sind ja so verwöhnt ...'

„Was macht ihr da? Schaut ihr nach den Hünengräbern?" Sie stieß sich, mit dem Espresso in der Hand, von der Arbeitsplatte ab und ging zu ihnen herüber.

Karl nickte und beugte sich wieder über die Karte. Raoul zog mit einem farbigen Stift darauf eine Linie am Lineal entlang.

„Den Turmfalken habe ich übrigens noch mal gefüttert", erwähnte er beiläufig. „Und der Tierarzt sagte, es sei nur eine Prellung. Zwei Wochen Ruhe und zwei Wochen Voliere, anschließend sollte er wieder fit sein."

Nickend betrachtete sie die Linie und fragte sich, was die zwei wohl daran zu erkennen glaubten.

„Man müsste alle Gräber abfahren und schauen, ob sie einen Zugang ermöglichen", überlegte Karl laut.

„Ja, genau, wie der alte Lünshof es gemacht hat", stimmte Raoul zu.

„Wenn wir von unserem Grab auf der Buschhöhe ausgehen, das ja – wie wir wissen – auf einer Leylinie liegt, und es einem Grab an der Hünengräberstraße zuordnen wollen, könnte jedes von ihnen infrage kommen", murmelte er.

„Das glaube ich nicht." Marie beugte sich über die Karte und tippte mit dem Zeigefinger auf eine Ortschaft. „Sögel liegt direkt dazwischen und die Energiebahnen werden durch solche Hindernisse geblockt. Die Hünengräber zwischen Hüven und Groß Berßen können wir somit schon mal ausschließen."

„Stimmt", meinte Raoul. „Habe ich ganz vergessen."

„Aha?" Fragend sah Karl Marie an und ihr wurde bewusst, dass sie mit ihm ja noch gar nicht darüber gesprochen hatte. Was für ein Durcheinander, sie verlor langsam den Überblick.

Kurz berichtete sie von ihren Nachforschungen und holte schnell die Computerausdrucke, die in ihrem Zimmer lagen, sodass er selbst noch einmal nachlesen konnte.

Raoul zeichnete eine Linie zwischen dem Hünengrab auf der Buschhöhe und dem Hünenbett Düvelskuhlen. Dort gab es keine störenden Hindernisse. Sie lächelten sich zu. Er machte weiter und verband alle möglichen Punkte miteinander, währenddessen sich Marie einen zweiten Espresso gönnte.

„Interessant!", bemerkte er.

Marie und Karl, der die Ausdrucke las, schauten auf.

„Wusstet ihr, dass die Kirche und das Jagdschloss auch auf einer Linie liegen? Und das sogar sehr exakt, wenn man den Alleeverlauf dazunimmt." Er führte den Stift am Lineal entlang und verband zwei weitere Punkte. „Ein Grab in Lahn liegt ebenfalls genau auf der Linie."

„Drei historische Stätten auf einer Linie?" Marie kam näher heran. „Doch sie liegen nicht auf unserer Leylinie."

„Welches Grab ist es denn?", fragte Karl.

„Uff, keine Ahnung, wie es heißt." Raoul zuckte nur die Schultern.

„Schau mal hier." Marie zeigte zwei Gräber auf der Karte. „Die könnten auch passen."

„Oh ja!" Karl rückte mit seinem Stuhl näher. „Das ist in den Klöbertannen und das andere liegt auch in Lahn."

Raoul legte das Lineal an und es wurde deutlich, dass die zwei Gräber in genau einer Flucht mit dem Hünengrab auf der Buschhöhe lagen. „Na, vielleicht sollten wir uns die morgen mal genauer anschauen." Er lachte und schaute Marie von der Seite an. „Wer weiß, welche Abenteuer uns dort erwarten."

„Hm", ihr Bedarf an Abenteuern war gedeckt. „Wir müssen arbeiten, bis zum Feierabend wird es dunkel."

„Hallooo, jemand da?", hallte unerwartet Lissis Stimme, während die Tür klappte.

Stimmengewirr erfüllte das Wohnzimmer und kurz drauf betrat Lisette die Küche, gefolgt von zwei jungen Männern.

Überrascht schaute Marie auf.

„Hey!", rief Lissi, einen blonden, recht gut aussehenden Typen an der Hand, wahrscheinlich also Tristan.

„Hallo!", riefen die drei im Chor.

„Das sind Tristan und Kjelt."

Der Blonde nickte freundlich und der dunkelhaarige junge Mann trat unsicher näher, als Lissi sie vorstellte. Marie starrte ihre Freundin mit ausdrucksloser Miene an. *‚Du alte Zicke! Kannst es doch nicht lassen.'*

„Hallo", grüßte Kjelt und lächelte, er hatte nur Augen für Marie.

Ein bezauberndes Lächeln. Ein absolut anziehendes Lächeln aus aufgeweckten dunklen grünen Augen, die unter langen Ponysträhnen hervorlinsten. In seinem schmalen Gesicht bildeten sich dadurch Grübchen in den Wangen, die trotz des Dreitagebarts hervorstachen. Er trug sein glattes braunes Haar kurz geschnitten, nur den Pony im Gegensatz dazu recht lang. Die Hände in den Hosentaschen, stand er schüchtern da, gut gebaut, groß, und machte einen ziemlich durchtrainierten Eindruck. Mit seiner tief sitzenden Jeans, den hellen Boots und dem knallblauen Henley-Shirt unter einem auberginefarbenen Parker war er ein echter Augenschmaus.

‚Oh la la!' Das war eine dieser unverhofften Überraschungen. Eine, die Marie unvorbereitet und im völlig falschen Moment traf. *‚Shit, und ich habe meinen Pulli falsch herum an!'*

„Hey!", erwiderte Marie und wurde heute zum hundertsten Mal rot. Dieser Tag war die reinste Hölle und nahm einfach kein Ende. *‚Man, der hat ja vielleicht Charme!'*

„Wir gehen Pizza essen und wollten dich gerne mitnehmen, Marie", flötete Lissi unschuldig dreinschauend.

Marie reagierte nicht, sie und Kjelt schauten einander beeindruckt an. Karl und Raoul krausten gemeinschaftlich die Stirn.

„Äh ..., ja warum nicht. Ich müsste mich nur mal schnell umziehen", bemerkte sie leise, ohne ihren Blick abzuwenden.

„Kein Problem!", sagte Tristan leichthin.

„Könntest du Grille füttern?", richtete sich Marie einigermaßen verwirrt an Karl.

„Klar", er verkniff sich ein Grinsen und nickte.

„Magst du mitkommen, Bruderherz?" Lissi trat an Raouls Stuhl heran, beugte sich nach vorn und umarmte ihn von hinten. Sie schmiegte ihr Gesicht an seine Wange und begutachtete die Karte.

„Nee, ich wollte gleich noch raus auf'n Fuchsansitz."

*

Marie stand in ihrem Zimmer und wühlte in ihrem Kleiderschrank. *‚Was mache ich hier eigentlich? Vorhin habe ich noch mit Frithjof in der Spätantike ein Kaninchen gegrillt und war hin und weg. Und nun gehe ich mit Kjelt Pizza essen? So viel Dates hatte ich das ganze letzte Jahr nicht!'* Sie zog eine saubere Jeans aus dem Schrank, dazu eine cremefarbene Bluse und ihre kurze grüne Tweedjacke. Zähne putzend vor dem Spiegel stehend, durchlebte sie noch einmal den vergangenen Nachmittag. Natürlich dachte sie an Frithjof. Wie könnte es auch anders sein. Doch besser, sie würde ihn aus ihrem Kopf vertreiben, denn wiedersehen würden sie sich gewiss nicht.

Ganz nüchtern betrachtet war er Vergangenheit, eigentlich noch ferner als die Vergangenheit. Auch wenn er noch so perfekt für sie war. Je weniger sie von dieser fremden wilden Welt kennenlernte, umso besser. Der Spuk wäre ja doch bald vorüber, dann besser jetzt gleich. Kjelt kam so gesehen genau im richtigen Moment. Für ihren Geschmack waren diese freien Tage viel zu aufregend gewesen. Sie wollte sich nicht wieder im Land der Germanen verirren. Warum nicht stattdessen einfach mit einem gut aussehenden Hümmlinger ausgehen und vielleicht ein bisschen flirten. Na, was man halt so macht mit neunzehn Jahren.

Sie puderte sich die Nase, als Lissi die Tür öffnete. „Na Süße", rief sie. „Alles klar?"

Marie wandte sich ihr zu. „Nein, eigentlich nicht."

Ihre Freundin schaute sie fragend an.

„Ich bin voll neben der Spur!"

„Na so was", sie lachte herzhaft, legte Maries Geige vom Ohrensessel beiseite und machte es sich darin bequem.

Marie betrachtete Lisette und überlegte, ob sie sich nicht besser was anderes anziehen sollte. Doch gegen Lissi wirkte sie immer wie ein Mauerblümchen, egal was sie anzog. Ihre Freundin war einfach schön. Die Ähnlichkeit mit ihrem Bruder war nicht sehr ausgeprägt, doch war die Verwandtschaft zu erkennen. Lissi trug ihr feines blondes Haar schulterlang und zu einem flotten Pagenkopf geschnitten. Ihre Stirn war schmal und die dunkelblonden Augenbrauen wurden durch sorgfältiges Zupfen regelmäßig in Form gebracht. Ihre Augen wirkten sehr kühl durch das helle Grau, sprühten aber einen Übermut aus, der sich in ihrer ganzen Person widerspiegelte. Die Nase war schmal, ebenso die rosigen Wangen, ihr Mund voll und wirkte immer irgendwie einladend. Sie trug stets einen rosigen Lippenstift, der ihre Gesichtsfarbe noch lebendiger wirken ließ.

Heute hatte sich Lissi für ein kurzes schwarzes Strickkleid entschieden, mit einer dunklen Strumpfhose darunter. Die kniehohen blauen Stiefel passten hervorragend dazu. Sie sah sehr chic aus. Darüber hatte sie sich ein blaues Bolero-Jäckchen gezogen und natürlich trug sie noch einen kunterbunten Kurzmantel bei dem Wetter.

„Kjelt ist ja ...", Marie suchte nach den richtigen Worten, „echt eindrucksvoll."

„Kjelt ist einer der coolsten, gut aussehendsten und nettesten Typen überhaupt."

„Ach?"

„Ja! Du hast ja keine Ahnung. Du bist ja immer nur auf Jagd."

„Hm."

„Meine Zeit Marie, du bist die reinste Hinterwäldlerin, alle Mädels stehen auf Kjelt", sie schüttelte den Kopf. „Nur du peilst es nicht." Sie schaute ihre Freundin ernst an. „Er ist total auf dich abgefahren. Warum auch immer?", sie starrte zu Boden und schüttelte erneut den Kopf. „Er ist Vegetarier!"

Marie sah sie verblüfft an. „Vegetarier?"

Lissi nickte und kicherte. Es kostete sie einige Mühe, sich zu beherrschen. Das Kichern entwickelte sich – ganz typisch für sie – zu einem ausgeprägten lauten Gelächter.

„Oh!"

Lissi schüttelte sich in einem Lachkrampf.

„Na, da bin ich ja genau die Richtige für ihn."

Marie und Lissi saßen Kjelt und Tristan gegenüber, an einem Fensterplatz im hinteren Teil der Pizzeria, und die vier hatten ihre Bestellung bereits aufgegeben. Kjelt zog seinen Parker aus und hängte ihn einfach hinter sich über die Stuhllehne, so hatte Marie nun Gelegenheit, sein

Shirt genau in Augenschein zu nehmen. Das Motiv hatte sie zuvor schon erfasst, doch konnte sie jetzt auch den Text lesen, der in weißen Lettern darunter prangte: Rettet die Wale!

Sie legte ihren Kopf leicht schief und sah ihm fest in die Augen. „Bist du schon lange Vegetarier?"

Kjelt wurde rot und schaute etwas verlegen drein. Auf diese direkte Frage war er nicht gefasst.

‚Der ist ja zum Anbeißen!' Sie musste lächeln. Lissi entfuhr ein leichtes Schnaufen.

„Nein. Wirklich konsequent erst seit einem Jahr", erwiderte er und hielt nun ihrem Blick stand.

Die junge Bedienung brachte ihnen ihre Getränke, Brot und Kräuterbutter, verteilte alles auf den Tisch und begutachtete Tristan und Kjelt neugierig.

„Warum fragst du?" Er machte den Eindruck, als hätte er Schwierigkeiten abzuschätzen, worauf sie hinauswollte. Marie nippte an ihrer Apfelschorle und nahm sich von dem Brot.

„Nun, du siehst gut aus", sie zog ein wenig die Augenbrauen zusammen. Das war eigentlich nicht das, was sie hatte sagen wollen. „Ich meine, du siehst gut entwickelt aus." Nun war es an ihr, verlegen zu werden. Sie konnte die Röte bereits fühlen, die im Anmarsch war, und mochte ihn gar nicht ansehen.

In Kjelts Wangen bildeten sich kleine Grübchen, Tristan bekam große Augen und seine Nasenflügel blähten sich leicht.

‚Man! Ich bin einfach nur peinlich.'

Lissi prustete los.

„Was ich sagen will, ist", versuchte sie es erneut, „dass du nicht aussiehst, wie jemand, der fleischlos aufgewachsen ist. Fleisch ist für die Entwicklung junger Menschen sehr wichtig." Sie riss sich zusammen und sah ihn an.

„Da hast du natürlich recht", er lächelte und machte es ihr dadurch leicht, ihre Verlegenheit zu überwinden. „Mein Vater ist Veganer und meine Mutter ernährt sich rein vegetarisch, aber ich wurde natürlich nicht fleischlos großgezogen."

„Oh", kicherte Lissi, „dass muss ja ein ziemliches Durcheinander sein, wenn bei euch gekocht wird."

Er zuckte die Schultern. „Für uns ist das normal." Sein Blick streifte wieder Marie und er lehnte sich, jetzt ein wenig entspannter, in seinem Stuhl zurück. „Gehst du schon lange zur Jagd?"

Marie stützte beide Ellenbogen auf den Tisch und hielt ihr Glas zwischen den Händen. Über dessen Rand hinweg schaute sie ihn skeptisch an.

„Offiziell seit meinem sechzehnten Lebensjahr, in den Jahren vorher habe ich gewildert."

Seine Miene zeigte Belustigung. „Also hast du wohl nicht so viel mit Puppen gespielt?"

„Nein", sie musste lachen.

„Hm", zwischen seinen Augenbrauen entwickelte sich eine strenge Falte. „Und wie läuft das so? Du gehst doch sicher nicht einfach los und knallst irgendwelche Viecher ab."

‚Na das kann ja heiter werden …, schade, es war grad so nett mit dir.' Sie stellte ihr Glas ab, strich sich mit der rechten Hand die Haare aus dem Gesicht und, um ein wenig Zeit zu schinden, zog sie sich ihre Tweedjacke aus. Sie hängte sie, wie Kjelt zuvor, über die Rücklehne des Stuhls und stellte sich auf einen müßigen Schlagabtausch, Vegetarier versus Jäger ein.

„Was genau möchtest du wissen?" Sie räusperte sich. „Die Jagd ist sehr vielgestaltig, das heißt, es gibt sehr viele unterschiedliche Jagdarten."

Er sprang sofort darauf an und bemerkte ihre Skepsis. „Wie DU auf die Jagd gehst", ein Lächeln auf den Lippen, nickte er ihr zu.

‚Aha! Gut, dann schauen wir mal, wie lange es dauert …'

„Nun", begann sie ohne Eile, „ich betreibe sehr intensiv die Fallenjagd, da ich die entsprechende Möglichkeit im Gehege habe. Im Herbst und Winter bin ich hin und wieder auf Treib- und Drückjagden, sowohl als Schütze wie auch als Hundeführer." Sie hielt kurz inne, um ihn anzusehen. „Und ich kümmere mich um den Abschuss des weiblichen Rehwilds im Revier meines Onkels."

Er rückte näher an den Tisch heran. „Was bedeutet – du kümmerst dich um den Abschuss des weiblichen Rehwilds –?"

„Nun, jedes Revier erhält von der Jagdbehörde einen Abschussplan, in dem die Anzahl der weiblichen und männlichen Tiere vorgegeben wird, die zu erlegen sind." Sie zuckte die Schultern. „Und ich bin für das weibliche Rehwild zuständig."

„Du bist also schwer beschäftigt."

Nachdem Marie dazu nur nickte, entstand eine kleine Pause.

„Was macht dir denn daran am meisten Spaß?"

‚Worauf will er hinaus?' Kjelt hatte die Eigenart, gerne direkte Fragen zu stellen und das kurz und knapp, stellte sie fest.

„Die Arbeit mit dem Hund."

„Grille?"

Jetzt entschlüpfte ihr doch ein Lächeln. „Ja. Wir haben sehr viel Spaß zusammen. Es ist immer wieder toll, einem Jagdhund bei der Arbeit zuzusehen und wir sind ein gutes Team."

„Und wie ist die Fallenjagd? Fängst du die Tiere lebend?", seine Stimme klang dabei sehr neutral.

Sie griff wieder nach ihrem Glas, nippte daran, betrachtete kurz ihre Freundin, die mit Tristan Händchen hielt, und stellte es beiseite.

„Ja, ich fange die Tiere in Lebendfallen und töte sie anschließend." Sie sah ihn herausfordernd an und wartete.

Er krauste die Nase und schüttelte sich. Eine Weile schwieg er, offensichtlich dachte er nach. „Das erfordert eine Menge Know-how, nicht wahr? Es ist sicherlich nicht so leicht, zu töten."

‚Für einen Vegetarier bist du ganz schön tough, mein Lieber.'

„Ja! Auf Jagd gehen ist kein Spaziergang. Ich lerne immer wieder hinzu." Sie schaute ihm direkt in die Augen. „Und nein, auch das Töten will gelernt sein."

„Ich habe gehört es soll gar nicht so einfach sein den Jagdschein zu machen", mischte sich Tristan plötzlich ein.

„Sicher nicht. Aber der Jagdschein macht noch lange nicht den Jäger aus", warf Lissi schlau dazwischen.

Marie starrte ihre Freundin verdutzt an.

„Was?", rief diese aus und warf ihr einen gespielt empörten Blick von der Seite zu. „Mein Lieblingsbruder ist Jäger durch und durch. Ich kenne mich aus."

„So", bemerkte Marie lachend und wandte sich dann wieder an Kjelt. „Fallenjagd ist sehr speziell und erfordert viel Verantwortungsbewusstsein, Erfahrung und Zeit, wenn du sie ernsthaft, tierschutzgerecht und vor allem erfolgreich ausüben möchtest. Die Fallenjagd betreibt niemand so nebenbei und vor allem ist sie auch nicht unbedingt jedermanns Sache." Ihre Gesichtszüge entspannten sich, als sie ins Erzählen kam. „Ich meine, Gesellschaftsjagden sind ja ganz nett, um mal unter Leute zu kommen, doch ehrlich gesagt nehme ich eigentlich nur wegen meiner Jagdhündin daran teil, sie stöbert halt mit großer Begeisterung. Viel lieber arbeite ich alleine, und diese besondere Jagdform verlangt mir auch einfach mehr ab." Sie stützte ihre Ellenbogen erneut auf den Tisch auf. So kam sie Kjelt näher, der sich ebenfalls vorbeugte.

„Die Jagd umfasst jedoch sehr viel mehr als nur das Töten von Tieren. Es ist sehr schön sich in der Tierwelt auszukennen, über die Lebensgewohnheiten seiner Mitgeschöpfe Bescheid zu wissen und sie einfach nur zu beobachten. Die meiste Zeit verbringen wir Jäger ohne unsere Waffe im Revier und wir haben auch deutlich mehr Feingefühl als viele andere, wenn es darum geht, den Lebensraum der Wildtiere zu respektieren." Ihre Mundwinkel zuckten kaum merklich. „Wenn ich da an die Spaziergänger denke, die wie selbstverständlich durch den Wald rennen und mit ihren freilaufenden Hunden hochtragende Ricken aufscheuchen." Sie schaute in die Runde und ihr Blick blieb an Kjelt hängen. „Im Verlauf der Jahreszeiten haben die Tiere schließlich ganz unterschiedliche Bedürfnisse, sei es nun Ruhe, Deckung oder Nahrung. Als Waidmann fühlst du dich durchaus verantwortlich dafür Deckung und Nahrung zu schaffen, zum Beispiel durch das Anlegen von Blühstreifen und Wildäckern. Das macht Sinn in unserer doch mittlerweile sehr kargen Landschaft. Es profitieren viele Tiere davon." Marie machte eine Pause. Kjelt sah sie mit ausdrucksloser Mine an und schien darauf zu warten, dass sie weitersprach.

„Wir Raubwildjäger sind sicher etwas speziell und es mag den wenigsten Nichtjägern gefallen was wir tun. Aber ich persönlich sehe die Notwendigkeit darin und kann es für mich verantworten und dabei immer noch in den Spiegel schauen."

„Na von den „Speziellen" gibt es ja wohl noch mehr", warf Tristan ein und zog dabei eine Grimasse. „Da gibt es Leute die binden sich einen Bussard auf die Hand und laufen damit durch die Gegend."

Lissi schüttelte grinsend den Kopf. „Du meinst Falkner?"

Marie wölbte zweifelnd die Stirn. *‚Warum haben viele so seltsam abwegige Vorstellungen?'*

„Überlege mal, was du da sagst", meinte sie. „Wozu sollte sich jemand einen Bussard auf die Hand binden. Zum einen jagen Bussarde überwiegend Mäuse, daher der Name Mäusebussard. Sie sind somit als Beizvogel nicht interessant, wer isst schon gerne Mäuse." Sie krauste ihre Nase. „Zum anderen binden sich Falkner ihren Vogel nicht auf die Hand, sondern tragen ihn auf der Faust. Der mag vielleicht am Handschuh festgemacht sein, doch ich führe meinen Hund auch an der Leine und lasse ihn nicht überall frei laufen. Der Falkner darf seinen Greifvogel ebenfalls nicht überall fliegen, sondern nur dort, wo er sein Revier hat oder es ihm gestattet ist." Sie schüttelte lächelnd den Kopf und machte eine kurze Pause, um Luft zu holen. „Die Falkner sind echte Cracks finde ich, denn der Umgang mit einem Greifvogel ist nicht so einfach. Es braucht so viel Ruhe und Geduld und es gibt so viele Unwägbarkeiten bei dieser Jagdform. Ohne grundlegende Kenntnisse über die Biologie der Greifvögel kommen die da nicht weit. Na ja, und wenn man sich dann mal vor Augen führt, was für einen Aufwand die betreiben, um ihrem Vogel einen Jagdflug zu ermöglichen." Marie grinste amüsiert. „Die freuen sich über jeden Flug ihres Vogels, egal ob er nun Beute macht oder nicht. Und das bei Wind und Wetter. Die sind während der Jagdzeit fast jeden Tag mit dem Vogel draußen. Was meinst du, wie viel Zeit dabei draufgeht."

Kjelt lächelte ihr zu, ihre Begeisterung imponierte ihm. Die Bedienung brachte ihnen die Bestellung und so schwiegen sie für den Augenblick.

„Kennst du dich gut aus mit Greifvögeln?", fragte er, während er sein Besteck aus der Serviette rollte.

„Bedingt", erwiderte Marie, den Kopf schüttelnd. „Ich habe bei uns im Gehege hin und wieder mit ihnen zu tun."

„Aber eigentlich ist das Jagen doch gar nicht mehr zeitgemäß", nuschelte Tristan, auf einem Stück Pizza kauend. „Man kann doch sein Fleisch im Supermarkt kaufen."

„Findest du es zeitgemäßer, dass täglich zehntausend Schweine auf dem Schlachthof geschlachtet werden?", fragte Kjelt trocken.

‚Da schlägt sich doch der Vegetarier auf die Seite des Jägers …'

„Nun ja …, aber so ein armes Bambi zu erschießen ist doch furchtbar. Die Schweine werden extra dafür gezüchtet."

‚Oh je, ist denn ein extra gezüchtetes Schwein weniger wert als das arme geschossene Reh ...?'

„Der Mensch geht schon immer zur Jagd, es ist etwas völlig Natürliches und außerdem, was ist denn so schlimm daran?" Marie sah ihn abschätzend an. "Das Reh hat ein freies Leben gelebt und dieses wird plötzlich, kurz und schmerzlos – wenn man es richtig macht – beendet. Der einzige Unterschied liegt doch nur darin, dass das Reh in der freien Wildbahn geschossen wird und nicht wie das Schwein auf dem Schlachthof betäubt und ausgeblutet", sagte sie.

Darüber musste Tristan erst einmal nachdenken. Lissi schlürfte ihre Makkaroni, erstaunlicherweise ohne sich zu bekleckern und lächelte in sich hinein.

Marie fühlte förmlich, wie Kjelt sie anblickte, mochte jedoch nicht aufschauen, um sich zu vergewissern. Dieser Tag war so entsetzlich anstrengend. In jeder Beziehung. Ihre Gefühle schlugen langsam Purzelbäume.

„Ich finde allein den Gedanken entsetzlich, dass der einzige Daseinszweck des Schweins der ist, aufgegessen zu werden, ohne ein richtiges Leben gelebt zu haben."

‚Da spricht der Vegetarier ...'

„Weißt du Kjelt, die meisten Leute würden sicher ihre Ernährung umstellen, müssten sie ihr Schwein selbst schlachten und verarbeiten", lachte Marie fröhlich.

Er machte ihr Spaß. Sie hatte plötzlich so gar nicht mehr den Eindruck, er würde sie wegen ihrer Jägerei ablehnen. Vielmehr empfand sie ihn als einen sehr offenen, toleranten Charakter. Sie lächelte ihn an, während sie in den Brotkorb griff. Er hatte wohl den gleichen Gedanken gehabt und ebenfalls in den Korb gegriffen. Ihre Finger berührten sich und überrascht trafen sich ihre Blicke. Nach einem Moment der Unsicherheit lächelten beide. Der Abend wurde noch recht heiter und die Zeit verflog in Windeseile.

Nachdem sie die Pizzeria verließen, bot Kjelt an, Marie nach Hause zu fahren. Er hatte seinen eigenen Wagen, einen blauen Polo, am frühen Abend auf dem Parkplatz davor abgestellt und war mit Tristan und Lissi gefahren.

Während der Fahrt schwiegen sie und erst als sie in die schmale Straße, die zum Windberg führte, einbogen, begann er zu sprechen.

„Ich würde dich gerne wieder treffen, Marie", sagte er sehr leise.

„Tatsächlich?", damit hatte sie nicht gerechnet.

„Ja." Fragend schaute er sie an. „Wenn ich darf?"

Er fuhr über den Parkplatz vor dem Gehege und nahm dann den kleinen Pflasterweg links davon, der weiter zu ihrem Haus führte. Es waren von hier aus noch gute dreihundert Meter und der Weg schlängelte sich in einem Bogen am Gehege vorbei und endete in einer Sackgasse. Er stoppte den Wagen und schaltete den Motor ab.

Sie schaute ihn an, seine Augen waren nicht zu erkennen, es war hier draußen einfach zu dunkel, auch das Mondlicht reichte noch nicht, wobei der Vollmond näher rückte.

„Trotz meiner Jagdleidenschaft?", sie wollte ihn aus der Reserve locken.

„Jeder hat so seine Leidenschaften, oder?" Sie konnte sein Lächeln förmlich hören, außerdem hörte es sich an, als würde er näher rücken.

„Und was sind deine?", sie wandte sich ihm ebenfalls zu.

„Vielleicht möchtest du es ja herausfinden", seine Stimme klang belegt.

‚Jetzt muss ich hier aber schleunigst verschwinden.'

„Ja, vielleicht", flüsterte Marie.

Sie schauten sich an, die Dunkelheit verbarg ihre Gesichtszüge, sodass ihr diese Worte leicht über die Lippen flossen.

Er rückte noch ein wenig näher, griff in die Finsternis und berührte sachte mit seinen Fingern ihre Wange. Sie spürte den sanften Druck und ihre Haut kribbelte. Eine Ewigkeit schien zu vergehen. *‚Schluss jetzt!'*

„Ich ... äh ... würde mich freuen, wenn du mich anrufst", eilig öffnete sie die Beifahrertür. „Bis bald." Sie lächelte ihm zu und sprang aus dem Auto, schloss die Tür wieder und war schon auf dem Fußweg zur Haustür. Der Bewegungsmelder ließ die Außenbeleuchtung anspringen und diese erhellte ihr den Weg. Schnell verschwand sie durch die Haustür und warf sich von innen mit dem Rücken dagegen.

„Was für ein Tag!"

Auf der Jagd

23. Julmond 434

Vom ersten Tageslicht geweckt, erhob sich Albert umständlich. Seine Knochen schmerzten und er war ausgekühlt vom unbequemen Schlaf auf dem Boden. Er hatte nicht geplant, die Nacht hier zu verbringen, doch das Wetter hatte ihm einen üblen Streich gespielt.

Jetzt wollte er schnell weg hier und seinen Job erledigen. Bloß nicht trödeln und nicht länger aufhalten als nötig.

Die Idee an sich schien ihm noch immer sehr fantastisch, Wenzeslaus andererseits war nicht irgend so ein dahergelaufener naiver Spinner. Nur, was genau hatte er eigentlich vor? Er fragte sich das schon seit gestern, doch kam er nicht dahinter, was Wenzeslaus' Beweggründe waren. Eines war jedenfalls sicher, dafür schuldete dieser ihm was und das nicht zu knapp.

Er griff seinen Rucksack, der neben ihm lag, und holte vorsichtig eine Waffentasche daraus hervor. Mühevoll hatte er all die Dinge unauffällig in dem Rucksack verpackt. Er konnte ja schlecht mit der Kanone über der Schulter durch den Wildpark stiefeln.

Albert öffnete die Tasche und baute den Doppelbüchsdrilling zusammen. Gewissenhaft steckte er das Zielfernrohr in die entsprechende Vorrichtung auf der Waffe, befestigte den Tragegurt und legte sie dann vorsichtig auf den Tisch. Eine wirklich handliche Waffe und genau die Richtige für seinen Job. Es war ein Geschenk seines Vaters anlässlich seines vierzigsten Geburtstags. Er checkte noch einmal seinen Patronengürtel, bevor er ihn umlegte, doch es war noch alles vorhanden. Die Schrotpatronen für alle Fälle – wer wusste schon, was alles passieren könnte – und einige Büchsenpatronen. Als er sich umdrehte, entdeckte er Adalwolf, der ihn anscheinend schon eine Weile beobachtete.

„Guten Morgen", grüßte er ihn freundlich. „Wann wollen wir los?"

„Bist du so weit? Dann komm!" Adalwolf legte sich seinen Umhang um und verschloss ihn mit der Fibel. Außerdem warf er sich noch ein dickes Fell über, denn es war eiskalt draußen. Selbst hier im Haus war es eisig.

Albert war entsprechend der Witterung gekleidet. In der heutigen Zeit gab es so fabelhafte, sehr zweckmäßige Thermo- und Mikro-Fleece-Bekleidung – wasserabweisend, atmungsaktiv und geräuscharm. Sie hielt einen warm und trocken und schränkte trotzdem die Bewegungsfreiheit nicht ein. Er nahm seinen Sitzrucksack auf den Rücken, die Waffe auf die Schulter und los ging es.

Sie sprachen nicht miteinander, durch den hohen Schnee zu stapfen war Anstrengung genug. Außerdem war es so kalt, dass sich Albert seinen Schal über die Nase ziehen musste. Sie liefen schon einige Zeit, als ihm der Kompass in den Sinn kam. Er zog ihn aus der Jackentasche und schaute drauf. Gestern hatte er sich vom Hünengrab in Richtung Nordwesten bewegt. Die kleine Ansiedlung, in der Adalwolf lebte, müsste in der heutigen Zeit nahe der alten Sandkuhle liegen.

Nun wanderten sie nach Westen. Somit kämen sie in die Richtung des Steenhus in den Klöbertannen, wo er ja, laut Wenzeslaus, auch wieder einen Ausgang aus dieser Welt finden würde.

Albert war beeindruckt. Solch ungewöhnliches Abenteuer und das einfach so, mitten auf dem Hümmling. Es wunderte ihn, dass sonst niemand davon wusste, doch andererseits gab es um diese Jahreszeit auch nicht so viele Menschen, die die Hünengräber aufsuchten – geschweige denn, sie betraten.

Erstaunt war er von Adalwolf, der sich in diesem Urwald mit unbeschwerter Leichtigkeit zurechtfand. Ein wilder, dichter und stellenweise undurchdringlicher Wald, in dem sich meterhoch die gefallenen dicken Stämme und Kronen häuften, durch die junge Bäume kraftvoll hindurchwuchsen.

Mittlerweile schon erschöpft, bemerkte er, wie sich der Wald lichtete. Gefühlt waren sie seiner Meinung nach schon drei Stunden unterwegs, doch sein Gefühl trog ihn. Nachdem er auf die Uhr sah, stellte er fest, dass es nur etwas über eine Stunde war.

Adalwolf blieb stehen und gab ihm ein Zeichen, sich ruhig zu verhalten. Er pirschte alleine gut fünfzig Meter weiter und hockte sich hinter einen umgestürzten Baum. Kurz drauf winkte er ihn zu sich heran.

Langsam schritt Albert näher und hockte sich ebenfalls hin. Adalwolf zeigte auf die Lichtung. Eine sehr große Lichtung mit einem nicht mehr ganz so dichten Waldstück dahinter. Was er dort sah, haute ihn schlichtweg um. Mit offenem Mund hockte er auf den Fersen und starrte auf die offene Fläche.

„Heiliger Bimbam!", wisperte er kaum hörbar.

*

Frithjof erwachte und nahm gleich den blumigen Geruch in sich auf. *‚Mariella?'*

Als er die Augen öffnete, starrte er auf die Decke, die er ihr gestern gegeben hatte. Mit seinen ausgekühlten Fingern griff er danach und zog sie näher. Der Duft wurde intensiver. Frustriert seufzend drehte er sich auf den Rücken. Noch immer die Decke haltend, legte er seine Hand auf die Brust. Womöglich war doch alles nur Zauberei. Niemand roch wie eine Blumenwiese im Wonnemond.

Langsam bedurfte es der Überlegung, wie er ihr Verschwinden erklären sollte. Leise fluchend stand er auf. Das Feuer glühte noch, doch es war bitterkalt. Schnell huschte er zur Tür und holte einige Scheite Holz, fachte das Feuer an und flitzte dann nach draußen, um sich einen Eimer Schnee zu holen. Er legte sehr viel Wert auf Körperpflege, sich pflegen hieß, gesund zu bleiben. Tägliche Waschungen, Zahnpflege und die Rasur waren immer schon eine Selbstverständlichkeit in seiner Sippe gewesen. Einen Kamm – aus Knochen gefertigt – ebenso die Zahnbürste und auch sein Rasierzeug bewahrte er in dem kleinen Beutel auf, den er stets am Gürtel trug.

Vreder rührte sich nicht, sie lag auf ihrem Schafsfell nahe dem Feuer und ignorierte alles um sich herum. Je weniger sie sich bewegte, umso weniger Energie würde sie verbrauchen, und das war in dieser Jahreszeit lebenswichtig. Auch wenn sie jeden Tag auf die Jagd gingen, wurde es bei dem vielen Schnee doch immer schwieriger, an Beute zu kommen. Bald würde Frithjof das junge Schaf schlachten müssen. Auch Vedrfölnir rührte sich nicht. Den Kopf in die Federn gesteckt, stand sie ruhig auf ihrem Habichtsbogen. Frithjof beschloss, sich zum Frühstück bei seinen Eltern einzuladen, dort gab es sicher genügend Hafergrütze.

Kaum hatte er sein Haus verlassen, Vreder im Schlepptau, da traf er an seinem Hofeingang Bernhild. Sie stand dort, als hätte sie nur darauf gewartet, dass er endlich sein Heim verließ.

„Sei gegrüßt Frithjof." Sie lächelte ihr strahlendes Lächeln, ein wirklich schönes Lächeln, denn sie war durchaus hübsch, und wäre sie nicht so verkniffen und gehässig, hätte er sie sogar gemocht.

„Bernhild", er nickte flüchtig, in der Absicht, gleich weiterzugehen.

„Ist deine Braut schon wieder gegangen?", fragte sie scheinheilig.

Unwillig blieb er stehen und wandte sich ihr zu. Er schaute auf sie herunter, denn er war gut einen Kopf größer als sie.

„Es gehört sich aber gar nicht, seine Braut schon vor der Hochzeit zu beherbergen", sie schüttelte mit gespieltem Entsetzen den Kopf.

Er überlegte, ob er sich dazu äußern sollte, und betrachtete sie mit zusammengekniffenen Augenlidern, sodass seine Augen nur noch Sehschlitze waren. ‚*Und wenn schon …*'

Als von ihm keine Reaktion kam, fügte sie in einem betont freundschaftlichen Ton hinzu: „Was soll nur deine Sippe davon halten, wenn sie es erfährt?" Sie schmunzelte selbstgefällig.

Also würde sie überall herumlaufen und es jedem, der es wissen wollte erzählen und natürlich auch jedem, der es nicht wissen wollte.

Er trat näher an sie heran, beugte sich vor, sodass sich ihre Nasen fast berührten. Aus großen grauen Augen starrte sie ihn erfreut und nicht minder erwartungsvoll an.

„Bernhild", sprach er mit leiser rauer Stimme, „du hättest doch zu gern, anstatt ihrer, auf meinem Nachtlager gelegen. Nicht wahr?" Er richtete sich wieder auf und betrachtete sie kalt. „So ein Pech für dich." Ohne ein weiteres Wort ging er fort und ließ Bernhild, mittlerweile blass vor Wut, zurück.

Er stapfte unzufrieden auf das Haus seiner Eltern zu, durchschritt den großzügigen Hofraum und gelangte zur Tür. Ehrfürchtig berührte er den versteinerten Seeigel, einen Glücksbringer, der auf Schulterhöhe in einem Pfostenloch eingelassen war, und betrat das Haus. Alle schauten auf. Seine Eltern sowie seine zwei jüngeren Schwestern Friedegund und Friedburg. Außerdem waren noch vier Unfreie anwesend.

Es war das größte Haus in der Siedlung, ähnlich gebaut wie das seine, nur doppelt so groß. Im hinteren Teil befand sich nicht – wie bei ihm – das Vieh. Sein Vater besaß dafür einen extra Stall sowie ein kleines Nebenhaus für die vier Unfreien, die er hielt. In dem hinteren Teil befanden sich die Nachtlager seiner Eltern und der Mädchen, die durch einen

Wandschirm abgetrennt waren. In der Nähe der Feuerstätte stand der große Webstuhl seiner Mutter, die offensichtlich im Moment an einem Wandteppich arbeitete. Die Familie war recht wohlhabend, sie besaß zwei Rinder, ein Schwein, vier Schafe und sogar ein Pferd, welches sie für den Ackerbau einsetzte. Frithjof hingegen hielt nichts von der Landwirtschaft, er ging lieber auf die Jagd und kam damit auch sehr gut über die Runden. Er tauschte die Hasen und Kaninchen bei Bedarf gegen Getreide, Milch gab sein Schaf, Obst und Pilze suchte er sich im Wald – bisher konnte er sich nicht beklagen.

„Frithjof", begrüßte ihn Irmlind. „Wie schön, dich zu sehen, komm setz dich zu uns." Sein Vater nickte ihm verhalten zu und schickte im gleichen Moment die Knechte fort. Er lehnte sich daraufhin in seinem Stuhl zurück und betrachtete Frithjof vielsagend. „Sohn, erzähle mir, was hat es nun auf sich mit dieser Mariella Elena Joana?"

„Juana", korrigierte ihn seine Frau.

Er nickte. „Gut, dann eben Mariella Elena Juana."

„Was ist das für ein seltsamer Name", rief seine Schwester Friedegund dazwischen.

Frithjof widerstrebte es, über Marie zu sprechen. Gerade erst war er ihrem Duft entkommen und schon war sie wieder gegenwärtig, stellte er irritiert fest.

„Das ist einzig und allein Teutobald anzulasten", erwiderte er schroff, löffelte seine Hafergrütze und weigerte sich, seinen Vater anzusehen.

Irmlind und Friedmund tauschten einen Blick, in dem nicht nur Sorge lag, sondern auch eine Spur Vergnügen.

„So. Deshalb hast du dieses Mädchen auch vor aller Augen geküsst und sie zu der Deinen erklärt", bemerkte er gefällig. „Wo ist sie nun?"

Verlegen schaute er auf. „Sie ist fort! Für immer. Und wird nicht wiederkommen", seufzend schob er seine Schüssel beiseite. „Sie ist gestern während des Sturms bei mir eingekehrt und ist bis zum Einbruch der Dunkelheit geblieben. Bernhild scheint dies beobachtet zu haben und hat mir deutlich gemacht, dass sie es allen erzählen wird."

„Bist du Mariella zu nahe getreten? Ist sie deshalb fort?", rief Friedmund erbost.

„Nein, natürlich nicht!" reagierte Frithjof außer sich.

„Ach Bernhild dieses einfältige Weib", warf Irmlind ein. „Mit ihr werden wir schon fertig, verschwende keine Gedanken an sie. Doch wo kommt Mariella her, warum ist sie so seltsam gekleidet und weshalb ist sie fort?", sprach sie in einem Fluss.

„Ich weiß es nicht."

„Du wirst sie also nicht ehelichen?", vermutete Friedmund.

„Nein!" Frithjof fühlte ein leichtes Unbehagen in seinem Brustkorb und plötzlich – völlig unvorbereitet – traf ihn die Erkenntnis. In den Tiefen seiner Seele spürte er den Verlust von dem, was hätte sein können. Schlagartig sprang er auf und ohne einen Abschiedsgruß verließ er das elterliche Haus, holte seinen Habicht und machte sich auf zur Beizjagd.

*

Albert konnte noch immer nicht glauben, was er dort auf der Lichtung sah. Im Grunde war es ja nichts weiter als ein Hirschrudel, doch eines solchem war er zuvor noch nicht begegnet. So manchen Geweihten hatte er auf der einen oder anderen Drückjagd im Elm erblickt, er hatte sogar schon mal einen erlegt. Einen Spießer. Aber das hier ...!

Es war atemberaubend und einfach nur wunderschön. In dem Rudel standen sicher über hundert Rothirsche. Mit Geweihen, wie er sie noch nie gesehen hatte. Und das keine hundert Meter entfernt. Mitten auf dem Hümmling, er konnte es kaum fassen.

Die winterliche Ruhe dieser Gefilde umfing offenbar auch die Hirsche, hüllte sie ein in einen trüben Nebel und ließ ihre Herzen langsamer schlagen. Gelassen standen sie beieinander und kratzten unter dem dicken Schnee nach Äsung – Nahrung. Um sich herum nahm Albert deutlich die Schälschäden an den Bäumen wahr. Die Tiere durchlebten hier schwere Zeiten und viele von ihnen würden vielleicht sogar verhungern.

Er zückte sein Zeissglas und spähte hindurch. Der Erstbeste im Glas entpuppte sich als ein Vierzehnender. Der brachte bestimmt hundertfünfzig Kilo Lebendgewicht auf die Waage und war letztlich nur einer von vielen in der Größenordnung.

„Allmächtiger!" Er tat nichts weiter, beobachtete nur die Hirsche durch sein Fernglas. So friedlich standen sie dort auf der Lichtung und sie fürchteten keine Gefahr. Hier war die Welt noch in Ordnung.

Sie wirkten etwas gedrungen und waren von kräftig roter Farbe, mit starker Mähne und einem eng gestellten aber endenreichen Geweih und edler Kronenbildung.

„Das Rudel der weiblichen Tiere, ist es hier in der Nähe?", murmelte er.

„Es hält sich häufig einen halben Tag Fußmarsch von hier – in Richtung Austri – auf", erwiderte Adalwolf ebenfalls flüsternd.

Wie sollte er bei der Menge nur einen erlegen, einen, der auch noch Wenzeslaus Ansprüchen genügte. Es schien ihm schwierig, einen Hirsch anzuvisieren, ohne einen anderen zu gefährden. Nahezu unmöglich!

Nun, da würde er sich Zeit nehmen müssen. Er hatte keine Lust, weitere Hirsche mit anzuflicken, nur, damit sein Vater zeitig an eine Trophäe kam. Wozu auch immer er sie gebrauchte.

Albert hatte es sich einigermaßen bequem gemacht und seinen Sitzrucksack so hinter einen umgestürzten Baum gestellt, dass er diesen als Gewehrauflage nutzen konnte. Er saß nun schon eine Weile da, die Waffe im Anschlag, durchs Zielfernrohr schauend, und beobachtete das Rudel. Er hatte sich einen ausgeguckt, einen ungeraden Sechzehnender mit einer sehenswerten Schaufelkrone. Der war genau richtig. Doch der Bursche stand nie frei, immer war er umgeben von anderen Hirschen. Oder er stand spitz zu ihm. So oder so, es wollte sich einfach keine Chance ergeben.

„Wie lange soll denn das noch dauern?", nörgelte Adalwolf. „Knall ihn doch ab!" Das Wort hatte er sich gemerkt, nachdem Wenzeslaus es – viele Winter zuvor – so häufig hatte anklingen lassen.

„Du kannst später gerne wiederkommen, wenn es dir zu lange dauert. Hier entscheide immer noch ich, wann ich schieße", zischte Albert ungehalten. Dieser Typ ging ihm auf die Nerven. Ungeduld war nun wirklich das Letzte was er brauchte. Jetzt war Ruhe gefordert. Besonnenheit und Konzentration.

Da war der Moment. Der Geweihte stand am äußeren Rand des Rudels. Und er stand breit. Perfekt. Alberts Herz klopfte heftig und es wurde noch schneller. Er atmete tief ein. Solch einen Hirsch würde er in seinem ganzen Leben kein zweites Mal erlegen. Er hatte den Drilling bereits eingestochen und wartete. Nur noch einen Moment. Der Bursche etwas links dahinter musste weg. Genau auf das Blatt zielend, holte er erneut tief Luft und zählte, nach dem Ausatmen, bis drei.

Bauz! Es knallte und der Knall hallte nach.

Der Hirsch fiel um wie ein gefällter Baum. Nichts rührte sich mehr. Auch die anderen Hirsche im Rudel rührten sich nicht. Überrascht vom Knall hoben sie kurz ihre Häupter, um dann seelenruhig weiterzuäsen. Sie verhielten sich sehr vertraut, sie spürten keine Gefahr, da sie Bejagung in dieser Form nicht kannten.

Adalwolf nickte anerkennend. Er staunte jedes Mal wieder über die Leistung dieser fremdartigen knallenden Knüppel. Doch bewunderte er auch Albert. Er beherrschte diesen Stock, war ruhig und bedacht. Nicht so nervös wie Wenzeslaus.

„Gut", er klopfte ihm leicht die Schulter. „Du nimmst den Kopf und ich bringe dich zur Grabstätte. Um den Rest kümmere ich mich später. Mein Sohn wird gleich kommen, um zu helfen."

„Nur die Ruhe Adalwolf", er sah ihn streng an. Entlud in aller Ruhe seinen Drilling, packte den Stuhlrucksack und ging auf das erlegte Stück Wild zu.

„Ich habe diesen Hirschen erlegt und nun werde ich ihn auch anständig aufbrechen – ausnehmen –, mir das Herz und die Leber nehmen, und dann können wir von mir aus gehen."

„Das Fleisch gehört mir", schnaubte der alte Mann, packte ihn dabei unwirsch am Arm und hielt ihn fest.

„Sicher. Ich nehme mir auch nur die Leber und das Herz." Aus schmalen Augen schaute er ihn an, warf einen Blick auf seinen Arm, schüttelte die Hand ab und ging weiter.

Missmutig folgte ihm Adalwolf, er traute ihm nicht.

Die Angelegenheit dauerte letztendlich doch länger, als Albert erwartete. Zum einen verschreckten sie die Hirsche, wenn auch wohl nur kurzweilig, zum anderen stellte sich Adalwolf recht pingelig an. Dabei wollte er nur was ihm als Erleger zustand, das Herz und die Leber. Trotzdem glaubte Adalwolf, er nähme ihm seinen Anteil. Irgendwann platzte Albert der Kragen und er brüllte den Mann wütend an. Das half. Der gab klein bei und führte ihn anschließend sehr schweigsam zum Hünengrab.

Albert kroch hindurch und dort stand er nun, das Haupt in Händen, Herz und Leber im Rucksack und wählte auf dem Handy die Nummer von Wenzeslaus. Nach einigen Klingeltönen meldete sich dessen Stimme.

„Ich bin wieder draußen, hol mich ab."

„Hast du ihn?", die Stimme seines Vaters klang fremdartig aufgewühlt.

„Ja!"

„Gut."

Doch bevor er losfuhr, führte er noch einige Telefonate.

*

Frithjof lief in Richtung Westri, dort wurde der Wald etwas lichter und Vedrfölnir hätte bessere Chancen, die Kaninchen zu fangen. Heute Abend würde wieder ein Fest gefeiert und er wollte natürlich dazu einen Braten beisteuern.

Sie hatten den dichten Wald noch nicht verlassen, da stand Vreder nach kurzer Suche vor. Die Nase in den Wind gestreckt und einen Vorderlauf erhoben, stand sie wie zur Salzsäule erstarrt da. Frithjof trat näher, schlug jedoch einen kleinen Bogen, um nicht im Rücken des Hundes zu sein. Der würde dadurch nur animiert, weiter vorzuziehen. Langsam schritt er von rechts näher, die Faust höher streckend, um dem Habicht eine bessere Übersicht zu verschaffen. Nichts geschah. Er kam noch näher und sah, wie sein Hund vor Aufregung bebte. Er nahm Vreders Nase als Richtungsanzeiger und suchte angestrengt zwischen den Zweigen. Dem Verhalten des Hundes nach war es kein Kaninchen. Wahrscheinlich ein Hase. Er tat einen weiteren Schritt. Vedrfölnir wurde schlank auf der Faust und machte einen langen Hals – sie hatte die Beute erspäht.

Da ging der Hase ab. Der Habicht hinterher, nur ein kurzer Flug und er schlug einen Fang in den Rücken des Hasen, mit dem anderen holte er aus. Plötzlich überschlugen sie sich, gingen gemeinsam rund über Kopf und für einen kurzen Moment lag der Greifvogel am Boden. Der Hase rannte weiter, doch Vedrfölnir hielt ihn noch immer mit dem einen Fang. Der Rammler huschte unter einigen Zweigen dahin und der Habicht musste ihn wohl oder übel loslassen. Das verschaffte dem haarigen Langohr einen kleinen Vorsprung. Vedrfölnir gab nicht nach, holte auf, zackig parierte sie einige Äste und packte ihn erneut am Rücken. Mit dem andern Fang griff sie ihn am Kopf und es war vorbei. Der Hase ergab sich. Vreder rannte hinter ihnen her und Frithjof ebenso. Er hockte sich neben den Hasen, den Vedrfölnir noch immer am Kopf gebunden hielt, zog sein Falknermesser hervor und stach durch die Rippen des Hasen mitten in dessen Herz. Er drehte einmal kurz die Klinge, wodurch die Lunge kollabierte und es war kurz darauf vorbei.

Sein Falknermesser war spitz und nur an der Klingenspitze geschärft, da sonst die Gefahr bestünde, auch den Beizvogel zu verletzen.

Er ließ sein Habichtsweib einige Zeit rupfen und bot ihr dann ein Stück Fleisch an, welches er hervorholte. Sie stieg auf die Faust über und er verbarg unauffällig den Hasen in seiner Tasche. Er gab auch seiner Hündin einen kleinen Happen als Belohnung für die gute Arbeit, bevor sie weitergingen.

Jetzt war er guter Stimmung, der Wind blies ihm den Kopf frei, zerzauste sein Haar und die Kälte färbte seine Wangen rot. Nun brauchte er nur noch ein Kaninchen für seine Jagdhelfer und er könnte sich wieder auf den Heimweg machen.

Frithjof pirschte so gut wie geräuschlos durch den Wald, beobachtete Hund und Habicht, die einfach die besseren Sinne hatten. Plötzlich hörte er Stimmen. Überrascht verbarg er sich hinter einem Baum und gab Vreder ein Zeichen, sich hinzulegen.

Vorsichtig lugte er hinter dem Stamm hervor und erkannte in kurzer Entfernung Adalhart und seinen Vater, eine schwere Last hinter sich herziehend. Einigermaßen verwundert beobachtete er sie. Eine deutliche Blutspur schlängelte sich im Schnee hinter ihnen her. Er wartete eine Weile und lief dann, neugierig geworden, in einiger Entfernung parallel zur Spur. Unerwartet tauchte direkt vor ihm eine zweite Spur auf, mit deutlich weniger Blut, hier und da einige Tropfen. Nachdenklich kniff er die Augen zusammen. *‚Was ist hier eigentlich los? Zu viele Merkwürdigkeiten innerhalb zu kurzer Zeit!'* Er entschied sich, der zweiten Spur zu folgen und gelangte wieder einmal zu einem Hünengrab.

23. Dezember 2009

„Hey!" Raoul lachte Marie an, als er näher an ihren Tisch trat.

„Hey!" Sie schaute gedankenverloren auf. Grille wedelte freudig unter dem Tisch liegend. Er setzte sich zu Marie. Ihr Mittagessen schien unberührt, dampfte aber noch. Liebevoll strich er dem Hund über den Kopf.

„Alles klar?", fragte er gelassen.

„Klar", sie raffte sich auf und nahm einen Löffel von ihrem Eintopf.

Raoul betrachtete sie argwöhnisch und überlegte, ob er sie nach dem gestrigen Abend fragen sollte, entschied sich dagegen und löffelte daraufhin schweigend auch einen Eintopf.

„Waidmannsheil gehabt gestern Abend?" Marie sah ihn interessiert an.

„Nein. Aber dafür hatte ich heute früh noch einen Marder in der Falle. Eine Fähe." Er strich sich eine lange Ponysträhne hinters Ohr und nahm einen Schluck Wasser. „Ich habe meine Fallen trotzdem heute alle gesichert. Ist mir zu riskant. Bei der feuchten Kälte frieren die Eisen ein, und wenn sie nicht einwandfrei arbeiten, dann lieber gar nicht."

Marie nickte, sie konnte das gut nachvollziehen. Raoul arbeitete nur mit Totschlagfallen. Dabei gab es einfach keine Kompromisse.

„Wie sieht es aus, wollen wir gleich einen kleinen Abstecher in die Klöbertannen machen? Ein bisschen Zeit haben wir noch."

„Hm!", sie wiegte ihren Kopf hin und her. „Meinst du wirklich?"

„Na klar. Ist doch spannend", er sah sie prüfend an. „Was ist nur los, hat Frithjof dich etwa dermaßen beeindruckt, dass du dich fürchtest? Du warst doch mit Sicherheit gestern mit ihm zusammen", er schmunzelte, „im Schneesturm."

Marie sah ihn scheel an und lächelte reserviert. *‚Dir kann man auch nichts vormachen …'*

„Okay, fahren wir kurz hin und schauen uns das Grab an", erwiderte sie und überging damit einfach seine Frage.

Sie folgten der schmalen Straße durch den Wald, nahmen die Kurve und erkannten just in dem Moment Wenzeslaus Wagen, der am Straßenrand geparkt stand.

„Na schau einer an." Raoul fuhr daran vorbei und weiter geradeaus. „Was meinst du, sollen wir nachsehen?"

„Mir wäre lieber, wenn er nicht weiß, dass wir wissen, dass er was weiß", entgegnete Marie grüblerisch.

Er krauste die Stirn. „Schön gesagt." Und wendete seinen Wagen. „Irgendwas ist hier doch im Busch. Vielleicht können wir später noch einmal nachsehen."

*

Wenzeslaus und sein Sohn hatten kaum das Anwesen erreicht, als auch schon ein weiteres Fahrzeug in die Hofeinfahrt bog. Der BMW parkte gleich neben ihnen und ein sehr fülliger glatzköpfiger Mann in den Sechzigern stieg aus. Ein wenig skeptisch doch zielstrebig kam er auf sie zu. „Grüß dich Wenzeslaus", rief er mit einem hochmütigen Lächeln auf den Lippen.

„Hein Gerd, wie schön. Das ging ja zügig", er streckte ihm die Hand entgegen. „Das ist mein Sohn Albert", er machte eine bedeutungsvolle Pause. „Er ist der Schütze und wird auch dein Führer sein."

Der Neuankömmling betrachtete ihn erwartungsvoll und reichte ihm die Hand zum Gruß. Albert stand sprachlos mit offenem Mund da und konnte nur lethargisch nicken, besann sich jedoch noch rechtzeitig seiner Erziehung und erwiderte den Gruß. Einigermaßen fassungslos suchte er Blickkontakt zu seinem Vater, doch der ignorierte ihn schlichtweg.

„Hier schau dir den Kameraden an. Ein wahrer Prachtkerl." Wenzeslaus öffnete die Hecktür seines Wagens und präsentierte mit stolz geschwellter Brust das Haupt des Hirsches. „So einen oder einen noch stärkeren kannst du erlegen."

Hein Gerd stand schier begeistert vor der Trophäe und staunte. „Und der stammt wahrhaftig vom Hümmling?" Er befingerte die Krone. „Mensch, wer hätte das gedacht." Nach einem Moment des Schweigens fügte er hinzu: „Gut, abgemacht. Ich zahle die Dreitausend. Und das Präparieren der Trophäe ist mit drin?"

Wenzeslaus nickte und Albert wurde nervös. Was lief hier überhaupt? Was hatte der Alte sich da nur ausgedacht? Veranstaltete er etwa eine Jagdreise?

„Wann geht's los?"

„Wann kannst du?"

„Am Freitag, gleich morgens?"

„Gut, abgemacht. Am 25. Dezember um acht Uhr. Zweitausend im Voraus, den Rest nach Erhalt der Trophäe", meinte Wenzeslaus ganz geschäftsmäßig. Hein Gerd besiegelte den Deal mit Handschlag und fuhr davon.

„Was läuft hier überhaupt?", rief Albert aufgebracht. Doch just in dem Moment kam ein weiterer Wagen angefahren. Ein hochgewachsener dunkelhaariger Mann Mitte fünfzig sprang heraus. Er hielt sich nicht lange mit Begrüßungsfloskeln auf, sondern kam gleich zum Thema. Auch er staunte nicht schlecht über den Hirschen und nickte Albert beifällig zu. Ein SUV näherte sich und Albert dämmerte so langsam, dass sein ausgebuffter alter Herr eine Jagdreise im großen Stil veranstaltete. Einigermaßen betroffen hockte er sich auf einen dicken Feldstein im Eingangsbereich und beobachtete das Geschehen. Nicht einmal gefragt hatte er ihn. Er wurde einfach mal eben als Führer einer Jagdreise ins tiefste Mittelalter verdonnert.

„Was denkst du dir dabei? Du verplanst mich, ohne zu fragen und dann auch noch für ein schier unmögliches Unterfangen." Wütend ging er auf ihn zu, nachdem der letzte Jagdgast sich verabschiedet hatte.

„Tausend pro Tag. Ist das in Ordnung?"

„Tausend am Tag?" Alberts Augen weiteten sich, bis das Weiße in ihnen leuchtete. Wenzeslaus nickte grinsend. „Steuerfrei!" Er war nicht dumm und kannte seinen Sohn genau. Diese Summe war Anreiz genug, ihn aus seiner Bequemlichkeit zu locken. „Außerdem bekommst du für den heutigen Tag tausendfünfhundert und als Schütze gehört die Trophäe selbstverständlich auch dir."

Weihnachten

24. Dezember 2009

Maries Arbeit war für heute geschafft. Schon früh um sechs hatte sie damit begonnen, um ihr Pensum überhaupt bewältigten zu können. Über die Weihnachtstage waren die Pfleger auf eine Notmannschaft reduziert. Viele Kollegen hatten Familie und sie war hier sowieso zu Hause und machte den Dienst gern.

‚Ob Kjelt sich überhaupt meldet?' Ihre Handynummer hatte Lissi ihm gegeben, das wusste sie mittlerweile. Denn ihre Freundin hatte angerufen und sie hemmungslos ausgefragt, sie hatte wirklich alles wissen wollen, bis ins kleinste Detail. Worüber sie geredet hatten auf dem Weg nach Hause, ob er sie geküsst hatte oder ob es gar zu einer wilden Knutscherei auf der Rückbank gekommen war. In der Beziehung war Lissi nicht besonders subtil, sondern einfach stumpf. Marie hielt gern mit ihrer Meinung hinterm Berg. Darin waren sie und Raoul sich erstaunlich ähnlich, was wohl auch ein Grund war, weshalb sie sich so gut verstanden.

Wenn sie ehrlich war, musste sie jedoch zweifelsfrei zugeben, dass sie noch jetzt Herzklopfen bekam, wenn sie an den Moment in Kjelts Auto dachte, und eigentlich hatte sie schon gestern auf seinen Anruf gehofft.

Er war besonders. Und so ganz anders als sie. Ein Vegetarier! Sie dagegen jagte sich ihre Mahlzeit auch schon mal selbst. Sie mochte ihr Steak gerne blutig und aß Salat eigentlich nur, wenn er mit auf ihrem Teller lag. Sie hatte eine Vorliebe für fetten Speck und Dachsschinken und wusste ein gutes Wildschweingulasch zu schätzen. Fressen und gefressen werden. Für sie als Jägerin war das der natürliche Lauf der Dinge in dieser Welt.

Zwischen ihr und Kjelt lagen Welten. Und sie fragte sich, ob diese sich je miteinander verbinden ließen.

Bei dem Gedanken kam ihr augenblicklich Frithjof in den Sinn. Zwischen ihnen lagen auch Welten. Mehr als das. Über ein Jahrtausend klaffte als dunkler Abgrund zwischen ihnen.

‚Nein! Aus! Vorbei! Kein Frithjof!' In ihrem Bauch breitete sich ein flatteriges Ziehen aus und ihr Brustkorb schnürte sich zusammen, auch dieses

kribbelige Gefühl in den Knien stellte sich ein und sie wurden wieder weich wie Pudding. *,Zum Teufel nach mal!'*

Er war ihr so vertraut und sie fühlte sich ihm so nahe, obwohl er einer ihr völlig fremden Zeit entstammte. Selbstquälerisch schloss sie die Augen und atmete tief durch. Ihr war fast, als hätte sie seinen herben waldartigen Geruch in der Nase, als spüre sie seine Wärme und die feinen Bartstoppeln auf ihrer Wange, als strichen seine Finger sachte über ihre Lippen.

Sehr bizarr. Und es würde ihr auch nicht gut bekommen, wenn sie sich ihrer Gefühlswelt hingab.

,Nein!' Sie lief schneller durch den kalten Wind, Grille hüpfte daraufhin freudig neben ihr her. Es war schon beinahe dunkel und schließlich war heute Heiligabend, sie musste zusehen, endlich nach Hause zu kommen. Karl würde schon auf sie warten.

Als Marie die Haustür öffnete, schlug ihr laute Musik entgegen und der Duft von Wildgewürz und gebackenem Brot lag in der Luft. Im Wohnzimmer war bereits eine festliche Tafel eingedeckt und sogar ein kleiner Weihnachtsbaum stand in der Ecke mit einem dicken Geschenk darunter.

Marie lächelte und folgte den Gerüchen in die Küche. Karl schien nicht wirklich auf sie zu warten. Vielmehr stand er wippend am Herd und sang zusammen mit Chris Isaak – Goin' nowhere –.

– You're the kind of a girl I like, you know... – Mit schwingendem Kochlöffel ließ er die Hüften kreisen und Marie lehnte sich lässig gegen den Türrahmen, um die Show auf sich wirken zu lassen.

– You're the kind of a girl I would say, you goin' nowhere... –, trällerte er lauthals.

,So viel zum Thema Weihnachtsmusik ...'

Er ergriff die Karaffe mit Rotwein, die neben dem Herd stand, und löschte den Braten ab. In Kombination mit den Kräutern entstieg dem Topf ein wunderbares Aroma und Marie kam neugierig näher.

Karl drehte sich soeben im Kreis und erkannte seine Nichte, die nun fast neben ihm stand. Er lachte sie an. „Hey, da bist du ja!"

„Hallo", rief sie ebenfalls lachend.

Er stellte die Musik leiser. „Na Lieblingsnichte, hast du auch ordentlich Hunger heute?"

„Bestimmt! Wenn ich das hier so rieche. Was gibt es Leckeres?"

„Ach nur ein paar Kleinigkeiten", er grinste.

„Na gut", meinte sie zweifelnd. „Ich geh dann mal duschen."

Seid ihr Großvater auf Reisen war, feierten sie den Heiligabend allein. Doch für Marie war es immer ein sehr schöner Abend. Karl war ihre Familie und sie war sich sicher, dass er es andersherum ebenso empfand. Sie aßen gemeinsam die leckeren Speisen, die Karl in der Küche zauberte, tranken erlesenen Wein, und nach der kleinen Bescherung machten sie zusammen Musik, was mit das Schönste an dem Abend war. Sie fragte sich zwar, warum es ihrem Großvater nicht einmal an Weihnachten möglich war, nach Hause zu kommen, doch sie bemühte sich, seine Entscheidung zu akzeptieren, auch wenn es ihr nicht leichtfiel. So war er eben.

Während Marie duschte, malte sie sich aus, wie Karl ihr Geschenk gefallen würde. Tatsächlich hatte sie es mit Hintergedanken gekauft, doch das würde sie nicht verraten. Es war recht kostspielig, doch hinsichtlich Geldangelegenheiten war sie unbeschwert. Ihre Eltern hatten sich und Marie frühzeitig mit zwei Lebensversicherungen und diversen Aktienanlagen abgesichert. Glücklicherweise, kann man sagen, denn diese brachten über die vielen Jahre – seit ihrem Tod – hohe Zinserträge, und so mehrte sich ein kleines Vermögen. Seit ihrem sechzehnten Lebensjahr verfügte sie über einen Teil des Geldes, doch von Natur aus bescheiden veranlagt, fielen ihre Ausgaben nicht ins Gewicht. Außer vielleicht durch ihre Flinte, die sie gleich nach Bestehen des Jagdscheins erworben hatte. Nachdem sie dieses Modell erst einmal entdeckt hatte, war es um sie geschehen und es war ihr piepegal gewesen, dass die Waffe ein Heidengeld gekostet hatte.

Eine Merkel Doppelflinte im Kaliber 20/76, nach Wunsch und Maß für sie gefertigt. Ein wahrhaftiges Kleinod mit wunderschöner vergoldeter Tierstückgravur und traditionell englischem Schaft. Doch die wenigsten ihrer Mitjäger realisierten, was sie dort sahen. Was ihr im Grunde recht war, nur Karl amüsierte sich allzu gerne darüber. Niemand traute einer Jungjägerin eine Flinte in dieser Preisklasse zu, andererseits gab es kaum etwas Stilvolleres auf dem Markt. Ein Gewehr wie auf Schwingen, mit dem Marie auch durchaus umzugehen wusste.

Nach dem Essen saßen sie bei einem Espresso zusammen und waren so satt, dass sie sich kaum bewegen mochten. Karl hatte es wieder sehr gut gemeint und einen Hirschrücken mit Walnuss-Käuterkruste serviert. Dazu Blechkartoffeln, gefülltes Obst, überbackenen Brokkoli und selbst gebackenes Kräuterbrot.

Sie sprachen nicht über die Familie, sondern einfach nur über die Belanglosigkeiten des Tages und später philosophierten sie noch lange über das seltsame Erlebnis mit dem Hünengrab. Beide waren sie hin und her gerissen zwischen Wissensdrang und Argwohn. Nun ja, bei Marie kam noch die Schwärmerei für Frithjof hinzu, der sich einfach nicht aus ihren Gedanken verscheuchen lassen wollte. Doch ihre Neugierde könnte unter Umständen die Menschen dort gefährden oder anders herum, sie selbst gerieten in eine Zwangslage. Wovon Marie ja ein Liedchen singen konnte. Sie musste Karl versprechen, nicht mehr allein auf Zeitreise zu gehen – am liebsten gar nicht – und er beschloss, mit Onkel Wenzeslaus darüber zu plaudern.

Karl wurde immer hibbeliger und drängte auf die Bescherung. Sie hockten sich schließlich mit einem Glas Wein vor den Baum und Marie bestand darauf, dass Karl zuerst auspackte. Sie hatte eine Weile an dem Umschlag in Form einer Gitarre gebastelt und war gespannt auf seine Reaktion.

„Welch eine Mühe", sagte er lächelnd, während er die Bänder löste, die die Gitarre oben zusammenhielten. Eine CD mit einem angehefteten Kuvert fiel ihm entgegen. „U2", er drehte die CD um. „Und was ist das?"

Marie schwieg und wartete gespannt.

„Wow", rief er, als er das Kuvert öffnete. Eine Eintrittskarte für das U2-Konzert in Hannover steckte darin. „Ein Ticket für die Red-Zone! Mensch Marie, das ist ja cool."

Sie lachte. „Ja, das ist cool!", und berührte ihn flüchtig am Arm. „Du wirst nicht allein dort sein, Matthias schenkt seiner Frau heute auch Tickets, du hast also eine Fahrgemeinschaft."

„Super!" Karl war begeistert. Das letzte Konzert von U2 hatte er während seiner Zeit in England besucht und das war Jahre her.

‚Na, wenn du wüsstest, wer noch mit von der Partie ist …'

„Komm, jetzt musst du auspacken", er reichte ihr ein dickes schweres Paket.

„Das ist ja riesig?"

„Ja hoffentlich."

Ungeduldig riss sie das Papier entzwei. Sie war nicht der Typ, der Geschenkpapier aufhob, sondern mehr die zerstörerische Natur. Sie schloss die Augen und fühlte etwas Weiches, seidig Pelziges. Beinahe wäre ihr die Luft weggeblieben. „Oh du Schlitzohr!", rief sie aus. „Das gibt es ja nicht." Sie breitete die Decke aus. Ihre wunderschönen Fuchspelze an der Oberseite und die Unterseite zierte ein weicher, warmer dunkelgrüner Stoff. „Die ist ja herrlich."

„Sie gefällt dir also?"

„Wie kannst du nur fragen, sie ist wunderbar!" Sie hielt sich den weichen Pelz an die Wange, breitete dann die Decke in ihrer ganzen Größe aus und betrachtete sie. In der Mitte war der dunkle Balg des Kohlfuchses, den einzigen den sie bisher gefangen hatte. Darum herum waren die kräftig roten Bälge genäht und nach außen wurden die Felle immer heller.

Nachdem sie noch eine Weile so beieinander vor dem kleinen Baum hockten und ihre Gläser leerten, holte Karl seine E-Gitarre.

„Zeit für Musik", meinte er zwinkernd, koppelte die Gitarre an den Verstärker, der im Wohnzimmer stand und Marie gesellte sich mit ihrer Geige zu ihm. Sie strich die Haare aus dem Gesicht und klemmte sich ihr Instrument unters Kinn. Sinnig spielte sie ein paar Takte an, doch Karl schüttelte grinsend den Kopf. Er begann mit einer Rockballade und Marie brauchte einen Moment, um ihren Einstieg zu finden. Karl lachte sie an und sie improvisierte einfach, um mitspielen zu können.

Sie hatten sehr viel Spaß bei ihrem gemeinsamen Spiel, es war jedes Mal eine Herausforderung und sie spornten sich gegenseitig an. Stunden konnten so vergehen, ohne dass sie es bemerkten. Und für sie beide gab es kaum etwas, was sich mehr nach Familie anfühlte, als ihre gemeinsame Begeisterung für die Musik.

25. Dezember 2009

Marie war spät an diesem Weihnachtsmorgen, es war schon fast hell. Eilig fuhr sie ihre Fallen ab, die Durchlauffallen waren praktischerweise so platziert, dass sie schon von Weitem mit dem Fernglas erkennen konnte, ob die Signalstange heruntergefallen war. Das sparte eine Menge Zeit.

Bei den kleinen Kasten - und Wippbrettfallen sah das schon anders aus. Gerade in den Volieren musste sie fast jede Falle ablaufen und manche sogar zweimal am Tag. Zurzeit fingen sich darin täglich Ratten und Mäuse.

Sie war noch ein bisschen verschlafen und fror, trotz ihrer dicken Winterkleidung. Selbst Grille bebte auf dem Beifahrersitz. Es herrschten eisige Minusgrade. Doch das Morgenrot versprach schon jetzt einen herrlichen Wintertag. Marie lenkte ihre kleine offene Mule, mit der sie im Gehege täglich unterwegs war, an den Punkt, von dem sie den besten Blick auf die Durchlauffalle erhaschte. Die Signalstange war weg.

„Vielleicht haben wir Erfolg gehabt, Grille." Sie tätschelte ihren Hund flüchtig, der ihr auf Augenhöhe den Kopf zuwandte. Marie fuhr so dicht wie möglich an die Stelle heran, musste aber trotzdem noch gut fünfzig Meter laufen. „Bleib", gab sie dem Drahthaar das Kommando, stieg aus und suchte mit ihrem Fernglas die nähere Umgebung des Eingangs ab. Tatsächlich ließen sich Spuren erkennen. Sie zog die Abfangkiste und den Schieber von der Pritsche und lief los. Raoul hatte ihr extra eine mädchengerechte Kiste aus leichtem Holz gebaut, die eigentlich dafür vorgesehene war so schwer, dass sie die keine zehn Meter tragen konnte.

Aus der Röhre wehte unverkennbar der strenge Fuchsduft. Marie schaute sich nicht weiter um, sondern schritt gleich zur Tat und platzierte die Kiste vor dem hinteren Eingang. Sie hockte sich auf den Erdhaufen, um die eine Fangklappe herauszuziehen. Anschließend steckte sie den Schieber in das gegenüberliegende Eingangsrohr und zog nun auch hier die Fangklappe hoch. Nichts rührte sich, nur der penetrante Fuchsduft strömte ihr entgegen. Auf dem kalten Boden kauernd schob sie den Schieber tiefer in die Röhre, bewegte ihn hin und her und sorgte so für Unruhe. Immer noch keine Regung. Marie linste an dem Schieber vorbei und sah, wie der Fuchs sich zögerlich dem hellen Licht näherte. Sie stupste ihn ein wenig an und schon hörte sie es poltern. Der Fuchs schoss wie ein Blitz aus der Röhre in die Abfangkiste, in der er sofort die nächste Fangklappe auslöste. Marie ging auf die Kiste zu, die nur an den Seiten aus Holz, ansonsten aus grobem Draht gehalten war. Sie trug sie einige Dutzend Meter von der Durchlauffalle weg. Daraufhin holte sie ihre Pistole und das Magazin aus der Tasche. Eine kleine leichte Waffe, keine sechshundert Gramm schwer, die sie nur für diesen Zweck besaß.

Töten war für Marie bei Weitem keine Routine, sie zwang sich zur Ruhe. Durch Fahrigkeit und Übereifer machte sie nur Fehler und verursachte unter Umständen unnötiges Leiden.

‚Einatmen, ausatmen, konzentrier' dich ...' Ihr Herzschlag beschleunigte sich. Sie lud und entsicherte die Waffe, beugte sich vor, zielte durch den Draht und schoss. Der Fuchs hörte nicht einmal mehr den Knall, er war sofort tot.

Sie wartete noch einen Moment, sicherte und entlud ihre Pistole. Dann richtete sie ihre Falle neu, bevor sie den Fuchs aus der Kiste zog und in den Schnee legte. Eine zierliche dunkelrote Fähe.

Nun endlich pfiff sie nach ihrem Hund. Grille hatte schon fiebrig im Wagen gewartet und flog nun förmlich über den Schnee, denn sie wusste ganz genau, was jetzt kam.

„Apport."

Grille fasste den Fuchs vom Rücken her in der Mitte des Körpers und nahm ihn auf. Marie trug währenddessen die Kiste samt des Schiebers und sie gingen wieder zum Auto. Stolz lief die Hündin neben ihr her, sie erledigte diesen Job immer wieder mit Begeisterung und machte auch nicht schlapp auf halber Strecke. Und das, obwohl so ein Rotrock gut und gerne zwischen fünf und zehn Kilo wog. Nicht jeder Jagdhund apportierte die Füchse so tadellos, doch Grille hatte ihre helle Freude daran. An der Mule angekommen, wurde sie natürlich ausgiebig gelobt, bevor sie weiterfuhren. Unterwegs musste Grille immer mal wieder nach hinten linsen und kontrollieren, ob ihr Fuchs auch noch auf der Pritsche lag.

*

„Frohe Weihnachten", grüßte Lisette und wehte durch die Tür des Aufenthaltsraumes. Sie war vorbeigekommen, um Marie und Raoul beim Frühstück zu überraschen. Der Raum war nicht übermäßig groß, doch warm und sehr gemütlich und zurzeit sogar weihnachtlich geschmückt.

„Hey Schwester", rief Raoul ihr zu.

„Hallo, frohe Weihnachten Lissi." Marie lächelte.

Ihre Freundin umarmte sie stürmisch. „Ich habe ein Geschenk für dich mitgebracht, Süße", strahlend legte Lissi ihr ein kleines Päckchen auf den Tisch.

„Konntest du es nicht abwarten?"

„Pack schon aus." Lissi zog eine große Dose aus ihrer Tasche, stellte sie auf den Tisch und holte sich dann ganz selbstverständlich eine Tasse aus dem Schrank. Raoul schenkte für sie Kaffee ein und meinte mit Blick auf die Dose: „Die sieht aus wie eine von Omis Kuchenkisten. Ist darin etwa der leckere Christstollen, den es eigentlich erst heute Nachmittag gibt?"

Lissi nickte schmunzelnd. „Schönen Gruß an euch arme Auszubildende, die sogar an Weihnachten arbeiten."

„Mhm", er öffnete sogleich den Deckel und nahm sich ein dickes Stück.

Marie schob stattdessen ihren Teller beiseite und befreite das Geschenk von seinem Papier.

„Oh Lissi, wie schön", rief sie erfreut und hielt das Buch mit beiden Händen. Es war eine spanische Ausgabe ihres Lieblingsromans.

„Dachte ich mir doch, dass es dir gefällt. Hast du es je in deiner Muttersprache gelesen?"

„Nein, auf die Idee bin ich einfach noch nicht gekommen", stellte Marie verwundert fest. Sie schlug die erste Seite auf und betrachtete den ihr so vertrauten und nun fremd aussehenden Text. Das würde sicher spannend, denn das Lesen und Schreiben in Spanisch hatte sie nur ein Jahr in der Schule gehabt, danach war sie auf eine englische Schule gegangen und später auf eine deutsche.

„Ich habe auch eine Kleinigkeit für dich, Lissi." Sie sprang auf und holte ihre Jacke. Aus der Innentasche zauberte sie ein winzig kleines Geschenk und reichte es ihrer Freundin.

„Ohoho", giggelte Lissi, nachdem sie es ausgepackt hatte. „Hast du sie selbst gemacht?" Sie drehte die Brosche hin und her. Auf einer vielleicht

Zehncentstück großen Metallplatte waren einige Fangzähne vom Fuchs in Form einer Edelweißblüte angebracht. In der Mitte ruhte eine grüne Perle. „Wie wunderschön." Sie befestigte sie an ihrem kurzen Strickjäckchen. „Und so besonders", fügte sie versonnen hinzu.

„Gefällt sie dir?"

„Ja auf jeden Fall, aber kannst du denn deine Trophäen einfach verschenken?"

„Sicher, warum denn nicht." Maries honigfarbene Augen sprühten übermütig. Sie griff in die Kuchenkiste und gönnte sich ein dickes Stück.

„Wollt ihr heute Mittag noch mal in die Klöbertannen fahren?", wollte Lissi wissen. „Ich will auch mal mit in diese Germanenwelt!"

Maries Augenbrauen zogen sich zusammen, während sie ihrer Freundin einen zweifelnden Blick zuwarf.

„Ich schaffe das zeitlich nicht", sagte Raoul.

‚Puh.' Sie spürte die Erleichterung tief in ihrem Bauch. „Heute wird das bei mir auch nichts. Vielleicht morgen", entgegnete sie bemüht ungezwungen.

25. Julmond 434

„Das gefällt mir nicht, Albert", zischte Adalwolf mürrisch. Sie hockten im Wald nahe der Lichtung, auf dem neuerlich das Hirschrudel äste. Er war ganz und gar nicht erfreut gewesen, als Albert ihn vergangene Nacht abermals aufgesucht hatte, um ihm Wenzeslaus Pläne zu unterbreiten. Die Aussicht auf das viele Wildbret jedoch ließ ihn einwilligen, wenn auch ungern. Für sein Empfinden waren dieses Mal zu viele Fremdlinge daran beteiligt, so etwas war nie gut. Misstrauisch musterte er den beleibten schwerfälligen Mann, der sich einen Baum vor ihnen hinter einem Stamm verbarg und einen Hirsch anvisierte. Sie hatten ihn gemeinsam am Hünengrab in Empfang genommen, wo er einigermaßen verwirrt aus dem Staunen gar nicht mehr herausgekommen war. Nun wirkte er ausnehmend gesammelt und abgeklärt. Worüber auch Albert froh war. Ihm selbst war ebenso wenig wohl bei der Geschichte. Es war gefährlich. Er kannte die Leute nicht, er kannte dieses Jahrhundert nicht und diese verdammte Gegend war alles andere, als der ihm vertraute Hümmling. Andererseits war es relativ leicht verdientes Geld.

„Lass ihm Zeit, Adalwolf, es ist nicht so einfach, einen Hirsch mitten in dem Rudel zu erlegen." Dass es nahezu unmöglich war, behielt er lieber für sich.

Nachdem sie so eine Ewigkeit ausharrten, knallte es endlich. Es knallte noch einmal und auch noch ein drittes Mal.

Albert hielt den Atem an und sprang auf. Das Rudel – jetzt unruhig geworden – zog in das hinter der Lichtung liegende Wäldchen. Sie erinnerten sich anscheinend an die gestrige Störung. Doch der Hirsch lag. Nun konnte Albert ihn sehen.

„Na, da bin ich aber froh", murmelte er erleichtert und nickte Adalwolf zu. Die zwei näherten sich dem Schützen, der ausgesprochen fiebrig und aufgewühlt wirkte. Mit hochrotem Kopf stand er da.

Im Vorbeigehen knickte Albert einen Zweig mit vertrocknetem Eichenlaub von einem Baum neben ihm und sie gingen gemeinsam auf den Gestreckten zu. Ein großartiger Hirsch. Ein Achtzehnender, dessen Kronen wie Fackeln im Wind anmuteten. Leider hatte Hein Gerd seinen ersten Schuss nicht besonders gut platziert, doch die anderen Schüsse waren tödlich. Albert, der dies realisierte, war nur froh, dass der Mann die Nerven bewahrt hatte, und äußerte sich nicht dazu. Er brach von dem Zweig zwei Teile ab, einen steckte er dem Hirsch ins Maul. Der letzte Bissen. Den größeren Zweig legte er auf den Brustkorb mit der gebrochenen Spitze zum Haupt. Den verbliebenen Teil benetzte er mit dem Blut vom Einschuss, nahm seinen Hut ab, legte ihn darauf und überreichte ihn so dem Schützen. „Waidmannsheil Hein Gerd!"

Eilig lüftete auch er seinen Hut und nahm den Erlegerbruch entgegen. „Waidmannsdank." Er war noch immer sehr erregt und angespannt.

Adalwolf, der das Schauspiel verfolgte, zückte schon mal sein Messer, doch Albert bremste ihn. „Wir müssen erst noch ein paar Fotos machen, danach erst nehmen wir das Haupt ab."

„Fotos?"

„Oh ja, auf jeden Fall." Hein Gerd zog eine kleine Digitalkamera aus der Jackentasche und reichte sie Albert. Der legte das Haupt des Hirsches in Position und dahinter kniete sich der Erleger auf einem Bein nieder. Was nicht so leicht war, bei seinem Leibesumfang. Das andere

Bein angewinkelt, mit der Waffe in der Hand, lächelte er nun in die Kamera. Adalwolf starrte die zwei entgeistert an. Schließlich – nachdem diese wesentlichen Dinge erledigt waren – begaben sie sich, samt dem Haupt, auf den Weg zum Steenhus.

Unverhofft trat Adalhart hinter einem Baum hervor und schritt näher. Er grüßte kurz und drückte Albert sogleich ein leuchtendes Band in die Hand. „Hast du das vielleicht verloren?"

Dieser stutzte über die Signalhalsung, drehte sie und erkannte erschrocken den Namen sowie die Telefonnummer, die darauf stand. Hier trieben sich also doch noch mehr Leute aus seiner Zeit herum. Wäre ja auch zu schön gewesen, wenn nicht. Aber ausgerechnet Marie!

„Na so was, ist mir wohl aus der Tasche gefallen. Danke Adalhart", er nickte ihm zu und ging zügig weiter. Misstrauisch sah der Sachse ihm nach und wusste ganz genau, dass der Andere ihn belog. Die letzten paar hundert Meter fand er sich alleine mit seinem Jagdgast zurecht und so schickte er die zwei unter dem Vorwand fort, dass sie noch Arbeit genug erwarte mit dem Hirsch. Er wollte sie bloß endlich los sein.

„Sag Albert, wie kommt es zu diesem Zugang?", fragte Hein Gerd, als sie alleine weiterzogen. Er war noch immer hoch gestimmt, das Gesicht gerötet, die Augen leuchtend und mit einem breiten Lächeln auf den Lippen. Auf dem Hinweg war die Aufregung zu groß gewesen, als dass er noch hätte Fragen stellen können, doch jetzt fiel die Spannung von ihm ab und er sann längst über die Möglichkeiten nach, die sich hier noch ergeben könnten.

„Ehrlich gesagt habe ich nicht den blassesten Schimmer. Er ist einfach da." Genau das hatte Albert befürchtet. Fragen! „Komm Hein Gerd", meinte er, um ihn abzulenken, „mein Vater hat für uns ein feines Mittagessen bestellt. Beeilen wir uns."

25. Dezember 2009

Maries Handy klingelte. „Fernandez Lünshof", meldete sie sich.

„Hallo, hier ist Kjelt", erklang eine raue aber wohlklingende Stimme. „Frohe Weihnachten."

Sie lächelte erfreut. „Frohe Weihnachten Kjelt."

„Ich würde dich heute Abend gerne besuchen, wenn ich darf. Oder bist du im Feiertags-Familienstress?"

„Nein, bin ich nicht. Meine Familie ist sehr übersichtlich. Ich würde mich freuen", erwiderte sie fröhlich. „Gegen sieben?"

„Schön, dann bis um sieben. Ich freue mich auch."

Ihr Stimmungsbarometer stieg prompt an. Insgeheim hatte sie sich ja doch immer wieder so ihre Gedanken gemacht, denn realistisch genug war sie, um zu erfassen, dass die wenigsten jungen Männer Verständnis für ihr Hobby aufbrachten, von Vegetariern mal ganz abgesehen. Infolgedessen fühlte sie sich nun umso beschwingter.

Wieder klingelte es. Überrascht sah sie aufs Display, es war Raoul.

„Hey, was gibt's?", meldete sie sich knapp.

„Meine Mule ist liegen geblieben. Kannst du mich abschleppen, ich bin bei den Wisenten", er klang leicht frustriert. Das war schon das zweite Mal diese Woche, dass dieses Gefährt ihn im Stich ließ. Als hätten sie nicht Arbeit genug.

„Ich eile zu deiner Rettung, Schatz!", rief Marie vergnügt und legte auf. Raoul war gar nicht nach Heiterkeit und er starrte irritiert sein Handy an.

Er war gerade dabei, das Abschleppseil zu montieren, als er das Motorengeräusch ihrer Mule hörte. Sie parkte vor seinem Fahrzeug und sprang heraus. „Mensch, die Kiste ist auch echt unzuverlässig."

„Hmhm", nickte er und befestigte das Seil am Heck ihres Fahrzeugs.

Marie hockte sich neben ihn und beäugte ihn fragend. „Sonst alles klar?" Er benahm sich seltsam seit ein paar Tagen. Nicht offensichtlich, doch unterschwellig fühlte sie, dass etwas nicht in Ordnung war.

„Ja, sicher", abrupt erhob er sich. „Die Mule muss jetzt doch langsam mal in die Werkstatt."

Marie nickte ihm zu, registrierte aber ganz deutlich seine Abwehr. „Gut, dann komm. Fahren wir zur Garage."

Die Garage war ein Lagerhaus nahe dem Wirtschaftsgebäude, in dem sämtliche Gehegefahrzeuge geparkt wurden. Sie stellten das Gefährt ab und machten sich daran, die verbliebene Ladung und die Futtereimer auf Maries Mule umzupacken. Ihre Tour würde heute deutlich länger dauern. Doch sie war guter Stimmung und die ließ sie sich dadurch nicht verderben. Zu zweit könnten sie ja auch zweimal so schnell arbeiten.

Raoul hatte die Wölfe und die Wisente bereits versorgt. Marie das Muffel- und Damwild, doch es war schon nach Mittag und es gab noch viel zu tun. Außerdem froren bei diesen Temperaturen die Wassertränken wieder ein, so mussten sie diese vor Feierabend noch ein weiteres Mal kontrollieren. Für die Mitarbeiter waren solche Tage immer doppelt so anstrengend, vor allem bei diesen Minusgraden, doch der Freizeitausgleich machte die Mühe wieder wett.

„Hast du was von Hjalmar gehört?", fragte Marie beiläufig auf dem Rückweg von ihrer letzten Runde.

„Nein", entgegnete er knapp und warf ihr einen misstrauischen Blick zu. „Warum fragst du?"

Sie hob verwundert die Augenbrauen. „Äh. Nur so. Ich dachte, ihr hättet vielleicht Kontakt zwischendurch."

„Nein. Hatten wir nicht." Raouls Stimme klang leicht grimmig, oder bildete sie sich das nur ein? Es entstand eine kurze Pause. „Hast du Lust auf einen Fuchsansitz heute Abend?"

„Och, Lust hätte ich schon, ... aber ich bin verabredet", meinte sie grinsend.

„Na so was. Lass mich raten. Kjelt?"

„Ja", sie lächelte in sich hinein. „Er kommt mich besuchen." Sie stoppte den Wagen auf dem Mitarbeiterparkplatz, um Raoul vor seinem Patrol aussteigen zu lassen.

„Aha." Er strich sich seine Ponysträhnen aus dem Gesicht und klemmte sie hinter die Ohren. „Na denn", sprang aus dem Wagen und warf ihr noch einen Blick zu. „Viel Spaß."

„Bis morgen Raoul", rief sie ihm nach. Er drehte sich nicht um, sondern hob nur die Hand zum Gruß.

*

Kjelt stand vor der Haustür und suchte die Klingel – es war keine zu finden. Lisette war vor ein paar Tagen ganz selbstverständlich ohne zu läuten eingetreten, doch sie gehörte ja auch mehr oder weniger zur Familie. Er untersuchte das große nostalgische Zifferblatt einer Uhr, welches auf der Holztür befestigt war, und zog vorsichtig an dem Stabgong. Er flutschte ihm wieder aus der Hand und durch den Aufprall auf das Holz ertönte ein melodischer Gong. Kjelt trat irritiert zurück, doch kurz drauf öffnete ihm Karl die Tür.

„Guten Abend Herr Lünshof", begrüßte er ihn freundlich.

„Oh. Hallo ..., Kjelt richtig?" Karl hatte fast schon wieder den Namen vergessen. „Komm herein", er hielt die Tür weit auf, „und nenn mich bitte Karl."

Er ging voran in Richtung Küche. „Hast du schon gegessen? Wir sind etwas spät, Marie hat lange gearbeitet. Möchtest du auch ein Rehsteak?", er wandte sich ihm zu.

„Äh, nein danke", etwas verlegen stand er im Raum.

„Weil du kein Wild magst oder weil du schon gegessen hast?"

„Weil ich Vegetarier bin."

„Hm." Karl seufzte und überlegte kurz. „Wie wäre es mit einem Basilikum-Käseomelett?"

„Ups", verdutzt sah Kjelt ihn an, im Grunde hatte er keinen Hunger, wollte aber auch nicht unhöflich erscheinen. „Ja gerne, das klingt gut."

„Setz dich. Meine Nichte wird jeden Moment hier sein", er griff nach einer weiteren Pfanne und hantierte am Herd herum. Schlug die Eier in eine Schüssel, wendete zwischendurch die Steaks und nahm das gebackene Brot aus dem Ofen. Im Hintergrund erklang dezent – Der Winter – aus den vier Jahreszeiten von Vivaldi.

Kjelt beobachtete ihn dabei interessiert. Karl ging diese Arbeit fließend von der Hand, ja geradezu lässig.

Die Springer-Hündin Hummel kam angewackelt und legte ihm ihren Kopf auf ein Knie. Erwartungsvoll wedelnd sah sie zu ihm auf. Es dauerte nicht lange, da kam auch Grille, direkt von der Wasserschüssel. Die triefend feuchte Schnauze auf sein anderes Knie ablegend, betrachtete sie ihn freudig aus hellbraunen Augen. Er spürte, wie die Nässe ihm durch die Jeans zog, und schob ihren Kopf weg. Grille wedelte trippelnd und ließ sich nicht beirren, erneut legte sie die Schnauze ab und starrte ihn an. Kjelt krauste seine Stirn und rümpfte die Nase. Er hatte nicht häufig Kontakt zu Hunden, er begriff nicht, was sie von ihm wollten, und fühlte sich überfordert.

„Darf ich dir ein Glas Wasser oder Wein anbieten?" Karl drehte sich zu ihm um und ein Lachen entfuhr ihm. „Hummel, Grille, Hundeplatz!" Zögerlich trotteten sie ins Wohnzimmer, sie mochten es, wenn Besuch da war.

Kjelt lächelte unsicher. „Nette Hunde."

Karl dagegen lachte lauthals. „Oh ja, sehr nett. Grille ist eine Wildsau, schon immer gewesen und sie ist Maries Ein und Alles", sagte er trocken. „Also, möchtest du etwas trinken?"

„Wasser wäre okay."

Marie kam durch die Tür und wurde sogleich verlegen. „Hey Kjelt, du bist ja schon da." Ihr Hund schlich hinter ihr her, und nachdem sie sich zu ihrem Besucher gesetzt hatte, umschlang sie kurz Grilles Kopf und drückte sie innig. „Gut, jetzt geh wieder auf deinen Hundeplatz." Kjelt hob verwundert die Augenbrauen, lächelte jedoch. Sie schauten sich an, Marie ein wenig scheu, der junge Mann dafür unsicher.

Karl legte die Steaks und das Omelett auf die mit Salat und Brot garnierten Teller und stellte sie auf den Tisch, schenkte Kjelt ein Glas Wasser ein und setzte sich zu ihnen.

„Hm, das sieht ganz wunderbar aus", bemerkte Marie.

„Erzähl mal Kjelt, was machst du so, gehst du noch zur Schule?", fragte Karl, während er ein Stück Brot mit Kräuterbutter bestrich.

„Ich bin mit Lissi zusammen in einem Jahrgang."

Marie betrachtete ihn neugierig, im Grunde wusste sie kaum etwas über ihn, sie war aber auch nicht der Typ, der andere schamlos ausfragte. Darum überließ sie die Fragerei jetzt auch gerne Karl.

„Aha, und was hast du nach dem Abi vor?"

Kjelt hob die Schultern. „Ich bin noch nicht wirklich schlüssig. Meine Eltern drängen mich zu einem Auslandspraktikum, aber ich weiß nicht, ob ich das möchte."

„Es ist immer gut, für einige Zeit von zu Hause wegzukommen", meinte Karl und schnitt ein Stück von seinem Steak ab. Marie kaute schon an ihrem und seufzte: „Das ist wirklich lecker."

Ihr Onkel zwinkerte ihr zu und lächelte, wandte sich dann aber wieder an ihren Gast. „Was würde dir denn Spaß machen?"

Kjelt grinste schalkhaft, „Computerspiele zu entwickeln. Dafür könnte ich mich so richtig begeistern."

Verblüfft sah Marie auf. Das war etwas, womit sie so gar nichts anfangen konnte. Kritisch betrachtete sie ihn von der Seite. Seine langen Ponysträhnen fielen ihm in die Augen und er trug noch immer diesen unwiderstehlichen Dreitagebart. Ihr Blick wanderte über seinen Hals zu seinen Schultern, er war wirklich gut gebaut und sie musste sich doch sehr zusammenreißen, um nicht erneut zu seufzen. Sein dunkelgrünes Shirt war heute ein echter Knaller. In breiten Lettern stand auf seiner Brust – Ich bin ein Tiger! – und darunter prangte der Kopf eines solchen mit dem Schriftzug einer Tierschutzorganisation daneben. Marie schmunzelte. ‚*Du bist wirklich interessant …*'

Nachdem sie einige Zeit später beim Cappuccino gelandet waren, forderte Marie ihn zu einem Spaziergang im Park auf. Der Mond stand schon am Himmel und mit dem vielen Schnee wäre es hell genug.

Schweigend stapften sie, Grille im Schlepptau, durch den Schnee und das laute Knistern ihrer Schritte durchbrach die angenehme Stille. Es war eiskalt, doch die Luft war klar und jeder Atemzug setzte einen kleinen Nebel frei.

„Dein Onkel ist total nett", sagte Kjelt leise. Die Ruhe und die Dunkelheit verleiteten ihn zum Flüstern.

„Oh ja, er ist ein wahrer Schatz", erwiderte sie vergnügt.

„Warum lebt er allein", er bemerkte seinen Fehler frühzeitig, „ich meine, warum hat er keine Frau?"

Marie lachte ganz leise. „Seine große Liebe ist ihm abhandengekommen", sie sah ihn direkt an. „Was sehr schade ist, denn ich glaube sie sind füreinander gemacht. Aber nichtsdestotrotz hat es nicht sollen sein."

„Glaubst du an die große Liebe?", fragte er vorsichtig.

„Ja!"

Er blickte sie skeptisch an.

„Ich glaube daran. Meine Eltern haben es mir vorgelebt, es ist zwar schon lange her, doch ich habe es nicht vergessen."

„Kannst du dir ernsthaft vorstellen, dein ganzes Leben nur mit ein und demselben Menschen zu verbringen?"

„Ja!"

Kjelt war erstaunt. So hatte er sie gar nicht eingeschätzt. Sie machte auf ihn so einen coolen und unabhängigen Eindruck. Er fand sie aufregend, ungewöhnlich und irgendwie wild, was ihn wahrscheinlich am meisten reizte. „Als ich dich vor einigen Monaten hier das erste Mal sah, dachte ich, du wärst mit Raoul zusammen."

„Ach. Wie kommst du darauf?", sie schaute ihn von der Seite an. „Ich kann mich nicht erinnern, dich hier jemals gesehen zu haben", fügte sie grüblerisch an.

Er lachte. „Oh doch, ich war schon sehr oft hier, mittags zum Essen mit ein paar Schulfreunden." Die Grübchen in seinen Wangen waren auch bei dem schummerigen Mondlicht deutlich zu sehen. „Ich habe am Büffet sogar schon neben dir gestanden, in der Hoffnung, mit dir ins Gespräch zu kommen, aber du hast mich nicht mal wahrgenommen."

‚Himmel, wie blind bin ich eigentlich ...?'

„Nun, jedenfalls warst du jedes Mal mit Raoul zusammen und ihr wirktet unheimlich vertraut miteinander, so ist der Gedanke doch naheliegend."

„Raoul und ich sind zusammen aufgewachsen, wir kennen uns schon ewig und wir verbringen viel Zeit miteinander. Wir teilen das Hobby und haben den gleichen Job. Das verbindet."

„Ich war ziemlich überrascht, als Lissi mir erzählte ihr wäret nur befreundet. Er wäre doch eigentlich genau der richtige Typ für dich." Kjelt war stehen geblieben und betrachtete sie ernst.

„Raoul ist mir wie ein Bruder und umgekehrt wird es ähnlich sein."

Er lachte leise. „Das klingt gut."

Sie gingen weiter, beide schwiegen eine Weile vor sich hin, bis er plötzlich ihre Hand ergriff. „Ich hätte nicht gedacht, dass ich dich doch noch kennenlerne?", seine Stimme klang beschwingt.

Marie bekam wieder mal heftiges Herzklopfen und fand, dass sich das ganz wunderbar anfühlte. Sie genoss den Moment, wer wusste schon, wie lange es andauern würde.

„Und hier sind also deine Jagdgründe, hier fängst du Raubwild?", wollte er wissen, während sie an einigen großräumigen Volieren vorbeigingen.

„Ja", meinte sie schlicht.

„Ist denn das wirklich nötig? Ich kann ja verstehen, wenn du Rehe jagst, da du das Fleisch isst, aber Füchse?"

„Es ist auf jeden Fall nötig. Die Tiere hier und das Futter locken eine Fülle von Raubwild an, die sich alle gerne an unserem Federwild bedienen wollen."

„Hm, na ja, gut, hier im Park kann ich das noch nachvollziehen", äußerte er gedankenvoll. "Es gibt aber auch viele Jäger, die draußen Füchse und Marder jagen. Das ist doch Quatsch und völlig überflüssig", seine Stimme klang dabei energisch. „Es regelt sich doch eigentlich alles von selbst, da muss doch nicht der Mensch daherkommen und in die Natur eingreifen!"

Jetzt war Marie stehen geblieben und schaute ihn abwägend an. „Welche Natur meinst du, Kjelt? Wo ist denn da draußen die Natur?"

Er runzelte die Stirn und kniff die Augen zusammen. „Wie soll ich das verstehen?"

„Schau dich doch mal um, hier bei uns auf dem Hümmling, wo ist denn da die Natur? Nenn mir ein ursprüngliches, naturbelassenes Fleckchen hier in unserer Gegend", sagte sie ruhig und neigte ihren Kopf abwartend zur Seite. Er sah sie immer noch fragend an.

„Wir leben heute in einer Kulturlandschaft, Kjelt, hier gibt es keine Natur mehr. Jedenfalls so gut wie kaum noch. Wir haben nicht nur unseren Lebensraum kultiviert, sondern auch den unserer Mitgeschöpfe. Wir sind so schnell in unserer ganzen Entwicklung, dass all die anderen Lebewesen um uns da gar nicht mehr mithalten können. Wir verändern ihre Habitate derart, dass vielen Wiesenvögeln jedwede Möglichkeit genommen wird, einen Brutplatz, Deckung oder auch überhaupt noch Nahrung zu finden. Durch die ganzen Spritzmittel gibt es doch kaum noch Insekten, von denen nun mal viele leben." Sie lachte trocken. „Und dann die Biogasanlagen", wobei sie das Bio sehr betont aussprach. „In einigen Jahren wird unsere Landschaft dadurch völlig verarmen. All die Spezialisten, die einen besonderen Anspruch haben, wie das Rebhuhn, der große Brachvogel oder auch die Eulen, bleiben auf der Strecke, und die Opportunisten, wie die Füchse, Marder und auch die Krähen, sind die Gewinner", erläuterte Marie gedämpft. „Da gibt es kein natürliches Gleichgewicht mehr, weil wir es schon im Vorfeld durcheinandergebracht haben. Und wenn wir dann auch noch hingehen und die Gewinner schonen, haben wir bald keine Verlierer mehr, dann sind sie nämlich aufgefressen", fügte sie deutlich hinzu.

Kjelt sah sie überrascht an. „Hm." Noch immer ihre Hand haltend, ging er weiter. „Du kannst doch nicht leugnen, dass Eigennutz dabei eine große Rolle spielt. Schließlich wollt ihr die Vögel auch jagen."

„Sicher wollen wir auf Jagd gehen und Beute machen, doch wir bejagen nur Fasane und Rebhühner, wobei die meisten Jäger die Hühner mittlerweile schonen, da nur noch wenige da sind. Die Kibitze, Brachvögel, Bekassinen und viele andere bejagen wir aber nicht und versuchen trotzdem, sie zu unterstützen. Es geht schließlich darum, die Artenvielfalt zu erhalten, auch bei uns Jägern." Sie blieb erneut stehen. „Hast du jemals beobachtet, mit welchen Methoden Krähen arbeiten, wie gezielt sie – zu mehreren – durch die Wiesen ziehen und die kleinen Hasen suchen. Die Jungtiere haben keine Chance, zu entkommen. Und es gibt Unmengen von Rabenkrähen; sie ziehen in ganzen Trupps umher und sie sind clever. Sie haben so gut wie keine Feinde, genauso wenig wie der Fuchs, dem es auch ziemlich egal ist, was er räubert. Selbst wenn es das einzige Brachvogelgelege weit und breit ist. Es ist nicht so, dass ich Füchse und Marder nicht mag, ganz im Gegenteil, ich finde diese Geschöpfe hochinteressant", sie lächelte, „doch in Unzahl richten sie einfach zu viel Schaden an. Genauso wie der putzige Waschbär. Ich bin heilfroh, dass er bei uns noch nicht übermäßig vertreten ist, andererseits ist es nur eine Frage der Zeit, bis er sich weiter ausbreitet. Nun, und wenn er es nicht ist, wird es der Marderhund sein."

Kjelt sah sie noch immer aus kritischen Augen an.

„Ich weiß gar nicht, warum Naturschützer uns Jägern gegenüber so negativ eingestellt sind. Letztendlich könnten wir zusammen sehr viel auf die Beine stellen und ich finde außerdem, dass das Jagen eine völlig natürliche Angelegenheit ist. Die Menschen gehen schließlich schon immer zur Jagd!"

„Das ist richtig. Der Mensch geht schon immer zur Jagd. Aber heute ist es nicht mehr zwingend notwendig. Es ist heute doch ein Spaß, ein Hobby, und kein Nahrungserwerb."

„Das sehe ich anders." Marie sah ihn an. „Ich betrachte das Reh, welches ich erlegt habe, oder auch den Fasan durchaus als Lebensmittel."

Kjelt runzelte seine Stirn und seufzte. „Du bist so ungewöhnlich."

‚Für dich bin ich wahrscheinlich ein Alien …' Sie zuckte lässig mit den Schultern. „Nicht mehr als du."

Nach einer sehr schweigsamen Weile lachte er sie an. „Okay, ich werde mich gedanklich damit noch einmal beschäftigen, um dich besser zu verstehen." Zaghaft berührte er mit den Fingerknöcheln einer Hand ihre Wange. „Mir gefällt, wie du für deine Überzeugung eintrittst", fügte er leise hinzu und seine grünen Augen glänzten dabei im Licht des Mondes. „Du bist das interessanteste Mädchen, das ich bisher getroffen habe, Marie."

Ihr Herz pochte heftig. *‚Bin ich überhaupt noch normal? Hatte ich nicht die Tage noch bei Frithjof Herzrasen?'*

Sanft drehte er ihre linke Hand, die er noch immer festhielt, auf ihren Rücken und zog sie näher zu sich heran. Maries Atem wurde leicht hektisch und ihre Knie wurden wieder einmal butterweich. Mit den Spitzen seiner Finger fuhr er ihr über die Unterlippe. „Ich frage mich schon seit Wochen, wie es sich wohl anfühlt, dich zu küssen", flüsterte er rau.

Marie nahm seinen betörenden Duft in sich auf, als er sie noch dichter an sich zog. *‚Oh man ...'*

Plötzlich donnerte Grille mit lautem Gebell los. Erschrocken fuhren sie auseinander. Verunsichert schaute sich Marie um. „Grille!", rief sie. Doch der Drahthaar war Richtung Hünengrab gelaufen und nicht mehr zu sehen. *‚Verfluchter Köter! Ich hätte sie an die Leine nehmen müssen.'*

Kjelt hielt noch immer ihre Hand. „Sie kann hier doch sicher nicht weglaufen, oder?"

„Eigentlich nicht."

‚Höchstens im Hünengrab verschwinden ...'

Er zog sie erneut an sich. „Sie wird sicher gleich wiederkommen."

„Nein, ich muss nachsehen, sie macht nur Dummheiten, verstänkert mir die Durchlauffallen oder irgend so einen Blödsinn. Diese verdammten Jagdhunde nutzen doch wirklich jeden unaufmerksamen Moment gnadenlos aus."

Kjelt sah sie zweifelnd an. Lachte dennoch verhalten und zog sie mit sich in die Richtung, in die Grille verschwunden war. „Na, da habe ich mich ja auf was eingelassen."

Marie starrte ihn fragend an, während sie ihm folgte.

Er blieb abrupt stehen und umfasste ihr Gesicht mit beiden Händen. „Ich will dich, Marie", er seufzte, „und eigentlich habe ich mit Hunden nichts am Hut, doch du hast nun mal einen." Er hob flüchtig die Schultern. „Also, lass sie uns suchen!"

*

Frithjof lehnte frustriert, erschrocken und auch ein wenig atemlos an einem Baumstamm nahe dem Hünengrab. Lange hatte er mit sich gerungen, überhaupt dieses Grab zu betreten und den Weg in Mariellas Welt zu suchen. Jetzt bereute er es.

Es war unheimlich gewesen. Beunruhigend. Andersartig und viel zu laut. Die Luft dort war versetzt mit befremdlichen Gerüchen und in der Ferne hatte er eine Vielzahl heller Lichter erblickt.

Nicht, dass er Angst verspürt hatte, doch dieser Ort erschien ihm so fremd und unwirklich. Angespannt hatte er sich umgeschaut und war dann entschlossen diesem merkwürdigen schmalen Pfad gefolgt, als er in der Ferne Stimmen vernahm. Lautlos war er daraufhin näher gepirscht und wahrhaftig, er hatte Mariella entdeckt. In den Armen eines jungen Mannes.

So hatte er sich das Wiedersehen wahrlich nicht vorgestellt und fassungslos hatte er mit ansehen müssen, wie dieser Bursche sie an sich zog. Vor lauter Groll und Enttäuschung war ihm ein wütendes Schnauben herausgerutscht, was gleich Grille auf die Läufe gebracht hatte. Und so war er schleunigst zurück durchs Hünengrab geflohen, denn die Blöße, entdeckt zu werden, hatte er sich keinesfalls auch noch geben wollen.

Wie konnte er sich nur so verrennen?

Und doch, Mariella ging ihm unter die Haut und berührte ihn bis ins Mark, sie erschien ihm wie ein Wink Freyjas. Nur deshalb hatte er das Grab durchschritten. Womöglich führten ihn die Rauhnächte in die Irre und die Magie zwischen den Jahren raubte ihm den Verstand. Er musste sich dieses Mädchen endlich aus dem Kopf schlagen.

Zu viele Unnatürlichkeiten in zu kurzer Zeit. Er würde sie einfach wieder vergessen.

Irgendwann.

Auf sich selbst wütend, stapfte er erbittert davon.

Entsetzen

26. Dezember 2009

„Vater", sprach Albert sachlich, „die Leute werden Fragen stellen. Hein Gerd spinnt sich womöglich jetzt schon irgendwelche Ideen zusammen."

„Albert, nun mach dir mal keine Sorgen", erwiderte Wenzeslaus gelassen. „In ein paar Tagen ist alles vorbei, und bis sich das nächste Mal dieses Tor öffnet, haben sie es längst vergessen oder sind schon unter der Erde."

„Es gibt aber noch andere, die davon wissen", er zog die Signalhalsung aus der Tasche und reichte sie über den Küchentisch, an dem sie sich gegenübersaßen.

Der alte Mann nahm sie entgegen und sogleich huschte ihm ein Lächeln übers Gesicht. „Oh Marie, du ausgebuffte kleine Maus", flüsterte er anerkennend.

Albert verdrehte die Augen. Diese Gelassenheit war ihm einfach zu viel. Genervt erhob er sich von seinem Stuhl und verließ den Raum. Der nächste Jagdgast würde in Kürze eintreffen und so kontrollierte er vorsorglich noch einmal seine Ausrüstung. Ihm graute jetzt schon davor. Moritz Perkenheim war so ziemlich der letzte Mensch, mit dem er Zeit verbringen, geschweige denn auf die Jagd gehen wollte. Doch bei einem Tagessatz von tausend Euro würde er sich das gefallen lassen. Er war ihm im letzten Winter auf einer Drückjagd begegnet und die Erinnerung daran schreckte ihn noch heute. Dieser Mann war kein Jäger, bei ihm bekam man eher den Eindruck, er würde in den Krieg ziehen, als auf Jagd gehen. Er hörte Motorengeräusch und schritt zurück in die Küche, um Wenzeslaus nach draußen zu folgen.

„Oha", seufzte er, als er den Mann erblickte. Im wattierten Schnee-Tarnanzug sprintete er ihnen entgegen. Er war groß und kräftig gebaut, wirkte dessen ungeachtet aber äußerst dynamisch. Sein graues Haar trug er kurz geschoren und die ausdruckslosen graublauen Augen machten sein Gesicht noch bleicher, als es schon war. Das Gesamtbild ergab einen Menschen, der einem auf Anhieb unsympathisch war. Irgendwie kalt und unbarmherzig.

Der geschäftliche Teil war schnell erledigt und so fuhren sie dann in Wenzeslaus Wagen los. Sie parkten am Rand des Langenäckersweg, schulterten ihr Gepäck und liefen die paar hundert Meter bis zum Hünengrab. Das Steenhus in den Klöbertannen war ein beeindruckend gut erhaltenes Grab, mit mehr als sechzehn Meter Kammerlänge und umgeben von einem – noch teilweise vorhandenen – ovalen Steinkranz.

Moritz sprach kein Wort. Albert befreite sich von seinem Rucksack, hockte sich vor den Eingang in der Mitte des Steingrabs und nickte dem Jagdgast zu, ihm zu folgen. Der tat ihm nach und kroch nun ebenfalls durch die Öffnung. Den Weg zur Lichtung kannte Albert inzwischen gut und so würden sie sich erst dort mit Adalwolf treffen – hoffte er wenigstens.

Als nun Moritz das Grab verließ, sich aufrichtete und bedächtig umschaute, zeigte sich erstmals eine Reaktion in seinem Gesicht.

Ein Lächeln.

Ein wahrhaftig furchterregendes Lächeln.

*

„Hey! Habt ihr denn jetzt mal Zeit für einen kleinen Ausflug in die Steinzeit?", ertönte Lisettes glockengleiche Stimme.

Marie und Raoul standen neben ihrer Mule und fachsimpelten. Beide trugen sie wattierte Jagdhosen mit Cordura-Besätzen, die vom Oberschenkel bis über die Knie reichten. Die dicken Faserpelzjacken hatten sie bis zum Kragen zugezogen und Maries Nase versteckte sich zudem noch in ihrem Rollkragenpullover. Vergangene Nacht hatte es geschneit und jetzt wurde es schlagartig wieder kälter. Grille sprang vom Beifahrersitz und spurtete freudig auf Lissi zu.

„Hallo Schwester, hast du eigentlich nichts zu tun?" Raoul grinste sie an. „Willst du uns immer von der Arbeit abhalten wenn dir langweilig ist?"

Sie griente und knuddelte Grilles Kopf.

„Eigentlich sind wir doch durch, oder?", wollte Marie wissen.

Da Raouls Fallen alle gesichert waren, sparte er eine Menge Zeit ein, wodurch er Marie Arbeit hatte abnehmen können. Sie waren früh um sechs angefangen und hatten nun etwas Luft. Es war schon zwei Uhr und so beschlossen sie, den Feierabend einzuläuten. Schließlich war immer noch Weihnachten.

„Na los, dann lasst uns fahren, Mädels!", rief er übermütig.

Marie beäugte ihre Freundin. „Oh. Wie ich sehe, bist du sogar waldtauglich angezogen", sie schmunzelte.

„Natürlich, ich habe für jede Gelegenheit die passende Kleidung."

Sowohl ihr Bruder wie auch ihre Freundin betrachteten Lissi amüsiert. Sie trug eine knallige pinkfarbene kurze Steppjacke mit dunklen, sehr engen Jeans und dazu schwarze kniehohe Stiefel mit wenig Absatz. Ihren Kopf bedeckte eine dicke kunterbunte Wollmütze mit Schlappohren und langen Trotteln am Ende. Der dazu passende Schal lag ihr lässig auf den Schultern. Und natürlich steckten ihre Hände in den dazugehörigen Handschuhen. Rundherum perfekt.

Sie stiegen alle in Raouls alten Nissan Patrol und fuhren in die Richtung des Steenhus in den Klöbertannen.

„Hattest du gestern ein Date?", fragte Lissi scheinheilig. Sie zog das Wort Date dabei sehr lang.

„War es nett?", spottete Raoul.

„Ja."

„Ja und?"

„Es war sehr nett."

„Nehett?", rief Lisette aufgebracht. „Herrje, Kjelt ist hin und weg von dir und du sagst, es war NETT."

Raoul runzelte die Stirn und schwieg.

„Marie, mit dir ist definitiv etwas nicht in Ordnung." Sie schüttelte entrüstet den Kopf. „Nun ERZÄHL schon."

„Es war ein sehr schöner Abend, Lissi, und nun ist es gut."

„Oh du bist so ..., sooo langweilig! Immer behältst du alles für dich." Entrüstet wandte sie sich an ihren Bruder neben sich. „Genau wie du." Sie zeterte noch eine Weile herum, bis Raoul irgendwann lauthals lachte. Da gab sie es auf.

„Schau an, da ist doch wieder Lünshofs SUV", bemerkte er, fuhr an dem Wagen vorbei, um ein Stück weiter hinter der Kurve den Seitenstreifen einer kleinen Einfahrt als Parkplatz zu nutzen. Marie sprang aus dem Wagen, leinte ihren Hund an und wartete auf ihre Freunde. Sie gingen zügig die schmale Straße zurück und schlichen dann über den

Waldweg, der zur Grabstätte führte. Frische Spuren im Schnee waren deutlich zu erkennen und dirigierten sie auf direktem Wege zum Hünengrab, in dem sie dann verschwanden.

Marie stand unschlüssig vor dem Eingang, Raoul hockte sich auf den dicken Stein davor.

„Was jetzt?", drängelte Lissi.

Sie sahen sich schweigend an. Auf ihren Gesichtern spiegelten sich die Empfindungen. Bisher war für Marie jeder Besuch mit Schrecken und einem Strudel wirrer Empfindungen einhergegangen. Raoul blieb da erheblich entspannter, wollte sich dennoch nach Marie richten.

Sie atmete tief durch. „Gut, auf geht's!" Sie krabbelte durch die Öffnung und schaute sich in der Kammer um. Links neben sich, nur einen halben Meter entfernt, nahm sie ein dünnes Flimmern wahr und kroch, gemeinsam mit Grille, hindurch. Sie empfand – wie schon zuvor – diesen leichten Widerstand, zögerte indessen nicht und robbte weiter. Vor ihr befand sich eine dunkle Wand, sie drehte sich um und erkannte den Ausgang. Doch als sie dann, wie aus dem Nichts, Lisettes Kopf daneben erblickte, musste sie lachen. Es war einfach zu abstrus.

Sie verließen nacheinander das Grab und Lissi stand einen Augenblick beeindruckt und wie versteinert da. „Mann, oh Mann!"

Raoul folgte ihnen und auch er ließ den Ort erst einmal auf sich wirken. Bei Tageslicht schaute alles noch viel gewaltiger aus.

„Das ist ja der Oberhammer. Ich fasse es nicht", Lissi drehte sich um ihre eigene Achse. „Ich bin in der Steinzeit."

„Nein bist du nicht." Marie schüttelte lachend den Kopf. „In der Spätantike."

„Ach das ist doch fast dasselbe", sie winkte ab. „Die paar Jahre."

Raoul verdrehte grinsend die Augen. Seine Schwester war nun wirklich nicht blöd, konnte sich aber so verdammt blond anstellen.

„Und jetzt?", fragte sie.

„Wir folgen der Spur", bemerkte Marie leise und ging langsam voran.

Auch hier herrschten eisige Temperaturen, die Luft war klar, bis auf den feinen Dunst, der vom Waldboden emporstieg. Der Himmel blitzte in einem wunderschönen Azurblau durch das dichte Astwerk der gewaltigen Bäume und tauchte den Wald in ein ganz besonderes Licht. Sie folgten schon einige Zeit der Spur, die sehr verworren durch den Busch führte, jedoch in Richtung Norden steuerte. Marie beobachtete besorgt ihre Umgebung, mit Lissi im Schlepptau waren sie viel zu auffällig und laut. Sie hoffte inständig, dass niemand unterwegs war und sie bemerkte.

26. Julmond 434

Frithjof durchstreifte, mit Vedrfölnir auf der Faust und Vreder an der Seite, ein Gebiet nahe dem großen Moor. Der Wald war hier lichter und machte es dem Habicht damit leichter, Beute zu schlagen. Doch das allein war nicht der Grund, warum es ihn erneut in diese Gefilde trieb, seine Neugierde war nicht minder der Anlass dafür. Hier geschah Seltsames und er wollte wissen, was es damit auf sich hatte. Seine gestrige Wut war verraucht und nach einer schlaflosen Nacht suchte er Zerstreuung. Bereits zwei Kanin im Sack, wanderte er gemächlich daher, als er unerwartet Geräusche vernahm. Eine weibliche Stimme. Überrascht hockte er sich nieder, gab Vreder ein Zeichen, sich abzulegen und wartete verdeckt hinter einem dicken Stamm. Der melodische Hall dieser Stimme verwunderte ihn. Sie klang fremdartig. Wachsam spähte er am Stamm vorbei. Er konnte noch nicht viel erkennen. Zu viele Äste und dichter Bodenbewuchs störten seine Sicht. Er linste konzentriert hindurch und schluckte. ‚*Mariella …*'

Frithjof seufzte. Sie wollte doch einfach nicht aus seinem Leben verschwinden. ‚*Freyja was willst du von mir? Schickst mir wieder dieses verdammte Weib!*'

Er könnte sie einfach ziehen lassen. Nur schritten sie direkt auf die Lichtung zu, wo diese seltsamen Dinge geschahen. Er lehnte sich mit dem Rücken an den Stamm und betrachtete nachdenklich seinen Habicht auf der Faust. Er nahm ihn gar nicht wirklich wahr, schüttelte seufzend den Kopf und atmete tief durch.

Marie wurde unruhig, plötzlich beschlich sie ein eigenartiges Gefühl. Irritiert blieb sie stehen und sah sich um. Sie fühlte sich nicht mehr allein mit ihren Freunden. Lissi wollte schon lospoltern, doch ihr Bruder packte sie fest am Arm. „Was ist los?", flüsterte er.

„Ich weiß auch nicht", murmelte sie. „Hier ist jemand."

Frithjof, den nur wenige Meter von Marie trennten, vernahm ihre Worte allzu deutlich, und konnte sich ein Lächeln nicht verkneifen.

‚Frau du bist unglaublich …' Er erhob sich lautlos, ging um den Stamm herum und lehnte sich mit der rechten Schulter dagegen. Still betrachtete er sie und die drei bemerkten ihn erst, als Vreder Grille neugierig entgegenlief.

„Mariella!"

Völlig überrumpelt starrte sie ihn an. *‚Frithjof …'*

„Holla die Waldfee!", platzte Lissi laut heraus. Ihr fielen fast die Augen aus dem Kopf.

Auf Frithjofs Stirnmitte bildete sich eine steile Falte und seine klaren Augen ruhten auf der blonden Frau in ihren wunderlichen Farben. Sie kam einfach auf ihn zu und musterte ihn unverhohlen von oben nach unten und von unten nach oben. „Ha!", rief sie, streckte ihre Hand aus und berührte, ganz behutsam, einen Fuchsschwanz seines Umhangs. Vedrfölnir breitete verstimmt ihre Schwingen aus und die Spitzen der Federn streiften Frithjofs Wange.

„Lisette!", zischte Raoul ernst. Sie reagierte nicht, sondern umkreiste den Fremden. Der Habicht wurde immer schlanker und trippelte unruhig auf der Faust, als sie in seinem Rücken stand.

Marie fühlte sich, als hätte man ihr den Boden unter den Füßen weggezogen. Ihr Mund wurde trocken, ihr Pulsschlag begann zu japsen und wieder einmal bekam sie Herzrasen. *‚Wenn das so weitergeht, leide ich bald an Herzrhythmusstörungen …'*

„Frithjof", sie nickte zaghaft.

Lissi hatte ihren Rundgang beendet und ihre Augen erschienen noch größer. „DER Frithjof?", sie schaute ihre Freundin fragend an.

Die Falte auf Frithjofs Stirn wurde noch steiler und er blickte Marie ebenso fragend an.

Diese wurde rot. Verzweifelt schloss sie die Augen und atmete tief ein. *‚Das geht vorbei … alles halb so schlimm.'*

„Hallo Frithjof", sagte Raoul leichthin. „Hast du zufällig fremde Leute hier gesehen? Wir sind ihnen auf der Spur."

‚Oh Raoul, du bist so ein Schatz …'

„Nein, habe ich nicht", er löste seinen Blick nicht von Marie, sah sie noch immer an. Eindringlich, fasziniert, aber offensichtlich auch ebenso erheitert. Um seine Mundwinkel zuckte es belustigt und seine Augen leuchteten. Die Luft um sie herum schien förmlich zu summen und selbst Lissi empfand die knisternde Spannung zwischen den beiden und zog sich irritiert ein paar Schritte zurück.

Er trat vor Marie, fasste ihr mit Daumen und Zeigefinger sachte unters Kinn und hob es an, sodass sie ihn direkt ansehen musste. „Geht es dir gut?", fragte er flüsternd.

Trotz all des Herzklopfens und Magendrückens freute sie sich, ihn zu sehen und dieses Hochgefühl zauberte ihr ein verlegenes Lächeln ins Gesicht. „Ja."

Sein Blick streifte über ihr Gesicht, verharrte einen kurzen Moment auf ihren Lippen und er neigte leicht seinen Kopf, sodass sie schon erwartete, er würde sie küssen. Doch im gleichen Atemzug wurden seine Augen schmal und er presste die Lippen aufeinander. Ganz flüchtig strich er ihr über die Wange. „Gut."

Der Moment war vorbei.

‚Oh du Kuh, was du immer erwartest ..., wie blöd bist du eigentlich?'

Lissi stand noch völlig atemlos da und starrte sie an. Sie schluckte, drehte sich zu ihrem Bruder und starrte nun ihn an. Dieser zuckte nur die Schultern und grinste. Sie war – was selten genug vorkam – sprachlos.

*

Albert und sein Begleiter waren bereits seit Stunden unterwegs, ohne nennenswerten Erfolg. Nachdem sie das Steingrab verlassen hatten, holte Moritz seinen Drilling hervor und trug ihn geladen, für jeden Fall gewappnet, vor sich her. Eine Ewigkeit waren sie so durch den Wald gepirscht, was Albert überhaupt nicht gefiel, doch Perkenheim hatte darauf bestanden.

Als sie das Rudel schließlich fanden, war es schon Mittag und von Adalwolf war weit und breit nichts zu sehen. Albert verfluchte ihn innerlich. Doch der Jagdgast hatte sich gleich einen Platz gesucht, der ihm die beste Übersicht bot und eine Isomatte ausgelegt. Seinen Rucksack hatte er so platziert, dass er ihn bequem als Gewehrauflage nutzen konnte, und sich dann in Position begeben. So lauerte er nun, auf seine Ellenbogen gestützt, durch sein Zielfernrohr.

Albert hielt sich dezent im Hintergrund und fühlte sich entsetzlich. Dieser Typ war ihm unheimlich und er hoffte inständig, dass Moritz nicht noch in irgendeiner Form ausflippte.

*

„Du suchst also wieder einmal jemanden?", bemerkte Frithjof leise und sah Marie dabei abwägend an.

Sie straffte ihren Rücken und reckte ihr Kinn ein wenig vor. „Ja. Den Spuren nach sind es zwei Personen, die wir suchen. Irgendetwas treiben sie hier, wir wissen nur noch nicht was."

„Sie stammen aus deiner Zeit?"

„Ja", sie nickte kurz.

„Es geschieht Seltsames, doch ich glaube nicht, dass es nur mit Menschen aus deiner Zeit zu tun hat. Vielmehr vermute ich, dass auch Adalhart und sein Vater darin verwickelt sind", er sah sie ernst an, warf einen Blick auf ihre Begleiter – insbesondere auf Lissi. „Glaubst du denn, dass es klug ist, wenn ihr zu dritt völlig ungeschützt hier herumlauft?" Vedrfölnir zog mit einem Fuß ihren Geschühriemen lang, sodass er Frithjof beinahe aus den Fingern glitt.

Raoul seufzte, dieser junge Sachse sprach aus, was er bereits die ganze Zeit dachte. Der Falkner konzentrierte sich derweil auf seinen Beizvogel, befestigte die Geschühriemen an einer Öse eines Metallwirbels – einer Drahle –, nahm die Langfessel, die locker an seinem Gürtel hing, und zog sie bis zum Knotenende durch die andere Öse des Wirbels. Das Ende der Fessel band er vorsorglich an seinen Handschuh.

Lissi, die ihn völlig ungeniert beobachtete war überraschend schweigsam. Auch Marie wusste, wie dumm es im Grunde war, planlos durch eine ihr völlig fremde Welt zu spazieren und sie ärgerte sich unbändig, sich überhaupt darauf eingelassen zu haben. Doch nun waren sie hier, also konnten sie auch genauso gut weitersuchen.

Raoul stand breitbeinig da, die Hände in den Taschen seines Faserpelzes versunken und sah Marie an. Er lugte unter seinen langen Ponysträhnen hervor und wartete auf eine Reaktion. Sie wandte sich ihm zu und ihre Blicke trafen sich. Eine ganze Weile schauten sie sich nur an.

Frithjof registrierte verwirrt diesen lautlosen Dialog zwischen ihnen und sah von einem zum anderen.

„Mach dir nichts draus", zwitscherte Lissi, „die schweigen sich ständig den Mund fusselig und ich stehe auch immer wie blöd daneben."

‚Was bist du nur für ein seltsam bunter Vogel ...'

„Ich bin übrigens Lissi, Raouls Zwillingsschwester und Maries Freundin", rief sie lachend. „Tut mir leid, ich habe ganz vergessen, mich vorzustellen."

„Ich bin Frithjof, Sohn des Friedmunds." Es war nur andeutungsweise eine Verbeugung, die folgte, doch wirkte sie sehr einnehmend.

Lissi wusste nicht recht, ob sie nun lachen oder lieber schweigen sollte, sie fand diesen jungen Mann sensationell.

„Wir folgen noch eine Weile der Spur und schauen, wohin sie uns bringt", beschloss Raoul.

„Sie führt zu einer Lichtung, auf der sich hin und wieder ein Hirschrudel aufhält", reagierte Frithjof prompt.

„Ein Hirschrudel?", ein flüchtiger Gedanke schoss Marie durch den Kopf. *‚Gehen sie auf die Jagd?'*

„Ich begleite euch", sprach er leise und sah sie nachdrücklich an. *‚Du gehst mir hier nirgendwo alleine hin, Frau ...'*

*

Moritz lag noch immer auf seiner Isomatte. Es war auszuhalten, da weder die Kälte noch die Nässe das Material durchdrang. In seinem überdrehten Hirn arbeitete es, wie er Albert loswerden könnte. Dieser Bremser störte nur. Er war unbeweglich, langsam und nervig. Nachdem sie diese Welt betreten hatten, war es ihm binnen weniger Minuten wie Schuppen von den Augen gefallen. Auch jetzt noch verspürte er das Glücksgefühl im Bauch, welches ihn überwältigt hatte, als er realisierte, was für Chancen sich ihm hier eröffneten. Er war wie im Rausch. Zwar war ihm nicht ganz klar, wo genau sie sich befanden und wie es überhaupt dazu kam, doch umgeben von dieser gewaltigen Ursprünglichkeit, interessierte es ihn auch nur unwesentlich. Viel spannender war doch jetzt, herauszufinden, wie weit er es hier treiben konnte. Wenn nur dieser nervige Albert endlich verschwand.

Er visierte einen ungeraden Vierzehnender an. Nun, vielleicht sollte er jetzt endlich einen Hirsch strecken, dachte er sich. Damit wäre der Mann erst einmal beschäftigt und er selbst könnte unauffällig verschwinden.

*

Sie pirschten so leise wie möglich durch den Wald. Mit Lissi war das zwar kaum machbar, doch sie bemühte sich redlich, nachdem sie sich von allen mehrfach böse Blicke eingeheimst hatte.

Marie verhedderte sich ständig mit ihrer Hundeleine in dem dichten Bewuchs und war das Gezerre leid. Grille wohl auch, denn sie lief sofort freudig voran, nachdem Marie einen Augenblick stehen geblieben war, um sie abzuleinen.

Der Wald schien lichter zu werden, der Dunst am Boden wurde dafür umso dichter und das violette Blau des Himmels kündigte schon die baldige Dämmerung an.

Lissi trat auf einen Zweig, der daraufhin laut knackte und direkt vor ihr, neben einer verrotteten Baumkrone, ging der Hase hoch.

Grille hob aufmerksam den Kopf, und bevor Marie überhaupt reagieren konnte, donnerte sie los.

„Jaul. Jiiihiif."

„Vreder bleib!", rief Frithjof.

Marie trillerte mit ihrer Hundepfeife. Vergeblich. Die Ohren der Hündin schalteten auf Durchzug. Und Grille war weg.

„Mist!", zischte sie. „Immer dieses verfluchte Hetzen."

Frithjof sah sie mit hochgezogenen Augenbrauen an und Lissi kicherte. Der Hetzlaut hallte durch den ruhig daliegenden Wald und wurde mit zunehmender Entfernung leiser, offenbar gab der Drahthaar die Verfolgung nicht auf und ließ Marie sichtlich besorgt zurück.

BAUZ.

Noch im Knall durchbrach ein markerschütterndes Aufjaulen die kalte winterliche Luft.

Und dann war es still.

‚Grille …' Marie war wie versteinert, sämtliche Farbe wich aus ihrem Gesicht. „Grille", hauchte sie kaum hörbar.

Alle starrten sie an. Lissi schlug sich, die Augen weit aufgerissen, entsetzt die Hände vor den Mund, nur Raoul reagierte richtig und griff nach Marie. Einen Sekundenbruchteil zu langsam. Sie war schon losgelaufen.

26. Dezember 2009

„Hast du Marie gesehen, Jonas?", fragte Karl im Vorbeigehen den Tierpfleger.

„Ich glaube, sie und Raoul waren fertig mit der Arbeit und haben Feierabend gemacht", rief er, die Eingangstür zum Blockhaus öffnend. „Das mache ich jetzt auch. Tschüss Karl."

Der nickte kurz und ging zu seinem Land Rover. Eigentlich hätte er seine Nichte gerne mitgenommen zu Onkel Wenzeslaus, dem er jetzt einen Besuch abstatten wollte. Er fuhr durch einen Seitenausgang vom Gelände und schlich über die schmale Straße, die vom Windberg hinunter ins Dorf führte. Der mittlerweile platt gefahrene Neuschnee der vergangenen Nacht war jetzt übergefroren und spiegelglatt. Bis nach Stavern bräuchte er sicher dreißig Minuten bei dieser Witterung. Kurz vor dem Dorf kam ihm ein Trecker entgegen, mit fünf voll besetzten Schlitten im Schlepptau. Er fuhr lachend rechts ran und winkte den grölenden, rotbäckigen Kindern zu. Sie hatten ihren Spaß bei dem Wetter.

Unterwegs dachte er an Marie und die zwei Jungs, Frithjof und Kjelt. Er lächelte vor sich hin. Marie war nie so ein wilder Teenager gewesen wie Lisette. Sie ging nicht auf Partys, auf Schützenfeste oder tobte sich in Diskotheken aus. Sie war auf eine ganz andere Art wild. Was – wie er sich eingestehen musste – ein Großteil auch sein Verschulden war. Doch freute er sich jetzt, dass endlich einmal charakterstarke Jungs ihren Weg kreuzten. Frithjof würde natürlich nur für einige Tage eine Rolle in ihrem Leben spielen, dann wäre der Zauber dieser verwunschenen Zeit vorüber. Obwohl … die außergewöhnliche Verbundenheit zwischen den beiden ihn schon ein wenig in Unruhe versetze. Gut, der Vegetarier war tatsächlich eine beachtliche Herausforderung für eine kernige Jägerin wie Marie, aber warum nicht. Einzig wichtig war doch die Toleranz, und vorurteilsfrei war sie von Grund auf. Er hatte somit gute Chancen.

Karl seufzte. Chancen! Seine Chancen auf eine Beziehung mit seiner Traumfrau hatte er schon vor über zwanzig Jahren verspielt und diese Frau hatte es auch tatsächlich geschafft, ihm seitdem erfolgreich aus dem Weg zu gehen. Dabei war der Hümmling nun wirklich sehr übersichtlich. Obendrein waren ihre Kinder auch noch sehr eng mit Marie befreundet. Trotz alledem hatte sie ihm nie die Chance gegeben, wieder Kontakt mit ihr aufzunehmen, selbst nachdem sie sich von ihrem Mann getrennt hatte. Er hatte sie nicht wiedergesehen und das würde auch wohl so bleiben.

Traurig lächelnd schüttelte er den Kopf. „Oh Marlene."

Karl bog in die Hofeinfahrt zu Wenzeslaus Haus ein und wunderte sich über den prolligen Sportwagen, der die Einfahrt blockierte. Der Wagen seines Onkels indes war nicht zu sehen.

Er parkte einfach hinter dem schnittigen Flitzer, ergriff die Weinflasche, die er als Mitbringsel eingesteckt hatte, und stieg die Stufen hinauf zur Eingangstür.

Kurz nach dem Läuten stand Wenzeslaus in der Tür. „Karl", begrüßte er ihn schlicht, drehte seinen Kopf leicht zur Seite und sah ihn abschätzend an. „Welch eine Überraschung!"

„Frohe Weihnachten, Onkel Wenzeslaus", erwiderte er gelassen.

26. Julmond 434

„Du hast einen verfluchten Köter erschossen!", schrie Albert wütend. Sofort nach dem Knall war er aufgesprungen und hatte durch sein Fernglas den erlegten Hirsch gesucht.

„Verdammt, Moritz! Einen Jagdhund." Er suchte durchs Glas die Gegend ab. Wenn es einen Jagdhund gab, war auch irgendwo ein Führer. Dort huschte was. Ein rot gelocktes Mädchen rannte wie getrieben über den Schnee.

„Marie!", flüsterte er.

Moritz sah sie ebenfalls durch sein Visier. Den Leuchtpunkt auf ihren Kopf ausrichtend, zog er – den Finger am Abzug – mit. Sie hastete blindlings auf den im Schnee liegenden Hund zu. Trotzte jeder Gefahr und rannte. Amüsiert sah er das nackte Entsetzen in ihrem Gesicht und lächelte.

„Oh, verdammter Mist. Du hast Grille erschossen", schnaubte Albert fassungslos. Wütend drehte er sich zu seinem Jagdgast. „Du selten dämlicher Idiot!", er stockte. Schaute sich verzweifelt um. Moritz war weg. Lautlos war er auf und davon.

Geheimnisse

26. Julmond 434

Frithjof hielt Raoul fest, der Marie hinterherstürmen wollte. „Bleib hier", dieser hielt in der Bewegung inne und schaute ihn skeptisch an. „Besser, wenn ich gehe", sprach er ernst und griff nach Lissi. „Komm her!" Sie starrte ihn verständnislos an. „Nimm du meinen Habicht", er schob sie links hinter sich und zog mit Daumen und Zeigefinger an seinem Falknerhandschuh. „Steck deine Hand in den Handschuh." Lissi war völlig perplex, doch tat sie wie geheißen. „Pass auf deine Schwester auf", flüsterte er und sah Raoul beschwörend an, „und auf Vedrfölnir. Bewegt euch hier nicht fort!" Und schon waren er und Vreder Marie auf den Fersen.

Marie stürzte voller Sorge vor ihrem Drahthaar auf die Knie. „Grille, Grille mein Mädchen", rief sie völlig atemlos, umfasste den Kopf der Hündin, ergriff einen Vorderlauf und strich ihr über die Schnauze. Doch sie rührte sich nicht. „Grille", flüsterte sie leise, „Grille."

Nach anfänglichem Entsetzen stellte sich das Begreifen ein. Sie blickte in die leblosen Augen der Hündin und ihr Magen zog sich schmerzlich zusammen. Ihr Atem wurde schleppend und der Brustkorb drohte ihr unter der bitteren Bürde des Verlustes zu zerspringen. Wie ein eisiger Hauch umfing sie der Kummer und schnürte ihr die Kehle zu.

Und dann begann sie, zu weinen. Still und leise.

Sie nahm ihren Hund in den Arm und weinte. Grille war tot.

Frithjof holte Marie ein und blieb, einige Schritte vor ihr, erschrocken stehen. ‚*Wie hilflos sie aussieht …*'

Er trat näher, hockte sich neben sie und betrachtete bestürzt die Verletzung auf der Schulter des Hundes. ‚*Wie kommt sie dahin?*' Kein Pfeil oder Speer war zu sehen. Und wie konnte Grille an so einer kleinen Verletzung sterben? Nachdenklich sah er Marie an. Schmerz und Trauer zeichneten ihr Gesicht und sie wirkte mit einem Mal so verletzlich. Zaghaft berührte er ihre tränenfeuchte Wange, spürte die kühle Nässe und wischte sie mit dem Daumen fort. Er griff ihre Hand, wärmte die eiskalten Finger und drückte sie leicht, einfach um ihr Trost zu spenden.

Aus zusammengekniffenen Augen sah er sich um. Das Hirschrudel war weitergezogen, hier und da entdeckte er noch ein paar Nachzügler. Doch sonst waren keine Bewegungen auffällig und der Wald war zu dicht, um ihn durchblicken zu können. Es umgab sie eine friedliche Ruhe, und außer Maries leisem Schluchzen sickerte kein Laut durch diese Stille. So viele Fragen strudelten in seinem Kopf und er war sich sicher, dass Marie ihm auf einige davon würde Antwort geben können. Doch gegenwärtig war nicht der rechte Moment. Er würde warten. Jetzt mussten sie hier weg.

„Mariella", sprach er leise. „Wir machen uns besser auf den Weg zurück zu deinen Begleitern. Ich werde Grille tragen."

Mit Tränen in den Augen schaute sie ihn fragend an, als würden seine Worte sie nicht erreichen und keinen Sinn ergeben.

„Komm mit mir, Mariella." Frithjof nahm den Hund hoch und augenblicklich sah er das viele Blut im Schnee. Irritiert hielt er inne, drehte Grille auf die andere Seite und fand das riesige, ausgefranste Loch neben dem Vorderlauf. Verwirrt starrte er Marie an, doch sie strich nur sachte über den Kopf des Drahthaars, als hätte sie es nicht anders erwartet.

*

Albert fluchte. Er hatte doch sofort gewusst, dass diese ganze Jagdreise ein Fiasko würde. Und jetzt haute dieser Wahnsinnige auch noch ab.

„So ein verfluchter Teufel", grollte er aufgebracht. Wer wusste schon, auf was für verrückte Ideen der Kerl kam, noch dazu bewaffnet. „Oh, ich wusste doch, er ist kein Jäger. Nur so ein bekloppter Jagdscheininhaber, der wilde Sau spielt", zeterte er vor sich hin. Suchen würde er ihn nicht, er wollte nur weg. Nach Hause. Sollten sie doch alle sehen, wie sie klarkämen. Und Wenzeslaus könnte ihn auch mal kreuzweise.

Mit wachen Sinnen schlich er durch den Wald, so leise, wie jemand mit seiner Statur schleichen konnte. Er spähte noch einmal kurz durch sein Fernglas, um zu sehen ob Marie noch auf der Lichtung war. Verärgert stellte er fest, dass nun noch eine weitere Person dort hockte.

„Verdammt, sie ist sicher mit einer ganzen Clique hier", schnaufte er erbost. Doch nun war er auf der Hut und achtete sorgsam auf jedes Geräusch.

26. Dezember 2009

Karl saß an dem großzügigen Küchentisch und schaute sich um, während Wenzeslaus Kaffee zubereitete, Tassen bereitstellte und Gebäck hervorholte. Er war lange nicht hier gewesen, sie hatten in der Vergangenheit nicht im besten Einvernehmen zueinander gestanden und hatten somit äußerst selten miteinander gesprochen.

Das alte Gutshaus, welches sein Onkel gemeinsam mit seinem Sohn bewohnte, war vor vielen Jahren schon komplett restauriert worden und lag ein wenig abseits des Dorfes. Ein schmaler Kopfsteinpflasterweg, zurzeit anscheinend täglich vom Schnee befreit, führte von der Hauptstraße durch einen urigen Torbogen auf das von einem alten Baumbestand umsäumte Haus. Innen wirkte es Karl etwas zu kühl, mit den weißen Wänden und den düsteren Möbeln. Es war überladen mit Trophäen jeglicher Art und alten Jagdgemälden, die überwiegend zähnefletschende Kreaturen darstellten.

Geschmäcker sind eben verschieden, dachte sich Karl. Dafür war die Küche tatsächlich sehr einladend. Mit den alten bunten Fliesen und einem riesigen Stangenherd, der einen schon beim Eintreten anblinkte, wirkte sie sehr behaglich.

„Was verschafft mir die Ehre deines Besuchs, Neffe?", fragte Wenzeslaus leichthin, während er die Tassen füllte.

Karl zog Dionysius Postkarte aus der Innentasche seines Jacketts und reichte sie wortlos seinem Onkel. Der studierte sie gründlich und lächelte dabei vor sich hin. Während Karl Milch in den Kaffee gab, beobachtete er ihn argwöhnisch.

Wenzeslaus schob die Karte über den Tisch seinem Neffen entgegen, lehnte sich im Stuhl zurück und legte die jetzt gefalteten Hände in den Schoß. Abwartend sah er Karl fest in die Augen.

„Würdest du mir davon erzählen?", fragte dieser einige Zeit später freundlich.

„Glaubst du denn, ich wüsste darüber Bescheid?", erwiderte der alte Mann ebenso freundlich.

Karl nippte an seinem Kaffee – ein selten guter Kaffee – stark, kräftig und sehr heiß. „Ja, das glaube ich."

„Wie kommst du darauf?"

„Weil mein Vater mir davon vor vielen Jahren in einer Weinlaune berichtet hat", sagte Karl unbeirrt.

Wenzeslaus sah ihn überrascht an. Doch dann wurde sein Blick ungläubig. Er bezweifelte, dass sein Bruder dem Jungen alles mitgeteilt hatte. Niemals. Er musste sich vorsichtig herantasten, um zu erfahren, wie viel er tatsächlich wusste.

„Ja, wir haben diese fremde Zeit ein paar Mal besucht", sagte er rundheraus. Er lächelte. „Das erste Mal war reiner Zufall, doch es war wunderbar. Wir waren noch so jung", andeutungsweise schüttelte er den Kopf und versank in Erinnerungen. Die Augen halb geschlossen, saß er für einen Augenblick schweigend da.

Karl wartete. Geduldig, wie er war, ließ er ihm Zeit. Er empfand keine Eile.

Wenzeslaus fing sich und sah auf. „Entschuldige, es ist schon ein ganzes Leben vergangen seit dem Tage, wo wir dieses Grab erstmalig durchquerten." Seinen Kaffee umrührend und auf einem Keks kauend sortierte er in Gedanken, was er Karl erzählen würde und was nicht.

„Es war ein ebenso schneereicher Winter wie in diesem Jahr, nur damals war alles ja noch ganz anders. Herrje, das war 1952, dein Vater war gerade vierzehn Jahre alt geworden." Er schaute seinen Neffen an. „Es war Heiligabend. Dionysius und ich waren den ganzen Vormittag draußen mit dem Schlitten unterwegs und machten vor den Hünengräbern bei Deymanns Mühle eine Pause. Wie es dazu kam, dass wir in das Steingrab krochen, weiß ich nicht mehr. Doch wir befanden uns mit einem Mal in einer völlig neuen Welt." Bei dieser Erinnerung lachte er. Hatte das verblüffte Gesicht seines Bruders genau vor Augen. „Natürlich haben wir mit niemandem darüber gesprochen, doch von da an machten wir jeden Tag Ausflüge in diese Welt, bis uns plötzlich der Zugang verwehrt war. An Neujahr war der Zauber vorbei." Seine Augen verdunkelten sich. Die dramatischen Zustände, die sich an diesem Tage tatsächlich zugetragen hatten, verschwieg er, wie schon damals seinen Eltern gegenüber. Darüber hatten sich die Brüder geeinigt und es war seit nunmehr siebenundfünfzig Jahren ihr Geheimnis.

Er straffte sich, was wiederum Karl nicht entging.

„Tja, dein Vater und ich besuchten all die Jahre immer wieder dieses und auch viele andere Hünengräber zu jeder Jahreszeit, doch nie wieder öffnete sich ein Zugang in diese aufregende und für uns fremde Zeit." Den Kopf leicht gesenkt bemühte er sich, den Schrecken in seinem Gesicht zu verbergen. Wie verzweifelt sie doch damals gesucht hatten, nur um irgendwelche Hinweise zu bekommen. „Bis 1971. Da war es so weit." Er schnaufte. „Es war unglaublich. Plötzlich gab es wieder ein Tor. Das Grab auf der Buschhöhe war der Eingang", er nickte lächelnd, „direkt bei dir vor der Haustür. Nun, was soll ich sagen, wir waren älter und somit ein wenig schlauer geworden und fingen an zu forschen. Natürlich besuchten wir, wie schon damals, die alte Zeit jeden Tag und verbrachten viele Stunden dort, doch nach einigen Tagen war auch dieses Mal der Zauber wieder vorüber." Dass er selbst dabei fast ausschließlich auf Jagd war, neue Bekanntschaften schloss und Geschäfte machte, verschwieg er. „1990 kamen wir dann endgültig dahinter, wie dieses Phänomen überhaupt zustande kommt. Ja, und jetzt ist es wieder so weit."

Wenzeslaus goss ihnen beiden Kaffee nach. „Vielleicht wollte dein Vater jetzt, bevor er selbst ins Grab geht, einfach diese Information an dich und Marie weitergeben." Amüsiert über die Zweideutigkeit seines Ausspruchs zwinkerte er Karl zu.

„Das ist wirklich sehr außergewöhnlich", seinen Kopf leicht schief gelegt sah er Wenzeslaus an. „Ich würde dir kein Wort glauben, wäre ich nicht selbst schon dort gewesen." Erneut goss er sich Milch in den wunderbaren Kaffee. „Aber was treibst du jetzt? Ich weiß, dass Albert ebenfalls dort war."

Sein Onkel zuckte leicht mit den Schultern. „Mir geht es nicht anders als deinem Vater. Ich möchte nur mein Wissen weitergeben. Schließlich ist jetzt die letzte Gelegenheit für mich. Ich bin ein alter Mann."

Das Klingeln seines Handys unterbrach das Gespräch.

„Entschuldige mich für einen Augenblick", wandte er sich an Karl und verließ daraufhin die Küche. „Ja", meldete er sich knapp, in dem Wissen, dass sein Sohn am anderen Ende der Leitung war.

„Er ist abgehauen!", rief Albert ins Telefon. „Er hat Maries verdammten Köter erschossen und ist dann abgehauen. Ich habe ihn zurückgelassen. Nur damit du es weißt."

Es klickte und die Leitung war tot. Wenzeslaus fluchte verhalten. Das war ärgerlich. Sehr ärgerlich, und brachte seine Pläne völlig durcheinander.

26. Julmond 434

Vedrfölnir sprang fortwährend ab, sie störte sich an der grellen Farbe und dem knisternden Geräusch von Lisettes Jacke und an ihrer hibbeligen Art. Das stetige Springen zerrte an Lissis untrainiertem Arm und nicht weniger an ihren Nerven. Mittlerweile war sie derart angespannt, dass sie nun schon seit einigen Minuten völlig regungslos dastand und kaum zu atmen wagte. Gefühlt kam es ihr vor, als wären Stunden vergangen, doch dieser verdammte Habicht wollte sich einfach nicht beruhigen.

Im Grunde war es wahrscheinlich der Schock, der sie das hier durchstehen ließ. Sie fühlte sich ganz elend bei dem Gedanken, dass Grille etwas zugestoßen war. Es war nicht ihr Hund, natürlich nicht, doch er gehörte genauso zu ihrem Leben wie Marie. Lissi hatte noch nie jemanden verloren, von dieser Erfahrung war sie bisher verschont geblieben. Bei Marie war das ganz anders, sie hatte so manchen Verlust einstecken müssen. Darum hoffte sie inständig, dass alles gut würde. Sie bewegte sich kaum noch, konzentrierte sich auf ihre Atmung und ignorierte den Vogel auf ihrer Faust gänzlich. Soweit das möglich war, denn er wurde verdammt schwer. Wie viel wog so ein verfluchter Habicht eigentlich? Sie hockte sich hin und versuchte ihren Arm irgendwie abzustützen. Prompt sprang der Vogel wieder ab.

„Ganz ruhig Lissi, der beruhigt sich gleich wieder", flüsterte Raoul, hockte sich neben sie und strich ihr sachte über die Schulter.

„Glaubst du, dass sie tot ist?", Lissi schluckte.

Er sah sie nur an und sagte nichts.

Einen Moment später hörten sie Schritte im Schnee. Vreder kam auf sie zu, gefolgt von Frithjof mit Grille auf dem Arm und einer sehr blassen Marie.

„Ohohoh", stöhnte Lissi und ihre Augen füllten sich sogleich mit Tränen.

Behutsam legte Frithjof den Hund in den Schnee und nahm dem verstörten Mädchen seinen Habicht ab. Raoul ergriff Maries Hand und drückte sie. Er nickte ihr zu. „Ich trage Grille nach Hause."

Schweigend gingen sie durch den, mittlerweile in purpurfarbenes Dämmerlicht getauchten, winterlichen Wald. Von Marie kam keine Regung. Sie lief, den Blick streng nach vorn gerichtet, neben Frithjof her, sagte kein Wort, weinte aber auch nicht. In ihr gab es nichts außer düsterer Inhaltslosigkeit. Sie fühlte sich wie in einem Vakuum. Leer. Und wie betäubt.

Von Raoul vernahmen sie nur ein leises Schnaufen. An Grille hatte er schwer zu tragen, der Jagdhund wog gute fünfundzwanzig Kilo, doch er würde auf keinen Fall schlappmachen.

Lissi dagegen war völlig verstört, sie war unerwartet in der wahren Welt angekommen. Plötzlich und ohne Vorwarnung war ihre sorglose, heitere und friedliche Weltanschauung wie eine Seifenblase zerplatzt. Sonst waren es immer nur die anderen, die Leid und Schrecken erlebten. Dieses Mal war sie live dabei, hatte das Entsetzen im Gesicht ihrer Freundin gesehen und selbst Angst verspürt. Und warum? Warum erschoss jemand hier im Nirgendwo einen Jagdhund? Wie konnte es überhaupt dazu kommen?

Frithjof beobachtete als Einziger ihre Umgebung. Er war wachsam, achtete auf jedes Geräusch und vernahm in nicht allzu weiter Ferne das Geheul einiger Wölfe.

Sie erreichten die beeindruckend große Grabstätte und er wandte sich Marie zu, die teilnahmslos am Eingang stand, gedanklich weit entfernt. Frithjof nahm ihre Hand und trat näher an sie heran. Die Traurigkeit in ihren Augen stimmte ihn schwermütig und er legte beherzt seine Wange an die ihre. Sie fühlte sich kalt an, und auch ihre Finger in seiner Hand waren klamm. Gerne hätte er ihr mehr als diesen flüchtigen Moment der Zuneigung geschenkt, doch ihm wurde im gleichen Augenblick deutlich, wie sehr sie seine Welt verachten musste. Bisher war ihr hier nichts Gutes widerfahren. Er zog sich zurück und ganz kurz nur trafen ihre hellen warmen Augen auf seine kühlen blauen. „Lebe wohl Frithjof", ihre Finger drückten zaghaft die seinen.

Er lächelte niedergeschlagen.

Lissi war schon im Steingrab verschwunden und sie folgte ihr eilig. Raoul legte den Hund in das Grab und seine Schwester zog ihn tapfer zu sich auf die andere Seite. Frithjof hielt Raoul zurück, als er sich verabschieden wollte. „Erkläre mir, was hier passiert ist", sprach er leise und eindringlich.

Der junge Hümmlinger sah ihn aufmerksam an. Überrascht darüber, dass er erst jetzt fragte, überlegte er, wie er ihm das Geschehene erklären konnte. „Frithjof, in meinem Zeitalter existieren Schusswaffen, mit denen wir auch auf eine weite Entfernung Wild erlegen können. Nicht wie mit Pfeil und Bogen. Weitaus mächtiger! Mit solch einer Waffe wurde Grille getötet. Es war also ganz sicher jemand aus meiner Epoche, der dies getan hat. Ich weiß nicht wer noch warum, doch wir werden es herausfinden, das verspreche ich dir." Raoul fasste ihn am Arm, er mochte den jungen Mann und es war mehr als offensichtlich, dass ihn einiges mit Marie verband. „Sieh dich vor. Dieser jemand erschießt grundlos einen Hund." Er strich sich fahrig seine Ponysträhnen hinters Ohr. „Das ist meiner Meinung nach ein schlechtes Zeichen und deutet darauf hin, dass er sich hier bei euch über alles sehr erhaben fühlt und sich deshalb ebenso rücksichtslos verhalten wird."

Frithjof nickte ihm nachdenklich zu und blieb allein mit seinen beiden Jagdbegleitern zurück, als auch Raoul daraufhin im Hünengrab verschwand.

26. Dezember 2009

Karl bemerkte die Veränderung in Wenzeslaus Verhalten sofort und wunderte sich. Sein Onkel war nie ein Charmebolzen gewesen, doch so kurz angebunden wie jetzt hatte er ihn noch nicht erlebt.

Irgendetwas war hier im Gange. Außerdem hatte er eine Menge in seiner Geschichte ausgelassen, er verbarg etwas, davon war Karl überzeugt.

Kurz drauf verabschiedete er sich und machte sich unzufrieden auf den Heimweg.

26. Julmond 434

Moritz schlich durch den Wald, weg von Albert, dieser lästigen unbeweglichen Made. Er zog einfach los. Zwar kannte er sich nicht aus, doch irgendwo mussten hier ja auch Menschen leben und auf die war er ausgesprochen neugierig. Unauffällig streifte er durch den Wald, nahezu unsichtbar. Durch seinen Schnee-Tarnanzug verschmolz er regelrecht mit seiner Umgebung und zog laut Kompass in Richtung Osten. In der Ferne vernahm er Geheul, was ihn begeistert innehalten ließ. „Wölfe", flüsterte er und lachte in sich hinein. Hier würde es noch richtig spannend werden. Ein Knacken ließ ihn sich umschauen und einige Rehe zogen keine fünfzig Meter entfernt an ihm vorbei. Reglos harrte er aus und besah sie sich genauer. Der Wind kam günstig und so blieb er unbemerkt. Sekunden später langweilten sie ihn bereits und er schritt weiter.

Je länger er unterwegs war, umso mehr gefiel ihm dieser Ort. Vielleicht sollte er einfach hierbleiben. Zuhause erwartete ihn in naher Zukunft doch nur Ärger, wenn herauskam, was er mit dem Mädchen angestellt hatte. Es war so ungerecht. Sie hatte ihn schließlich provoziert, hatte gewollt, dass er ihr wehtat. Er seufzte und zuckte in Gedanken mit den Schultern. Egal. Bisher wurde sie ja noch nicht einmal vermisst.

Der Wald wurde zusehends dichter, nun fand er neben allerlei Fährten auch menschliche Fußabdrücke, denen er folgen konnte. So spürte er leicht die kleine Ansiedlung von Häusern auf, vier an der Zahl. Er kicherte leise, hockte sich neben einen Baum und checkte die Umgebung. „Was für lächerliche Hütten", flüsterte er. „Aber eingezäunt. Ganz wichtig", verächtlich verzog er seinen Mund und schlich näher. Er linste über den Zaun und entdeckte zwei Männer, die eifrig und sehr mühevoll einen am Boden vor ihnen liegenden Hirsch, der wohl schon gefroren war, zerteilten. Neben ihnen, an einem aus starken Ästen gebauten Gerüst, hingen zwei weitere Keulen, eine Schulter und ein Fell, augenscheinlich ebenfalls von einem Hirsch stammend.

Aus schmalen Schlitzen beäugte er die seltsam gekleideten Gestalten und nach einiger Zeit dämmerte ihm, dass es sich um die Männer handeln musste, auf die Albert Stunden zuvor vergeblich gewartet hatte. Erneut kicherte er. Ob die dicke Made wohl immer noch wartete?

Moritz stahl sich weiter am Zaun entlang, so spannend waren die zwei dann auch wieder nicht.

Der Himmel färbte sich und die Luft wurde spürbar kälter. Nicht mehr lange und es würde dunkel. Das Geheul der Wölfe erklang und jetzt, so glaubte er, waren sie gar nicht so weit entfernt.

Eine helle weibliche Stimme erweckte seine Aufmerksamkeit und er lugte vorsichtig an dem Zaun vorbei. Auf seinen Gesichtszügen zeigte sich ein hämisches Grinsen.

Wie süß sie doch war. In diesem dünnen Lappen von einem Kleid und dem wollenen Umhang. Das lange blonde Haar offen tragend und die Wangen vor Kälte gerötet. So niedlich und rein. Er fühlte, wie ihn die Sehnsucht nach ihrem jungen Fleisch ergriff und es fiel ihm schwer, sich zu zügeln.

Dort stand sie und schüttelte einige Decken aus, die sie im Anschluss sorgfältig zusammenlegte. Er leckte sich über seine schmalen Lippen. „Nicht alles durch Ungeduld verderben. Mit ihr hast du die ganze Nacht..."

Hünengrab

27. Dezember 2009

Marie erwachte und schreckte hoch. Unruhig schaute sie sich um und realisierte, dass es kein Traum gewesen war. Sogleich fühlte sie sich irgendwie nackt und vor allem allein gelassen. Sie schwang die Beine über die Bettkante, blieb aber sitzen. Wie sie dieses Gefühl hasste. Trauer war so aufreibend, zermürbend und endlos. Sie entsann sich nur zu genau an die tiefe Seelennot in ihren Kindertagen. Wie eine düstere Wolke waberte dieses trostlose Gefühl um sie herum. Natürlich ließ sich der Verlust eines Hundes nicht vergleichen. Nichtsdestotrotz war Grille, wie ein Gefährte, alltäglich um sie herum gewesen, sieben Jahre lang, und plötzlich war sie fort. Unwiderruflich. Nichts blieb zurück, außer einem großen klaffenden Loch.

Der Brustkorb tat ihr weh und sie bekam mitunter schlecht Luft. Die Unabänderlichkeit der Situation war ihr völlig bewusst, sie wünschte nur, sie wäre schon weiter, über die Trauerphase hinaus und in der Lage, sachlich an diese ganze Geschichte heranzugehen. Sie stützte ihre Ellenbogen auf die Knie und legte den Kopf auf die Handinnenflächen.

Rastlos, wie sie sich im Moment fühlte, tat sie sich schwer, ihre Wut zu zügeln, doch zwang sie sich zur Ruhe, um nicht auf dumme Gedanken zu kommen. Ein leises Klopfen an der Tür riss sie aus ihren trüben Gedanken und Karl steckte seinen Kopf durch den Spalt.

„Hey Marie. Darf ich reinkommen?"

Sie nickte. Er setzte sich neben sie aufs Bett und legte einen Arm um ihre Schulter. So saßen sie einen Augenblick schweigend zusammen da. Sachte strich er mit der anderen Hand eine widerspenstige Locke aus ihrem Gesicht, zog sie fester an sich und küsste ihr den Scheitel.

Marie war es unmöglich auch nur ein Wort zu sagen, die Fürsorge ihres Onkels betrübte sie mehr, als dass sie ihr Trost spendete.

„Albert war es nicht", sagte er leise. „Ich habe gestern Abend mit ihm gesprochen. Erst wollte er nicht mit der Sprache rausrücken, doch ich habe ihm ziemlich zugesetzt und er verriet mir letztendlich den Namen des Schützen."

Sie hob abrupt den Kopf. „Wer?"

„Ein gewisser Moritz Perkenheim. Der Name sagt mir nichts, doch ich will heute zusehen, dass ich etwas über ihn in Erfahrung bringe." Karl machte eine Pause, strich ihr erneut eine Locke aus der Stirn und fing ihren Blick ein. „Marie, laut Albert ist der Bursche immer noch dort unterwegs und ich möchte nicht, dass du auf die Idee kommst, ihn zu suchen."

„Warum war er überhaupt mit Albert zusammen dort?"

„Keine Ahnung. Er weigerte sich strikt, es mir zu erzählen."

„Ich habe das dumpfe Gefühl, dass sie auf der Jagd waren. Auf der Lichtung", sie schluckte, ihr Gaumen fühlte sich so entsetzlich schal an, „auf der Lichtung, wo Grille erschossen wurde, befand sich ein Hirschrudel. Ich habe nicht genau hingesehen", wieder schluckte sie, „doch ich habe sie natürlich wahrgenommen. Karl, es waren wirklich starke Hirsche, etwa im Format wie der Kerl, der im Wildstübchen hängt. Die Jungs veranstalten mit Sicherheit eine Jagd in der Spätantike."

„Hm, möglich", er nickte. „Onkel Wenzeslaus traue ich glatt zu, Derartiges einzufädeln." Er rückte ein wenig von ihr ab, um sie besser ansehen zu können. „Marie, wir können Grille nicht begraben. Der Boden ist zu sehr gefroren."

„Ja, ich weiß." Sie hatte gestern Abend, zusammen mit Raoul, ihren Drahthaar in eine Hundedecke gewickelt und auf die Terrasse gelegt.

„Okay. Ich muss jetzt los, doch ich melde mich bei dir, sobald ich irgendwelche Neuigkeiten habe." Während er sich erhob, strich er ihr zärtlich übers Haar und auf dem Weg zur Tür hielt er kurz inne. „Du wirst nicht auf törichte Ideen kommen?"

„Nein." Sie sah ihn ernst an. ‚*Was auch immer du damit meinst.*'

„Raoul und Lissi kommen heute Vormittag vorbei, sie sagten gestern irgendwas von einem gemeinsamen Frühstück. Mach dir einen ruhigen Tag. Bis später." Er verließ den Raum, schloss aber nicht die Tür hinter sich.

„Tschüss."

Marie saß noch immer auf der Bettkante. Unschlüssig, was sie tun wolle an ihrem freien Tag. Die Fallen würde Raoul heute für sie kontrollieren. Folglich verfügte sie über sehr viel Zeit. Seufzend schaute sie auf den leeren Hundekorb und fühlte sich ganz elend.

‚*Wie unnötig doch ihr Tod ist …*'

Plötzlich ging ihre Zimmertür weiter auf und Hummel kam neugierig um die Ecke, lief wedelnd auf sie zu und legte ihr den Kopf aufs Knie. Aus intelligenten braunen Augen sah sie zu ihr auf.

„Hummel? Durftest du nicht mit?", sie lächelte, Karl hatte seine Hündin absichtlich dagelassen, damit sie sich nicht so allein im Haus fühlte.

Sie stand auf und nahm ihr Handy vom Schreibtisch. Gestern Abend waren einige SMS eingegangen, doch zu dem Zeitpunkt fühlte sie sich nicht in der Lage, sie zu lesen. Kjelt hatte mehrfach gesimmst und Lissi natürlich. Sie freute sich über Kjelts Nachrichten, wenn auch gedämpft. Zum einen war sie in ihrer Schwermut gefangen und zum anderen, weil ihr Frithjof erneut begegnet war. Ihre Gefühlswelt schien eingehüllt in einen Dunst aus Trauer und Sehnsucht.

Nicht zu fassen, aber Frithjof war besonders. Oder war die Empfindung für ihn nur besonders? Niemals zuvor fühlte sie sich jemandem auf diese Weise verbunden. Er vermittelte ihr so ein heimisches Gefühl – wie zu Hause angekommen. War das überhaupt möglich? *‚Nein!'*

Sie hatte just ihren Jagdgefährten verloren, sie wollte nicht in ein paar Tagen wieder jemandem nachtrauern. *‚Schluss mit diesen Frithjof-Gefühlsduseleien ...!'* Sie ging duschen. Vielleicht half es und das plätschernde Wasser schwemmte alles weg. Die Trauer. Die Sehnsucht.

Schließlich weinte sie doch.

*

„Hey Süße", grüßte Lissi ihre Freundin, die vor ihrem Kaffeebecher am Küchentisch saß. Sie drückte sie dabei liebevoll an sich. „Ich mache uns ein leckeres Frühstück! Omi hat mir frischgebackenen Stuten mitgegeben", damit wedelnd steuerte sie auf den Herd zu. Stöberte im Kühlschrank, holte Butter, Eier und Speck hervor, griff nach der Pfanne, die oberhalb des Ceranfeldes an der Wand hing, und hantierte schweigend mit ein paar Schüsseln.

Raoul folgte ihr wenig später, er verhielt sich erstaunlich zurückhaltend und berichtete kurz und sehr sachlich von seiner Fallenkontrolle.

Keiner von ihnen war besonders redselig an diesem Morgen, sie frühstückten still vor sich hin und hingen ihren Gedanken nach. Urplötzlich sprang Marie von ihrem Stuhl auf und ging auf die kleine Terrasse vor der Küche. Sie blickte auf die dunkle Decke, die ihren Hund verbarg, und wusste jetzt, wo sie sie bestatten wollte. Denn in die Tierkörperbeseitigungsanstalt würde sie sie auf gar keinen Fall geben.

„Ich möchte Grille ins Hünengrab bringen."

Die Zwillinge starrten sie an.

„Auf die andere Seite." Entschlossen blickte sie auf. „Ich bringe sie wieder in die Zeit, in der sie gestorben ist. Die anderen toten Knochen dort werden wohl kein Problem damit haben, sich ihren Platz mit einem Hund zu teilen."

„O-kay!" Raoul nickte und stand ebenfalls auf, er stellte sich hinter Marie und umfasste ihre Taille. Sie lehnte sich gegen ihn und er schmiegte seine Wange an ihr Haar. So standen sie einige Sekunden da, bis er sie unerwartet an den Schultern fasste und zu sich umdrehte. Sie sahen sich an und in seinen braunen Augen lag ein rätselhafter Ausdruck. Sachte berührten seine Hände ihre Wangen, umfassten sie und seine Daumen strichen darüber. Zaghaft küsste er ihr die Stirn, dann die Augenbrauen, die Nasenspitze und schließlich ihren Mund.

Marie, mittlerweile völlig überrascht, rührte sich nicht. Der Kuss war sanft. Federleicht streifte sein Mund über den ihren. Ganz langsam. Wieder und wieder. Er öffnete die Lippen und bedeckte die ihren, er wurde fordernder, sinnlicher und ließ seine Zunge zwischen ihre Lippen gleiten.

‚WOW!'

Marie ließ sich von ihm mitreißen.

Der Kuss wurde intensiver und inniger. Er schlang seine Arme um sie und drückte sie fest an sich. Seine Hände wanderten über ihren Rücken, nur um sich dann doch wieder in ihren Locken zu fangen.

Lissi saß wie festgefroren am Tisch und bekam den Mund nicht mehr zu.

‚Hallo! Was machen wir hier …?' Marie hatte noch nicht ganz zu Ende gedacht, da ließ er sie abrupt los. Sie schauten einander an, beide waren sie mehr als fassungslos. Raoul strich sich konfus mit den Händen durchs Haar, faltete sie am Hinterkopf und verharrte in dieser Pose. „Marie, ich …", er sprach nicht weiter, ließ die Arme sinken und sah ihr verunsichert in die Augen.

„Verdammt noch mal, Raoul!", flüsterte Marie atemlos. „Du küsst wie ein junger Gott! Willst du mich einfach nur auf andere Gedanken bringen oder was? In meinem Kopf spuken zurzeit schon zwei Kerle und noch dazu mein toter Hund. Willst du, dass ich überschnappe?" Sie schüttelte bass erstaunt den Kopf und betrachtete ihn neugierig. Er räusperte sich und verlegen strich er eine lange Ponysträhne aus seinem Gesicht. „Es lag nicht in meiner Absicht, dich zu verwirren."

Behutsam näherte sie sich ihm, bis ihr Gesicht nur noch wenige Zentimeter von seinem entfernt war. „Mit solch einem Kuss verwirrst du jeden. Glaube mir", ihre Stimme klang leise und samtig.

„Ich ...", er trat einen Schritt zurück, vergrößerte die Distanz. Seine Hände fuhren erst in seine Hosentaschen, dann senkte er leicht den Kopf und seine Finger fanden sich im Nacken wieder.

„Ich kann dir das jetzt nicht erklären. Es tut mir leid", er sah auf. „Ich bin dir zu nahe getreten, dafür entschuldige ich mich." Er machte sich Vorwürfe. Was war nur in ihn gefahren, sich so hinreißen zu lassen? Er sah sie verschämt an.

Marie trat an ihn heran, legte ihre Arme um seinen Hals, stellte sich ein wenig auf die Zehenspitzen und küsste ganz leicht seine wunderbar weichen Lippen. Sie lächelte ihn an. „Raoul, es hat sich gut angefühlt, verdammt gut und ich würde sagen, dass du mir damit diesen traurigen Tag erhellt hast. Denn so gut bin ich noch nie zuvor geküsst worden", das Lächeln wurde schelmisch. „Wenn du irgendwann so weit bist, reden wir darüber. Bis dahin mach dir keine Gedanken. Ja?"

Raoul lächelte nun ebenfalls, wenn auch gehemmt, und schloss sie fest in die Arme. Seine Lippen drückten gegen ihren Hals und er atmete ihren sinnlich blumigen Duft ein.

„Ich glaube ich spinne! Hallooooho! Ihr Turteltauben, geht's noch. Schon vergessen? Ihr seid einfach nur Freunde und kein Liebespaar." Lissi stand entrüstet in der Terrassentür. Sie war ebenso perplex wie ihre Freundin. Ihr Bruder hatte sich noch nie für ein Mädchen interessiert und Marie war doch für ihn wie eine Schwester. So dachte sie jedenfalls. Bis heute.

27. Julmond 434

Moritz beobachtete das Rudel Wölfe durch sein Zielfernrohr. Er saß auf einem Baum, etwa drei Meter über dem Waldboden. Von hier hatte er die bessere Übersicht. Heute früh, noch vor dem Hellwerden, folgte er dem Geheul und nach der vergangenen Nacht tat ihm die Bewegung gut.

Er seufzte bei dem Gedanken an die letzten Stunden. Geschlafen hatte er kaum und doch fühlte er sich herrlich entspannt. Dieses kleine Mädchen war so gefügig gewesen, sie hatte ihm wirklich jeden Wunsch von den Lippen abgelesen. Na, vielleicht nicht jeden, aber sie hatte ihm letztlich jeden seiner Wünsche erfüllt, sodass er schon daran gedacht hatte, sie mit nach Hause zu nehmen.

Die anderen Bewohner des Hauses hatte er zuvor leider erst davon überzeugen müssen, das ihr kleines Mädchen willig war. Aber wozu besaß er einen Elektroschocker. Es gestaltete sich kinderleicht, er hatte den Mann, anscheinend der Herr im Haus, damit nur außer Gefecht zu setzen gebraucht und ihn anschließend gefesselt. Die anderen Mitglieder der Familie waren danach dermaßen geschockt, dass sie sich freiwillig von ihm hatten knebeln lassen. Er war sogar so umsichtig gewesen, ihnen die Augen zu verbinden, somit war er die Nacht ungestört mit der süßen Kleinen. Es war die reine Wonne und selten hatte er sich nach solch einer Nacht so ausgeruht gefühlt.

Gleichwohl, als er heute früh das erste Geheul vernommen hatte, hielt ihn nichts mehr und er war davon marschiert. Nach intensiver Suche hatte er die Wölfe aufgespürt und war leise gegen den Wind näher gepirscht.

Die Tiere waren derart mit sich selbst beschäftigt, dass sie ihn gar nicht wahrnahmen, sie umkreisten einen Sprung Rehwild.

Er war begeistert. Solch ein Schauspiel. Und so einfach an sie heranzukommen. Selbst wenn sie ihn wahrnehmen würden, so schien es ihm, empfänden sie ihn nicht als Gefahr. Es war Moritz schon beinahe wieder zu langweilig – wo blieb da die Herausforderung. Doch einen würde er mitnehmen, er wollte schon immer einen Wolf. Der kräftige lohfarbene Bursche, der gefiel ihm. Er visierte ihn an, es war ganz leicht, er brauchte nur noch abdrücken.

*

Frithjof und Teutobald jagten gemeinsam im Wald, bisher leider ohne Erfolg.

„Gehen wir doch weiter in Richtung Westri und nutzen dort die offenen Flächen", schlug Frithjof vor.

Der Wald wurde dort lichter und im Anschluss erstreckte sich ein gewaltiges Moor. Die Randgebiete waren zu jeder Jahreszeit als Jagdgründe sehr ergiebig.

„Ja. Vielleicht erbeuten wir sogar einige Birkhühner", stimmte Teutobald fröhlich zu.

Frithjof dachte an Raouls Warnung und fragte sich, wie groß die Gefahr tatsächlich wäre, die von diesem Fremden ausging. Gestern Abend hatte er sich mit seinem Vater beraten. Dass eine derartige Tötungskraft von einer Waffe ausgehen konnte, erschien ihnen kaum möglich und doch hatte er es mit eigenen Augen gesehen. An Mariellas Entsetzen wollte er lieber gar nicht denken. Es war schade um den Hund, auch wenn er seiner Meinung nach zu aufgedreht gewesen war.

‚*Mariella …*' Schnell verbannte er sie aus seinem Kopf. Sie brachte sein Leben durcheinander und alles geriet aus den Fugen. Wegen ihr schlief er schlecht, nahezu gar nicht mehr und wenn, dann wurde er von wilden, schwülen Träumen verfolgt.

‚*Alles nur Zauberei …*' Er seufzte und Teutobald schaute ihn verwundert an.

Ein Knall hallte durch den Wald.

Frithjof blieb gebannt stehen und lauschte. Sein Freund hielt ebenso in der Bewegung inne.

„Was für ein seltsames Geräusch."

„Ja", seine Stirn unter den langen Haarsträhnen legte sich in Falten. „Nichts anderes erklang gestern, als der Hund starb."

„Gehen wir nachsehen?", fragte Teutobald.

„Es wird vielleicht gefährlich."

Er zuckte die Schultern und grinste Frithjof übermütig an. Sie zogen in die entgegengesetzte Richtung, hörten und sahen lange Zeit nichts, was auf einen Fremden schließen ließ, doch dann entdeckten sie eine Fährte und folgten ihr leise. Vreder witterte und wurde unruhig. ‚*Wölfe!*'

„Das Rudel Wölfe ist in der Nähe", flüsterte Frithjof.

Sein Freund nickte und sie schlichen durch den Schnee. Vreder winselte leise und Frithjof zupfte daraufhin sanft ihr Ohr. „Schhh."

Teutobald deutete nickend auf eine Stelle, die auch aus der Entfernung schon deutliche Kratzspuren im Schnee aufwies. Sie schritten näher und entdeckten die Spuren des Rehwildes, das hier offensichtlich nach Äsung gescharrt hatte. Sie fanden auch die Pfotenabdrücke der Wölfe und Vreder letzten Endes fand den Wolf, oder vielmehr das, was noch von ihm übrig war. Dort unter den Bäumen lag nur noch der Kern, allerdings ohne Haupt und Läufe. Jemand schien ihm eilig das Fell abgezogen zu haben, was natürlich auch zügig vonstattenging, solange das Tier noch warm war.

Frithjof beugte sich nieder und Vedrfölnir reagierte mit einem Bettellaut auf das rosa Fleisch. Er drehte den Körper auf die andere Seite und dort zeigte sich unterhalb der Schulter ein großes ausgefranstes Loch. Der Ausschuss. Er blickte zu seinem Freund auf, der verwundert auf diese Verletzung starrte.

Sie schauten sich nach allen Seiten um. Keine Bewegung. Nicht ein Geräusch. Nur Stille und ein feiner Dunst über dem Schnee, der zaghaft emporstieg, um sich in Luft aufzulösen.

‚*Seltsam …*' Das Rudel musste noch in der Nähe sein. So schnell gaben sie nicht auf, wenn sie vom Hunger getrieben wurden. Und der fremde Jäger? Wohin war er so schnell verschwunden?

Gefahr sickerte durch den Dunst. Es war unheimlich.

„Komm, bringen wir die Beizvögel heim und holen unsere Waffen", wisperte Frithjof und erhob sich bedächtig.

Teutobald nickte. „Ja. Wir sollten auch deinem Vater davon berichten, bevor wir uns auf die Jagd machen. Wenn der Fremde so kraftvoll ist, schadet es nicht, Verstärkung mitzunehmen."

*

Erneut war es frostig kalt und die Luft glasklar. Die Äste der Bäume schienen wie mit Puderzucker überzogen und leuchteten weiß gefroren im grellen Sonnenschein. Heute war das Gehege geöffnet und viele nutzten den dritten Weihnachtstag für einen Besuch. Im Wildstübchen wurde Brunch angeboten und das Wetter lud förmlich zu einem Spaziergang im Park ein. Die drei bemühten sich, möglichst unauffällig zum Hünengrab zu gelangen und legten Grille dafür in eine Schubkarre. Gehegemitarbeiter schoben schließlich ständig mit irgendwelchen Karren durch die Gegend.

Es war Marie ein Trost, diesen Gang nicht allein machen zu müssen. Ihre Freunde waren für sie da, andererseits war Grille ja ein klein wenig auch ihr Hund. Sie krochen hintereinander ins Steingrab und tauchten in das andere Zeitalter ein.

Raoul leuchtete mit seiner Taschenlampe die Kammer aus. Der letzte Tote wurde hier vor sehr langer Zeit bestattet.

„Meine Güte", hauchte Lissi und schaute dem Lichtkegel der Lampe nach, „ich bekomme hier eine Gänsehaut."

„Ja!", flüsterte Marie, für sie war jedes Durchschreiten dieses Tores mit neuen Sinneseindrücken behaftet. Doch sie empfand den Anblick der Knochen, die hier lagen, nicht als gruselig. Vielmehr als gewaltig. Beim ersten Mal war sie noch darüber erschrocken, doch jetzt gehörten sie einfach hierher. Einen längst vergangenen Teil der Geschichte mit eigenen Augen so unmissverständlich zu sehen war schier ergreifend. Wie viel Zeit war vergangen, seitdem diese Menschen hier beerdigt worden waren?

Die Luft roch erdig, fast moderig, doch selbst das war nicht unangenehm. Der Lichtschein aus Raouls Taschenlampe blieb an einem beinahe intakten, reich verzierten Tonkrug hängen.

Marie starrte gebannt darauf und erinnerte sich daran, wie häufig zuvor sie gemeinsam mit ihrem Großvater dieses Steingrab besucht hatte. Wie Dionysius sogar einmal Tonscherben gefunden hatte und sie sich einmütig in den schönsten Farben das Gefäß dazu ausgemalt hatten. Jetzt fragte sie sich, ob er die Scherben nicht vielleicht schon bei einem Besuch im 5. Jahrhundert hatte mitgehen lassen. Denn Scherben gab es hier reichlich und in solch einer Anzahl, dass es den Eindruck erweckte, sie wären absichtlich so platziert worden.

Sie schüttelte sich und schaute nach einem Platz für Grille. Es war ja ganz schön frech was sie hier tat, andererseits war es ihr schlichtweg egal. Was sollte so schlimm daran sein, hier einen Hund zu bestatten. Im 21. Jahrhundert wären die Knochen sicherlich nicht mehr zu finden, nun ja, und wenn doch irgendwelche Reste auftauchten, hätte derjenige, der sie aufspürte, sicher Spaß an der Herausforderung.

Sie zog ihren Hund in die rechte hintere Ecke vom eigentlichen Eingang des Grabes. Tränen standen in ihren Augen und sie strich ein letztes Mal über Grilles Fang. Zupfte die Decke gerade und nahm Abschied für alle Zeit.

Lissi und Raoul hatten das Grab bereits verlassen und standen in dem urwüchsigen Wald im Land der Sachsen. Marie folgte ihnen. Raoul lächelte, noch ein wenig verhalten, doch im Grunde sollte es ermutigend sein. Sie dachte sogleich an seine weichen Lippen.

‚Werde ich nun immer daran denken?' Würde es zwischen ihnen je wieder so sein wie zuvor? Innerhalb von Sekunden hatte sich ihre unbeschwerte Freundschaft verändert. Dieser Gedanke stimmte Marie traurig, sie wäre nie auf die Idee gekommen in ihm etwas anderes zu sehen als ihren Freund und sie glaubte auch nicht wirklich, dass er in ihr mehr sah, als eine Freundin. Was war nur in ihn gefahren?

Sie standen einige Zeit da und ließen den winterlichen Wald auf sich wirken. Marie war unruhig und es juckte ihr in den Fingern, diesen Kerl zu suchen und ihm ordentlich eine runterzuhauen. Sie könnte auch Frithjof besuchen und schauen, wie es ihm so ging.

‚Blödsinn!' Den Teufel würde sie tun. Sie straffte die Schultern und wollte soeben vorschlagen, sich auf den Heimweg zu begeben, als Adalhart hinter einem dicken Baumstamm hervortrat.

Er schritt auf sie zu, ohne irgendwelche Scheu. Aus schmalen kalten Augen blickte er sie finster an. Automatisch rückten die drei näher zusammen. Einige Meter vor ihnen blieb er stehen, pure Feindseligkeit ausstrahlend.

„Du übles rotes Weib", zischte er sie an, „du kommst ebenso aus der anderen Zeit wie dieser Albert." Er kam wütend näher. „Von wegen, aus dem Sudri stammend. Du hast gelogen. Und ich will wetten, dass du auch nicht Frithjofs Weib bist", schnaufend und mit vor Zorn geröteten Wangen rückte er noch näher. „Er hat uns alle ebenso hintergangen." Jäh packte er sie. „Und mir untersagt er, dich anzufassen." Er verdrehte ihr den Arm. In dem Moment sprang Raoul vor und verpasste Adalhart einen Fausthieb ins Gesicht. Doch der wehrte den Schlag ab und schlug ihm unerbittlich seine Klaue in den Magen.

„Uhah!" Raoul krümmte sich, der Sachse packte ihn an beiden Schultern und warf ihn rückwärts gegen das Hünengrab. Geräuschlos sackte er in sich zusammen. Lissi schrie entsetzt auf.

Marie stürzte sich blindwütig auf Adalhart, schnappte ihn an seinen Ohren und biss ihm ins Gesicht. Der heulte vor Schmerz auf und haute ihr dermaßen die Fäuste vor den Brustkorb, dass sie rücklings in den Schnee flog. Lissi kreischte wie am Spieß. Raoul rappelte sich langsam hoch, der Germane lag schon auf Marie und drückte ihr mit stählerner Kraft die Kehle zu. Er riss an ihren Kleidern und schlug ihr hemmungslos ins Gesicht. Raoul sprang auf ihn und durch die Wucht des zusätzlichen Gewichts wurde Marie ganz schwarz vor Augen. Sie kämpften im Schnee und Adalhart wurde immer gewalttätiger, er schlug wild um sich und drosch auf Raoul ein. Dieser ihnen völlig fremden Brutalität hatten sie nicht viel entgegenzusetzen. Marie rollte sich auf die Seite, japste nach Luft und Lisette schrie ohne Unterlass.

Plötzlich packte eine starke Hand Adalhart am Kragen und ein Messer legte sich an seine Kehle. „Lass ihn los."

Erstarrt ließ er von Raoul ab. Die Spitze der Klinge stach ihm bei der Bewegung in den Hals. Er stöhnte und fühlte, wie ein warmes Rinnsal langsam seine Brust hinunterlief.

Raoul kroch unter ihm hervor und Lissi flog ihm entgegen.

Frithjof, vor Wut blass geworden, sah auf die noch immer nach Luft ringende Mariella, sah das Blut in ihrem Gesicht und stieß sein Messer noch eine Spur tiefer in den Hals des Grobians. „Adalhart, du wirst geächtet sein, dafür sorge ich", seine Stimme klang eisig und leise drohend. „Oder ist es dir lieber, wenn ich dich auf der Stelle töte?" Vreder stand knurrend neben ihm.

„Nicht Frithjof, tu das nicht", rief Teutobald völlig außer Atem und hastete, auf jeder Faust einen Habicht, näher.

„Warum sollte ich ihn schonen?", fauchte er zähneknirschend.

„Er wird seine Strafe bei einem Gerichtsthing bekommen, doch wenn du ihn jetzt tötest, wirst du ebenso bestraft. Bedenke das", er röchelte nach Luft.

Frithjof starrte auf Adalhart hinunter. Seine zusammengekniffenen Augen leuchteten vor Zorn und seine Lippen bildeten nur noch einen schmalen Strich. Eine Haarsträhne fiel ihm ins Gesicht, während er den Kopf senkte und tief durchatmete. Zögerlich nahm er sein Messer von dessen Kehle und steckte es ein. Völlig unvermutet und mit roher Willkür schlug er dem noch immer knienden Mann ins Gesicht, bevor er wegtrat.

Er sprach kein Wort mehr und hockte sich vor Marie. Sie zitterte und würgte. Ihre Nase blutete und sie fluchte erbittert. Der kupferne Geschmack von Blut, sowohl ihres eigenen wie auch Adalharts, füllte ihren Mund und sie spie es angewidert aus.

Teutobald näherte sich. „Adalhart, geh. Geh fort, bevor irgendwer dich hier doch noch umbringt."

Schwerfällig, böse in die Runde schauend erhob er sich und stand unschlüssig da. Niemand schenkte ihm Beachtung.

Raoul rappelte sich auf, er sah furchtbar aus, blutete an einer Augenbraue, aus Nase und Mund, stöhnte und hielt sich den Magen.

„Was für ein Scheißkerl!", zeterte Lissi, während sie in ihrer Jackentasche Taschentüchern nachspürte. Sie reichte eins Marie und tupfte mit einem weiteren an Raoul herum.

Frithjof ergriff Maries Hand und drückte ihre Fingerknöchel an seine Wange. Er schaute sie betroffen an.

„Es tut mir leid, Mariella. Meine Welt bringt dir nichts Gutes. Nur Kummer." Er legte seine warmen Lippen auf ihre Finger. Den Blick gesenkt verharrte er für einen Augenblick.

„Frithjof", erklang Maries Stimme, rau und heiser. Sie musste mehrfach husten, bevor sie weitersprechen konnte. „Meine Anwesenheit hier bringt auch dir nichts Gutes."

Aufgewühlt schauten sie einander an und hielten sich mit ihren Blicken fest.

‚Wie einfach alles wäre, stammtest du nur aus meiner Zeit …' Ihr war, als würde die Welt den Atem anhalten. Jetzt, in diesem Augenblick, fühlte sie sich ihm näher als je zuvor. Als könne sie durch das klare Blau seiner Augen bis tief in seine Seele blicken.

Und es gab nur Frithjof und Marie.

Ein Junge und ein Mädchen.

Raoul hockte sich ebenfalls vor Marie. „Bist du okay?"

Verwirrt schaute sie ihn an. Atmete ein, sammelte sich und nickte.

„Und du?"

„Ich komme klar", entgegnete er lässig, doch sein ächzendes Gejammer, als er sich erhob, strafte ihn Lügen.

Adalhart hatte sich davongemacht und außer Teutobald war es keinem von ihnen aufgefallen. Er nickte seinem Freund zu und wies auf Vedrfölnir, die auf seiner rechten Faust stand.

Als kurz zuvor das Geschrei durch den Wald hallte, hatte Frithjof sie eilig seinem Freund übergeben und war davongerannt. Teutobald hatte den Vogel bereitwillig übernommen, nur musste er seitdem zusehen, dass die Habichte nicht aneinandergerieten. Auch wenn Lykke ein Jungvogel war, gab er sorgsam Acht und stand mit weit auseinander gestreckten Armen da und langsam schwand jegliches Gefühl aus seinem rechten Arm, der eben nicht so gut trainiert war. Frithjof trat zu ihm und nahm sie entgegen.

„Ob der Fremde wohl auch das Geschrei vernommen hat?", flüsterte er.

27. Dezember 2009

Karl saß zusammen mit Matthias Brantbur in dessen Wintergarten bei Cappuccino und Neujahrskuchen. Er hatte noch gestern Abend mit ihm über Moritz Perkenheim gesprochen, in dem Wissen, dass Matthias garantiert Informationen über ihn einholen würde. Sie brauchten nicht um den heißen Brei herumreden, dafür waren sie mittlerweile zu lange befreundet. Matthias hatte natürlich seine Position genutzt, um Daten einzuholen, die ihnen sonst nicht zugänglich gewesen wären. Und siehe da, Perkenheim entpuppte sich als ein wirklich äußerst unangenehmer, wenn nicht gar gefährlicher Zeitgenosse. Ihm war bereits vor über einem Jahr der Jagdschein entzogen worden, ebenso sein Führerschein, und er war wegen Missbrauchs und Körperverletzung vorbestraft. Den Jagdschein hatte er nicht aufgrund der Vorstrafe verloren, sondern tatsächlich wegen eines Deliktes im Rahmen der Jagdausübung. Das war allerhand.

„Karl, der Typ ist nicht zu unterschätzen. Ich sprach heute früh mit Heino, du weißt schon, einem befreundeten Polizisten, er sagte, Perkenheim sei ein Psychopath. Und er meinte es genauso, wie er es gesagt hat. Eigentlich gehörte er eingesperrt und therapiert, doch man hatte ihn auf Bewährung laufen lassen, was seiner Meinung nach unverantwortlich sei."

Karl runzelte die Stirn. „Das klingt nicht gut."

„Was hast du mit diesem Kerl zu tun?", wollte Matthias wissen.

„Ich persönlich nichts. Doch ich kann dir jetzt noch nicht von dieser Geschichte erzählen. Später vielleicht." Seine Arme ruhten auf den Lehnen und er hielt den einen angewinkelt, um sein Kinn mit der Hand zu stützen.

Ernst blickte Matthias seinen Freund an. „Muss ich mir Sorgen machen?"

„Ich hoffe nicht", entgegnete Karl grüblerisch.

„Nun gut." Er löffelte sich ordentlich Sahne in einen Neujahrskuchen. Sie waren schön dünn gebacken, so wie er sie am liebsten mochte. „Gehst du morgen eigentlich mit auf Treibjagd?", wechselte er das Thema.

„Wie bitte?" Karl sah ihn irritiert an. Er war abwesend, nur seinen Gedanken gefolgt und hatte gar nicht zugehört.

„Treibjagd. Morgen."

„Äh ja. Morgen ist eine Treibjagd angesetzt." Karl nickte. „Ist sie nicht bei dir im Revier?"

Matthias lachte leise. „Ja, deshalb frage ich ja? Wo bist du gerade? Muss jedenfalls spannender sein als hier."

„Entschuldige." Er stand auf und schickte sich an, zu gehen. „Wir reden später. Okay? Und danke für deine Mühe." Bevor er die Tür erreichte, wandte er sich kurz um. „Grüße Doris bitte von mir."

Matthias sah ihm verwundert nach, wandte sich dann aber wieder seinen Neujahrskuchen zu.

*

„Albert, du kannst jetzt nicht einfach aussteigen. Wir haben eine Vereinbarung geschlossen."

„Vater, das ist mir ja so was von egal", aus vorwurfsvoll blickenden Augen sah er Wenzeslaus an. „Du hast diesen verrückten Kerl angeschleppt, der dir jetzt die Tour vermasselt."

„Warum sollte er mir die Tour vermasseln? Der treibt sich wer weiß wo herum und interessiert sich nicht für unseren Jagdausflug."

„So. Meinst du. Nun, ich denke, er wird uns aufs Korn nehmen, wenn er kann."

Sein Vater seufzte. „Nur noch dieses eine Mal. Ich zahle dir auch tausendfünfhundert Euro." Herausfordernd schaute er seinen Sohn an.

Alberts Kopf schnellte hoch. „Tausendfünfhundert?"

Wenzeslaus nickte ungeduldig, der nächste Jagdgast träfe in Kürze ein und er brauchte dringend einen Führer. Dieses verfluchte Altwerden. Wenn er doch noch jung wäre, könnte er in den nächsten Tagen ein kleines Vermögen machen. Er würde gar zwei Jagdausflüge pro Tag ansetzen. Vor neunzehn Jahren war er auf die Idee noch nicht gekommen. Da hatte er selbst alles erlegt, was nur eben ging und die Trophäen teuer an irgendwelche Idioten verkauft, die sich dann mit einem stattlichen Hirsch brüsteten. Schon damals hatte er erkannt, dass Albert für solche Abenteuer nicht taugte. Leider. Eigentlich hätte er von ihm mehr erwartet. Schließlich floss sehr altes Blut in seinen Adern.

„Einverstanden", sagte er knapp. „Aber nur noch dieses eine Mal."

Wenzeslaus lächelte. „Sehr schön."

27. Julmond 434

Moritz amüsierte sich königlich. Es war einfach zu schön. Diese fremdartig gekleideten Jungs zu beobachten. Erst standen sie wie Dümmlinge da und hatten sein kleines Werk begutachtet. Unsicher und unwissend, wie sie waren. Fast hätten sie ihn dabei ertappt, doch er hatte sich noch rasch hinter einem dichten Gestrüpp verbergen können. Zwischen all den Spuren im Schnee, die sowohl die Wölfe als auch die Rehe hinterlassen hatten, fielen seine nicht weiter auf. Der dämliche Hund hatte nicht einmal seine Witterung aufgenommen, er schien nur den Wolf in der Nase zu haben. Und jetzt führten sie ihn gar zu einer ganzen Gruppe Unwissender. Unauffällig war er ihnen gefolgt, als das Geschrei erklang und der Langhaarige gleich darauf losgestürzt war. Was auch immer ihn dazu veranlasst hatte. Andererseits war es eine willkommene Abwechslung.

Oh! Das niedliche rot gelockte Mädchen, welches sich fraglos noch um seinen toten Köter grämte, erblickte er auch sogleich. Aber viel mehr interessierte ihn die kleine Blonde, die so herrlich schreien konnte. Dieses panische Keifen klang wie Musik in seinen Ohren. Er würde sie so gerne noch einmal schreien hören. Am liebsten, wenn sie von Schmerz gepeinigt, wild kämpfend unter ihm lag und sich in ihren Augen die nackte Angst spiegelte.

Er seufzte. Nun, später vielleicht. Es fiel ihm nicht leicht, seinen Blick von ihr abzuwenden. Doch wollte er so viel mehr als nur dieses kleine Blondchen. Zuerst würde er eine Weile mit ihnen spielen und sich einen Spaß mit diesen Jungs gönnen. Wie sie dort standen. In ihren schönen Pelzen. Die Vögel auf der Faust tragend. Er kicherte. Ganz leise. Niemand sollte auf ihn aufmerksam werden. Doch dieser Anblick ließ ihn an Wilhelm Tells Apfelschuss denken. Welch verlockender Einfall. Andererseits war dieses Mädchen einfach zu verführerisch. So schön, so blond, so hell ..., wie sie wohl schmeckte?

Er knickte seinen Drilling und legte Munition nach.

*

„Ich werde Friedmund aufsuchen und ihm dieses Geschehen berichten. Bleib du nur hier und kümmere dich um sie", sprach Teutobald ruhig.

Frithjof sah ihn verwundert an.

Sein dunkelblonder Schwager betrachtete ihn verschmitzt mit zur Seite geneigtem Kopf. „Ja", er zwinkerte und warf einen flüchtigen Blick auf Marie, bevor er in Richtung Siedlung davonging.

Marie hockte noch immer im Schnee und kühlte ihre Prellungen im Gesicht. Lissi, die wie ein Leuchtfeuer in ihrer pinkfarbenen Steppjacke glühte, kniete vor ihr und sah sie bekümmert an.

Diese beiden Tage waren für ihr unbeschwertes Gemüt zu viel. Angst, Tod, Brutalität waren eigentlich Dinge, die ihr nicht vertraut waren. Sie fühlte sich unsicher, und das war wahrlich eine völlig neue Empfindung für sie. Kopfschüttelnd beäugte sie ihre Freundin, deren Gesicht sicher bald ganz verquollen wäre. Ihr Bruder, der den Kopf in den Nacken gelegt am Steingrab lehnte, fluchte gedämpft.

„Es wäre klüger, wenn ihr diese Zeit verlasst und in eure Welt zurückkehrt. Hier lauern zu viele Gefahren auf euch", sprach Frithjof mit seiner wohlklingenden rauen Stimme und sein Blick ruhte dabei auf Marie.

„So, meinst du", murrte sie aufmüpfig. „Vielleicht habe ich hier aber noch eine Rechnung offen." Sie war wütend, so was von wütend. Sie wollte nicht wahrhaben, dass ihr hier noch Schlimmeres widerfahren könnte. Es war so bereits schlimm genug.

„Vergiss es!", brummte Raoul. „Du hast hier gar nichts offen und du kommst schön mit uns nach Hause."

Provozierend blitzte sie ihn an. „Ich mache genau das, was ich will und werde mit dir nicht darüber diskutieren."

Raoul starrte böse zurück. „Ich werde ebenso wenig mit dir diskutieren", flüsterte er.

„Hey!", rief Lissi dazwischen. „Man, ihr zwei seid ja heute ganz unglaublich. Ihr beruhigt euch jetzt. Alle beide. Klar!"

Frithjof beobachtete den Streit interessiert. Ihm war noch immer nicht ganz klar, welche Rolle Raoul in Mariellas Leben spielte. Erst glaubte er noch, sie seien Geschwister, doch nach Lissis gestrigen Worten waren sie das ganz offensichtlich nicht.

„Warum denn so zänkisch?", säuselte eine aalglatte, eiskalt klingende Stimme.

Alle schauten sich um und erschraken.

Nackte Angst

27. Dezember 2009

Karl fuhr auf direktem Weg zu seinem Onkel nach Stavern. Er empfand die Neuigkeiten seitens Perkenheim als bedrohlich und wollte Wenzeslaus darüber in Kenntnis setzen. Denn, dass er mit dieser Angelegenheit zu tun hatte, war mittlerweile offensichtlich. Er versuchte zwischenzeitlich erfolglos, Marie auf ihrem Handy zu erreichen, auch Raoul erwischte er nicht. Ihm war nicht wohl dabei und für einen Moment dachte er daran, umzukehren und nach ihr zu sehen, doch wollte er Marie natürlich auch nicht das Gefühl geben, er kontrolliere sie. Sie war neunzehn. Erwachsen. Bald würde sie ihre eigenen Wege gehen und nicht mehr unter seinem Dach leben. Dann wäre er allein. Dieser Gedanke traf ihn hart. Im Grunde hatte er nie darüber nachgedacht, doch der Tag schien so nah wie nie zuvor.

Er bog in die Toreinfahrt des Gutshauses ein und bemerkte gleich, dass Wenzeslaus SUV nicht da war, dafür parkte noch immer der schnittige Sportwagen dort und schräg dahinter ein Kia Sorento. Auf sein Läuten hin öffnete sich sogleich die Tür. Wenzeslaus machte fast schon den Eindruck, als hätte er ihn erwartet.

„Guten Tag Karl. Sobald schon beehrst du mich mit einem weiteren Besuch?"

„Hallo Onkel Wenz", er folgte ihm in die Küche. „Wir müssen uns unterhalten. Über Moritz Perkenheim."

„Setz dich Neffe. Kaffee?", er werkelte geschäftig an der Kaffeemaschine.

„Nein danke." Karl nahm Platz. „Ich möchte dir nur einige Informationen über diesen Kerl geben, denn ich befürchte, dir ist nicht ganz klar, auf wen du dich da eingelassen hast."

„Was veranlasst dich, zu glauben, ich kenne diesen Menschen?"

„Nun, es weist einiges darauf hin", er mochte Albert nicht gleich in die Pfanne hauen und wartete erst einmal Wenzeslaus Reaktion ab.

„Soso", er betrachtete seinen Neffen abschätzend. Betulich setzte er sich ihm gegenüber. „Mal angenommen, ich würde ihn kennen, was glaubst du denn, was ich über ihn wissen sollte?"

Karl schaute ihm direkt in die Augen. „Er ist ein Psychopath, vorbestraft und gefährlich. Er ist weder im Besitz eines Jagdscheines noch eines Führerscheins und die Polizei ist sehr an ihm interessiert."

„Hm", der alte Mann runzelte seine Stirn.

Karl wurde ungeduldig und er war verärgert. Da saß dieser Mann und tat so, als ginge ihn das alles nichts an.

„Wenzeslaus, es reicht. Du brauchst mir nichts vorzuspielen. Ich weiß, dass dein Sohn sich in der Spätantike aufgehalten hat. Und das mehrfach. Ich weiß auch, dass ihr dort eine Jagd veranstaltet habt und außerdem weiß ich, dass dieser Moritz Grille erschossen hat", seine Stimmlage veränderte sich dabei in keiner Weise. Er blieb ruhig und riss sich zusammen. „Ist dir eigentlich klar, wie Marie sich dabei fühlt?"

„Nun, das ist in der Tat tragisch", etwas betrübt senkte er den Blick.

„Tragisch?" Karl schüttelte den Kopf. „Ja, so kann man es auch nennen", er machte eine Pause. „Onkel, du solltest langsam Verantwortung übernehmen. Wer weiß, was dieser Mensch dort anrichtet. Du hast damit, dass du ihm den Zugang ermöglicht hast, die Menschen die dort leben in Gefahr gebracht." Er stand auf und sah ihn enttäuscht an. „Was treibt dich zu solchen Dingen? Profitgier? Du verfügst doch wahrlich über genügend finanzielle Mittel, dass du so etwas gar nicht nötig hast."

Sein Onkel sah ihn merklich zugeknöpft an. „Nun Karl, das verstehst du nicht", sprach er unwillig.

„Ja, da gebe ich dir völlig recht. Ich verstehe es nicht. Ganz und gar nicht." Sie starrten einander an. Wenzeslaus erhob sich abrupt. „Du weißt ja, wo die Tür ist", und verließ die Küche.

27. Julmond 434

„Du sagst, dieser Fremde hat einen Wolf getötet. Ganz allein?" Friedmund betrachtete seinen Schwiegersohn skeptisch.

„Ja. Ein lauter Knall hallte durch den Wald, und als wir die Stelle erreichten, fanden wir nur einen nackten Wolf ohne Haupt, mit einer großen Verletzung in der Brust."

„Das klingt nicht gut", grüblerisch strich er sich über seinen Bart. „Wir sollten uns auf die Suche nach diesem Fremden machen. Er hat hier in unserer Gegend nichts zu suchen."

„Ja, wir dachten ebenso." Teutobald legte seine Hand auf Friedmunds Arm, als er sich erheben wollte. „Doch ich bin noch nicht fertig. Adalhart hat diese jungen Fremden angegriffen. Mariella und ihre Begleiter. Er hat wüst auf sie eingeschlagen."

Friedlinde, die herangetreten war und nun neben ihrem Mann stand, stieß aufgebracht den Atem aus und Friedmund hielt empört inne. „Erneut hat er sie geschlagen?" Langsam schüttelte er den Kopf. „Er verdient es, bestraft zu werden. Ich werde mit Adalwolf reden und seinen Sohn einem Gerichtsthing vorführen."

Teutobald nickte und erhob sich ebenfalls. „Gut. Anschließend suchen wir den Fremden im Wald."

„Es ist gefährlich", rief Friedlinde erschrocken und legte ihre Hand an seine Wange.

„Sicherlich. Wir wissen nicht, wie mächtig dieser Fremde ist", liebevoll betrachtete er sie. „Sei nicht unnötig besorgt. Ich bin nicht allein."

Sie senkte den Kopf. „Ist es nicht seltsam? Alles begann, als Mariella hierherkam. Womöglich ist sie eine Hagzissa?", gab sie zu bedenken.

„Liebes, lass das ja nicht deinen Bruder hören", betonte er ernst.

„Mariella ist keine Hagzissa. Es geschehen magische Dinge, doch Mariella hat damit ebenso wenig zu tun wie wir", Friedmund legte sich einen pelzigen Umhang über und wandte sich ihnen zu.

„Woher glaubst du das zu wissen?", fragte seine Tochter, neugierig geworden.

„Ich werde dir ein anderes Mal davon berichten. Jetzt müssen wir uns eilen." Sie nahmen jeder Pfeil und Bogen und gingen davon.

*

Die vier jungen Leute rührten sich nicht. Wie erstarrt schauten sie dem Fremden entgegen, der, die Waffe im Anschlag, einige Meter entfernt neben einer dicken Buche stand.

Marie fühlte ihre Wut umso durchdringender, jetzt wo dieser Kerl vor ihr stand. Sie verlor schlagartig sämtliche Gesichtsfarbe, wodurch die geröteten Prellungen leuchtend aus ihrem Gesicht hervorstachen.

Frithjof betrachtete diesen seltsamen langen Knüppel mit den drei unterschiedlich großen Löchern am vorderen Ende, den dieser Mann vor sich hielt. Er fragte sich, ob das die machtvolle Waffe war, die solch gehörigen Schaden anrichtete. Lissi dagegen war einfach nur starr vor Schreck, ihre Furcht schien sich tatsächlich noch steigern zu können. Sie begann zu zittern und fühlte körperlich, wie diese grauenhaft kalten Augen des Mannes über ihren Leib glitten. Raoul registrierte es ebenfalls, trat einen halben Schritt vor und verringerte so den Abstand zwischen sich und seiner Schwester.

Moritz beobachtete diese schützende Geste belustigt. Als würde es ihr helfen. Niemand würde ihnen hier helfen und seine Gier nach diesem Mädchen wurde so richtig angeheizt. In diesem Nirgendwo gab es nichts außer reichlich Wild, ein paar Wölfen und unbewaffneten Pelzträgern. Er lächelte. So köstlich hatte er sich lange nicht mehr amüsiert.

Als Wenzeslaus Lünshof ihn vergangenen Winter angesprochen hatte, um ihm die Hirschjagd schmackhaft zu machen, wusste er gleich, dass es keine gewöhnliche Ansitzjagd würde. Schließlich gab es auf dem Hümmling – außerhalb des Eleonorenwaldes – eigentlich keine Rothirsche, und das machte die Sache für ihn erst reizvoll, jedoch wurde es hier vor Ort zusehends unterhaltsamer.

Frithjof bemerkte, dass Vreder ihre Nase in den Wind hielt. Sie schnüffelte gezielt in Richtung des Fremden. Erst wunderte er sich, doch ihm fiel ein, dass der Mann sicher das Fell des Wolfes im Sack am Rücken trug. Im Schnee entdeckte er einige rote Flecken.

‚Blut …, wieso blutet er?' Dann dämmerte ihm, dass ja das Haupt mit im Sack steckte. Aus dem Kopf sickerte natürlich Blut. *‚Dumm, wirklich dumm …'* Es war nicht viel, doch tropfte es gemächlich daraus hervor. Und das sicher schon eine Weile.

Moritz schritt näher, langsam, sehr langsam. Sein Blick glitt von einem zum anderen, doch blieb er immer wieder an Lissi hängen. Seine Fußtritte im Schnee durchschnitten die Stille und klangen übermäßig laut in dem sonst so geruhsam daliegenden Wald. Lisette schlotterte mittlerweile am ganzen Körper und ihr Atem wurde hektisch. Marie und Raoul warfen sich einen kurzen Blick zu, sie realisierten ihre Panik und es war beiden klar, dass, wenn sie diesen Menschen nicht aufhielten, er über Lissi herfallen würde.

‚Was für ein verfluchtes Weihnachten! ...Und dieses verdammte Rätsel hat uns auch nur in Schwierigkeiten gebracht. Und mich meinen Hund gekostet. – Oh, komm nur näher du Scheißkerl.'

Wütend starrte sie Perkenheim an. *‚Monstruo!'*

Sie spürte die Angst im Nacken, fühlte ihren schnellen Herzschlag, aber ebenso auch ihre ungeheure Wut.

Unerwartet griff eine warme Hand nach ihren Fingern. Frithjof hielt sie sachte aber eindringlich fest. Marie schluckte, wagte nicht, ihn anzusehen und doch war sie überraschend froh, ihn an ihrer Seite zu wissen. Was sie andererseits auch wieder erschreckte, denn diese Gefühlsregung traf sie mit voller Wucht. Mit niemand anderem wollte sie das hier jetzt durchstehen. *‚Mierda ...'*

Moritz war so sehr auf Lissi fixiert, dass er die Bewegungen nicht als solche wahrnahm. Dunkle Schatten huschten lautlos zwischen den Bäumen auf sie zu. Die Witterung des Blutes war die reine Verlockung. Gewöhnlich hielten sie Abstand zu den Menschen und es gab nur äußerst selten Übergriffe. Doch sie waren hungrig und bisher erfolglos auf der Jagd. Der frische Blutgeruch zog sie magisch an und ließ sie ihre Scheu schnell überwinden.

Frithjof erkannte sie schon aus einiger Entfernung und war darüber nicht verwundert. Er drückte Maries Hand, jedoch hatte sie die schattenhaften Phantome gleichfalls gesichtet und sog furchtsam die Luft ein.

Die Wölfe schlichen in Perkenheims Rücken näher auf sie zu und er bemerkte nichts von all dem, so sehr war er gefangen in seiner Begierde. Lissis Augen weiteten sich und sämtliche Farbe wich aus ihrem zuvor schon sehr fahlen Gesicht.

„Oh, wie blass du doch wirst", zischelte er und der lüsterne Klang seiner erregten Stimme unterstrich das blasierte Grinsen in seiner Visage.

Und plötzlich ging alles ganz schnell.

*

Friedmund stand Adalwolf gegenüber und musterte ihn argwöhnisch. Im Grunde mochte er ihn nicht, ebenso wenig wie seinen Sohn, doch das tat jetzt nichts zur Sache.

„Ich werde deinen Adalhart einem Gerichtsthing vorführen, Adalwolf." Er legte, ganz unbewusst, eine Hand an den Griff seines Messers, um den Worten Nachdruck zu verleihen.

„Warum, was soll er verbrochen haben?", rief der Mann aufgebracht.

„Er griff Frithjofs Weib Mariella bereits zum zweiten Mal an und schlug sie sträflich. Heute verprügelte er noch dazu ihren Begleiter. Dieses Betragen ist für uns nicht hinnehmbar und wir wollen ihn bestraft sehen."

„Tatsächlich? Sein Weib? Weißt du überhaupt, woher sie stammt? Ist dir klar, dass sie nicht von dieser Welt ist? Ebenso wenig ihr Begleiter", wissend und sich überlegen fühlend starrte er sein Gegenüber an.

„Durchaus." Friedmund nickte freundlich. „Ich weiß sehr wohl von diesem Tor, Adalwolf. Ich weiß es schon seit Langem und ich weiß auch, dass du Geschäfte mit dieser anderen Welt machst", sein Haupt senkte sich ein wenig, ebenso seine Stimme. „Ich weiß mehr, als du womöglich ahnst."

Verwirrt starrte Adalwolf ihn an. Mit zusammengekniffenen Augen blinzelte er von ihm zu Teutobald, der sich dezent im Hintergrund hielt. „Ich glaube dir nicht", sagte er schlicht.

„Nein? Nun gut", es entstand eine kleine Pause. „Ich weiß, dass du vor sehr vielen Wintern einen Jungen getauscht hast. Getauscht gegen Nahrung und Kleidung. Ich meine sogar zu wissen, dass es sich dabei um deinen deutlich jüngeren Bruder handelte."

Adalwolf entglitten sämtliche Gesichtszüge, und noch ehe er sich wieder fing, hatten seine Besucher es schon erfasst.

„Ich kenne die Geschichte deiner Mutter Isadora", sprach Friedmund nun sehr leise und blickte ihm geradewegs in die Augen. Adalwolf sah auf und schluckte.

„Und auch, dass du erneut Geschäfte mit diesem Mann aus der Fremde machst."

„Und wenn schon, es ist nicht schändlich, Derartiges zu tun. Es sichert unser Überleben diesen Winter", und Adalwolf überging damit Friedmunds Kenntnis über Isadora.

„Durchaus verständlich. Doch nun treibt sich hier ein unheilvoller Fremder herum, der hier nichts zu suchen hat. Wir machen uns jetzt auf, ihn zu jagen und deinem Sohn richte aus, dass wir ihn beizeiten holen werden. Und sollte er es nochmals wagen, diesem Mädchen auch nur ein Haar zu krümmen, werde ich ihm persönlich die Kehle durchschneiden."

Sie hatten die kleine Siedlung noch nicht verlassen, als ein leises Rufen sie zurückhielt. Sie schauten sich um und erblickten Rodewin in der Tür zu seinem Haus. Er winkte sie heran, auf eine merkwürdig zurückhaltende Art. Friedmund wunderte sich über dieses Verhalten und dachte schon daran, einfach weiterzugehen, doch das ängstliche und nach allen Seiten sichernde Verhalten Rodewins ließ ihn stutzen. Zügig lief er auf ihn zu und je dichter er kam umso mulmiger wurde ihm. Der Mann, wie er da so stand, wirkte, als trüge er den Weltenbaum persönlich auf den Schultern und drohte jeden Moment unter der Last zu zerbrechen.

Friedmund trat auf ihn zu und ergriff seine Hand. „Was ist dir widerfahren, Rodewin?"

„Komm herein. Aber nur du allein", sagte er, stellte sich Teutobald in den Weg und schloss rasch die Tür. „Wir wurden in der Nacht von einem Nachtmahr heimgesucht", flüsterte er kaum hörbar.

Friedmund senkte den Kopf um seine Worte überhaupt verstehen zu können, denn er war deutlich größer als der andere Mann. „Ein Nachtmahr?", fragte er zweifelnd.

„Oh ja." Rodewin trat von einem Fuß auf den anderen. „Er legte einen Bann über mich. Ich war ohne Besinnung und fand mich gefesselt, als ich wieder zu Verstand kam. Alle anderen wurden ebenfalls geknebelt, alle bis auf Rodegard", er stöhnte verhalten auf, als er ihren Namen aussprach. „Das Mädchen ist für alle Zeit vom Bösen gezeichnet." Sein Blick verfinsterte sich, als er an ihre unheilvolle Zukunft dachte.

Friedmund blies jäh den Atem aus. Er besaß genügend Fantasie, um sich auszumalen, was dies für das arme Mädchen bedeutete. Doch er war sich auch ziemlich sicher, dass der nächtliche Besucher alles andere als ein Nachtmahr war. Er überlegte kurz, fasste Rodewin bei den Schultern und sah ihn beschwörend an. „Deine Familie sollte diese Nacht vergessen. Auch deine Tochter Rodegard, so schwer es für sie auch sein mag. Ich verspreche dir, dass sich dieses Geschehen nicht wiederholen wird."

Rodewin sah ihn ungläubig an. Doch er vertraute auf sein Wort und nickte bedächtig. Friedmund war seines Erachtens ein weiser Mann mit einem klugen Verstand und nicht grundlos „der Erste" unter ihnen. Hoffnungsvoll gestimmt sah er ihm nach, als dieser sein Haus verließ und Teutobald deutete, ihm zu folgen.

Friedmund marschierte zielstrebig voran. „Komm mein Sohn, wir gehen auf die Jagd."

*

Der graubraune Wolf schlich hinter einem Baum hervor, witternd hielt er die Nase in den Wind und pirschte auf leisen Sohlen näher. Er beschleunigte kurz und setzte zum Sprung an. Zwei weitere folgten ihm.

Vedrfölnir breitete auf Frithjofs Faust bedrohlich ihre Schwingen aus und machte sich damit größer, während der vor Anspannung den Atem anhielt.

Der Angriff traf Moritz völlig unerwartet. Er bemerkte die Wölfe erst, als er einen gewaltigen Schlag im Rücken spürte, und bereute seine Sorglosigkeit unmittelbar. In derselben Sekunde knallte es direkt neben seinem Ohr. Noch während er sich wunderte, lag er schon, von der Härte des Angriffs getroffen, am Boden und fühlte den Wolf im Nacken.

Raoul riss seine Schwester in dem Augenblick, in dem sich der Schuss aus Moritz Drilling löste, mit sich und schubste sie in den Eingang des Steingrabes. Lissi war in Sicherheit. Sie lag, immer noch panisch japsend, dort am Boden, zwischen all den Scherben und Knochen, doch ihr war nichts passiert.

Marie wollte Frithjof nahezu zeitgleich mit sich ins Hünengrab ziehen, doch sein Stöhnen ließ sie sich verwundert zu ihm umdrehen. Er selbst hatte nur einen Windhauch gespürt, brennende Stiche und erst dann den Knall wahrgenommen. Vreder verschwand hinter ihnen im Wald. Vedrfölnir sprang ab und die Geschühriemen glitten ihm aus der Hand. Der Habicht flatterte schwerfällig über den Schnee, setzte auf, flatterte weiter, schleppte sich mehr, als dass sie flog, und gewann auch nicht an Höhe. Erschrocken sah Marie ihr nach. *‚Sie ist verletzt ...'*

‚Oh Mariella ...‘

Ihre Blicke trafen sich und für einige Sekunden war sie wie gelähmt. Blut. Marie sah entsetzt auf das Blut. In Frithjofs Augen spiegelte sich sowohl Überraschung als auch Enttäuschung, was ihre Angst nur noch steigerte.

Ihm wurde übel und er fühlte, wie ihm das Blut versackte, sich ein taubes Gefühl in seinem Kopf ausdehnte und seine Beine nachgaben. Maries Griff in seiner Hand wurde fester und sie stürmte mit ihm zum Eingang der Grabstätte, wo ihnen Raoul schon wieder entgegenkam.

„Schnell, schnell, schnell!", schrie sie hitzig. Frithjof taumelte, geriet ins Straucheln und Raoul packte ihn, bevor er fiel.

Sie ließen das ohrenbetäubende Geschrei und das fauchende Knurren der Wölfe hinter sich, hörten noch – während sie durch das Jahrtausend krochen – einen Schuss und ein Aufjaulen.

Dann waren sie zu Hause.

27. Dezember 2009

„Es ist die Schockwirkung der Schrote, er klappt uns hier zusammen!", rief Marie aufgebracht. *‚Oh Frithjof, mach hier keinen Mist ...‘* Sie strich ihm die Haarsträhnen aus dem Gesicht, bedacht darauf, nicht die linke blutüberströmte Gesichtshälfte zu berühren. Sie war fahrig und aufgelöst und musste sich ziemlich zusammenreißen, um nicht überzureagieren, damit half sie hier niemandem. Sie knieten vor Frithjof im Schnee und sein Kreislauf baute zusehends ab.

„Frithjof, hörst du mich?", sie streichelte seine Wange. „Frithjof! Alles wird gut."

Er sah sie an. Raoul bettete ihn in die Schocklage, legte ihm seine Faserpelzjacke über und so kam er schläfrig wieder zu sich. „Mariella."

„Bleib ganz ruhig, bald wird es besser. Vertrau mir!"

Lissi, die schlagartig aus ihrer Panik erwachte, als sie ihn so blass und blutend vor sich sah, reagierte mustergültig. Sie wählte auf ihrem Handy die Eins, die Kurzwahl ihrer Mutter. Marlene, die als Ärztin im Sögeler Krankenhaus arbeitete, hatte über die Feiertage frei. Welch ein Glück. Denn sie konnten ja jetzt schlecht einen Notarzt rufen.

„Mami! Keine Fragen. Wir sind alle okay. Schrotschussverletzung, Kreislaufversagen. Pack alles ein und komm SOFORT zu Karls Haus. Wir treffen uns dort", und schon legte sie wieder auf. „Los. Los. Wir bringen ihn schnell zu euch nach Hause", sie sprang auf.

Marie starrte sie, fasziniert von dieser spontanen Wandlung, an. Ihre Freundin war verdammt tough, stellte sie fest.

„Ihr geht, ich hole Vreder und den Habicht", sagte sie bestimmt. „Schafft ihr das allein? Ich meine, ihn zu tragen?"

„Kommt ja gar nicht infrage", rief Raoul ungestüm.

„Nein! Marie?", rief auch Lissi.

„Geht und helft Frithjof, und zwar jetzt sofort. Ich gehe und hole seine Jagdgefährten", zischte sie.

Noch bevor sie reagieren konnten, war sie weg.

*

Karl befand sich auf dem Weg zur Haustür, als er den weißen Toyota IQ vorfahren sah. Verwundert blieb er stehen. Als er die Frau mit ihrem hellblonden flotten Kurzhaarschnitt erkannte, die neben seinem Land Rover parkte und ausstieg, blieb ihm glatt die Luft weg.

Sie holte eine große Tasche vom Beifahrersitz und kam zügig und sehr selbstbewusst auf ihn zu. Durch eine kaum wahrnehmbare Brille blickten ihn ihre kühlen grauen Augen an. Nicht die Spur von Verlegenheit oder Nervosität ging von ihr aus, sie wirkte gänzlich unpersönlich. „Hallo Karl. Wo sind die Kinder?", den melodischen Klang ihrer Stimme hatte er beinahe vergessen.

Verwirrt sah er sie an. „Äh ... . Hallo Marlene." Er stand wie vom Donner gerührt da. Wie oft hatte er sich vorgestellt, wie es sein würde sie wiederzusehen. Und jetzt war sie tatsächlich hier. Vor seiner Haustür.

„Karl. Die Kinder. Es ist dringlich!"

„Die Kinder?", er stellte sich so schusselig an wie sonst nie. „Die Kinder. Oh, ist etwas passiert?"

Er lief voraus zum Haus und Marlene folgte ihm. Wäre sie nicht so besorgt, hätte sie wohl gelächelt.

„Marie!“, rief er laut und blieb wie angewurzelt in der Tür stehen, als er Frithjof auf seinem Sofa liegen sah. Lissi hatte seine Beine hochgelagert und ihr Bruder befreite ihn gerade von seinen Umhängen.

„Marie ist in Ordnung, ihr ist nichts passiert“, rief Raoul Karl beschwichtigend zu.

Der junge Germane war schrecklich farblos und die zwei waren arg besorgt und heilfroh, als sie endlich Marlene in der Tür stehen sahen. Sie warf ihrem Sohn einen kritischen Blick zu, runzelte kurz die Stirn, ging an Karl vorbei und kniete sich sofort neben das Sofa. Raouls Blessuren mussten warten, er sah zwar aus wie ein Boxer nach der zwölften Runde, es schien allerdings nichts Dramatisches zu sein, entschied sie. Sie gab den Umstehenden allerlei Anweisungen, woraufhin Frithjof von Karl auf den Küchentisch umgebettet wurde, auf den Raoul zuvor Decken ausgelegt hatte. Lissi zog ihm das Hemd aus und Marlene untersuchte den blonden Mann. Während sie ihm einen Zugang legte, fragte sie leise: „Wie ist dein Name?“

Frithjof fühlte sich benommen und es dauerte, bis er die Frage begriff. Erstaunt sah er sie an, ihm war so elend zumute, ferner war er verunsichert, da er nicht einschätzen konnte, was hier mit ihm geschah. Mariella war nicht da, doch ihm fielen ihre Worte ein. *‚Vertrau mir …‘*

„Frithjof“, flüsterte er.

Aus grauen Augen lächelte sie ihn warm an. „Du bist nicht schwer verletzt Frithjof, nur dein Kreislauf bereitet dir im Augenblick ein wenig Probleme. Gleich wirst du dich besser fühlen. Ich gebe dir jetzt ein paar Medikamente und werde anschließend deine Wunden säubern“, erneut schenkte sie ihm ein Lächeln. „Es wird auch nicht wehtun. Versprochen.“

‚Was auch immer …‘

Karl kramte fix einen Haken aus der Werkzeugkiste und schraubte ihn kurzerhand in die niedrige Küchendecke, sodass Marlene daran die Flasche für den Tropf aufhängen konnte. So arbeiteten sie zügig Hand in Hand und die Versorgung klappte einwandfrei.

Letztendlich hatte Frithjof sehr viel Glück gehabt, es waren nur vier Schrote in seinen Körper eingedrungen, jedoch für eine Schockwirkung, die den Kreislauf versagen ließ, hatte es allemal gereicht, da sie sich im Kopf, Hals und Armbereich befanden.

*

„Wo ist Marie?", fragte Karl voller Unruhe.

„Sie sucht den Hund und den Habicht", sagte Raoul leise und zog sich seine Jacke wieder über.

„Sie macht was? Was zum Teufel ist da passiert?"

„Ich befürchte fast, das wird dir nicht gefallen, Karl. Komm mit", er sprach nur im Flüsterton. Lissi warf ihm einen warnenden Blick zu Ihre Mutter brauchte nicht alles erfahren. Doch Marlene, die jetzt die kleinen Schrote entfernte und die Wunden säuberte, realisierte ganz genau das heimliche Getue ihrer Kinder. Sie warf Lissi einen prüfenden Blick zu, hob sich ihre Worte allerdings für später auf.

Karl zog sich ebenfalls seinen Parka über und folgte Raoul zur Hintertür, drehte sich dort aber noch einmal kurz um. „Marlene, fühl' dich bitte ganz wie zu Hause."

27. Julmond 434

Marie belauerte, im Verborgenen vom Eingang des Hünengrabes, die nähere Umgebung. Unschlüssig starrte sie auf den toten Wolf einige Meter vor sich, sie vermutete jedenfalls, dass er tot war, da er sich nicht rührte. Von Perkenheim und den anderen Wölfen keine Spur. Nur jede Menge Blut.

Ein bizarres Schlachtfeld offenbarte sich ihr und dieser blutige Schnee jagte ihr eine Gänsehaut über den Rücken. Es war gruselig. Und außerdem war es entschieden zu still.

Sie hörte ihren eigenen Atem überdeutlich. Ihr Puls beschleunigte sich und ihre Nerven waren gespannt wie Drahtseile. Ihr Kopf schmerzte von den üblen Schlägen und sie spürte jeden blauen Flecken.

‚Verdammt … Ist er etwa entkommen? Doch wohl nicht. Es waren mindestens sechs Wölfe, wenn nicht mehr.'

Sie wartete. Lauschte. Und wartete.

Dann war sie das Warten leid und schlich sich links am Steingrab vorbei, dorthin waren sowohl Vreder wie auch der Habicht verschwunden.

Zuvor hatte sie Frithjofs groben Handschuh und seine Tasche an sich genommen, in der Hoffnung, Futter für Vedrfölnir darin zu finden. Sie ging einige Schritte, blieb stehen und suchte nach Spuren und Zeichen im Schnee. Das musste die Fährte des Hundes sein, die Abdrücke der Wölfe waren größer. Oder? Sicher war sie sich nicht.

„Vreder", rief sie leise lockend. „Vreder."

Von Vedrfölnir nichts zu sehen, auch das Glöckchen war nicht zu hören. Sie folgte der Fährte und beobachtete dabei aufmerksam ihre Umgebung. Hier und da fand sie Spuren und sogar die Zeichnung eines Flügelschlags im Schnee. Ganz fein und wie gemalt war der Schwung der Federn in den Schnee gedrückt.

‚Ich finde dich ...'

Sie wanderte bemüht leise durch den Wald, der Himmel über dem dichten Astwerk färbte sich bereits blauviolett, sie spürte die Spannung bis ins Mark und atmete unruhig. Kein Geräusch störte die Stille.

Da. Ganz eben nur erklang die Bell.

Marie schaute sich um. Es ist schwierig, einen so heimlichen Jäger, wie den Habicht, im Wald zu entdecken, vor allem wenn er nicht gefunden werden will.

Sie lauschte. Oftmals verriet das aufgeregte Gezeter anderer Vögel einen Greifvogel. Nur hier war es jetzt totenstill. Einige Zeit spähte sie durch die Zweige und Büsche am Boden, suchte in den Ästen der Bäume, doch sie fand nichts. Sie schlich weiter.

„Pling." Da war es wieder.

Ihr Blick glitt über den Boden in die Richtung, aus der sie den Laut gehört hatte. Sie sah stumpf über den Habicht hinweg, und erst als ein Schatten unter einigen Sträuchern verschwand, erkannte sie ihn und lief zügig hinterher.

‚Sie ist verletzt ...'

Marie griff in den Busch und der Habicht war schon wieder zu Fuß auf der Flucht, doch in dem ganzen Gestrüpp kam er nicht so flott voran. Schnell zog sie sich die Jacke aus, sprang hinterher und warf sie über Vedrfölnir.

‚Hab ich dich.'

Erleichtert hockte sie im Schnee, zog sich den Handschuh über und bemühte sich, einen von den Riemen unter ihrem Faserpelz zu erhaschen. Längst nicht so geübt wie ein Falkner schaffte sie es dennoch, den Habicht auf die Faust zu nehmen und sah bestürzt den Schaden, den die Schwinge genommen hatte. Wenn auch oberflächlich kein Blut zu sehen war, die Federn des einen Flügels waren vom Schuss zerfranst und zum Großteil völlig zerstört.

‚Oh Vedrfölnir ..., ob du wieder wirst?'

Traurig schaute sie auf den verstörten Vogel. Sie dachte an Grille und musste sich die Tränen verkneifen.

Es wurde Zeit, die Dämmerung zog in den Wald und sie raffte sich auf. Zügig, aber wachsam, schritt sie zurück zum Steingrab. Hin und wieder lockte sie Vreder, doch der Hund blieb verschwunden.

Und plötzlich war er da. Keine fünfzehn Meter entfernt.

Der feine Nebel, der sich allabendlich sanft vom Schnee erhob, umgab ihn und ließ ihn elend düster und bedrohlich wirken. Ruhig, die Waffe im Anschlag, stand er zwischen den Bäumen und wartete.

Auf sie.

Das pure Grauen kroch Marie den Rücken hoch, bis sich ihr die Nackenhaare aufstellten und sie die nackte Panik ergriff.

‚Mierda! So ein verdammter Mist ...'

27. Dezember 2009

„Was hat sie sich nur dabei gedacht, einfach alleine loszustiefeln?", schnaubte Karl erbittert. Er hatte Raoul auf ihrem Weg zur Buschhöhe wie eine Zitrone ausgequetscht und beim Zuhören beinahe die Fassung verloren. Jetzt war er wütend. Nicht auszudenken, was ihr passieren konnte.

Dass es sie doch immer wieder in diese verfluchte Zeit lockte. Als wäre sie infiziert von irgendeinem süchtig machenden antiken Virus. Kaum zu glauben. Vor allem nach dem, was sie erst gestern dort erlebt hatte. „Konntest du sie denn nicht aufhalten verdammt noch mal?", rief er aufgebracht. „Wie konntest du nur zulassen, dass sie sich alleine auf die Suche macht?"

Raoul blieb wie angewurzelt stehen. „Ja glaubst du denn, ich wollte das? Verflucht, du weißt doch, wie sie ist. Sie wollte los, und zwar sofort, und ich hatte die Wahl, ihr entweder zu folgen oder Frithjof zu helfen", er fuhr sich mit der Hand durchs Haar. „Scheiße man."

Karl war ebenfalls stehen geblieben und sah ihn erschrocken an, zog ihn kurz darauf aber mit sich.

„Was hätte ich denn tun sollen? Lissi mit dem blutenden Sachsen sitzen lassen?", seine Stimme wurde lauter. „Denkst du denn, ich mache mir keine Vorwürfe?"

Karl umfasste seine Schulter, während sie zügig nebeneinander herliefen, das schlechte Gewissen nagte an ihm. Er durfte Raoul keine Vorhaltungen machen, das tat er offensichtlich selber zur Genüge. „Du hast recht. Tut mir leid. Ich bin einfach nur schrecklich besorgt", meinte er beschwichtigend.

Sein Schritt wurde immer schneller und Raoul hatte Mühe, ihm zu folgen. Die Prellungen schwächten ihn spürbar. Karl war schon im Grab verschwunden, als er es erreichte. Eilig schleppte er sich durch das Tor und erneut führte es ihn in die Vergangenheit.

Karl stand im Eingang und starrte überwältigt auf den blutgetränkten Schnee. Er erblickte den toten Wolf und noch mehr roten Schnee. Verzweifelt Halt suchend stütze er sich gegen den Stein und schluckte, ihm wurde angst und bange. Marie war irgendwo hier draußen, in diesem Urwald, es wurde dunkel und womöglich streunte dieser Irre noch immer hier herum.

27. Julmond 434

Friedmund führte Vreder an einem Lederriemen, um zu vermeiden, dass sie sich davonmachte. Sie war unterwegs Richtung Siedlung, als sie ihnen über den Weg lief und sie ahnten nichts Gutes, als sie sie erblickten, offenkundig war Frithjof Schlimmes zugestoßen.

Friedmund war mehr als nur besorgt. Der Fremde hatte seinen Sohn womöglich aufgespürt, vielleicht sogar getötet. Sie mussten diesen Rohling finden und aufhalten. Jetzt. Heute noch. Egal wie.

Schweigend durchstreiften sie, auf Vreders Fährte, den Wald und kreuzten die Spur eines Menschen. Eines verletzten Menschen. Die Spur stammte keinesfalls von seinem Sohn, die Abdrücke waren ihnen völlig fremd.

„Das wird der Fremde sein", sprach Teutobald.

„Ja, möglich. Lass uns der Spur nachgehen", schlug er barsch vor. Die Fährte war blutig. Der Gang des Menschen wirkte schwerfällig, er war unzweifelhaft böse verletzt. Es schien, als ob er immer mal wieder eine Pause eingelegt hatte, denn an diesen Plätzen war der Schnee merklich stärker gefärbt.

Sie tauschten einen Blick. Und Friedmund zeigte auf die Wolfsspur. Teutobald holte tief Atem und eine steile Falte zierte seine Stirn. Hätte er Frithjof doch nur nicht alleingelassen mit den anderen. Was war hier geschehen? Das Licht ließ nach und bald würde die Dunkelheit über sie hereinbrechen.

„Es dämmert bereits", flüsterte er.

„Ja, ich weiß." Friedmund warf ihm einen Blick zu. „Doch wir dürfen die Suche noch nicht aufgeben. Wir müssen Frithjof finden und diesen Fremden töten."

*

Moritz lehnte erschöpft am Baum. Er war am Ende, aber er gab noch nicht auf. Im Grunde war es reines Glück, dass die Wölfe ihn nicht zerfleischt hatten. Nachdem er zu Boden gegangen war, den Wolf im Nacken, hatte er gleich versucht sich auf den Rücken zu rollen, um seine Waffe benutzen zu können. Der Wolf hatte ihm daraufhin unerbittlich ins Gesicht gebissen, doch so bekam er die Gelegenheit, den Lauf seiner Waffe an den Hals des Wolfes zu schieben und abzudrücken. Die Wucht des Schusses hatte dem Burschen glatt das Haupt weggerissen und er spürte noch immer die Nachwirkung des Knalls in seinen Ohren. Ein weiterer Wolf hatte ihm derweil übel ins Bein gebissen, woraufhin er die letzte Kugel fliegen ließ. Wenn er ihn auch nicht getroffen hatte, so war er doch abgehauen. Noch im Liegen hatte er den Drilling nachgeladen, als sie ihn erneut angriffen und er hatte angsterfüllt am Abzug gezogen. Irgendwann, als er schon befürchtete auf der Strecke zu bleiben, hatten sie von ihm abgelassen und waren im dichten Unterholz verschwunden.

Und nun hatte er das Mädchen aufgespürt, zwar nicht den goldenen Engel aber dafür die rote Zora. Er war doch ein Glückskind. Rot war freilich nicht so ganz seine Farbe, doch andererseits war er in diese Welt gekommen, um sich zu vergnügen. Auf welche Art und Weise, war ihm doch mittlerweile scheißegal. Höchstwahrscheinlich käme er hier sowieso nicht mehr lebend raus.

„Komm her", rief er, nahm sich zusammen und verlieh seiner Stimme einen seidig glatten Klang. „Komm näher", es gelang ihm sogar, zu lächeln.

Marie gefror das Blut in den Adern, als sie die grausig entstellte Fratze erblickte. Er mutierte wahrlich zu einem Ungeheuer. Lüstern dreinblickende graue Augen linsten ihr aus einer matschig roten Masse, die einmal sein Gesicht gewesen war, entgegen. Sein Tarnanzug war blutgetränkt und die Füllung lugte hier und da aus dem zerfetzten Obermaterial hervor.

Wie von Sinnen trat sie tatsächlich einen Schritt näher. Angst schlich sich in jede Faser ihres Körpers und diese lähmende, beklemmende Gefühlsregung war ihr unerträglich.

„Noch näher!", sprach er leise lockend. „Süße, ich werde dich zuerst mit ein bisschen Strom schlafen legen und mich anschließend mit dir amüsieren." Das Lächeln auf seinen Lippen ließ sie die Galle schmecken und der Brechreiz schüttelte sie.

„Versprochen Liebes. So bei Verstand bist du mir jetzt gerade viel zu wehrhaft." Er kicherte. „Möchtest du gerne hören, was ich alles mit dir anstellen werde?" Seine Stimme reifte zu einem warmen, anschmiegsamen, liebevollen Geflüster. „Es wird dir sicher gefallen."

Marie würgte. Ihr Kopf hämmerte, ihr Magen rebellierte, ihr Körper wehrte sich, doch ihr Geist realisierte die Ausweglosigkeit der Situation. Hunderte Bilder schossen ihr durch den Kopf, ihre Gedanken überschlugen sich und lösten ein wirres Gefühlschaos in ihr aus. Verängstigt stand sie da, nicht in der Lage, sich zu bewegen, und zwang sich zur Ruhe. Sie würde sich niemals von diesem ekelerregenden Kerl betatschen lassen. Weder bei Bewusstsein noch betäubt.

‚NEIN!'

Das Risiko, bei einer Flucht eine Schrotladung oder auch einen Kugelschuss abzubekommen, lag bei neunundneunzig Prozent. So schnell konnte sie gar nicht beiseite springen, wie er die Kugel fliegen lassen würde. Dessen war sie sich sicher. Und mit dem Habicht auf der Faust, der schon geraume Zeit verstört vor sich hin zwitscherte, war sie zudem sehr eingeschränkt in ihrer Beweglichkeit. Sollte sie ihn losmachen? Fliegen konnte Vedrfölnir nicht, doch zu Fuß könnte sie sich schnell im Unterholz verbergen, während sie davonrannte.

„Komm schon kleine Zora, sprich mit mir", säuselte er zärtlich.

Ums Verrecken würde sie das nicht tun.

„Los jetzt. Komm näher", schrie er sie an. Dabei entwichen ihm, durch seinen warmen Atem verursacht, kleine mit Blutspritzern versetzte Dampfwolken.

Sie schluckte die Tränen herunter, die ihr die Sicht vernebelten. Hoffnungslosigkeit und Angst erfüllten sie, denn sie hatte nicht die geringste Chance. Doch sie würde nicht klein beigeben.

In Gedanken beschwor sie die Gesichter ihrer Lieben herauf, sie war so alleine, so einsam in ihrer Angst und brauchte Halt. Marie wollte Mut und Zuversicht schöpfen, sie wollte nicht einfach aufgeben.

„Komm her! Jetzt. Sofort!", seine Stimme klirrte förmlich, so schrill kreischte er.

„Hol mich doch. Du Schwein", flüsterte Marie.

27. Dezember 2009

Frithjof erhob sich vom Tisch, ihm wurde schwindelig und so blieb er erst einmal sitzen. Ein leichtes Stechen in der Hand, auf die er sich stützte, ließ ihn darauf hinunterschauen. Irritiert begutachtete er den Schlauch, der daran befestigt war, verfolgte ihn und sah den durchsichtigen Beutel an der Decke hängen. Mit über die Tischkante baumelnden Beinen schaute er sich um, ließ die für ihn exotisch anmutende Örtlichkeit auf sich wirken. Es war wohlig warm und hell, obwohl jetzt sicherlich schon die Dämmerung eingebrochen war. Ein behagliches Feuer prasselte im Kamin und doch war es nicht die einzige Lichtquelle. Verwundert betrachtete er diesen leuchtenden Gegenstand auf einem Tischchen.

‚Was ist das hier ..., ein Haus? Lebt Mariella hier? Was für seltsame Gegenstände.' Er sah nach rechts und erschrak. *‚Ha!'*

Alarmiert wollte er schon aufspringen, doch erkannte er sein Spiegelbild noch rechtzeitig. Keuchend starrte er auf die aufrechtstehende Wasserscheibe. Drehte seinen Kopf hin und her, hob eine Hand. Am liebsten hätte er sie gleich darin eingetaucht, um zu sehen, wie sich sein Bild verzerrte. *‚Wie machen sie das bloß?'* Er schüttelte den Gedanken ab. *‚Gleichgültig. Ich muss mich eilen.'*

Besorgt raffte er sich hoch, wollte aufstehen, doch seine Knie gaben nach. Er wusste nicht, was mit Vreder und Vedrfölnir geschehen war, er musste sie suchen. Gleich. Jetzt. Sofort.

Ihm wurde schwarz vor Augen und verärgert lehnte er sich an den Tisch. Sein Zustand war im Moment viel zu kläglich für eine Suche. Jedoch ohne seine Jagdgefährten käme er um diese Jahreszeit auch nicht zurecht, also musste er los.

„Hallo Frithjof!" Lissi kam zur Tür herein. „Mami, er ist wieder wach", rief sie hinter sich gewandt. Sie ging auf ihn zu und nahm seine Hand, auf die er sich noch immer stützte. „Die musst du gerade lassen, sonst tut es weh", und lächelte ihm aufmunternd zu. „Schön, dass es dir besser geht."

Marlene betrat den Raum und schaltete die Deckenbeleuchtung ein. „Wie fühlst du dich?"

Erneut schreckte Frithjof zusammen. Starrte auf die Lichtquelle und sah die beiden Frauen verwundert an. „Schwindelig", äußerte er sich zögerlich.

Sie nickte, sah auf den Tropf, stöpselte ihn von seiner Hand und entfernte den Venenkatheter. Frithjof beobachtete sie dabei stumm und betrachtete verwundert das metallene Gestell vor ihren Augen.

„Du brauchst noch etwas Zeit", sie legte einen Tupfer auf die Einstichstelle und klebte ein Pflaster darüber, reichte ihm sein Hemd und half ihm dabei, es überzuziehen.

Lissi stand währenddessen, die Hände in die Gesäßtaschen ihrer engen Jeans gesteckt, lässig im Türrahmen und bewunderte die Aussicht. Sie fand Frithjof einfach zu schön, um nicht ganz genau hinzusehen.

Das klare Blau seiner Augen, unter den dichten Brauen, stach noch heller in dem blassen Gesicht hervor und die hohen Wangenknochen warfen leichte Schatten auf die schmalen Wangen. Sein goldblondes langes Haar war nicht die Spur zauselig, sondern fiel ihm in weichen Wellen in den Rücken. Die bleiche Haut seiner nackten Schultern schimmerte seidig und Lissi konnte nicht widerstehen, mit ihren Blicken dem weichen Flaum seiner Brustbehaarung über seinen flachen Bauch bis hinunter zum Hosenbund zu folgen. Ein leises Seufzen entwich ihr, als sein Hemd plötzlich die Pracht verdeckte.

„Mir wäre lieb, du bliebest heute Nacht hier", stellte Marlene fest.

Er betastete sein Gesicht, das oberhalb der linken Augenbraue spannte, und fühlte ein Gewebe. Als er daraufhin seine Stirn krauste, tat es weh.

Marlene lachte fröhlich. „Das sind die Stellen, an denen ich die Schrote entfernt habe", sie wies auf ein weißes Pflaster an seinem Arm und zeigte ihm eine Schale, in der kleine schwarze Körner lagen. „Es ist nicht so tragisch und wird ruckzuck verheilt sein."

Sie betrachtete ihn nachdenklich. Lissi hatte ihr zuvor im Wohnzimmer, sehr vage, von einem Abenteuer in einer anderen Zeit erzählt. Eine völlig verrückte Geschichte. Nur ließ sie sich dabei tatsächlich jedes Wort aus der Nase ziehen, was bei ihrer Tochter eher ungewöhnlich war. Diese Zurückhaltung sprach schon wieder für den Wahrheitsgehalt der Schilderung. Und dieser junge Mann hier machte einen unbändig wilden Eindruck auf sie, obwohl er sich durchaus ruhig verhielt. Seine Art, sein Geruch und seine Kleidung deuteten auf die Glaubwürdigkeit dieser fantastischen Geschichte hin.

27. Julmond 434

Ein Zischen in der Luft ließ Marie aufschauen. Perkenheim röchelte und starrte sie verblüfft an. Ein Pfeil steckte ihm im Hals und ein weiterer in der Schulter. Sie hielt den Atem an. Erneut surrte es in der Luft und zwei weitere Pfeile trafen ihn. Er fiel auf die Knie, doch seine kalten Augen hielten sie noch immer fest.

Entsetzen überfiel sie. *‚Du verdammter Scheißkerl. ...Stirb endlich!!!'* Betäubt stand sie da, nicht in der Lage, sich zu bewegen.

Endlich fiel er vornüber, mit dem Gesicht in den Schnee.

„Mariella", rief Teutobald schon von Weitem und rannte auf sie zu. „Mariella. Keine Angst."

Friedmund hielt neben dem Fremden inne und schubste ihn mit seinem Fuß. Er nickte zufrieden und trat dann ebenfalls zu Marie.

Sie war noch völlig aufgelöst und schluckte einige Male, bevor sie die Sprache wiederfand. „Ich bin wirklich froh, euch zu sehen", hauchte sie, „ich glaubte schon, es wäre um mich geschehen." Erneut füllten sich ihre Augen mit Tränen. Zaghaft schüttelte sie den Kopf. „Ich danke euch", sie schaute von einem zum anderen und versuchte ein Lächeln, was ihr nicht recht gelang.

Teutobald strich ihr ermunternd über die Schulter.

„Du trägst Vedrfölnir. Wo ist mein Sohn?", wollte Friedmund wissen.

„Er wurde verletzt. Nicht lebensbedrohlich, doch wir haben ihn mit in unsere Zeit genommen. Er kommt bald wieder." Marie strich Vreder über den Fang. „Dich habe ich gesucht, Mädchen", sprach sie leise und blickte Friedmund an. „Sie lief davon, als die Wölfe diesen Kerl dort angriffen", mit einer Kopfbewegung deutete sie auf Perkenheim, „und der Habicht verschwand, als Frithjof verletzt wurde."

„Und du bist dann allein durch den Wald gewandert, um sie zu suchen, trotz der Wölfe und all der anderen Gefahren, die hier lauern", stellte er erstaunt fest und beäugte sie argwöhnisch. Der Moment verging und er wandte sich an Teutobald. „Sie passt untrüglich zu ihm."

Sein Schwiegersohn grinste belustigt. „Lasst uns aufbrechen, es wird dunkel."

„Wir begleiten dich bis zum Steingrab, du solltest Vreder mitnehmen zu meinem Sohn, sie wird sich bei ihm wohler fühlen. Der Habicht scheint mir ebenfalls verletzt zu sein."

„Ja, ich befürchte sie ist arg mitgenommen. Ich möchte sie gerne einem Tierarzt vorstellen, vorausgesetzt du bist damit einverstanden?"

Er lächelte warm und es erinnerte sie fast ein wenig an Frithjof. „Was auch immer. Du wirst schon richtig handeln."

Noch etwas zittrig schritt sie voran und blieb dann abrupt stehen. „Teutobald würdest du mir die Waffe von dem Kerl holen? Es wird besser sein, sie wieder mit in meine Zeit zu nehmen", sie sah ihn fragend an und er nickte zustimmend. „Sei vorsichtig, die Waffe ist geladen."

Furchtlos schritt er zu dem Fremden, beugte sich über ihn und betrachtete angewidert seinen leblosen Körper. Aufmerksam durchsuchte er seine Taschen und fischte allerlei Schätze hervor. Vieles war ihm gänzlich fremd, doch ein Messer erwies sich als durchaus brauchbar. Er verstaute es soeben in seiner Tasche und warf den beiden Wartenden einen Blick zu, als plötzlich, völlig unerwartet, eine Hand vorschnellte und ihn an der Kehle packte. Entsetzt wich er zurück, doch der Griff war kraftvoll und unerbittlich. Panisch schlug er die Hand fort, griff nach seinem eigenen Messer und konnte es, unter wilder Gegenwehr, dem Mann in die Brust rammen.

Marie stand wie betäubt da, unfähig sich zu bewegen. Friedmund stürzte Teutobald zu Hilfe, doch das röchelnde Blubbern, welches aus der Brust des Fremden aufstieg, deutete darauf hin, dass er endlich tot war.

„Besser du stichst noch einmal zu", meinte Friedmund spröde.

Marie schüttelte sich und ihr graute schon jetzt vor den Albträumen, die sie unter Garantie nach dem heutigen Tag heimsuchen würden.

‚Aber ich lebe noch.'

Teutobald nahm nicht nur den Drilling, sondern durchsuchte den jetzt endgültig leblos daliegenden Mann und seinen blutgetränkten Rucksack auch noch nach anderen Waffen. Das Fell des Wolfes nahm er an sich und reichte Marie die lange Schusswaffe.

*

Fast am Ziel angekommen, erblickte sie zwei vertraute Gestalten. „Karl. Raoul!", rief sie beschwingt. *‚Bin ich froh euch zu sehen ...'*

Karl lief schneller. „Oh Marie", vor Erleichterung lachte er sie übermütig an. Raoul fühlte sich ähnlich. Am liebsten hätten sie alle beide Marie umarmt, doch der Habicht bremste diesen Impuls.

„Ich sollte dich übers Knie legen", sagte Karl leise und kniff ihr dabei sachte ins Kinn.

„Oh ja, der Meinung bin ich auch", pflichtete ihm Friedmund bei.

„Wie geht es Frithjof?"

„So weit gut. Die Verletzung ist nicht so schlimm, doch die Schockwirkung hat ihm ziemlich zu schaffen gemacht. Morgen wird es ihm besser gehen."

Marie seufzte. „Das klingt fabelhaft."

„Richtet Frithjof aus, dass wir ihn zum nächsten Tageslicht erwarten", Friedmund sah Teutobald an. „Nun wird es Zeit für uns zu gehen, die Dunkelheit naht und der Wald birgt Gefahren."

Er reichte Raoul den Lederriemen und sie gingen davon. Vreder winselte unruhig, woraufhin Raoul sich niederkniete und ihr den Kopf kraulte.

Marie fühlte sich vor Erleichterung wie befreit, sie sah von einem zum anderen. „Bin ich froh, euch zu sehen", und lächelte.

Wilde Kerle

27. Dezember 2009

„Hallo!", erfüllte Raouls Stimme das Wohnzimmer und er eilte, mit dem Hund an der Leine, in die Küche.

„Vreder", rief Frithjof erleichtert, taumelte und musste sich am Tisch festhalten. Ihm fiel ein wahrer Geröllhaufen vom Herzen. Vreder freute sich unbändig und drückte immer wieder ihren Kopf an seine Beine. Sie war so außer sich, dass sie nicht einmal Hummel bemerkte, die die Treppen heruntergeschlichen war und nun misstrauisch um die Ecke lauerte. Leise grummelnd blieb sie dort stehen. Auch sonst schenkte niemand dem Springer Spaniel Beachtung.

„Wo ist Marie?", rief Lissi ungeduldig.

„Alles in Ordnung mit ihr, sie und Karl sind mit Vedrfölnir zum Tierarzt."

Frithjof, der nun doch neben Vreder niederkniete, um sie zu beruhigen, sah ihn aus zusammengekniffenen Augen an. „Was hat Mariella getan, seit ich hier bin?"

Raoul zuckte die Schultern und wies mit dem Kopf auf Vreder.

Marlene war sich nicht sicher, wer von ihnen hier jetzt knurrte, doch sie zog ihren Sohn kurzerhand zu einem Stuhl. Drückte ihn darauf und hob sein Kinn, um das Gesicht genauer untersuchen zu können. Es leuchtete in verschiedenen Farbnuancen und eine Augenbraue war aufgeplatzt.

„Sie hat meine Gefährten gesucht?", in Frithjofs Stimme klang verhaltene Wut mit.

„Ja."

„Trotz der Wölfe und des Fremden?"

„Wööölfe?", fragte Marlene aufgebracht und schaute entsetzt in die Runde.

„Geht es ihr gut?", fragte Frithjof jetzt weniger wütend, aber dafür besorgt klingend.

Raoul nickte zu alledem nur.

„Wovon zum Henker sprechen wir hier? Sagt ihr mir jetzt endlich einmal, was hier eigentlich läuft? Es gibt hier nirgendwo Wölfe. Wo wart IHR?"

„Wo ist sie jetzt?"

„Zu einem Menschen, der sich mit verletzten Tieren auskennt", meinte Raoul gleichmütig.

„Ist Vedrfölnir schlimm verletzt?"

„Nein, ich glaube nicht. Sie konnte bei Marie auf der Faust stehen. Sie wird wieder", behauptete er.

„Hallo Jungs! Ich habe euch etwas gefragt und jetzt", Marlene schnappte nach Luft, „jetzt sofort, erwarte ich eine plausible Antwort." Mit einem Tupfer und einer Flasche Wunddesinfektion bewaffnet, stand sie vor Raoul und sah ihn herausfordernd an.

Frithjof erhob sich und schwankte erneut. Lissi schob ihm einen Stuhl hin, damit er sich setzen konnte. „Du gehörst ins Bett, mein Lieber. Doch vorher solltest du noch etwas essen. Vielleicht sollte ich uns allen etwas zu essen zaubern." Sie ging zum Herd und vergrößerte dadurch die Distanz zu ihrer Mutter, die mittlerweile ziemlich sauer dreinschaute. „Wie wäre es mit einem Buchweizen Jan Hinnerk und ordentlich Speck?"

Raoul sah seine Mutter an und wusste gleich, dass es jetzt Zeit wurde für Erklärungen, denn sonst erwartete ihn mit Sicherheit eine schmerzhafte Behandlung.

*

Die Autofahrt verlief schweigsam. Marie war viel zu aufgewühlt, um zu reden. Niemals zuvor hatte sie solch eine Angst verspürt, wie in dem Moment als sie Perkenheim das zweite Mal vor sich sah.

‚Dieser verdammte Psychopath.'

Sie war froh, dass er tot war. Sie empfand es beinahe als eine Genugtuung. Dabei zweifelte sie, ob diese Regung wirklich anständig war. Es war nie gut, jemandem den Tod zu wünschen, geschweige denn, darüber erleichtert zu sein. Nie hätte sie sich selbst zugetraut, einmal so zu empfinden. Und doch ..., es war ein befreiendes Gefühl. Ob nun wegen ihrer eigenen Not oder wegen Grille. Sie wusste es nicht. Es war ihr auch egal.

Sie atmete tief ein und lehnte sich im Beifahrersitz zurück.

Karl warf einen prüfenden Blick auf sie, ließ sie dennoch in Ruhe. Sie war wieder da, körperlich so gut wie unversehrt, das war erst einmal die Hauptsache. Reden konnten sie später.

*

Marco hatte den Habicht mittels Inhalationsnarkose ruhiggestellt. So ließen sich nun in Ruhe einige Röntgenbilder machen.

Für Vedrfölnir war der Weg bis dahin purer Stress gewesen. Zum einen waren ihr Marie und Karl völlig fremd, zum anderen waren ihr die Lichter und die Geräuschkulisse in dieser lauten Welt unbekannt. Und den Transport überstand sie nur, weil sie sie zuvor in einen dunklen Karton eingesperrt hatten.

Die Bilder machten ihnen Mut, denn es war tatsächlich nur ein einzelnes Schrotkorn ins Gewebe eingedrungen, der Habicht und auch Frithjof waren somit nur vom Rande der Schrotgarbe getroffen worden. Dafür waren allerdings einige Schrote durch ihr ausgebreitetes Gefieder gefahren und hatten die Schwungfedern zerstört.

„Ach, das kriegen wir wieder hin", meinte Marco leichthin. „Müsst ihr den Vogel heute noch wieder mitnehmen?"

Marie nickte und Karl schwieg dazu, betrachtete sie aber kritisch.

„Okay. Mal schauen, ob es klappt. Ich muss nur mal kurz jemanden anrufen. Habt einen Augenblick Geduld." Er verschwand durch eine Seitentür aus dem Behandlungsraum.

Sie betrachtete den Habicht, der noch immer ruhig unter der Maske vor sich hin schlummerte.

„Wir haben alle verdammt viel Glück gehabt", flüsterte sie kaum hörbar.

Karl nahm sie spontan in den Arm. „Ich will gar nicht darüber nachdenken, was alles hätte passieren können", er fasste ihre Schultern und schob sie ein wenig von sich, sodass er ihr ins Gesicht sehen konnte. „Das war eine blöde Idee, dort noch einmal hinzugehen."

„Wir haben nur Grille in die Grabstätte gebracht", gab sie erbost von sich. „Ich wollte sie anständig beerdigen. Und dann kam eins zum anderen." Sie schüttelte den Kopf. „Wer konnte ahnen, dass dieser verfluchte

Adalhart auftaucht. Na, und dieser Perkenheim! Aber der hat es ja nun hinter sich", fügte sie seufzend hinzu.

„Bist du sicher?", er war skeptisch.

„Oh ja", sie kicherte leise, „ganz sicher."

„Marie", er schüttelte den Kopf. „So kenne ich dich ja gar nicht." Karl verwunderte ihr gehässiger Tonfall.

Sie blickte ihm direkt in die Augen. „Dieser Kerl ist in diesem Moment schon seit über tausend Jahren verludert und ich hoffe inständig, dass ihn hier und heute niemand vermisst."

Marco betrat den Raum und so wurde dieses Gespräch abrupt beendet.

„Also", begann er, einen Schwung Habichtsfedern in der Hand, „ein Freund von mir, ein Falkner, kommt vorbei und hilft uns, den Flügel des Habichts mit diesen Federn wiederherzustellen." Er wedelte mit seiner Hand. „Ich habe zwar gerade nur Schwungfedern von einem Rothabicht, doch im Grunde geht es ja nur darum, dass das Mädchen wieder auf die Schwingen kommt. So wird sie halt etwas bunter." Er zuckte die Schultern. „Oder?"

Marie lachte. „Egal. Hauptsache sie kann wieder jagen."

„Das wird sie."

Er bereitete alles vor. Kontrollierte die Narkose, entfernte das eine Schrotkorn und spritzte dem Vogel ein Antibiotikum.

„Die Wirkung wird für die nächsten achtundvierzig Stunden anhalten. Danach braucht das Weib aber noch einige Tage Antibiotika in Tablettenform", sprach er routiniert.

Währenddessen traf Justus Frei ein. Ein gut fünfzigjähriger, leicht ergrauter, drahtiger und ausgesprochen gelöst wirkender Mann. Marie fand ihn auf Anhieb sympathisch. Justus redete nicht lange, sondern schritt gleich zur Tat. Er warf einen verwunderten Blick auf das Geschüh des Habichts, doch sagte er eine ganze Weile nichts dazu.

Der Falkner schnitt aus einen Stück Fieberglas, welches er mitgebracht hatte, kleine Spieße, halb so groß wie ein Zahnstocher, nur dünner, beäugte zwischenzeitlich noch einmal die Schwinge des Vogels und schnitt noch zwei weitere. Er nahm mit den Federn Maß, schnitt sie pass und steckte die mit Klebstoff versehenen Spieße in die gekappten Kiele der rotbraunen Mauserfedern. „Dieser Habicht ist sehr schön. Ein wirklich schöner Vogel und vor allem interessant aufgeschirrt. Woher stammt sie?", fragte er nun doch neugierig.

Marie sah ihm direkt in die Augen und las die Güte und Ehrlichkeit darin. „Nicht aus dieser Zeit!", sagte sie ebenso ehrlich und schaute ihn abwartend an. Er lächelte still, und als er den ersten Teil seiner Arbeit beendet hatte, sah er sie interessiert an.

„Die Falknerei unterliegt nicht wirklich stetigen Neuerungen. Nun ja, vieles, gerade im Rahmen der Haltung und Konditionierung der Beizvögel, hat sich in den letzten zwanzig Jahren deutlich verändert. Doch grundsätzlich ist die Beizjagd heute noch ganz ähnlich wie in ihren Anfängen vor viertausend Jahren", er neigte seinen Kopf und lächelte sie an. „Dieses Weib trägt ein klassisches Geschüh mit einer sehr grob gefertigten Drahle, ebenso die Bell. Das ist ungewöhnlich und Derartiges habe ich auch noch nie gesehen. Heute nehmen wir vorzugsweise Drahlen aus Edelstahl", er zwinkerte. „Wegen der Sicherheit der Qualität." Erneut betrachtete er Marie argwöhnisch und ließ seinen Blick über ihr von Prellungen gezeichnetes Gesicht gleiten.

„Wie ich schon sagte. Dieses Weib stammt nicht aus dieser Zeit. Doch ihr Falkner vertraut darauf, dass ich sie ihm heil und gesund zurückbringe. Mehr werde ich dazu nicht sagen", sie schaute ernst zurück, heute ließ sie sich von nichts und niemanden mehr einschüchtern.

Justus lachte. „Du gefällst mir", wieder sah er sie an. „Dieses Weib kommt wieder auf die Schwingen. Wenn auch einseitig brauner als zuvor", er grinste und machte sich nun daran, die präparierten Federn mit Klebstoff zu benetzen und sie in die gekappten Kiele der Federn am Vogel zu stecken. Er arbeitete sehr präzise und rückte jede einzelne Feder in die richtige Position. Marie beobachtete das Geschehen gespannt und es dauerte nicht lange, da war das Gefieder wieder intakt.

„Wow!", sprach sie bewundernd.

„In der Falknerei gibt es nichts, was es nicht gibt", lächelnd strich er Vedrfölnir über die Schwingen. „Ein Habicht ist ein ganz besonders charaktervoller Greifvogel und wird leider von so vielen Menschen verkannt. Ich freue mich immer, jemanden zu treffen, der sich diesem Vogel verbunden fühlt. Warum auch immer."

„Danke!", sagte sie leise lächelnd. „Wie kann ich das wiedergutmachen?"

Justus schüttelte abwehrend den Kopf. „Gerne", erwiderte er und sah sie eine Weile an. „Du bist keine Falknerin?"

„Nein."

„Du solltest deinen Falknerschein machen. Bei uns in der Gegend gibt es kaum Falkner", er seufzte. „Nun, die besten Zeiten sind wohl auch gewesen. In den Siebzigerjahren war das hier ein Eldorado, doch heute werden die Kaninchen immer knapper. Trotzdem!", er lachte. „Nicht nur in der Jägerschaft fehlt der Nachwuchs, auch die Falknerei braucht ihn. Aktiven Nachwuchs wohlbemerkt!"

Marie war verblüfft. „Im Moment bin ich mit der Fallenjagd ziemlich ausgelastet, doch für die Zukunft ist es auf jeden Fall ein Thema für mich."

Marco nahm dem Habicht die Maske vom Kopf und es dauerte nur ein paar Minuten, bis er reagierte. Marie ergriff gleich den Handschuh, an dem das Weib befestigt war.

„Frithjof wird heilfroh sein, Vedrfölnir wiederzuhaben."

„Vedrfölnir? Interessanter Name", Justus neigte nachdenklich seinen Kopf. „Der Wettermacher zwischen den Augen des Adlers auf der Spitze des Weltenbaumes ist so benannt."

Marie zuckte zu ihm herum. „Ja!", überrascht sah sie ihn an.

„Ich wünsche Frithjof viel Falknersheil mit Vedrfölnir", er schmunzelte und verschwand.

„Hier sind noch die Tabletten. Für fünf Tage, einmal täglich." Marco reichte ihr nickend ein Beutelchen und half dabei, den Vogel wieder in dem Karton zu verstauen.

„Vielen Dank für die prompte Hilfe und deinen Einsatz. Setz es bitte mit auf die monatliche Gehegerechnung", sagte Karl.

„Kein Problem. Für euch gerne", er nickte nonchalant. „Einen guten Rutsch ins neue Jahr."

*

Im Gehege angekommen, versorgten sie – recht schweigsam – zuerst den Habicht mit einer frisch geschlachteten Taube, wovon Marie aber nur die schiere Taubenbrust verfütterte, und stellten ihn anschließend in Karls Büro für die Nacht auf einem mobilen Habichtsbogen unter.

Auf dem Nachhauseweg fühlte Marie mit jedem Schritt, den sie sich näherten, einen beklemmenden Druck im Magen. Unverhofft packte sie nun die Unsicherheit. Einerseits spürte sie die Besorgnis, war aber andererseits auch schon wieder verlegen. In ihr klang noch das überraschende Gefühl der Zusammengehörigkeit nach, welches sie Frithjof gegenüber empfand, als Perkenheim sie alle am Nachmittag bedroht hatte.

Karl fühlte sich nicht weniger unsicher, auch wenn er sich nichts anmerken ließ. Er fragte sich, ob Marlene noch da wäre und wenn ja, was es für ihn bedeuten würde.

Sie betraten die Küche durch die Hintertür und der Duft von frischgebackenen Buchweizen-Pfannkuchen mit Speck und Wurstebrot schlug ihnen entgegen.

„Oh Marie!" Lissi flog ihr in die Arme. „Bin ich froh, dich zu sehen."

Marlene kam aus dem Wohnzimmer die halbe Treppe herunter und begrüßte die zwei ebenfalls mit einem Lächeln. Ihr Blick blieb an Karl hängen.

„Hey." Marie befreite sich aus der stürmischen Umarmung. „Lass mich leben, mir tun so schon alle Knochen weh", sie bemühte sich zu lächeln, doch die Prellungen im Gesicht machten es ihr nicht leicht.

„Oh! Tut mir leid", sie giggelte freudig. „Mami muss sich das auf jeden Fall ansehen. Mami!", rief sie laut und wirbelte herum.

„Ich bin schon hier", erwiderte Marlene sanft.

Marie stand da, mit klammen Fingern, erschöpft und für einen Moment überwältigt von ihrer Erleichterung Frithjof zwar noch immer blass, aber wohlbehalten am Tisch sitzen zu sehen.

Sie schauten sich an und sie spürte die Verbundenheit, die sich in seinen Augen spiegelte, beinahe körperlich. Das liebevolle Streicheln darin ließ sie die Umarmung fühlen, und sämtliche Anspannung fiel von ihr ab. *‚Ich bin zu Hause ...'* Eine tröstende Wärme schlug in kleinen Wellen vom Magen ausgehend durch ihren Leib. Strömte in sämtliche Gefäße und ließ ihr Blut in den Adern brausen. Erstaunt nahm sie diese eigentümliche Empfindung in sich auf und starrte ihn an. Ihre Gesichtszüge mussten für sich sprechen, denn wieder einmal schmückte dieses unverschämt bezaubernd sinnliche Lächeln seine Mundwinkel. Die hellen Augen blitzten sie an und er biss sich tatsächlich auf die Unterlippe.

,Oh man, du machst mich wirklich völlig fertig ...' Sie seufzte, strich sich durchs Haar, ging auf den Tisch zu und berührte zaghaft Raouls Wange. „Hey! Alles klar?"

Er presste die Lippen zusammen und nickte, während er sie aus schmalen Augenschlitzen ansah.

,Mensch Jungs, ich bin echt zu schachmatt für diesen Mist ...'

„Vedrfölnir geht es gut", sagte sie an Frithjof gewandt. Wagte jedoch nicht, ihm näherzukommen. „Wir haben sie versorgt, gefüttert und für die Nacht weggestellt. Morgen geht es ihr sicher schon besser."

Karl kam heran und zog einen Stuhl für sie unter dem Tisch hervor. „Setz dich", sagte er kurz und ging zu Lissi, die eifrig am Herd hantierte. „Hm, das riecht atemberaubend."

Sie lachte ihn an. „Hoffentlich schmeckt es auch so."

Marlene betrachtete die zwei fassungslos. Sie konnte sich nicht erinnern, ihre Tochter je so begeistert kochen gesehen zu haben. Erneut griff sie in ihre Arzttasche und fischte die Flasche zur Wunddesinfektion heraus. Schweigend drehte sie Marie zu sich herum, die resigniert dasaß, und kniete sich nieder, liebevoll streichelte sie ihren Arm. „Oh Marie", flüsterte sie und behandelte ihre Blessuren.

Frithjof, der auf dem Stuhl neben ihr saß, ergriff spontan ihre Finger, wodurch er sogleich ihre Aufmerksamkeit erhielt. Sein Griff wurde fester und er führte ihre Hand an seine Lippen, jedoch ohne sie dabei aus den Augen zu lassen.

„Ich danke dir", sagte er kaum hörbar. Er neigte seinen Kopf und nun wurde sein Blick ernst. „Doch was hat dich dazu bewogen, meine Jagdgefährten zu suchen? Die Gefahr war doch offensichtlich."

Sie sah ihn lange an, aus Augen so schimmernd wie flüssiger Honig. „Der Verlust meines eigenen Jagdgefährten."

Er sog scharf die Luft ein. Dem hatte er nichts entgegenzusetzen. Er legte ihre Finger an seine Wange, bedeckte sie mit den seinen und betrachtete sie mit undurchschaubarer Miene.

Karl deckte zügig den Tisch, öffnete eine Flasche Rotwein, stellte Mineralwasser bereit sowie einen Korb mit Schwarzbrot und holte noch einen Rotwildschinken aus dem Fliegenschrank.

Marlene registrierte verwundert den harmonischen Umgang zwischen Karl und ihren Zwillingen. Das war ihr entgangen. All die Jahre hatte sie nie bedacht, dass sie vielleicht nicht nur zu Marie, sondern auch zu Karl eine enge Bindung hegten. Sie erhob sich und packte ihre Sachen wieder in die Tasche. Maries Blessuren bestanden überwiegend aus Prellungen, da musste die Zeit Linderung schaffen. Sie setzte sich neben ihren Sohn, der immer mehr in sich zusammenzusinken schien. Kritisch schaute sie in die Runde, offenbar lag hier einiges im Argen. Sie lehnte sich zurück und beobachtete Lisette und Karl, die routiniert – so machte es jedenfalls den Eindruck – die Buchweizen-Pfannkuchen und das Wurstebrot zubereiteten.

Marie wechselte immer wieder einen Blick mit Frithjof. Die Spannung zwischen ihnen war greifbar und für jeden ersichtlich. Die kleinen Momente, in denen sie sich ansahen, sich flüchtig berührten, sprachen Bände. Und doch – so schien es – ließen sie sich nicht auf ihre Empfindungen ein. Zu viele vergangene Zeitalter klafften als dunkler Abgrund zwischen ihnen und ließen sich auch nicht einfach so wegwischen.

Plötzlich schallte der dunkle Türgong durchs Haus. Karl schritt zielstrebig zur Haustür und fragte sich, welche Überraschung ihn jetzt noch erwartete.

„Guten Abend. Wir stören hoffentlich nicht", grüßte Kjelt freundlich. Tristan, einen Schritt hinter ihm, nickte stumm.

„Hallo Jungs!" Karl schmunzelte, dachte kurz darüber nach, ob es sinnvoll sei, sie hereinzubitten, oder ob es Marie vielleicht unangenehm wäre, entschied sich aber für die Gastfreundschaft. „Kommt nur herein. Wir haben heute volles Haus und wollen gleich essen. Habt ihr Hunger?"

Etwas verlegen ruderte Kjelt zurück. „Wir wollen uns nicht aufdrängen."

„Kommt nur rein. Kein Problem", er hielt die Tür weit auf und die zwei schritten hindurch.

Sie folgten ihm in die Küche, wo Marie erst einmal der Atem stockte, als sie Kjelt erblickte. Freude durchlief ihren Körper und sie lächelte Der Schmerz, den sie dabei empfand, erinnerte sie an ihr vermackeltes Gesicht und prompt schoss ihr die hitzige Röte in die Wangen. *‚Oh, wie peinlich ist das denn?'*

Bestürzt starrte er sie an. „Marie, was ist dir passiert?"

Sie schluckte. Frithjof knurrte kaum hörbar und blickte dem Jungen feindselig entgegen. Raoul runzelte die Stirn und vergrub die Nase noch tiefer in den Rollkragen seines Pullovers.

Lissi glotzte für einen Augenblick überfordert auf die zwei, doch fing sich sogleich. „Hey, das ist ja eine Überraschung", sie umarmte Tristan. „Ich hätte mich längst gemeldet, aber wisst ihr, die drei – sie deutete zu Marie, Raoul und Frithjof – hatten einen Unfall und alles ging drunter und drüber und .., na ja, in dem Chaos hab ich dich einfach vergessen, Schatz." Ihre grauen Augen klimperten ihn an und sie lächelte schier betörend.

Kjelts beunruhigter Blick ruhte noch immer auf Marie, was sie noch mehr in die Verlegenheit trieb. Schließlich sah er auf Frithjof, dessen Erscheinung und Ausstrahlung so wild, fremd und verwegen wirkte, dass er verwirrt seine Augenbrauen lupfte.

„Das ist übrigens Frithjof", platzte Lissi heraus, „ein Austausch-Praktikant aus dem Kaukasus."

Marlene lächelte imponiert. Kreativ war ihre Tochter ja ohne Frage und sie konnte lügen, ohne rot zu werden. Darüber würden sie sich auf jeden Fall noch einmal unterhalten müssen, dachte sie. Sie schaute in die Runde und fing Karls Blick ein. Er schien ebenso amüsiert.

Die Spannung im Raum pulsierte und es brodelte unterschwellig von allen Seiten. Karl beschloss, die Situation zu entschärfen. „Setzt euch bitte. Lissi hat gekocht und wir sind schon fast verhungert." Es gelang ihm spielerisch, alle zu bewirten und Marlene konnte nicht umhin, ihm dabei bewundernd zuzusehen. Bevor er sich zu ihnen setzte, legte er noch eine CD von Nora Jones ein und hoffte, die relaxte Musik würde zur allgemeinen Entspannung beitragen.

Marie dagegen hoffte auf das nächste Erdloch, doch es wollte sich einfach keines auftun.

Insgesamt war es wohl für alle Anwesenden das bizarrste Abendessen, welches sie bisher erlebten.

Doch es war lecker. Der Jan Hinnerk mit dem knusprigen Speck und den Preiselbeeren und auch das Wurstebrot waren der reinste Gaumenschmaus und Lissi seufzte wohlig. Sie hatte sehr viel übrig für gutes Essen, und Karl, der ganz vorzüglich kochte, hatte ihr im Laufe der Zeit einiges beigebracht.

Frithjof war redlich bemüht, sich kultiviert zu benehmen, da seine andersartige Erscheinung bereits so viel Aufmerksamkeit erregte, doch bereitete ihm das zusehends Schwierigkeiten im Beisein dieses gut aussehenden Jünglings. Dessen offene Zuneigung zu Marie war ihm schier unerträglich. Und einigermaßen bestürzt spürte er die Wut und Eifersucht, die ihm durch jede Pore seines Körpers krochen.

„Woher weißt du, wie man Buchweizen-Pfannkuchen zubereitet, Lissi?", fragte Marlene neugierig.

„Och, Karl hat mir mal gezeigt, wie man sie richtig macht", meinte sie leichthin.

„Hm. Soso", sie wandte sich ihm zu. „Du hast ja gehörig Einfluss auf meine Kinder", stellte sie fest.

„War dir das bisher entgangen?", neckte er sie gefällig.

„Ja!"

„Wir wollten heute Abend eigentlich noch in die Kneipe", nuschelte Tristan an Lissi gerichtet. „Ich schätze mal, Marie geht's dafür nicht gut genug, oder?", er musterte sie fragend.

„Denke ich auch. Sie braucht etwas Ruhe. Die letzten Tage waren für sie sehr hart. Aber ich komme auf jeden Fall mit."

Kjelt, der konzentriert den Speck aus seinem Jan Hinnerk herauspulte, spähte immer wieder zu Marie, doch mehr als ein kleines Lächeln ließ sie sich nicht entlocken. Sie saß zwischen Frithjof, der pure Feindseligkeit ausstrahlte und aussah, als wolle er ihm gleich ans Leben, und Raoul, der mit versteinerter Miene in seinem Stuhl lehnte.

Dadurch war es ihm unmöglich, ihr näherzukommen. Gerne wäre er jetzt mit ihr allein, doch sie schien ihm nicht nah sein zu wollen.

„Und dein Jagdhund ist tot?", fragte er scheu.

Marie nickte stumm. So direkt darauf angesprochen zu werden gefiel ihr gar nicht.

„Das tut mir sehr leid." Unvermittelt ergriff er, über den Tisch hinweg, ihre Hand. Verblüfft schaute sie auf.

Raouls Kopf ruckte hoch, und noch ehe Kjelt sich versah, krachte es und er lag samt seinem Stuhl am Boden und spürte die eiserne Umklammerung einer Hand an der Kehle.

‚*Meins!*' Frithjof kauerte über ihn gebeugt, mit einem Knie auf seinem Brustkorb und funkelte ihn böse an.

Kjelt röchelte panisch.

Marie und Raoul sprangen zeitgleich auf, Gläser fielen um, Wein ergoss sich über den Küchentisch, Vreder bellte und Besteck fiel klirrend zu Boden. Raoul packte Frithjof am Kragen und riss ihn hoch. Warf ihn gegen die Wand und drückte ihn mit dem Ellenbogen am Hals dagegen.

„Schluss jetzt! Krieg dich wieder ein!", zischte er ihn an.

Marie stürzte zu Kjelt, umfasste mit beiden Händen sein Gesicht. „Bist du okay?"

Karl und Marlene waren ebenfalls aufgesprungen und zu ihm geeilt. „Ist er verletzt?"

Tristan und Lissi saßen mit offenem Mund da und starrten fassungslos auf das Chaos um sie herum.

„Kjelt. Geht es dir gut, bist du verletzt?", wisperte Marie und strich ihm über die Wange.

Er schluckte. Starrte sie an. „Kaukasier sind wohl sehr temperamentvoll, wie?", hauchte er, noch immer geschockt.

„Oh Kjelt. Es tut mir furchtbar leid. Das hätte nicht passieren dürfen", sie schüttelte den Kopf. „Bist du wirklich nicht verletzt?"

Marlene half ihm beim Aufstehen.

„Nein, es ist alles okay", er verzog sein Gesicht. „Nur der Schreck", bemerkte er gequält.

Karl stand neben Raoul, der Frithjof noch immer gegen die Wand drückte. „Hey Jungs, wie wäre es mit etwas frischer Luft?", er nahm die beiden am Arm und beförderte sie durch die Hintertür nach draußen.

Als Kjelt wieder auf den Beinen stand, starrte er Marie beschämt an. Ihr sank das Herz und sie strich ihm zaghaft über den Arm. „Kjelt, ich möchte mich entschuldigen, das war ungeheuerlich. Heute geht irgendwie alles schief. Ich hoffe", sie räusperte sich, „ich hoffe doch sehr, dass es zwischen uns nichts verändert. Ich meine ...", ihr fehlten die Worte. „Du weißt, was ich meine."

Er nickte Tristan zu, der gleich den Wink begriff und sich erhob. In diesem Augenblick wollte er hier nur noch weg, er fühlte sich entsetzlich bloßgestellt und war schockiert über den unvorbereiteten, brutalen Angriff.

„Ich weiß nicht. Vielleicht. Tristan, komm wir wollen gehen." An der Tür drehte er sich kurz um. „Wir telefonieren. Bis dann. Tschüss."

Tristan küsste Lissi und folgte ihm eilig. Marie konnte nur dastehen und ihm betrübt hinterherschauen. ‚*Das war's dann ja wohl ...*'

Ihre Freundin umfasste ihre Schultern und drückte sie sanft. „Lass ihm Zeit. Er beruhigt sich auch wieder."

Sie seufzte frustriert. ‚*Was für ein teuflischer Tag ..., oh, und Frithjof, wir werden uns jetzt unterhalten!*' Wütend stürmte sie zur Hintertür und schmiss sie auf.

Karl und Raoul blickten ihr entgegen, sahen ihren Gesichtsausdruck und beschlossen, dem Donnerwetter aus dem Weg zu gehen. Schließlich hatte der Sachse sich das selbst eingebrockt.

„Was bildest du dir ein, unseren Gast zu bedrohen. Bist du noch ganz bei Trost? Wir sind hier nicht in deiner Welt. Hier läuft das anders. Haben wir für heute nicht genug Brutalität erlebt?", sie kam energisch einen weiteren Schritt auf ihn zu.

Sein Haar schimmerte im hellen Licht des Mondes. In seinem dünnen Hemd stand er neben einem Holzpfeiler, der das verlängerte Dach über der kleinen Veranda stützte.

„Sicher, du kannst nicht wissen, wie wir uns hier benehmen, aber das war ja wohl das Letzte", pfefferte sie ihm entgegen. „Ich kann kaum glauben, dass du das wirklich getan hast. Ausgerechnet Kjelt. Er war völlig schockiert." Sie stand nun direkt vor ihm und blitzte ihn böse an.

Frithjof sah auf und linste finster zwischen seine langen Haarsträhnen hindurch. Er atmete tief ein, nahm ihren Duft in sich auf und empfand nicht einmal im Ansatz Reue. ‚*Er hat dich nicht anzufassen!*'

„Ich entschuldige mich für mein Benehmen. Es war durchaus ungehörig. Doch ich bereue es nicht. Deine Unversehrtheit liegt mir am Herzen, und wie du sehr wohl weißt, kam ich bereits einmal zu spät, um dich vor Schaden zu bewahren", flüsterte er rau.

„Wie bitte?"

„Du hast mich schon richtig verstanden."

Marie lehnte sich erschöpft gegen den Pfeiler. Was sollte sie dazu sagen?

‚*El cabron...*'

„Kjelt würde mir niemals schaden wollen. Er mag mich." Sie wischte sich eine Locke aus der Stirn. ‚*Ein bisschen wenigstens ...*'

„Ja", grummelte er. ‚*Und das gefällt mir nicht.*'

Eine ganze Weile schwiegen sie grimmig vor sich hin. Frithjof betrachtete den mittlerweile annähernd vollen Mond. Die Luft hier war ganz anders. Und es war laut. Zu viele fremde, unerklärliche Geräusche. Wie zuvor in dem Haus. Es war alles einfach nur laut. Und hell. Überall war Licht, selbst in der Ferne im Tal leuchteten helle Punkte.

„Dieser Tag nimmt einfach kein Ende", stellte Marie stoisch fest.

Nachdenklich sah er sie an. „Das hoffe ich."

Verwirrt schaute sie auf.

„Je eher der Tag vorüber ist, umso näher rückt unser Abschied, Mariella."

„Hm. Du hast recht, doch der Abschied ist unausweichlich."

„Ja. Ich bin mir dessen bewusst", in seiner Stimme klang deutliches Missfallen mit.

Sie drehte sich zur Tür.

‚Darüber will ich jetzt nicht nachdenken ...'

Plötzlich schnellte sein Arm vor, er stützte sich mit der Hand am Pfosten ab und versperrte ihr den Weg. Sein Gesicht war dem ihren ganz nah, sie spürte seinen warmen Atem auf ihrer Haut und sog den herben Geruch von Leder, Pelz und Wald ein.

„Mariella." Sein müder Blick glitt über ihr Gesicht. „Freyja hat dich mir geschickt und doch soll es nicht sein."

„Welche Freyja?", fragte sie irritiert.

Er kniff überrascht die Augen zusammen „Die schöne Göttin Freyja."

Sie sah kopfschüttelnd zu ihm auf. „Das war nicht Freyja, sondern purer Zufall!"

Er schwankte leicht und Marie packte geistesgegenwärtig seinen Arm. Er brauchte einen Augenblick, um sich zu sammeln.

„Du bringst alles durcheinander", flüsterte er und lehnte seine Stirn sanft gegen ihre.

„Du auch", erwiderte sie leise.

„Wegen dir schlafe ich schlecht", seine Nasenspitze berührte die ihre.

„Ich schlafe irgendwie auch gar nicht mehr."

Seine Augen verdunkelten sich in dem hellen Schein des Mondes. Er neigte ganz eben nur seinen Kopf zur Seite und seine Lippen waren nur noch Millimeter von den ihren entfernt.

„Du bist es", seine Stimme war weniger als ein Flüstern. „Du bist die Eine."

Marie schluckte.

„Du fühlst es auch, nicht wahr?", hauchte er rau. Seine warmen Lippen legten sich auf ihre. Ganz sachte. Sinnlich. Und doch so fordernd. Betörend. Sanft und verlangend. Er streifte ihren Mund immer und immer wieder. Es war nicht mehr, wie Tage zuvor, nur die Andeutung eines Kusses, sondern reines Begehren. Frithjof wollte sie. Sie. Marie. Und er bewies es ihr auf eine sehr eindringliche Weise.

,*Tu das nicht.*' Hitze wallte durch Maries Körper und ihre Knie gaben nach. Es war nicht die Berührung als solches, die sie so umwarf, es war wesentlich tiefgründiger und das erschreckte sie.

,*Du brichst mir das Herz ...*' Mit aller Kraft stemmte sie sich gegen ihn, doch war es gar nicht nötig, denn er reagierte sofort auf ihre Gegenwehr.

Traurig sah er sie an. Er sah sie lange an. Und seufzte.

Zögerlich trat er einen Schritt zurück und schwankte von Neuem. Marie ergriff blitzschnell seinen Arm.

„Du bist noch längst nicht fit und solltest dich ausruhen. Komm mit", flüsterte sie und war froh, diesem unglaublichen Moment entfliehen zu können.

Die anderen saßen wieder beieinander am Tisch und aßen weiter, als sie den Raum betraten. Marlene beäugte ihn missbilligend. „Frithjof. Du musst dich hinlegen", bemerkte sie gleich. „Schlaf ein paar Stunden, dann bist du wieder auf dem Damm." Sie wandte sich an Karl. „Habt ihr ein Bett oder eine Liege für ihn? Er sollte sich jetzt wirklich hinlegen."

Er nickte Marie zu. „Dein Zimmer?"

Sie nickte ebenfalls und Raoul erhob sich gleich von seinem Stuhl.

„Ich komme mit, nicht dass Frithjof noch die Treppe runterfällt", frotzelte er und lächelte sogar ein wenig.

Nachdem sie die Küche verlassen hatten, mutmaßte Marlene: „Ich dachte schon, Marie und Raoul hätten sich gestritten", ein vorsichtiges Lächeln huschte über ihre Züge. „Irgendwie hatte ich den Eindruck, da läge was in der Luft."

„Nö, gestritten haben sie sich nicht", abrupt stand Lissi auf. „Ich muss mal telefonieren", und war auch schon verschwunden.

Karl und Marlene wechselten einen Blick. „Sie weicht aus", sagte sie schlicht.

„Ja, sieht so aus." Karl goss ihnen noch Wein nach.

„Willst du mir jetzt von dieser verrückten Geschichte erzählen, in die die Kinder geraten sind?"

Er schüttelte den Kopf. „Nein!"

„Nein?", erstaunt schaute sie ihn an.

„Nein", er lächelte. „Wie wäre es mit einem Espresso und dazu etwas feinherbe Schokolade?"

„Gerne. Aber jetzt weichst du aus", neckte sie und ließ ihr glockenhelles Lachen anklingen.

„Marlene", die Art, wie er ihren Namen aussprach, erinnerte sie an längst vergangene Zeiten. „Glaube mir, du willst es gar nicht so genau wissen."

„So. Meinst du. Wie kommst du nur darauf. Hier geht es um meine Zwillinge."

„Und es geht um meine Nichte, die für mich wie eine Tochter ist", er sagte es mit Nachdruck und sah sie ernst an.

„Nun, ich habe Frithjof verarztet. Ich habe somit geholfen und ich denke, das rechtfertigt meine Forderung nach Informationen", sie hielt einen Moment inne und schaute Karl direkt an. „Ihm haftet so etwas Wildes und Ursprüngliches an, oder bilde ich mir das nur ein?"

Er lachte. „Ursprünglich ist schon das richtige Wort für ihn", mit dem Espresso in der Hand kam er zum Tisch zurück und stellte ein Tässchen vor ihr ab.

Nachdem er ihr gegenübersaß und eine Weile in seiner Tasse gerührt hatte, sah er sie ernst an. „Marlene, hier geht es nicht nur um ein kleines Abenteuer. Diese ganze Geschichte reicht schon viele Jahre zurück und meine Familie ist offensichtlich mit dieser fremden Zeit verbunden." Er krauste die Stirn. „Warum, ist mir noch nicht klar. Nun, wie auch immer. Die Kinder sind heil wieder da. Hauptsache."

Hummel kam angewackelt und legte ihre Schnute auf sein Bein. So alt wie sie auch war, ihre Nase arbeitete noch immer hervorragend. Schokolade witterte sie sofort, und weil beim Betteln der Erfolg stets ausblieb, stibitzte sie sie mit Vorliebe.

„Nur Grille nicht", fügte er leise hinzu.

Marlene starrte ihn an. „Karl, das ist doch alles totaler Irrsinn. Wir leben im 21. Jahrhundert, da gibt es so einen Hokuspokus nicht." Sie holte mit ihrem Arm aus, als wolle sie Vergangenes heranholen. „Fremde Welten, Zeitreisen." Mit einem Ruck setzte sie sich aufrecht. „Was ist los mit euch? Frithjof ist vielleicht irgendwie verwegen aber er stammt doch nicht aus einer vergangenen Zeit."

Karl hob müde seine Augenlider. „Bist du dir denn da so sicher?"

Sie neigte ihren Kopf zur Seite. „Du glaubst das tatsächlich. Nicht wahr? Lissi hat mir heute einiges erzählt und wäre sie nicht meine Tochter, wäre ich wirklich böse geworden ..., ich ..", sie stockte, als sie die Resignation in seinen Augen las, „es stimmt also? Die Kinder waren heute im Mittelalter?"

„Spätantike!"

Sie starrte ihn an. „Spätantike?"

„Ja", er lachte leise, „du hast dich nicht verändert, du musst immer noch alles wiederholen, was ich sage."

Still lehnte sie sich in ihrem Stuhl zurück. Die Hände verschränkt im Schoß liegend und die Tischplatte musternd, schwieg sie einige Zeit vor sich hin. Sie schien tief in Gedanken versunken und Karl schob, mit beiden Händen gleichzeitig, seine Ärmel über die Ellenbogen und hielt sie dort umfasst, während er sich ebenfalls zurücklehnte. Er war sichtlich bemüht, entspannt zu wirken, obwohl er alles andere als das war. Im Hintergrund erklang New Year's Day und Marlene konzentrierte sich für einen Augenblick auf das Spiel der Bassgitarre, zum einen, da sie es mochte und zum anderen, um sich zu sammeln. Für einige Sekunden schloss sie die Augen, beugte sich dann aber rasch vor. „Du irrst Karl. Ich habe mich sehr verändert. Zwanzig Jahre gehen nicht spurlos an einem vorbei."

„Da magst du recht haben, doch die kleinen Besonderheiten eines Charakters bleiben. Gleichgültig, wie viele Jahre verstreichen", entgegnete er sanft.

„Zwanzig Jahre sind eine lange Zeit."

„Oh ja, wem sagst du das."

Sie sahen sich an und der ernste Moment verflog, als sie sich anlächelten. Karl betrachtete sie aus schmalen Augen und legte seinen Kopf schief. „Warum hast du keinen Lebensgefährten?"

„Steht es dir zu, mich so etwas zu fragen?"

„Ja", er nickte selbstbewusst.

Zögernd rührte sie in ihrem Espresso, übergangslos schaute sie auf und in ihren grauen Augen blitzte es schalkhaft. „Nun ja, Mr. Darcy existiert nur im Roman", sie lächelte spitzbübisch, „und Adam Clayton ist für mich leider unerreichbar."

Karl lachte ganz leise. „Oha."

„Und warum lebt keine Frau an deiner Seite?"

„Außer Marie hält es einfach keine Frau mit mir aus", er zuckte leicht mit den Schultern.

„Ja, das glaube ich sofort", erwiderte Marlene schmunzelnd.

Lissi flog durch die Hintertür und fegte durchs Zimmer. „Ich bin dann mal weg! Mami ich nehme deinen Wagen mit, du kannst ja mit Raoul fahren. Tschüss."

*

Frithjof wehrte sich, wollte nicht einsehen, geschweige denn zugeben, wie schlecht er sich fühlte. „Ich fühle mich gut und bin durchaus in der Lage, jetzt in meine Zeit zu gehen. Du musst nicht dein Nachtlager für mich räumen."

„Mag ja sein, dass du dich gut fühlst, dann denke aber bitte an Vedrfölnir. Sie braucht noch Ruhe, schließlich ist sie ebenso wie du heute von den Schroten getroffen worden", zischte Marie. Sie selbst fühlte sich nicht weniger erschöpft und sein Starrsinn fuchste sie gewaltig. Doch die träge Taubheit in seinem Kopf legte alsbald seine Gegenwehr lahm. Erneut schwankte er, seine Beine gaben nach und seine momentane Hilflosigkeit traf ihn hart. Er sank in die weichen, duftigen Kissen und empfand es als die Verführung schlechthin. Niemals zuvor hatte er eine derartige Bequemlichkeit erlebt, und ehe er sich versah, wurde es dunkel um ihn herum.

Marie war froh, dass er endlich nachgab und schickte Vreder neben ihr Bett auf eine Sauschwarte. Ihr erstes Wildschwein. Es war nicht groß, ausgenommen brachte es knapp fünfundzwanzig Kilo auf die Waage, doch als Bettvorleger machte es sich ganz wunderbar. Sie hatte es vergangenen Winter gestreckt und die Schwarte gerben lassen. Grille hatte mit Vorliebe darauf geschlafen. Sie strich dem Hund liebevoll über den Kopf und zog sich, nachdem sie das Lämpchen auf ihrem Schreibtisch eingeschaltet hatte, zurück.

Raoul lehnte im Türrahmen und betrachtete sie aufmerksam. Er trat einen Schritt nach hinten, als sie die Zimmertür schloss, und sah sie kritisch an. Marie musste zu ihm aufsehen, und da er sich nicht einen Zentimeter bewegte, blieb sie, wo sie war. Sachte streichelte Raoul mit seinen Fingerknöcheln über ihre Wange. „Was ist dir passiert? Da draußen. Als du allein auf der Suche warst?"

‚Darüber will ich nicht reden ... Nicht jetzt!'

Sie senkte den Kopf.

Er strich ihr eine Locke aus der Stirn. „Marie?", flüsterte er.

‚Oh Raoul. Was soll das?' Gequält schaute sie auf.

Er sah in ihre warmen Augen und fuhr mit den Fingern über ihre Lippen.

„Raoul."

Sanft legte er seinen Mund auf ihren. Er fühlte sich wohlig weich, warm und trocken an. Marie seufzte und packte ihn am Kragen seines Pullovers und schob ihn von sich.

‚Die sind doch alle total durchgeknallt ...'

„Verdammt noch mal", ungestüm stieß sie den Atem aus. „Was soll das. Wir sind Freunde", sie tippte ihm auf die Brust. „Freunde. Oder nicht?"

Er sah sie an, senkte seinen Blick und krauste die Stirn. „Ja. Du hast recht." Verlegen trat er einen Schritt zurück. „Entschuldige." Er wandte sich der Treppe zu und lachte lautlos. „Ich bin gerade auf einem Selbstfindungstrip, aber den sollte ich wohl nicht auf deine Kosten durchführen. Bis morgen." Er war so schnell die Treppe hinuntergeeilt, dass sie keine Gelegenheit mehr bekam, etwas zu erwidern.

*

Karl und Marlene schwiegen sich an. Es war kein unangenehmes Schweigen, sondern mehr ein in sich gehen. Jeder für sich versuchte die veränderte Situation zu erfassen, denn plötzlich hatten sie wieder Kontakt. Nach zwanzig Jahren. Nach dem heutigen Tag wäre es ihr unmöglich, ihm erneut aus dem Weg zu gehen. Es gäbe einfach keinen Grund dafür.

Raoul huschte durch die Küche und rief im Vorbeigehen: „Ich geh auf den Ansitz. Tschüss", und schon war er durch die Hintertür verschwunden und auf dem Weg zum Mitarbeiter-Parkplatz.

Marlene und Karl schauten ihm verblüfft nach.

„Deine Zwillinge haben es heute sehr eilig", bemerkte er trocken. „Ich kann dich nach Hause bringen, wenn du möchtest?", fügte er hinzu.

„Das wäre nett von dir. Ich muss sehr früh raus und ich", sie zauderte, „ich muss diesen seltsamen Tag erst einmal verdauen", sagte sie lächelnd.

„Dann komm. Ich fahre dich."

*

Als Marie die Küche betrat, fand sie nur Hummel vor, hockte sich hin und umarmte sie innig. Sie drückte ihren Kopf an die Schulter des Hundes und strich ihr über das weiche Fell. Sie suchte Trost. Die letzten Tage erschienen ihr wie ein Ausflug in die Hölle und sie empfand nun puren Überdruss.

Marie erhob sich und holte einen Teller, den sie mit einem übrig gebliebenen Pfannkuchen füllte, goss sich ein Glas Wein ein, legte eine CD von Felix Mendelssohn Bartholdy in den CD-Player und setzte sich allein an den Küchentisch. Das Essen war zwar kalt, doch es war ihr noch immer ein Genuss und sie konzentrierte sich einzig und allein darauf. Auf jeden einzelnen Bissen. Denn nichts anderes konnte sie jetzt noch ertragen. Nichts.

Ihre Augen füllten sich mit Tränen. Energisch wischte Marie sie fort und nahm einen kräftigen Schluck von dem Wein. Der Wein war viel zu schade, um ihn einfach nur hinunterzukippen und sie riss sich zusammen. Doch die Tränen verschleierten ihr die Sicht immer und immer wieder, sie fühlte, wie die salzigen Tropfen auf ihren Schrunden im Gesicht brannten, und schluchzte.

Erkenntnis

27. Dezember 2009

Raoul saß auf der Kanzel im Revier seines Onkels Matthias, dick eingemummelt in einen Ansitzsack und einen Taschenofen zu den Füßen. Die schweren Stiefel hatte er zuvor ausgezogen und beiseitegestellt. Im Grunde war er zu spät rausgekommen, doch es war ihm gleichgültig. Er brauchte Luft, Ruhe und Zeit zum Nachdenken. Die vergangenen Stunden waren die ungewöhnlichsten seines bisherigen Lebens und er musste jetzt endlich mit sich selbst ins Reine kommen.

Der Mond stand längst als helle Scheibe hoch am Himmel und durch den Schnee war es taghell. Die Luft war klar und klirrend kalt. So warm eingepackt ließ es sich aber durchaus einige Stunden aushalten. Er stellte seine gesicherte Büchse rechts neben sich ab, strich sich einige Ponysträhnen hinter die Ohren und zog den Hut tiefer in die Stirn, damit sein Gesicht im Mondschein nicht so leuchtete. Anschließend zog er noch dunkle Handschuhe über und ließ seine Hände in dem Fellmuff auf seinem Schoß verschwinden. Sich leise zurücklehnend dachte er an Hjalmar, von dem er seit ihrem Abschied vor Weihnachten nichts mehr gehört hatte. Nicht verwunderlich, denn der nächste Schritt oblag ihm und nicht Hjalmar, das hatte er deutlich anklingen lassen.

Ein Lächeln huschte ihm übers Gesicht. Sicherlich saß der Norweger jetzt ebenfalls draußen und nutzte das Mondlicht. In den vergangenen Tagen war er immer wieder versucht gewesen, ihn anzurufen, einfach nur um seine Stimme zu hören, und hatte es sich im letzten Moment doch verkniffen.

Ein leises Rascheln weckte seine Aufmerksamkeit und er linste in die Richtung, aus welcher er glaubte, dass das Geräusch kam. Ruhig nahm er sein Fernglas auf und suchte die Gegend ab, doch es gab nichts zu sehen.

Er fragte sich, wie Marie sich jetzt fühlte. Nach diesem aufreibenden Tag. Ob sie ihm seine Dreistigkeit schwer übel nahm, wozu sie natürlich auch allen Grund hatte. Einerseits schämte er sich durchaus für sein Verhalten, andererseits war er froh darüber, denn letztlich hatte ihm das die Augen geöffnet. Er erinnerte sich an ihren weichen Mund und wie wunderbar es sich angefühlt hatte, sie zu küssen und ihrem warmen Körper so nahe zu sein. Nie zuvor hatte er derartige Gedanken gehegt, und als sie heute Morgen so traurig dastand, wollte er sie nur trösten. Als jedoch seine Lippen ihr Gesicht berührten, ließ er sich schließlich zu dem Kuss hinreißen. Es war unglaublich gewesen. Nur war es nicht die Nähe zu Marie, sondern der Kuss als solches, den er als unglaublich empfand. Das war ihm in dem Moment klar geworden, als er sie das zweite Mal küsste. Nicht weil es ihre Lippen waren, sondern weil sich die Lippen, die er berührte, einfach nur gut anfühlten. Weich und sinnlich. Warm und lockend. Marie war für ihn immer noch Marie. Seine Gefühle für sie waren immer schon freundschaftlicher Natur und das hatte sich nicht verändert.

Dagegen hatte Hjalmars Kuss bei ihm das reinste Feuerwerk entfacht und bei dem Gedanken daran fühlte er erneut die Glut in seinem Bauch. Aber genau das war es, was ihn dazu getrieben hatte, Marie küssen zu wollen. Ihr gegenüber war es total unfair, andererseits verstände sie es sicherlich, wenn er es ihr erzählen würde. Er hätte auch irgendeine andere Frau küssen können, nur würde das wieder zu Komplikationen führen, die er nicht haben wollte. Außerdem gab es kein Mädchen, das ihm mehr bedeutete als Marie. Oh, wie er diese Gefühlswirren hasste. Das war ihm alles viel zu kompliziert. Der heutige Tag hatte sein Leben für immer verändert. Unwiderruflich.

Der Moment, in dem er Perkenheim in die Augen gesehen und die grausame Kälte darin erblickte hatte, war der letzte Auslöser für seinen Entschluss. In dem Augenblick empfand er Angst, Todesangst, und hatte doch nur daran denken können, wie sehr er es bedauerte, sich seine Gefühle für Hjalmar nicht eingestanden zu haben.

Was hieß das für ihn? Hjalmar hatte es ihm an dem Tag als sie sich kennenlernten auf den Kopf zugesagt und Raoul hatte es vehement abgestritten. Nur, wenn er ganz ehrlich war und tief in sich hineinhorchte, hatte er es da schon sehr genau gewusst und im Grunde wusste er es schon seit Jahren. Und doch war er zu feige gewesen, es sich einzugestehen.

Es war Mitternacht, als er sein Handy hervorholte, um eine SMS an Hjalmar zu schicken.

Du hast recht. Du kennst mich besser als ich mich selbst. Wünschte du wärst hier. Raoul.

Er hielt für einige Sekunden den Atem an und drückte mutig auf Senden.

*

Marie fühlte sich müde und erschöpft. Lange saß sie vor dem Kamin, hin und her gerissen, ob sie Kjelt anrufen sollte oder lieber nicht, ob sie Lissi um Rat fragen sollte oder einfach gar nichts tat. Letzten Endes tat sie nichts, saß nur da und fühlte sich scheußlich. Sie fühlte sich allein gelassen. Von allen. Selbst Karl hatte sich verdrückt.

Irgendwann hatte sie genug von dieser Melancholie und ging die halbe Treppe hoch zu den Schlafräumen. Leise betrat sie ihr Zimmer, warf kurz einen Blick auf Frithjof, der tatsächlich zu schlafen schien, und steuerte auf die Tür links neben ihrem Kleiderschrank zu, hinter der sich ihr eigenes Bad verbarg. Sie nahm eine ausgiebig heiße Dusche, um sich die ganze Pein des heutigen Tages abzuspülen. Danach fühlte sie sich deutlich besser, ihre Haut brannte zwar, aber ihre Muskeln waren dafür umso entspannter. Sie kuschelte sich in ihren flauschigen Bademantel und huschte auf leisen Sohlen in ihr Zimmer. Eine ganze Weile stand sie vor ihrem Schrank und suchte Wäsche zusammen, als sich zaghaft eine Hundeschnauze an ihr Bein drückte.

„Vreder", wisperte sie und strich ihr über den Fang.

„Mariella", erklang sachte Frithjofs Stimme.

Sie schaute sich überrascht um. „Oh, habe ich dich geweckt?"

„Nein. Ich bin schon einige Zeit wach." Er stützte seinen Kopf in die linke Hand, während er sie ansah. „Deine Welt ist sehr laut und ..., furchtbar laut. Ich kann diese Geräusche nicht einschätzen, ich weiß einfach nicht, wann mir Gefahr droht", seufzend richtete er sich auf. „Auch wenn dein Nachtlager noch so bequem ist, lenken mich die Geräusche und die seltsamen Dinge hier zu sehr ab."

In dem gedämpften Licht ihrer Schreibtischlampe erkannte sie ihn nur schemenhaft und schritt näher. „Fühlst du dich jetzt besser. Ich meine, ist dir noch schwindelig oder so?"

„Nein", sie konnte sein Lächeln zwar nicht sehen aber dafür hörte sie es umso deutlicher.

Marie kam noch näher heran, während Vreder sich wieder auf die Sauschwarte legte. „Darf ich?", fragte sie und deutete auf das Bett.

Er rückte unnötig zur Seite, denn eigentlich war das Bett groß genug. Marie hockte sich neben ihn, zog ihre Beine an und umschlang sie mit den Armen.

„Hier in diesem Haus droht dir keine Gefahr, Frithjof." Sie lächelte. „Du bist hier sicher."

Er wandte ihr sein Gesicht zu. Es trennte sie nur knapp ein halber Meter und ihr blumiger Duft kitzelte ihn in der Nase. Er schloss die Augen und nahm ihn tief in sich auf. Ihr Geruch wirkte immer wieder sinnlich berauschend auf ihn. ‚*Niemand duftet wie du, Mariella …*'

„Ich danke dir", aus ernst dreinblickenden Augen sah er sie an und sog tief die Luft ein. „Du hast viel riskiert, um meine Jagdgefährten zu suchen. Ich stehe in deiner Schuld."

„Nein! Nein Frithjof", sie senkte den Blick und straffte die Schultern. „Nein. Du hast mir mein Leben gerettet. Du weißt, Adalhart hätte mich am liebsten sterben sehen."

Er schluckte und schüttelte langsam den Kopf. „Ich hätte ihn dafür töten müssen. Er ist gefährlich und ich denke er würde es jederzeit wieder versuchen. Ich hätte nicht auf Teutobald hören dürfen."

„Frithjof. Hier droht mir keine Gefahr."

Er schwieg und sah sie aus unergründlichen Augen an. „Ja, du magst recht haben. Meine Welt wirst du sicher nicht wieder betreten", sagte er schließlich und senkte den Kopf. Ihm war schwummerig, außerdem war er frustriert. Er legte sich hin.

Marie musterte ihn eine Weile. Sie hatte nichts Falsches gesagt, sondern nur Tatsachen ausgesprochen, doch fühlte sie sich ebenso elend dabei, wie er ausschaute.

Niedergeschlagen drückte sie die Fernbedienung ihres CD-Players und leise Musik erklang. Sie legte sich neben ihn auf das flauschige Fuchsfell und starrte zur Decke. Müde schloss sie für einige Sekunden die Augen, wandte sich ihm dann jedoch zu und betrachtete ihn. ‚*Er ist genau richtig. Nahezu perfekt und wie für mich gemacht.*' Ihr Blick glitt über sein schönes Gesicht. ‚*Warum lebst du nicht in meiner Zeit?*'

Er drehte sich ebenso auf die Seite. Sie sprachen kein Wort, sahen sich nur an. Wissend. Fühlten sich irgendwie angekommen und doch so weit voneinander entfernt.

‚Mariella …' Er umfasste ihre Finger, ganz sachte und hielt sie in seiner Hand. Strich liebevoll darüber und verlor sich in ihren warmen Augen. *‚… ohne dich will ich nicht sein.'*

Maries Augen brannten. Doch sie rührte sich nicht.

Es sollte einfach nicht sein. Sie waren nicht füreinander bestimmt, auch wenn es sich noch so richtig anfühlte. Schließlich lag über ein Jahrtausend zwischen ihnen.

Lange lagen sie so da, sprachen kein Wort und schauten sich an, bis sie schließlich einschliefen. Hand in Hand.

*

Karl fuhr nach Stavern zu Wenzeslaus. Wieder einmal. Er war gelöster Stimmung, woran Marlene nicht ganz unschuldig war. Sie heute zu sehen, nach all den Jahren, war beinahe zu schön, um wahr zu sein. Sicher würde sie es ihm nicht leicht machen, doch nach den vergangenen Stunden war er zuversichtlich, sie in absehbarer Zeit ein weiteres Mal zu treffen.

Still lächelte er in sich hinein, während er in die Toreinfahrt einbog. Eigentlich hatte er keine große Lust, sich mit seinem Onkel auseinanderzusetzen, doch musste er ihn wenigstens über Perkenheims Tod in Kenntnis setzen.

Den Drilling geknickt über den Arm gehängt läutete er, und einen Moment später stand Albert in der Tür. Misstrauisch taxierte er ihn, bevor er sie weit öffnete und Karl hineinbat.

„Hallo Albert. Wie geht's?"

„Danke gut", er nickte flüchtig.

„Ist dein Vater da?"

„Nein, er ist ausgegangen."

„So was. Nun gut, richte ihm doch bitte aus, dass Perkenheim verstorben ist. Hier ist seine Waffe", sagte Karl nüchtern, drückte ihm das Gewehr in die Hand und wandte sich zum Gehen.

„Wie bitte?" Albert glotzte ihn verdattert an.

„Moritz Perkenheim. Ist für immer von uns gegangen. Er ist tot."

„Woher weißt du das? Bist du völlig sicher?" Albert klang nervös.

„Ja." Karl zog das Wort beim Aussprechen sehr lang und betrachtete ihn neugierig.

„Wo ist seine Leiche?"

„Nicht in unserer Zeit."

Albert betrachtete den Drilling genauer und erkannte ihn tatsächlich wieder. Er kniff die Lippen zusammen und fühlte sich unendlich erleichtert. Was hatte er den ganzen Tag über mit seiner Panik gekämpft, als er den anderen Jagdgast in der fernen Zeit führte. Hinter jedem Baum glaubte er Perkenheim zu sehen und wurde stündlich fiebriger.

Zufrieden blickte er auf seinen Cousin. „Gut. Ich werde es ihm ausrichten."

Karl stand bereits auf der untersten Stufe, als er sich noch einmal umdrehte. „Sag Albert, weißt du, was genau deinen Vater mit dieser alten Zeit verbindet?"

Überrascht sah er auf. „Jagd und Profit."

„Hm. Und du glaubst nicht, das noch mehr dahintersteckt?", wollte er zweifelnd wissen.

„Ist denn das nicht Antrieb genug?" Albert hob die Schultern.

Um Karls Mundwinkel zuckte es. „Ja. Vielleicht. Bis demnächst." Er sprang in seinen Wagen und fuhr davon.

*

Lisette stand mit Tristan und Kjelt an der Theke ihrer Stammkneipe. Es war übervoll, die Musik wummerte laut, und es herrschte allgemeine Partylaune. Viele Leute von außerhalb waren bei ihren Familien zu Besuch und nutzten den dritten Weihnachtstag, um alte Freunde und Bekannte zu treffen. Sie selbst hielt auch Ausschau nach dem einen oder anderen vertrauten Gesicht, immer ins Gespräch vertieft, um ja nicht an den vergangenen Nachmittag denken zu müssen. Sie strahlte übermütig und war hibbeliger denn je. Mit Kjelt hatte sie bisher nur ein paar Belanglosigkeiten ausgetauscht und Tristan war nicht gerade bester Laune. So hielt sie sich an ein paar Bekannte neben sich, die sie längere Zeit nicht gesehen hatte.

Just als sie nach ihrem Bier griff, hörte sie ihren Freund sagen: „Vielleicht solltest du diesen Kaukasier einfach anzeigen."

Kjelt sah ihn überrascht an. Lissi wirbelte herum und warf Tristan einen bösen Blick zu.

„Nun, er hat dich angegriffen. Einfach so", rief er inbrünstig und wandte sich trotzig an seine Freundin. „Das geht ja wohl gar nicht."

„So!", murrte Lissi wütend. „Bleib mal auf dem Teppich, Schatz. Der Bengel hat sich in Marie verguckt und reagierte deshalb vielleicht ein wenig empfindlich."

Kjelt musste über diese nette Umschreibung lächeln, doch der Gedanke gefiel ihm überhaupt nicht. „Ist Marie an ihm interessiert?", fragte er laut und ebenso ernst.

Sie machte große Augen. „Keine Ahnung. Und wenn schon, er bleibt nicht lange genug hier, um dich aus dem Rennen zu schicken. Im neuen Jahr ist er zurück in seiner Heimat und wird auch so schnell nicht wiederkommen."

Die beiden Jungs sagten nichts und schauten auf ihre Gläser. Kjelt fuhr sich mit beiden Händen durchs Haar, sodass sein langer Pony wie eine Welle nach hinten fiel. In der Bewegung streckte er seine Brust weit heraus und schien gar nicht zu bemerken, wie einige Mädchen gegenüber an der Theke ihn dabei verträumt anschmachteten. Gedankenverloren strich er sich über den Dreitagebart und hielt anschließend für einen Augenblick mit zwei Fingern sein Kinn.

„Mensch Kjelt, warum muss es denn ausgerechnet Marie sein? Es gibt so viele hübsche Mädchen, so viele unkomplizierte nette Mädels mit einem schlichten Hobby, die nicht irgendwelches Viehzeug abschlachten." Tristan nickte, um seinen Worten Nachdruck zu verleihen. „Schau, die niedliche Sarah dahinten, sie ist total scharf auf dich und ich weiß auch, dass sie auf Computerspiele abfährt."

Lissi verschluckte sich an ihrem Bier und prustete. Nachdem sie sich den Schaum aus dem Gesicht gewischt hatte, blickte sie ihren Freund fassungslos an. „Sag mal, was redest du denn da für wirres Zeug? Marie schlachtet niemanden ab. Und überhaupt. Was bildest du dir eigentlich ein, so über sie zu urteilen, als wenn du auch nur den blassesten Schimmer von Jagd hättest." Empört stand sie von ihrem kürzlich ergatterten Hocker auf. Hitzige Röte schoss ihr ins Gesicht. Nach dem heutigen Tag würde sie sich solch einen kleinlichen Mist mit Sicherheit nicht anhören. Auch nicht von Tristan. Schon gar nicht von Tristan. Sie schnappte sich ihre Jacke, die über ihrem Hocker hing, klemmte einen Fünfeuroschein unter ihren Bierdeckel, warf den Jungs einen eisigen Blick zu und verließ ohne einen Abschiedsgruß das Lokal. Scheiß auf diese oberflächlichen Heinis, dachte sie sich, und fuhr nach Hause.

28. Dezember 2009

Marie erwachte, als warme Finger ihr sachte über die Wange strichen. Sie lag gerade so bequem, war noch schläfrig und es fiel ihr schwer zu begreifen, woher diese Finger kamen. Noch benommen drehte sie sich der Hand entgegen und zwinkerte in den gedämpften Schein des kleinen Lämpchens auf ihrem Schreibtisch.

Frithjof lächelte. So gerne würde er sie jetzt erforschen und mit all seinen Sinnen wahrnehmen, von ihr kosten, sie langsam verführen und nackt auf seiner Haut fühlen, nur ein einziges Mal, bevor er auf ewig aus ihrem Leben verschwand.

Erneut fuhr er mit seinen Fingern über ihr Gesicht und beobachtete, wie sie sich regte.

„Hey!", flüsterte sie und lächelte zurück.

Er runzelte die Stirn. Sie rutschte näher und legte einen Arm über seine Taille. Dadurch ermutigt, zog er sie in seine Arme und drückte sie an sich. Schweigend hielt er sie für einen langen Augenblick fest, spürte ihre weiche Haut an seiner Wange und jeden ihrer Atemzüge. Sein Gesicht neigte sich an ihren Hals und er spürte ihre duftige Wärme auf seinen Lippen, was ihn verleitete, diesen mit sanften Küssen zu bedecken. Seine Hand glitt über ihren Rücken, strich ihr über die Hüfte und suchte sich einen Weg unter diesen seltsamen Umhang. Mit den Fingerspitzen liebkoste er quälend langsam ihren nackten Oberschenkel. Sie führte ihn so sehr in Versuchung und er war nahe dran, dieser inneren Regung einfach nachzugeben. Ganz nahe dran.

„Mariella. Es wird Zeit für mich zu gehen", wisperte er dicht an ihrem Ohr.

„Hmhm."

,Dieser Moment kommt nicht wieder ...' Sie sog seine Berührung in sich auf und wollte mehr. Viel mehr.

Wieder lächelte er und hielt sie noch fester. „Mariella."

,Ich würde gerne bei dir bleiben ...'

„Ja. Ich weiß. Du musst jetzt fort", sie befreite sich müde aus seiner Umarmung, setzte sich auf und sah ihn an. In ihren Augen spiegelte sich ernüchternde Akzeptanz.

„Ich ziehe mich schnell an und dann holen wir Vedrfölnir."

Er stützte seinen Kopf in die Hand, sah, wie sie in dem anderen Raum verschwand und es kostete ihn einige Beherrschung nicht aufzuspringen, um ihr zu folgen.

Vreder begrüßte ihn winselnd, sie musste nach draußen, genauso wie er. Neugierig schaute er sich um, alles in diesem Raum sah für ihn fremd und seltsam aus. Er stand auf und schritt langsam durch diesen ungewöhnlichen Raum. Vor dem stehenden Wasser hielt er inne und schaute hindurch. Es war noch dunkel, nur in der Ferne zeigte sich ein schmaler Streifen des ersten Morgenrots am Horizont. Behutsam tippte er gegen die Scheibe und stutzte, als es nicht nachgab. Er legte seine Handfläche dagegen, doch es war einfach nur hart und blieb undurchdringlich.

Marie stand währenddessen in der Badezimmertür und lachte leise in sich hinein. „Das ist Glas", meinte sie amüsiert.

Er drehte sich um. „Du lebst in einer sonderbaren Welt. Wie hältst du es hier nur aus?"

„Dasselbe könnte ich dich fragen."

Er nickte und um seine Augen bildeten sich hinreißende kleine Fältchen, als er sie ansah.

„Komm, holen wir deinen Habicht."

Als sie Karls Büro erreichten, waren die ersten Tierpfleger schon in der Futterküche beschäftigt, doch sie bemerkten ihr Kommen nicht. Marie öffnete die Zimmertür und lugte vorsichtig hinein.

Der Vogel stand, den Kopf in die Federn gesteckt, entspannt auf dem Habichtsbogen. Sie wollte ihn nicht mit der grellen Deckenbeleuchtung erschrecken und schlich zum Schreibtisch, um dort eine Lampe einzuschalten.

Frithjof kniete sich vor Vedrfölnir, streifte seinen Handschuh über, der neben der Sitzstange am Boden lag, und umfasste die Geschühriemen.

Sie schaute ruckartig auf und breitete drohend die Schwingen auseinander. Er hielt ihr die Faust hin, und als sie ihn erkannte, stieg sie bereitwillig über.

„Die eigentliche Verletzung ist klein und nicht dramatisch, doch durch die Schrote waren die Federn der einen Schwinge zerstört und ein hiesiger Falkner hat sie erneuert", sagte Marie ruhig.

Nachdem er die Langfessel am Handschuh befestigt hatte, trat er näher ans Licht und begutachtete die verletzte Schwinge. Sorgsam zog er an dem Flügel, bis sämtliche Federn aufgefächert waren, und beäugte sie kritisch. „Das ist wirklich erstaunlich gute Arbeit", meinte er anerkennend.

„Ja. Finde ich auch. Sie wird sicher noch einige Tage brauchen, bis sie wieder fit ist, aber dann wird es gehen", stellte Marie fest.

Er warf ihr einen fragenden Blick zu. „Fit?"

Sie grinste. „Hm, ganz gesund, meine ich."

Frithjof neigte seinen Kopf. „Sie bekommt so viel Zeit, wie sie braucht." Vreder drückte sich an sein Bein und er tätschelte sie liebevoll. „Mariella, ich muss dir nochmals danken", sagte er aufrichtig und hielt ihren Blick fest.

„Gerne", sie lächelte und plötzlich überkam sie eine schreckliche Leere. *‚Jetzt ist es so weit.'* In ihrem Magen dehnte sich ein flaues Gefühl aus, was ihr sehr missfiel, und sie bemühte sich, es zu ignorieren, was ihr leider nicht so recht gelingen wollte.

Auf dem Weg zum Hünengrab wurde sie immer langsamer und lief zögerlich neben Frithjof her. Er selbst bewegte sich auch nicht gerade hastig, doch irgendwann kamen sie trotzdem dort an.

Marie spürte die leichte Übelkeit, die ihr der flatterige Magen verursachte, und atmete tief durch.

Frithjof blieb vor dem Eingang stehen und sah sie aus schmalen Augen an, deren Blau nun durch die aufgehende Sonne zu leuchten schien. „Ich werde dir jetzt nicht – Lebe wohl – sagen Mariella", er zupfte an einer ihrer Locken. „Irgendwann. Aber nicht jetzt!"

‚Puh …'

„Das ist gut", die Anspannung in ihrem Körper war auf einen Schlag verflogen und ein gelöstes, sehr leises Lachen entschlüpfte ihr, während sie verlegen zu Boden schaute. Als sie den Kopf hob, sah sie deutlich das

Zucken seiner Mundwinkel und er zwinkerte ihr zu, bevor er im Steingrab verschwand.

*

Lisette öffnete Marie einigermaßen zerzaust und mit einem gelben Pyjama bekleidet die Tür. Geschlafen hatte sie nicht. Die ganze Nacht hatte sie kein Auge zugetan, denn jedes Mal, wenn sie es versuchte, starrte ihr Perkenheim mit grinsender Fratze ins Gesicht. Stattdessen hatte sie gelesen.

„Guten Morgen", rief Marie und wedelte mit einer Tüte Schokoladen-Croissants.

Nachdem sie und Frithjof sich getrennt hatten, hatte sie zügig ihre Fallen kontrolliert. Doch ohne Grille war es so trostlos wie nie zuvor und sie brauchte jetzt dringend Ablenkung, um nicht dem Trübsinn zu verfallen.

Sie fühlte sich wie zerrissen. Die Trauer um Grille war das eine, aber die Verbundenheit und das Zusammengehörigkeitsgefühl mit Frithjof war augenblicklich die vorherrschende Empfindung. Es verwirrte sie und machte ihr Angst.

Sie brauchte Distanz, nicht nur körperlich, sondern vor allem auch geistig. Er nahm einfach zu viel Raum in ihrem Kopf ein, auf eine wirklich erschreckend tiefgründige Art. Und das nicht nur in ihrem Kopf, sondern auch in ihrem Herzen.

Sie durfte das nicht zulassen, denn wie sollte sie seinen Verlust sonst verkraften. Ewig würde sie mit der Gewissheit leben, etwas Besonderes verloren zu haben. Und dieser Gedanke war schon jetzt einfach nur entsetzlich, obschon es noch nicht passiert war. Sie wusste ganz genau, dass er keinen Platz in ihrem Leben einnehmen würde. Niemals. Und sie musste dieses Frithjofgedusel jetzt auch endlich abstellen.

„Morgen", murmelte Lissi und trottete zurück in ihr Zimmer. Ihre Freundin folgte ihr auf dem Fuß. „Alles klar? Soll ich uns Kaffee machen?"

Lissi nickte nur und verschwand hinter der Tür.

Als Marie wenig später mit dem Kaffee und dem frischen Gebäck in ihr Zimmer kam, lag sie wieder im Bett und las. Sie stellte die Tassen und den Teller ab, zog sich die Jacke und Schuhe aus und legte sich neben ihre Freundin. „Was liest du?"

„Einen echt coolen Vampirroman", sie knickte in die Seite ein Eselsohr und klappte das Buch zu.

„Oh. Hast du dich gestern etwa noch nicht genug gegruselt?"

Lissi hob die Augenbrauen und schaute sie ernst an. „Gegen gestern ist das hier die reinste Wonne." Sie schwieg kurz. „Scheiße was hatte ich eine Angst."

‚Ja. Ich auch.'

„Ich hätte mir fast in die Hose gepinkelt. Die letzten Tage waren echt der blanke Horror, Marie. Diese alte Epoche ist einfach nur grauenhaft. Obwohl, am schlimmsten war Perkenheim und der stammt ja aus unserer Zeit", fügte sie düster hinzu und drehte sich auf die Seite. „Was ist passiert? Gestern als du allein dort warst?", sie zögerte und spielte mit dem Zipfel ihrer Bettdecke. „Hast du ihn getötet?"

Marie beugte sich erschrocken vor. „Nein!", sagte sie energisch, beruhigte sich aber sofort wieder. „Nein. Teutobald und Frithjofs Vater kamen mir zu Hilfe."

„Hat er dir etwas getan?", fragte sie vorsichtig und beäugte sie sorgenvoll.

Marie griff nach den Tassen und reichte ihrer Freundin eine davon. Sie zog auch den Teller näher und platzierte ihn zwischen sich. „Nein. Hat er nicht." Daraufhin lenkte sie das Gespräch in eine andere Richtung. „Wir krümeln bestimmt dein ganzes Bett voll."

„Macht nichts. Mich stören sie nicht und sonst schläft hier niemand", stellte Lissi spröde fest.

„Ich dachte, Tristan schläft hin und wieder hier?"

„Jetzt nicht mehr", sie biss herzhaft in ihr Croissant und kaute genüsslich.

Marie drehte sich leicht, sodass sie sie ansehen konnte. „Habe ich irgendetwas verpasst?"

„Meim, habiebm bschloschem", nuschelte sie mit vollem Mund. Als sie mit Schlucken fertig war, wiederholte sie sich. „Nein, habe ich eben beschlossen."

„Aha." Verblüfft kniff sie die Augen zusammen. „Ist was passiert?"

Lissi winkte ab. „Ach, nicht der Rede wert. Es wurde eh schon langweilig mit ihm."

Schweigend verputzten sie die noch warmen Croissants und schlürften ihren Kaffee. Marie seufzte leise. „Was ist mit Kjelt? Hast du ihn gestern noch gesprochen?" Reuig fühlte sie Wärme in den Wangen. Das erste Mal seit längerer Zeit, dass sie überhaupt an jemandem interessiert war, abgesehen von Frithjof, der ja eigentlich nicht zählen durfte. Und vor allem umgekehrt, dass jemand sich für sie interessierte. Und dann passierte so was. Wahrscheinlich würde er sie nun, nachdem er so grob umgehauen wurde, nicht mehr wiedersehen wollen. Was sehr schade wäre, denn er verursachte ihr doch Herzklopfen. Außerdem war er die Ablenkung schlechthin.

„Na ja, er ist, denke ich, einfach nur eifersüchtig. Ich an deiner Stelle würde ihn ruhig anrufen", wich sie aus.

„Wirklich?"

„Jaha", sie lachte hell auf. „Man, der Typ ist doch purer Sex auf Beinen. So einen lässt sich doch kein Mädchen entgehen." Sie neigte ihren zerzausten Kopf hin und her. „Obwohl, Frithjof ist ja was Besonderes."

‚Seufz.'

„Er wirkt so wild und ungezähmt. Herrje. Hast du ihn nackt gesehen? Der Hammer. Ich habe ihn mir auch gleich gedanklich ausgeliehen." Sie warf ihrer Freundin einen begeisterten Blick zu. „Genauso stelle ich mir den Wikinger vor, hier in dem Roman", sie tippte mit den Fingern auf den Titel, und als sie Maries irritierten Gesichtsausdruck bemerkte, kicherte sie. „Ein Vampir-Wikinger oder besser gesagt ein Wikinger, der zum Vampir wurde."

„Du hast Frithjof nackt gesehen?", hauchte Marie einigermaßen fassungslos.

„Nicht direkt. Nur so'n bisschen. Na den Oberkörper halt. Gestern als Mami ihm die Schrote rauspulte."

„Ach."

„Möchtest du Details wissen?", in Erinnerungen schwelgend lächelte sie anzüglich.

Marie schüttelte den Kopf. „Nein. Lieber nicht."

„Sicher?"

Jetzt musste sie lachen, Lissi war einfach unverbesserlich. Diese stupste sie mit der Schulter und grinste in sich hinein. „Du magst ihn sehr. Nicht wahr?"

„Über die Maßen."

‚Und das muss jetzt aufhören!'

„Du hast schon ein paar heiße Verehrer, Süße", äußerte sie sich völlig wertfrei und meinte es auch so.

„Wo ist eigentlich Raoul?"

„Oh ja, der zählt ja jetzt auch dazu", frotzelte sie. „Ehrlich gesagt habe ich keine Ahnung. Er kam heute früh kurz heim, duschte und war auch schon wieder weg. Gesprochen habe ich ihn nicht. Aber heute Mittag ist doch die kleine Treibjagd bei Matthias, da wird er sein. Ich gehe übrigens auch mit, als Treiber, und dafür habe ich mir extra Gummistiefel besorgt", strahlend wies sie auf ein Paar mit rosa Tarnflecken gemusterte Stiefel vor ihrem Kleiderschrank. Marie stierte mit gerunzelter Stirn darauf. „Stimmt, das ist heute", meinte sie grüblerisch. „Deshalb haben wir uns ja auch freigenommen."

Lissi gestikulierte wirr zu den Stiefeln und wartete auf einen Kommentar.

„Oh ja. Wow. Ich denke, damit machst du ziemlichen Eindruck bei den Jägern."

Ihre Freundin war zufrieden, das war es, was sie hören wollte. Marie stellte die Tasse weg und kuschelte sich tiefer in die Kissen. Diese Leere um sie herum machte sie ganz kirre. Grille hätte jetzt garantiert den Kopf auf ihre Beine gelegt und sie beide freudig wedelnd angestarrt.

„Du weißt nicht zufällig, was mit deinem Bruder los ist?"

„Nein! Er ist im Moment ganz schön durchgeknallt", meinte Lissi dröge, reichte Marie ihre Tasse, damit sie sie abstellte, und machte es sich neben ihr gemütlich.

„Ich hätte mir nie träumen lassen, einmal so von ihm geküsst zu werden."

Lissi lachte glockenhell. „Oh ja. Es sah auch wirklich unglaublich heiß aus. Hätte ich ihm gar nicht zugetraut."

„Unterschätze deinen Bruder nicht Lisette. Er ist Gold wert", sie legte ihre Arme hinter den Kopf. „Und er ist mein bester Freund."

„Hm. Er steckt glaube ich in einer Identitätskrise."

„Ich denke, er hat sich in einen Kerl verguckt und weiß nicht, wie er damit umgehen soll."

Lissi schaute sie eine ganze Weile ungläubig an. „Du denkst, er ist in Hjalmar verknallt?", fragte sie etwas atemlos.

„Ja!"

‚Bis über beide Ohren.'

„Jetzt wo du es sagst, ist es auch gar nicht so abwegig." Sie schlug sich die Handfläche gegen die Stirn. „Meine Zeit, dieses Jahresende hat es echt in sich. Ein Schock jagt den nächsten", sie setzte sich auf. „Wie war das noch? Während der Rauhnächte streifen die Dämonen als wilde Horde von Odin angeführt durch die Zeit und stiften Unfrieden?"

„Na ja, so ähnlich. Auf jeden Fall sind die Tage zwischen den Jahren magisch. So viel steht fest."

„Marie! Wir haben erst den 28., wer weiß, was uns noch erwartet."

Jäger und Gejagte

28. Dezember 2009

‚Magisch!'

Ja, die vergangenen Tage waren tatsächlich magisch. Und nicht nur das. Wie ein Feuerwerk sprühten Maries Gefühle und waren kaum zu bändigen. Als hätte Magie von ihr Besitz ergriffen, einen Funken entzündet und sie verzaubert.

Sie bog mit ihrem kleinen Suzuki in die Straße, die zum Windberg führte und lauschte der Musik im Radio, doch heute klangen die Melodien bisweilen sehr öde.

„Komm her ..."

Der Gedanke erwischte sie eiskalt. Sie schnappte nach Luft und klammerte sich ans Lenkrad.

„Möchtest du gerne hören, was ich alles mit dir anstellen werde ..."

Abrupt trat sie auf die Bremse und schlidderte mit dem Wagen über die festgefahrene Schneedecke auf den Seitenstreifen. Panisch röchelte sie mit offenem Mund nach Luft. Übelkeit packte sie. Mit einem Satz sprang sie aus dem Auto und hechtete auf den gegenüberliegenden Seitenstreifen. Vorn übergebeugt stand sie würgend da, die Hände auf die Knie gestützt. Speichel sammelte sich in ihrem Mund und sie schmeckte den zähen Ekel auf der Zunge.

„Es wird dir sicher gefallen ..."

Sie fiel auf die Knie und übergab sich. Hustend und schluchzend hockte sie im Schnee und spie aus. Sie spürte das Zittern in ihren Gliedern und kämpfte gegen die aufkommende Panik an.

‚Er ist tot. Er ist verdammt noch mal tot.' Sie nahm eine Handvoll Schnee und wischte sich damit durch das Gesicht. Die Kälte tat gut und sie konzentrierte sich auf die feuchte Kühle des Schnees auf ihren Wangen.

Und doch konnte sie seinen lüsternen Blick auf ihrem Leib fühlen. Spürte, wie sein gieriges Augenspiel sie verschlang und ihre Haut betatschte. Erneutes Würgen schüttelte sie und sie versuchte, dem Brechreiz über ihre Atmung entgegenzuwirken.

‚Er ist tot.' Sie atmete ein, atmete aus, atmete ein. Ein Schluchzen durchfuhr sie.

„Komm schon kleine Zora, sprich mit mir ...“

‚NEIN! Er ist verdammt noch mal tot. Er kann mir nichts anhaben. Rein gar nichts.‘ Marie erhob sich und stütze sich erneut vornüber auf ihre Knie. Ruhig atmend hielt sie inne. Unvermittelt fühlte sie all das Elend der letzten Tage körperlich. Angst, Trauer, Verlust und Versagen. Aber in den Tiefen ihrer Seele glimmte ein Funke. Ganz eben nur leuchtete er auf, ihre Gedanken fingen ihn ein und hielten ihn fest. Unendliche Zuneigung strömte in seichten Wellen durch sie hindurch und vertrieb die dunklen Schatten. Verwirrt fuhr sie sich, mit den vom Schnee noch feuchten Händen, durchs Haar und verschränkte die Finger hinter ihrem Kopf.

‚Atmen. Ganz ruhig. Ich bin hier sicher ...‘ Sie lehnte sich zurück, bis sie aufrecht stand, und starrte – tief durchatmend – in den strahlend blauen Himmel. *‚Der Tag ist viel zu schön, um derartig in Panik zu fallen. Er hat es nicht verdient, dass ich mich von ihm fertigmachen lasse. Ich brauche dringend Ablenkung.‘*

*

Kjelt hockte im Halbdunkel vor seinem Rechner und spielte ein neues Computerspiel, er spielte schon seit Stunden. Crazy Town wummerte im Hintergrund und neben ihm stand eine Tasse mit mittlerweile kalt gewordenem Cappuccino. Viel Schlaf hatte er nicht bekommen, denn es war sehr spät geworden letzte Nacht. Tristan und er waren, nachdem Lissi ihren Abgang hatte, noch in die Disco im Nachbarort gefahren. Er hatte sich dort auch tatsächlich auf einen Flirt eingelassen. Nur ein Flirt, mehr war nicht drin. Denn keine faszinierte ihn so sehr wie Marie.

Es war ihm nur entsetzlich peinlich, dass er vor ihren Augen von so einem wilden Kerl umgehauen worden war. Der Typ war wahrscheinlich genau das, was Marie wollte. Wild. Verwegen. Garantiert Jäger. Sie würde sich bestimmt nie ernsthaft auf ihn, den Vegetarier, den Anti-Jäger, den computerspielbegeisterten Abiturienten einlassen.

Seufzend wischte er sich die langen Ponysträhnen aus der Stirn. Er war schon seit Wochen hinter ihr her, wenn nicht gar seit Monaten.

Sein I-Phone klingelte. Irritiert blickte er darauf. Ein Song von Iyaz. Das war der Klingelton, den er nur Maries Nummer zugeteilt hatte. Er griff danach und starrte aufs Display. Heftiges Herzklopfen schoss ihm bis in den Magen und er schluckte nervös. „Hallo", meldete er sich betont ruhig.

„Hallo Kjelt", erklang ihre samtige Stimme am anderen Ende der Leitung. „Hier ist Marie."

Es entstand eine Pause.

„Wie geht es dir?", fragte sie vorsichtig.

Wieder entstand eine Pause.

„Oh. Störe ich dich gerade?", in ihren Tonfall färbte sich Unsicherheit. „Das tut mir leid. Ich kann auch später noch mal ..."

„Nein. Nein, du störst mich nicht. Ich bin nur ... überrascht", erwiderte er schnell, bevor sie auf die Idee kam aufzulegen.

„Hm. So."

„Mir geht es gut."

Sie lachte leise. „Das ist schön."

„Und dir? Wie geht es dir?", fragte er wachsam, während er sich in seinem Stuhl zurücklehnte.

„Gut. Alles gut", erneut entstand eine kleine Unterbrechung. „Ich wollte dich fragen, ob du vielleicht Lust hast, mich heute Mittag zu einer Treibjagd zu begleiten?", platzte sie heraus.

„Äh ..., Treibjagd?"

Jetzt kicherte sie ganz leise. „Ja." Als keine Reaktion von ihm kam, fügte sie hinzu. „Matthias Brantbur, Raouls Onkel, veranstaltet immer eine kleine Jagd zwischen den Jahren. Wir sind nur ein paar Leute und es ist eigentlich auch mehr ein Spaziergang in Wald und Feld, als eine Jagd, aber immer sehr lustig. Lissi wird auch da sein."

Kjelt war noch nie auf einer Treibjagd gewesen und er wusste auch gar nicht, was da ablief, außer das wild rumgeballert wurde. So glaubte er jedenfalls.

„Kann ich denn da einfach mitgehen? Ich meine, ich kenne mich ja gar nicht aus?"

„Klar. Kein Problem. Wir passen auf dich auf", schmunzelte sie.

„Okay, ich bin dabei."

„Schön, ich freue mich."

Er konnte ihr Lächeln hören und freute sich ebenfalls.

„Ich hole dich um halb eins ab. Zieh dich warm an. Hast du Gummistiefel?"

28. Julmond 434

„Es war ein Nachtmahr, ein fürchterlicher Nachtmahr", verzweifelt schüttelte Rodewin den Kopf. „Er fiel einfach über uns her. Wir konnten uns nicht wehren." Seine Stimme klang gepresst und er stierte beschämt zu Boden.

Sie standen hinter Adalwolfs Haus und sprachen gedämpft miteinander, sodass niemand sie hörte. Adalwolf blickte betroffen drein. Er fragte sich, ob nicht einer von Wenzeslaus Fremden der nächtliche Unhold gewesen sein könnte. Vielleicht hatte einer sich verirrt. Zu viele Fremde. Das hatte ihm gleich nicht gefallen und deshalb hatte er sich auch nicht wieder blicken lassen. Doch jetzt plagten ihn Zweifel. Womöglich hätte er ihn aufhalten können. Wenn er dort gewesen wäre, hätte der Mann nicht hierher gefunden. Und wenn es doch ein Mahr war? Nein. Rodewin hatte ihn ausführlich beschrieben und demnach klang es nach einem Fremden. Doch würde er seiner Geschichte sicher keinen Glauben schenken. „Wir müssen diesen Nachtmahr vertreiben", erwiderte er stattdessen.

„Ja. Doch wie? Die Rauhnächte beherrschen die Zeit. Altes ist noch nicht ganz gegangen und das Neue ist noch nicht stark genug. Eine heikle Zeit für eine Jagd auf Trugwesen."

Adalwolf nickte zustimmend. „Ja mein Freund. Doch die Gefahr ist groß, dass er uns ein weiteres Mal heimsucht. Ich gehe auf die Jagd nach ihm. Bleib du bei deiner Sippe, sie brauchen dich."

„Du kannst nicht alleine gehen. Auf keinen Fall. Wir werden mit Friedmund reden."

„Nein. Ich regle das ohne Friedmund."

„Denk an die Gefahr, Adalwolf. Lass uns noch ein paar Männer aufsuchen und sie mitnehmen."

„Rodewin. Ich weiß, was ich tue", meinte er streng, schritt ins Haus und ließ seinen Freund besorgt zurück.

*

Wenzeslaus kroch umständlich und schwerfällig durch das Steingrab in den Klöbertannen. Das erste Mal nach neunzehn Jahren, dass er einen Fuß in die alte Welt setzte, und wie schon damals imponierte ihm auch diesmal die urwüchsige Erhabenheit dieser Zeit. Durch das dichte Astwerk sah er den hellen Himmel blitzen und über den Waldboden zogen dünne Dunstschwaden. Die Luft war kalt und es roch nach Schnee und Wald. Er schaute sich um und bemerkte, dass seine Jagdgäste ebenfalls das Grab verlassen hatten. Dieses Mal handelte es sich um zwei Brüder, die sich auf die Hirschjagd machten. Sie erschienen ihm nicht wie echte Jäger, eher wie dem Katalog entsprungene Jagdscheininhaber. Doch sie zahlten den Preis und allein das interessierte ihn.

Die Nachricht über Perkenheims Tod hatte er mit einem Anflug von Erleichterung vernommen. Auch wenn er es Karl gegenüber nicht zugegeben hatte, war er besorgt gewesen. Besorgt um das Wohl der Menschen, die Teil seiner Familie waren. Hätte er geahnt, wie verrückt der Kerl gewesen war, hätte er es nie so weit kommen lassen. Vor allem für Marie tat es ihm leid. Es war schade um den Hund. Außerdem hatte ihr kleines Herz schon genug Verluste erlitten.

Nun musste er Moritz' Wagen noch irgendwie loswerden, aber auch dafür würde er eine Lösung finden. Jetzt galt seine Aufmerksamkeit vorrangig der bevorstehenden Jagd. Albert hatte ja feige den Schwanz eingekniffen. Leider. Aber Geschäft war Geschäft, letztendlich zählte das Geld. Nur Bares ist Wahres, dachte er sich und schritt mürrisch voran.

Hoffentlich fand er das Rudel jetzt auch. Die Spuren im Schnee verrieten zwar deutlich den Weg und er wusste die ungefähre Richtung, doch nach der vielen Unruhe könnten die Hirsche mittlerweile ja auch dieser Lichtung fernbleiben. Die Brüder folgten ihm verunsichert, hielten sich aber an die Vereinbarung, keine Fragen zu stellen. Sie waren sehr aufgeregt und tuschelten miteinander, bis Wenzeslaus sich zu ihnen umdrehte und ihnen deutete, zu schweigen, indem er seinen Finger an die Lippen legte.

Sie waren lange unterwegs, dem alten Mann fiel die anstrengende Wanderung durch den tiefen Schnee zusehends schwerer und er hatte Mühe, sein Tempo zu halten. Der Wald lichtete sich und sie näherten sich dem Gebiet, welches er suchte. Er hielt an, um durch sein Fernglas die Lichtung abzusuchen. Ganz am Ende, kurz vor dem Waldrand, entdeckte er einen Geweihten. Er beobachtete das helle Waldstück und tatsächlich, dort hielt sich das Rudel auf. Er zeigte den Männern die Richtung und auch sie spähten durch ihre Gläser. Sie gaben aufgeregtes Gemurmel von sich, als sie die Rothirsche erblickten.

„Wir werden warten. Sieht aus als würden sie noch näher ziehen", beschloss er und setzte sich auf einen umgefallenen Baum, um zu verschnaufen.

*

Besorgt hockte Rodewin in seinem Haus und schürte das Feuer. Er beobachtete heimlich seine Tochter, die, oberflächlich betrachtet, entspannt zu sein schien. Doch er kannte sie viel zu gut und es war bitter, sie so leiden zu sehen. Ihr leerer, ausdrucksloser Blick, das blasse Gesicht, die zusammengekniffenen Lippen. All das war nicht wirklich Rodegard.

Hastig sprang er auf und verließ das Haus. Rodewin war viel zu beunruhigt, als dass er hätte hinnehmen können, dass Adalwolf sich allein und schutzlos auf die Suche nach dem Nachtmahr machte. Womöglich würde er ihn verzaubern. Diese Jahreszeit war tückisch, die Rauhnächte hatten es in sich und er konnte nicht verantworten, dass sich der Mann wegen seines quälenden Kummers in Gefahr begab. Eilig schritt er zu dem Haus seines Nachbarn Guntfried und forderte ihn auf, mit ihm gemeinsam Willrich, einen weiteren Nachbarn in ihrer Siedlung, zu besuchen. Es kostete ihn einige Überwindung, sich ihnen anzuvertrauen, doch die beiden Männer zeigten Verständnis.

„Woher nur weiß Adalwolf, wo er nach diesem Nachtmahr zu suchen hat?", fragte Guntfried nachdenklich.

„Ich schlage vor, wir reden mit Adalhart, vielleicht kann er uns den Weg weisen", sagte Rodewin bestimmt.

„Auf zu den Waffen Männer. Wir treffen uns vor Adalwolfs Haus", rief Willrich entschlossen und war schon aufgesprungen.

Adalhart stand bereits mit Willrich vor der Tür, als die beiden anderen eintrafen. Er beäugte sie misstrauisch und lauschte unwillig ihren Worten. Einen Augenblick später sann er über den eigenen Nutzen nach. Er glaubte nicht einen Moment an die Bedrohung, von der sie so überzeugt waren, doch andererseits könnte er daraus vielleicht irgendeinen Vorteil ziehen.

„Ich kenne den Weg", sagte er schlicht. Zügig holte er Pfeil und Bogen und sie machten sich auf den Weg nach Westri.

28. Dezember 2009

Langsam schlich Marie durch die engen Gassen der Wohnsiedlung. Der Schnee türmte sich beidseitig der Fahrbahn und sie suchte verzweifelt die Straße, die Kjelt ihr als Adresse genannt hatte. Alles sah gleich aus. Alles war erschreckend eng und unübersichtlich. Irgendein Planer hatte sich hier wahrlich ausgetobt. Nach geraumer Zeit fand sie endlich doch noch die Straße und entdeckte auch sogleich Kjelt, der vor dem Haus auf sie wartete. *‚Man. Er sieht aber auch gut aus.'*

Er sah verdammt gut aus. Lässig stand er gegen die Eingangstür gelehnt, als Marie ihren Wagen vor seinem Wohnhaus stoppte. Lächelnd, den langen Pony aus dem Gesicht streichend, schlenderte er durch den Vorgarten auf sie zu. Er trug einen dicken blauweißen Norweger und einen dunkelgrünen Parker darüber, außerdem eine blaugraue Thermohose, dicke Wanderboots und wetterbeständige Gamaschen darüber, die bis zu den Knien reichten. Perfekt outdoor gerecht.

Er öffnete die Tür und setzte sich auf den Beifahrersitz. „Hallo Marie!", sagte er fröhlich.

„Hey Kjelt. Schön dich zu sehen", rief sie und lächelte ihm zu. Sie fuhr los und wusste nach der zweiten Abzweigung wieder nicht wohin. Kjelt bemerkte ihre Verwirrtheit und lachte leise. „Nein. Du musst noch eine weiter und dann links."

„Schrecklich ist es hier, wie findest du dich nur zurecht?"

„Na, ich bin hier aufgewachsen", er grinste. „Tröste dich, so ergeht es vielen Leuten."

„Wir fahren noch eben bei Lissi vorbei und nehmen sie mit", sie konzentrierte sich auf die schmale Straße. „Ich freue mich wirklich, dass du mitkommst", sagte sie nach einer Weile, ohne ihn dabei anzusehen.

„Ja. Ich bin ziemlich gespannt was mich erwartet", bemerkte er leichthin, betrachtete sie aber mit vorsichtiger Neugier. Von den Prellungen und blauen Flecken in ihrem Gesicht war kaum noch etwas zu sehen, nur die Unterlippe wirkte leicht geschwollen. Anscheinend hatte sie ihre Blessuren mit Make-up kaschiert.

Verlegene Stille füllte das Fahrzeuginnere und Marie schaltete das Radio ein. *‚Reiß dich zusammen man …'*

„Wegen gestern …, ich … ich möchte mich dafür noch einmal entschuldigen", sprach sie endlich.

„Es ist nicht an dir, dich zu entschuldigen. Du kannst nichts dafür."

„Ja, vielleicht. Doch es geschah in unserem Haus und du warst unser Gast."

„Der Kaukasier war ebenso euer Gast. Oder?", fragend schaute er sie an.

„Ja", sie zögerte. „Es ist mir trotzdem total unangenehm." Nervös verstellte sie den Radiosender.

Kjelts Lippen verzogen sich zu einem schüchternen Lächeln. „Mir ist es viel unangenehmer. Schließlich habe ich am Boden gelegen", seine Augenbrauen hoben sich, „in eurer Küche, vor versammelter Mannschaft." Er warf ihr einen Blick zu. „Vor dir."

„Hm."

„Das war peinlich", meinte er trocken.

„War es nicht, Kjelt. Du hattest keine Chance." Erneut drückte sie am Radio herum, das Gejaule ging ihr mächtig auf den Keks und sie schaltete den CD-Player ein.

Er entspannte sich merklich neben ihr im Sitz und seine grünen Augen musterten sie interessiert. The BossHoss rockten leise im Hintergrund, während sie über Sögels vereiste Straßen zuckelten.

„Ist ein ziemlich verwegener Typ, der Kaukasier", stellte Kjelt fest.

‚Oh ja …'

„Irgendwie schon."

„Frithjof klingt so gar nicht russisch", er krauste die Stirn und sah sie an, „mehr nordisch."

Marie zuckte die Schultern.

„Möchtest du nicht über ihn sprechen?"

Sie sah flüchtig zu ihm rüber. „Nein. Eigentlich nicht."

Er grinste. Spitzbübisch und jungenhaft. Es war ein ansteckendes, bezauberndes Lächeln und sie konnte nicht umhin, ebenfalls zu lächeln.

Marie hielt bei Lissi vor der Tür und hupte zweimal kurz. Es dauerte nur Sekunden, da lief sie ihnen schon entgegen in tarnfleckenrosa Gummistiefeln, ihrer sehr jagdlichen pinkfarbenen Steppjacke und einer rosa Pudelmütze.

„Hey!", rief sie strahlend, nachdem sie die hintere Tür aufgerissen hatte. „Kann ich dein Luxus-Schießeisen einfach an die Seite schieben?" Sie wartete jedoch erst einmal Maries Reaktion ab, bevor sie es tat. Die Flinte steckte in einem Futteral, welches auf dem Rücksitz lag, und sie wusste, wie pingelig Raoul mit seinen Waffen war.

„Setzt dich nur nicht drauf, sonst wird es schon gehen", meinte Marie, nachdem sie einen prüfenden Blick nach hinten geworfen hatte.

„Mensch Kjelt, wie witzig, dass du dabei bist", kicherte Lissi.

„Ja, finde ich auch", er lachte.

„Oh cooler Song, mach mal lauter." Unruhig hibbelte sie auf der Rückbank.

Marie drehte die Lautstärke auf und sie wippten gemeinsam im Takt.

„Yeeeehaw!"

Der Song war noch nicht ganz zu Ende, als sie den Treffpunkt erreichten und die meisten Jäger waren schon eingetroffen. Dennoch waren sie pünktlich. Marie sortierte ihre Klamotten und reichte Kjelt eine Warnweste. „Hier. Zieh die bitte über."

Er krauste die Stirn. „Ist das nötig?"

Sie lachte. „Unbedingt. Das ist Vorschrift."

Er nickte skeptisch und zog die Weste über seine grüne Jacke. Marie schaute nach ihrer Freundin, doch sie hatte bereits von Raoul eine Warnweste erhalten, diskutierte aber anscheinend noch über die Notwendigkeit. Nachdem sie selbst fertig war, nahm sie ihre Flinte aus dem Futteral und steckte sich Schrotpatronen in die Tasche. „Komm mit", sie griff seine Hand.

Kjelt war verunsichert. Er war bisher nie in Kontakt mit Jägern, geschweige denn Waffen, gekommen und von Kindesbeinen an mit der Vorstellung behaftet, dass es sich bei ihnen um mordgierige Idioten handele. Er hatte sich aber auch noch nie ernsthaft mit dieser Thematik auseinandergesetzt und konnte sich somit gar keine Meinung bilden.

Seine Eltern waren selbst sehr extrem in ihrer Lebensweise und hatten ihn frühzeitig zur Toleranz erzogen. Jeder hatte ein Recht, sein Leben so zu leben, wie er es für richtig hielt und es stand niemandem zu, ihn deshalb abzulehnen, auch wenn der Weg für ihn selbst nicht infrage käme. Kjelt war kein verkappter Ignorant, er konnte nicht etwas ablehnen und als schlecht bewerten, von dem er keine Ahnung hatte. Er war bereit, sich darauf einzulassen und Marie hatte tatsächlich irgendwie recht, als sie sagte, das Jagen sei eine völlig natürliche Angelegenheit. Er hatte lange darüber nachgedacht. Alle Fleischfresser in der Natur jagten, gleichgültig, welcher Spezies sie angehörten. Sich als Mensch sein Fleisch in dem Übermaß im Supermarkt zu kaufen, wie sie es tatsächlich taten, war dagegen schon unnatürlich. Viele hatten den Bezug zum Tier völlig verloren. Für sie war es einfach nur ein Stück Fleisch in der Packung, nicht mehr und nicht weniger. Rechtfertigte die Möglichkeit der Massenproduktion es also, die Jagd abzulehnen? War das zeitgemäßer? Jetzt stellte sich die Frage, was war humaner? Als Mensch betrachtete man es ja nun mal meist aus dieser Perspektive. Für das Tier kam der Tod immer plötzlich, egal ob auf dem Schlachthof oder während der Jagd. Er war sehr gespannt, jetzt hautnah dabei zu sein, wenngleich ihn der Gedanke an den Tod der Tiere zugleich schmerzte.

*

Marie schritt die Reihe der bereits eingetroffenen Jäger ab, begrüßte jeden mit Handschlag, wünschte Waidmannsheil und stellte bei der Gelegenheit auch Kjelt vor. Er war aufgeregt und auch ein wenig nervös. Doch die Leute waren alle sehr entspannt und guter Stimmung.

„Hallo Kjelt", rief Karl freundlich. „Wie schön, dass du uns begleitest."

Er nickte verlegen. Hummel wuselte um ihn herum und begrüßte Marie, als hätten sie sich Tage nicht gesehen.

Karl legte einen Arm um seine Nichte. „Kommst du klar? Willst du trotzdem durchgehen?"

„Ja. Fühlt sich nur seltsam an, so ohne Grille."

„Hey!" Raoul schlenderte lässig zu ihnen herüber. Die Flinte geknickt auf der Schulter und mit einer Hand den Lauf festhaltend. Aus warmen braunen Augen lächelte er Marie vorsichtig an.

„Hey!" Sein Lächeln tat ihr gut und sie berührte flüchtig seine freie Hand.

„Man, ich sehe total albern aus in Pink und Orange", zeterte Lissi, als sie zu ihnen trat.

Raoul wandte sich ihr sehr langsam zu. „Na, selbst schuld. Du bist auf Jagd nicht in der Disco. Kein normaler Mensch trägt Pink im Busch."

Karl kniff ihr leicht ins Kinn. „Tröste dich. Dich übersieht jedenfalls keiner. Nicht auf einen Kilometer Entfernung", lachend ging er davon.

„Na toll. Diese blöden Jäger und ihre blöden Vorschriften", quengelte sie.

„Du gehst mit durch, oder?", richtete sich Raoul an Marie.

„Sicher", sie schluckte. „Wird bestimmt ganz schrecklich", einen Sekundenbruchteil spiegelte sich die Trauer in ihrem Gesicht, doch dann schaute sie in die Runde. „Aber ich habe ja euch, das lenkt ab."

Es würde ihre erste Treibjagd ohne Grille. Allein die Vorstellung war schon abwegig, aber so war es nun einmal. Sie würde sich nicht auf die Arbeit ihres Hundes konzentrieren müssen, sie könnte völlig frei und unbeschwert auf das vorkommende Wild achten und hätte somit sicher auch viel häufiger die Gelegenheit zum Schuss. Nur war das Führen ihres Hundes immer schon der einzige Grund für sie gewesen, überhaupt an Gesellschaftsjagden teilzunehmen. *‚Nun werde nicht wieder melancholisch …'*

Jemand blies ein Signal auf seinem Jagdhorn. Marie griff erneut Kjelts Hand, lächelte ihn an und zog ihn mit sich. „Komm, wir sammeln uns."

28. Julmond 434

Bedächtig schlichen die vier Sachsen durch den dichten Wald und folgten Adalwolfs Fährte. Sie sprachen kein Wort. Sie näherten sich der Lichtung und die Sonne strahlte in grellem Licht, wodurch das glitzernde Weiß des Schnees ihnen die Augen brennen ließ. Nahezu lautlos huschten sie zügig im Schutz der Bäume an die Stelle heran, von der sie die beste Übersicht bekamen. Adalhart gab ihnen ein Zeichen, stehen zu bleiben und hockte sich hinter einen Stamm. Nicht weit entfernt scharrte das Hirschrudel, auf der Suche nach Äsung, im Schnee. Es war still und Adalhart überblickte ruhig den Rand der Lichtung.

Er sah eine Bewegung. Konzentriert starrte er auf die Stelle, doch es war einfach noch zu weit entfernt. Kurz die Hand hebend lief er los, die anderen folgten ihm. Nach geraumer Zeit verbarg er sich neuerlich hinter einem Baum und beobachtete die Umgebung. Und da waren sie. Sein Vater stand dort zusammen mit einem alten Mann, zwei weitere Männer hielten sich einige Schritte entfernt auf. Er winkte seine Gefährten zu sich heran.

„Sie sehen nicht aus wie Mahre", flüsterte Willrich misstrauisch.

„Wie sollen sie denn schon aussehen?", entgegnete Adalhart.

„Sie sehen jedenfalls aus, wie der Nachtmahr der uns heimsuchte", stöhnte Rodewin leise.

„Was sollen wir nun tun? Greifen wir an?" Guntfried warf sein langes Haar zurück und umfasste den Griff seines Messers.

„Last uns noch einen Moment warten", sagte Willrich. Doch Adalhart zückte schon seinen Bogen.

*

Wenzeslaus starrte den Sachsen übellaunig an. Warf kurz einen Blick über die Schulter zu seinen Begleitern und wandte sich wieder Adalwolf zu.

„Was soll das heißen – wir sollen gehen –? Warum? Ich bin hier noch nicht fertig und die Rauhnächte sind noch nicht vorbei. Das Tor wird noch einige Tage geöffnet sein." Seine Gesichtszüge reflektierten seinen empfundenen Ärger und er schnaufte verächtlich.

„Mag sein. Doch der Mann, den du hierher gebracht hast, hat einer Familie Gewalt angetan, vor allem der Tochter." Er hielt kurz inne und sah Wenzeslaus eindringlich an. „Der Vater, Rodewin, ist voller Gram und ich weiß nicht, wie lange er sich noch zurückhalten wird. Womöglich wird er auf die Jagd nach ihm gehen. Und das sicherlich nicht allein."

„Der Mann, von dem du sprichst, ist bereits tot", sagte Wenzeslaus gelassen.

Adalwolf krauste die Stirn und erwiderte einige Zeit nichts. Er schaute auf die zwei fremden Männer, kniff die Augen zusammen und betrachtete dann wieder den Alten. „Gut, wenn du das sagst, will ich dir glauben. Dennoch tätest du gut daran, nicht wieder herzukommen." Er senkte seinen Blick und ebenso seine Stimme. „Zu viele Fremde. Das ist gefährlich."

„Ach was", Wenzeslaus winkte ab. „Was soll schon passieren?"

„Wie du meinst. Mehr kann ich nicht für dich tun, mein Freund", Adalwolf legte ihm eine Hand auf die Schulter. „Lebe wohl und richte meinem Bruder Grüße aus." Abrupt drehte er sich um und wollte schon davongehen, als Lünshofs Hand ihn zurückhielt.

Plötzlich surrte die Luft. Ein Pfeil schoss haarscharf an Wenzeslaus Gesicht vorbei und er starrte ungläubig in die Richtung, aus der er gekommen war. Adalwolf schubste ihn zu Boden und rannte rasch in den dichten Wald hinein. Die beiden andern Jäger, die schon geraume Zeit ungeduldig an einem Baum lehnten, rannten ebenfalls los. Der nächste Pfeil surrte, doch traf er ihn auch dieses Mal nicht. Wenzeslaus robbte auf allen Vieren in Deckung und die Brüder gaben ihm dabei Feuerschutz. Erst schoss der eine mit seinem Drilling eine Schrotpatrone in die Luft, dann der andere. Durch die mittlerweile bekannten Schussgeräusche schreckten ein paar Hirsche auf, die sofort losdonnerten. Innerhalb von Sekunden löste ihre Panik eine Unruhe in dem gewaltigen Hirschrudel aus und die Tiere preschten mit lautem Getöse davon. Der Schnee spritzte, wirbelte auf und die Luft dampfte, sodass die gesamte Lichtung in einen einzigen dichten Nebelschleier gehüllt dalag. Ein Schauspiel sondergleichen und die beiden Brüder schauten ihnen fassungslos nach. Wenzeslaus dagegen nutzte den Augenblick und kroch hinter einen Baumstamm.

Ohrenbetäubende Schreie hallten durch das verklingende Donnern der Hirsche und die drei Männer schreckten auf. Vier Gestalten stürzten durch den Nebel auf sie zu und ließen sie kaum zu Atem kommen. Kurz warfen sie sich einen Blick zu, nickten und rannten los. Sie rannten, rannten um ihr Leben. Sirrende Pfeile und lautes Geschrei trieben sie voran. Selbst Wenzeslaus lief und er tat sich schwer dabei. Und dann spürte er den Schmerz in seinem Bein. Er wurde langsamer, keuchte und stöhnte. Die Distanz zu seinen Begleitern vergrößerte sich zusehends und er hoffte nur, sie würden den Ausgang auch ohne ihn wiederfinden. Er drehte sich um, wandte sich seinen Verfolgern zu, fühlte die brennende Marter des Pfeils in seinem Leib und stellte sich ihnen dennoch entgegen.

Unruhig blieben sie stehen und musterten ihn misstrauisch, sie hielten Abstand und kreisten ihn langsam ein. Pirschten sich näher, argwöhnisch und vorsichtig. Sie wirkten bedrohlich in ihren wehenden Pelzen, und zum ersten Mal realisierte Wenzeslaus die derbe Wildheit dieser Menschen.

Wie ein Schock traf ihn der Gedanke. Oh wie sehr musste Isadora sich gefürchtet haben. Sie war damals so allein in dieser eisigen Welt, so jung, so einsam. Plötzlich verstand er Dionysius stetige, hartnäckige Suche nach ihr. Er war schon immer der sensiblere von ihnen gewesen. „Isadora", flüsterte er schuldbewusst.

28. Dezember 2009

Nachdem Matthias seine Begrüßungsansprache gehalten hatte, fuhren sie ein Stück mit einem Trecker und dem Jagdwagen durchs Revier. Das erste Treiben führte durch einen Senfschlag, der nicht zu groß war für so eine kleine Gruppe Jäger. Sie waren gerade mal sechs Durchgehschützen, drei Hunde und vier Treiber. Am anderen Ende postierten sich die sechs Vorstehschützen und warteten. Der Senf war ein gemeines Zeug. Der viele Schnee machte es ihnen nicht leichter und die Strünke der Pflanzen hielten sich garstig und widerborstig an ihren Beinen fest.

Ein Hahn flog hoch, Raoul ging in Anschlag und schoss. Bauz. Es knallte kräftig und Kjelt, der einige Meter neben ihm ging, zuckte zusammen. Er sah Federn fliegen und den Fasan fallen. Hummel stürmte daraufhin freudig los, um den Hahn zu apportieren. Sie fand ihn auch sogleich und brachte ihn zu Karl. Er nahm ihn lachend entgegen und reichte ihn an Raoul weiter. „Waidmannsheil. Hier. Tragen darfst du ihn selber", neckte er ihn.

Kjelt beobachtete die zwei scheel. Diese Leichtigkeit im Umgang mit dem Tod war ihm nicht geheuer. Wobei alles sehr schnell ging. Der Fasan hatte den Tod wahrscheinlich nicht einmal bemerkt. Marie, die neben ihm lief, beobachtete ihrerseits ihn, und als er es bemerkte, wurde er gleich verlegen. Sie hob flüchtig die Augenbrauen und lächelte amüsiert.

Kjelt biss sich auf die Lippen. Dieses Mädchen brachte ihn noch um den Verstand. Er konnte sie einfach nicht einschätzen, und dass ihn das so sehr verwirrte, ärgerte ihn noch erheblich mehr.

Ein weiterer Fasan ging hoch und nichts geschah. Irritiert sah er Raoul an. Der zuckte die Schultern. „Henne."

„Aha."

Marie kicherte erheitert. Es tat ihr gut, ihn dabeizuhaben.

„Fuchs nach rechts!", rief jemand und alle Köpfe wirbelten herum.

„Jaul Jiff", der Deutsch Kurzhaar eines Jagdgastes nahm die Verfolgung auf. Der Fuchs huschte an Marie vorbei, sie zog die Flinte im Anschlag mit, schoss aber nicht. Der Hund war zu dicht dran. Raoul zog ebenfalls mit. Doch durch den Hund kam der Fuchs ungeschoren davon. Kjelt hielt aufgeregt die Luft an, in der Erwartung, jeden Moment ein Knallen zu hören. Doch nichts geschah.

Raoul zwinkerte ihm zu. „Ganz schön aufregend für einen Vegetarier, was?"

Marie schüttelte lachend den Kopf. „Lass dich nicht ärgern Kjelt. Für ihn ist es nicht weniger aufregend."

„Hahn!", schrie Matthias und gleich darauf knallte es. Sein Magyar Vizsla lief los, um den Fasan zu apportieren und auch Hummel stürzte freudig hinterher.

Sie hatten den Senfschlag bis auf die letzten achtzig Meter durchlaufen, da stieg erneut ein Hahn auf. Doch er flog sehr tief über den Senf.

„Nicht schießen!", schrie Karl.

Bauz.

„Verdammt Knut!", rief Doris – Matthias Frau – die neben ihm lief.

„Denkst du auch an die Vorstehschützen?" Marie starrte ihn überrascht an. Knut schluckte. Seine Gesichtsfarbe wurde merklich blasser und er realisierte seine Unachtsamkeit. Er war frischer Jungjäger, doch das hätte nicht passieren dürfen, er hatte sich hinreißen lassen. Erschrocken klappte er seine Flinte auf, entnahm die noch verbliebene Patrone und gab von da an den ganzen Jagdtag keinen einzigen Schuss mehr ab.

Es folgten noch vier weitere Treiben, dann wurde es dunkel. Sie fuhren zu einem kleinen Grillplatz im Wald. Ein Lagerfeuer wurde entzündet und nach einer Weile sammelten sie sich, um das erbeutete Wild zur Strecke zu legen. Insgesamt hatten sie vier Hähne, ein Kaninchen, drei Tauben und zwei Krähen gestreckt. Matthias hielt erneut eine Ansprache, in deren Anschluss Doris und zwei weitere Jagdgäste die Strecke auf ihren Jagdhörnern verbliesen. Alle waren heiterer Stimmung, es war ein schöner Jagdtag gewesen und nun wärmten sie sich an heißem Glühwein, löffelten Erbsensuppe und rösteten Stockbrot und Bratwurst über dem Lagerfeuer. Raoul versorgte währenddessen das Wild, lehnte aber Maries Hilfe ab und so stand sie zusammen mit Kjelt am Feuer. Es war sehr kalt und der Himmel leuchtete violett über dem feinen Abendnebel.

„Wie hat dir deine erste Treibjagd gefallen?", fragte Marie gut aufgelegt.

„Hm", er strich sich den Pony aus der Stirn. „Nun, es war völlig anders, als ich es erwartet habe." Nachdenklich hielt er sein Stockbrot über die Flammen. „Alles ist sehr organisiert."

Marie hob fragend die Augenbrauen und runzelte die Stirn.

„Na, so gemanagt eben. Ich hatte mir das wüster vorgestellt." Unsicher schaute er sie an.

Marie lachte auf, aber nur erheitert, nicht so, dass es den Eindruck erwecken konnte, sie lache ihn aus. „Gesellschaftsjagden sind immer sehr organisiert und das ist auch gut so. Schließlich rennen dann eine Menge Leute bewaffnet durch den Busch."

„Als ich meinen Eltern heute Mittag erzählte, wo ich hin wollte, sind sie aus allen Wolken gefallen und waren voller Sorge. Ich habe mein Handy lautlos gestellt, doch ich will wetten, dass sie mindestens schon viermal angerufen haben."

Marie legte anteilnehmend ihren Kopf auf die Seite. „Besser du meldest dich."

„Ach was", er wiegelte ab.

„Kjelt. Du hast Eltern, die sich sorgen. Du solltest das zu schätzen wissen." Sie sprach diese Worte leise und ohne jeden Vorwurf. Es war nur eine schlichte Feststellung und doch wog sie schwer. Still betrachtete er sie einen Augenblick, zückte sein Handy und rief seine Mutter an.

28. Julmond 434

„Bist du ein Nachtmahr?", rief Willrich und starrte Wenzeslaus aus schmalen Augenschlitzen misstrauisch entgegen.

Der alte Mann konnte seine Verblüffung kaum verbergen. Er ächzte, als er vorsichtig sein Bein entlastete. Der Schmerz in seinem Oberschenkel war unerträglich. „Ein Nachtmahr?", flüsterte er heiser.

„Sieh nur, er ist verletzt. Er blutet. Mahre bluten nicht", meinte Guntfried erschrocken.

Adalwolf stürmte heran. „Was ist nur in euch gefahren? Seid ihr denn von Sinnen", keuchend kam er näher. „Das ist Wenzeslaus. Er ist ein Freund", besorgt besah er sich die Verletzung. „Ich habe doch gesagt, ich kümmere mich darum." Wütend stellte er sich vor seinen Sohn. „Adalhart, denk doch erst mal nach, bevor du handelst", schrie er ihn an. „Du hast doch schon genug Ärger."

„Ich? Warum habe ich Ärger? Diese Fremden sind es doch, die den Ärger machen", schnauzte er. „Diese, sich als Menschen ausgebenden Wesen", fügte er hinzu und grinste dabei böse.

„Du bist so ...", grimmig presste Adalwolf die Lippen aufeinander und atmete tief durch. „Wir unterhalten uns noch, mein Sohn."

Die anderen Männer warfen sich zweifelnde Blicke zu. Ihnen war nicht wohl. Dieser Mann war offensichtlich ein echter Mensch. Augenscheinlich sogar ein ziemlich alter Mensch und kein Nachtmahr.

Willrich trat dichter an Adalwolf heran. „Wo ist dieses böse Wesen, welches Rodewin heimsuchte?", fragte er leise und seine Stimme klang dabei bedrohlich.

„Es ist aus Midgard verbannt", sagte er rau und sah ihm dabei fest in die Augen.

Argwöhnisch schauten ihn die anderen Männer an. „Bist du sicher?", fragte Rodewin und in seinem Antlitz spiegelte sich Verzweiflung.

„Ja", entgegnete er knapp und reichte Wenzeslaus seine Hand. „Komm mein Freund."

Wenzeslaus stöhnte. Unter höllischen Schmerzen trat er schwerfällig einen Schritt vor und nahm dankbar Adalwolfs dargebotenen Arm als Stütze.

„Die Rauhnächte führen diesen Winter seltsam viel fremdes Volk in unsere abgelegenen Gefilde. Findet ihr das nicht auch merkwürdig?", meinte Guntfried grüblerisch.

„Ja." Adalhart sprang gleich darauf an. „Wie die Rote und ihre Begleiter. Plötzlich tauchten sie auf und Frithjof behauptete sogar, sie wäre die Seine." Er lachte verächtlich. „Wer es glaubt. Ich sage, sie ist ein übles Trugwesen und hat ihn nur verzaubert."

Adalwolf wirbelte zu ihm herum. „Hüte deine Zunge, mein Sohn", zischte er ihn aufgebracht an.

„Was denn? Sie ist nicht von hier. Das sieht doch jeder", brüllte er seinen Vater an.

„Deshalb ist sie noch lange kein böses Wesen. Und das weißt du auch ganz genau", ein warnender Unterton klang in Adalwolfs Stimme mit. Sein Sohn wurde seinem Großvater Adalrich immer ähnlicher. Erschreckend ähnlich und er verabscheute ihn dafür.

Wenzeslaus lehnte sich entkräftet gegen Adalwolf. Sein Verstand arbeitete langsam – betäubt vom Schmerz. Doch auf einmal ergaben die Worte für ihn Sinn. Die Rote. Das war Marie. Erschrocken schaute er auf. „Sprecht ihr von Marie? Mariella?"

Schlagartig richteten sich alle Augen auf ihn. Wachsam und vorsichtig beäugten ihn die Sachsen. Willrich linste ihn, mit geneigtem Kopf, durch seine Haarsträhnen hindurch an. „Du kennst sie?"

„Aber ja", er keuchte vor Schwäche. „Mariella ist ein Mädchen. Kein böses Wesen", lautlos lachte er in sich hinein. „Nur ein kleines Mädchen."

Adalhart stürzte vor und packte den alten Mann am Kragen. „Sie ist ein Trugwesen", schrie er, „und ich werde sie jagen." Abfällig schubste er ihn von sich und rannte wütend davon.

28. Dezember 2009

Marie, Kjelt, Lissi und Raoul verabredeten sich später noch auf ein Bier in der Kneipe und so trennten sie sich am Grillplatz. Innerhalb kurzer Zeit zog die Kälte merklich an und die Straßen wurden erneut spiegelglatt. Marie und Kjelt schlichen über die Landstraße ins Dorf. Kaum ein

Fahrzeug kam ihnen entgegen, die meisten Menschen blieben bei dieser Witterung zu Hause.

„Wie wäre es, wenn ich mich nur fix umziehe und dann gleich weiter mit zu dir fahre?", fragte Kjelt.

„Ja. Warum nicht." Marie nickte, während sie vor seinem Haus parkte.

„Komm mit rein", meinte er aufgekratzt. „Meine Eltern platzen sicher vor Neugierde, mit wem ich denn auf einer Treibjagd war."

„Okay." Marie folgte ihm, nachdem sie den Wagen verließen. Er schloss die Haustür auf und besah sie kritisch. „Du ziehst besser die Schuhe aus. Meine Mutter wird sonst sicher ganz kirre." Er wurde tatsächlich rot.

„Klar, kein Problem."

Kjelt wies auf einen riesigen Filzschuh, der, gefüllt mit einer Anzahl kleiner Schuhe, an der Wand neben der Haustür hing. „Darin sind Gästepuschen."

‚Gästepuschen ...?'

„Gästepuschen?" Marie krauste die Stirn.

Er nickte hilflos und kniff leicht betreten die Lippen aufeinander.

Marie kicherte. „Gut!" Nahm ein paar violette Filzschuhe hervor und schlüpfte hinein.

Kjelt führte sie durch den offenen, weitläufigen Flur. Alles war in sehr hellen, freundlichen Farben gehalten, der Boden mit Kork belegt und die Wände hier und da mit Holz vertäfelt. Im Grunde recht gemütlich, doch offensichtlich auch betont stylish gehalten. Hier war nichts dem Zufall überlassen, sondern alles hatte seinen Platz. Als Marie das Wohnzimmer betrat, war sie heilfroh über die Gästepuschen. Der Boden – ausgelegt mit einem hellen, sehr flauschigen Flor – hätte ihre Boots mit Sicherheit nicht vertragen. Zumindest nicht, ohne sich böse Schmutzspuren einzufangen.

„Hallo. Bin wieder da", rief Kjelt gelassen, als er eintrat. „Das ist Marie Fernández Lünshof", stellte er sie vor, als seine Eltern aufschauten.

Es duftete nach frischem Weihnachtsgebäck und würzigem Tee, was dem hellen Raum gleich sehr viel mehr Behaglichkeit verlieh.

„Hallo Marie", sagte Kjelts Mutter freundlich, als sie sich erhob und ihr entgegenkam. „Ich bin Cordula und das ist Frederik", mit einer flüchtigen Geste wies sie auf ihren Mann. „Schön, dich kennenzulernen."

„Guten Tag." Marie lächelte.

„Magst du einen Tee mit uns trinken?", ohne die Antwort abzuwarten, holte sie schon eine zierliche kleine Tasse aus dem Schrank.

„Danke, gerne."

„Ich gehe mich schnell umziehen", rief Kjelt im Weggehen. „Wir wollen gleich wieder los."

„So." Frederik erhob sich ebenfalls und kam auf sie zu, um ihr die Hand zu reichen. „Ihr ward also heute auf einer Jagd."

„Ja. War richtig schön bei dem klaren, sonnigen Wetter." Marie nickte heiter.

„Schön?", zweifelnd hob er eine Augenbraue.

‚Ohoh...'

„Hm. Ja." Sie nahm die Teetasse entgegen, die ihr Cordula reichte.

Aus durchdringenden braunen Augen sah der Mann sie an. Im Grunde hatte Kjelt nicht die geringste Ähnlichkeit mit ihm. Dafür war er seiner Mutter wie aus dem Gesicht geschnitten. „Was ist an der Jagd schön?"

Marie setzte sich auf den ihr dargeboten Sessel neben Cordula und zuckte die Schultern. „Nun, das ist Ansichtssache. Die Jagd ist so vielfältig. Mir gefällt es einfach, bei dem schönen Wetter draußen unterwegs zu sein."

‚Oh diese hellen Polster. Hoffentlich habe ich nicht noch irgendwelchen Dreck an der Lederhose ...'

„Du lebst im Wildpark, bei deinem Onkel?", lenkte Cordula ein. „Kjelt erwähnte so etwas. Ich bin einige Male dort gewesen, der Park ist wirklich schön."

„Ja. Ich fühle mich wohl zwischen all den Tieren und es ist zudem auch sehr praktisch, da ich ja dort arbeite."

„Lebst du deshalb bei deinem Onkel? Ich finde es etwas ungewöhnlich", fragte Frederik kühl.

Marie schaute ihn verblüfft an. Unterschwellig spürte sie seine Ablehnung, wahrscheinlich war es nichts Persönliches sondern eher der Umstand ihres Hobbys. Doch seine Missbilligung war unverkennbar.

„Ich lebe seit meinem siebten Lebensjahr bei ihm. Meine Eltern sind tot", entgegnete sie schlicht.

Cordula schluckte und warf ihrem Mann einen tadelnden Blick zu. „Das tut mir sehr leid, Marie", sagte sie sanft und drückte ganz eben nur ihre Hand, die auf der Sessellehne lag.

‚Wo bleibt er nur?' Marie nippte an ihrem Tee, und begann sich sichtlich unwohl zu fühlen.

„Hast du denn die Feiertage gut verlebt?", fragte Cordula.

„Nun ja, mehr oder weniger", druckste sie herum.

Fragend schauten die beiden sie an.

„Der Heiligabend war schön. Wie immer. Mein Onkel kocht sehr gut und anschließend musizierten wir den Abend über", sie räusperte sich. „Doch am nächsten Tag ist leider mein Hund verunglückt."

Cordula verschluckte sich beinahe an ihrem Tee und schaute sie betroffen an. Stille füllte den Raum – und dass eine ganze Weile – einzig der Gong einer Standuhr gab einen dezenten Laut von sich.

„Sie haben es sehr nett hier", meinte Marie, um dem Schweigen ein Ende zu bereiten. Der Raum war perfekt eingerichtet. Modern und dennoch zeitlos. Auf gemütliche Art durchgestylt und unglaublich aufgeräumt.

‚Kjelt, nun mach schon …'

„Danke. Schön, dass es dir gefällt. Wie ist es bei euch zu Hause."

„Irgendwie wilder", platzte sie heraus.

Einen vagen Moment zuckte es tatsächlich um Frederiks Mundwinkel und in seinen Augen blinzelte ein Lächeln.

„Ich bin fertig, wir können los", forderte Kjelt sie auf, als er durch die Tür kam. Er trug tiefsitzende helle Jeans, ein langärmeliges weißes Shirt, dessen Ärmel er lässig bis zu den Ellenbogen hochgeschoben hatte, und darüber ein dunkelblaues offenes Hemd mit aufgekrempelten Ärmeln. Er sah einfach zum Anbeißen aus. *‚Endlich!'*

„Na fein", Marie erhob sich so eilig, dass ihre Tasse klirrte. „Vielen Dank für den Tee", sie huschte auf Kjelt zu. „War nett, Sie kennengelernt zu haben", fügte sie hinzu, als sie die Tür erreichte und sich noch einmal umwandte. Doch sie bereute es sogleich, als sie das gequälte Lächeln ihrer Gastgeber wahrnahm.

„Alles klar?", fragte Kjelt, als sie schon beinahe auf dem Windberg waren.

„Jaja." Marie nickte eifrig. „Deine Eltern sind sehr perfekt."

Einen Augenblick lang schaute er sie überrascht an, während Marie über die schmale und recht glatte Straße schlich.

„Das kommt dir nur so vor. Sie sind einfach anders als du. Das ist alles."

Marie lachte. „Wer es glaubt." Sie parkte vor dem Haus, stieg aus und suchte ihre Jagdutensilien zusammen.

„Soll ich tragen helfen?", bot er an.

„Ja. Gerne", sie drückte ihm die Signalwesten und ihren dicken Jagdparka in den Arm und kam ihm dabei so nahe, dass sie seinen feinherben Duft wahrnahm. Sie sahen sich an und in diesem kurzen Augenblick war jegliche Distanz zwischen ihnen wie weggeblasen. Unsicher wandte sie sich ab, nahm die Waffe und ihre Tasche und eilte zur Tür. Im Haus packte sie als Erstes ihre Flinte aus dem Futteral. Sie war etwas klamm geworden und Marie wischte sie kurz ab und legte sie anschließend zum Trocknen auf das Sofa. Die Munition verstaute sie im Waffenschrank und hing die Westen sowie die Jacke im Abstellraum zum Trocknen auf.

Kjelt stand vor dem Sofa und betrachtete die Flinte.

„Was schaust du?", fragte Marie, als sie an ihn herantrat.

„Die Waffe sieht sehr elegant aus. Ganz anders als die von Raoul. Geradezu zierlich", stellte er fest.

„Ja, stimmt. Raoul hat eine recht klobige 12er Flinte", sie nickte kurz. „Hm. Das ist das Kaliber", setzte sie nach, da er sie fragend ansah.

„Was kostet so was?"

„Och, das ist ganz unterschiedlich", meinte sie ausweichend.

Er zog abwartend die Augenbrauen hoch.

„Nun, das geht von bis. Für Jagdwaffen kann man sehr viel Geld ausgeben, wenn man möchte." Sie ging auf die Treppe zu. „Ich gehe mich umziehen."

„Darf ich dein Zimmer sehen?"

Überrascht hielt sie inne. „Äh. Ja. Sicher. Es ist oben."

Zügig folgte er ihr in die nächste Etage. „Euer Haus ist so gemütlich", bemerkte er.

Sie betraten ihr Zimmer und just in dem Moment, als er die Türschwelle überschritt, blieb er auch schon wie angewurzelt stehen. Er stand einigermaßen sprachlos da und sah sich um. Was hatte er erwartet. Ein

Mädchenzimmer? Sein Blick glitt zu allererst zu ihrem Bett, auf dem eine große rötliche Felldecke lag. Dann ließ er ihn über die Wände wandern, die geschmückt waren mit diversen Trophäen, Fellen – wobei eines davon wirklich winzig war – und einer Vielzahl Fotos, Federn und einem skelettierten Vogel, wie er beim Nähertreten erkannte. Erstaunt entdeckte er die Geige, die, wie kurz abgelegt, auf dem Sessel ruhte. Betrachtete die Bücher auf dem kleinen Tischchen daneben und lächelte in sich hinein. Er tastete nach dem dünnen Einband, der mittig aus dem Stapel hervorlugte, und zog ihn heraus. Ein Märchen. Er schlug es auf und fand gleich auf der ersten Seite in akkurat geschwungener Schrift ein paar Zeilen. Sein erster Impuls war es, ihn wieder wegzulegen. Das war persönlich, und doch siegte die Neugier in ihm.

Für meine zauberhafte Sophie. Estevan

Er schluckte verhalten. Das war sehr persönlich.

Scheu besah er die anderen Titel in dem Stapel und linste dann verstohlen zu Marie hinüber, die in ihrem Kleiderschrank wuselte.

„Du bist romantisch", stellte er leise fest.

„So?", verlegen sah sie auf.

Sie war vielschichtiger als er vermutet hatte. Neugierig begutachtete er die Fotos und blieb dann fassungslos vor einem Setzkasten stehen. Zwinkernd starrte er darauf. „Du sammelst Totenschädel?", barst es aus ihm heraus.

„Äh. Ja", sie trat näher.

Er schluckte. „Wozu?"

„Ist doch total interessant", eifrig griff sie nach einem winzigen Schädelchen, gerade mal vier Zentimeter groß. „Sieh mal. Dieses kleine Kerlchen hier. Ein Mauswiesel. So klitzekleine Zähnchen können noch ordentlich Beute machen." Sie strahlte ihn an, doch Kjelt zeigte nicht die Spur von Begeisterung.

„Und hier, das ist auch eindrucksvoll." Sie zückte einen etwas größeren Kopf aus den Fächern hervor. „War gar nicht so leicht, den zu bekommen. Ein Eichhörnchen. Bei den meisten totgefahrenen Eichhörnchen ist nämlich der Schädel zertrümmert."

„Du hast ein totgefahrenes Eichhörnchen eingesammelt?"

„Ja, man darf sich dabei natürlich nicht erwischen lassen, doch meine Güte, es ist doch eh schon tot." Sie stellte den Schädel wieder in den

Setzkasten und griff nach einem Nutriaschädel. „Hin und wieder zeige ich den Schulkindern in der Gehegeschule diese Dinge. So haben sie mal eine Vorstellung, wie unterschiedlich die Gebisse von Fleisch- und Pflanzenfressern sind. Und gerade das niedliche kleine Eichhörnchen ist ein ganz schöner Räuber und frisst nicht nur Nüsse." Sie warf ihm einen ernsten Blick zu. „Der hier dagegen ist ein reiner Vegetarier", sie hielt den kräftigen Schädel hoch. "So wie du."

„A-ha", ein wenig irritiert und auch verschreckt starrte er erst auf den Kopf mit den langen Zähnen, dann sah er sie an. „Das ist echt gruselig."

Sie musterte ihn fragend. „Sagtest du nicht gerade noch, ich wäre romantisch?"

Befangen strich er sich eine lange Ponysträhne aus der Stirn und schaute dabei einfach nur umwerfend aus. „Auf gruselige Art romantisch", seufzte er.

Marie lachte. „Was für ein ungewöhnliches Kompliment."

„Du bist ungewöhnlich."

„Nicht mehr und auch nicht weniger als du selbst, mein lieber Kjelt."

28. Julmond 434

Die drei Sachsen machten sich auf den Weg und ließen Adalwolf und Wenzeslaus beunruhigt zurück.

„Ich bringe dich bis zur Grabstätte, doch dann musst du dir selbst helfen, mein Freund", erklärte der Jüngere, ergriff Wenzeslaus Arm und legte ihn sich über die Schulter. Der Weg war noch weit und würde mühselig zu bewältigen sein.

Der Ältere zögerte und sah den anderen Männern sichtlich besorgt nach. „Wird dein Sohn das Mädchen wirklich jagen?", seine Stimme klang gepresst. Ob vom eigenen Schmerz oder aus Sorge, ließ sich nicht sagen.

„Doch. Ich befürchte, er wird es tun." Sachte marschierte er los und zog ihn mit sich. „Dieser Dummkopf. Sollte es ihm gelingen, wird er es nicht überleben."

„Kannst du es nicht verhindern? Ihn davon abbringen?"

„Nein", er schüttelte den Kopf. „In ihm schlummert so viel Gewalt und Aggression. Er ist wie mein Vater", ernst und auch betroffen schaute er Wenzeslaus in die Augen. „Böse."

Sie schwiegen eine Weile und der alte Mann schnaufte vor Erschöpfung und auch vor Schmerzen.

„Ich habe es nie wahrhaben wollen und es doch schon immer gewusst. Wenn ich daran denke, wie sehr mein Vater Adalrich meine Mutter gequält hat, wie sehr sie unter ihm gelitten hat, all die Jahre ... und wenn Adalhart nun ebenso wird. So grausam." Adalwolf stöhnte auf.

„Aber Marie, Mariella gehört zur Familie. Kannst du ihm das nicht begreiflich machen?"

„Sie gehört zur Familie?"

„Ja. Sie ist Dionysius Enkeltochter", erwiderte er leise.

„Beim Odin, die Rauhnächte bringen dieses Mal auch wirklich nichts Gutes."

Als sie endlich das Steenhus erreichten, war es bereits dunkel und der Schnee ließ den Wald im hellen Licht des Mondes silbrig schimmern. Wenzeslaus schleppte sich entkräftet in die Grabstätte und Adalwolf kniete nieder, um ihm behilflich zu sein. „Lebe wohl mein Freund", wisperte er und legte eine Hand auf dessen Schulter.

Der alte Mann wand sich ihm zu. „Lebe wohl Neffe, pass auf dich auf und sprich mit deinem Sohn." Ächzend kroch er durch die Zeit und holte sein Handy aus der Jackentasche, als er den Ausgang erreichte. Über die Kurzwahl bekam er ein Freizeichen und war heilfroh, als sich daraufhin auch gleich Albert am anderen Ende der Leitung meldete.

„Ich brauche deine Hilfe, mein Sohn, ich bin verletzt", war alles, was er noch sagen konnte, dann klappte er zusammen.

*

„Werden wir Mariella wiedersehen, Frithjof?", wollte seine Schwester Friedlinde wissen. Sie saßen beieinander und speisten das letzte Mahl des Tages. Die beiden jüngeren Schwestern waren bereits zu Bett geschickt worden und so konnten sie frei reden.

„Ich weiß es nicht", er sprach leise und schaute sie dabei nicht an.

„Wirst du sie denn wiedersehen?", fragte nun seine Mutter.

„Ja", er blickte auf.

„Heißt das etwa, dass du ihre Welt erneut aufsuchen wirst?" Friedmund neigte sich zu ihm herüber. „Mein Sohn, du wirst doch nicht auf dumme Gedanken kommen und dort bleiben wollen, wegen dieses Mädchens?"

„Wohl kaum", darauf war er selbst noch gar nicht gekommen.

Teutobald beobachtete ihn dabei argwöhnisch, während er von seinem würzigen Bier trank. Er kannte seinen Freund viel zu gut, schließlich waren sie zusammen aufgewachsen. Mariella war das erste Mädchen, das er überhaupt bemerkt hatte und ihm war nicht entgangen, wie sehr sie seinem Schwager gefiel.

„Wie ist es dort?", fragte Friedlinde neugierig.

Frithjof runzelte die Stirn und betastete dabei das feine Gewebe über seiner Braue, unter dem es langsam zu jucken anfing. „Schrecklich." Er sah sie ernst an. „Alles ist laut. Überall sind seltsame Geräusche und es riecht dort auch anders als hier. Und diese Lichter", kopfschüttelnd hob er die Augenbrauen. Nichts hatte ihn mehr verwundert. „Es ist kein Feuer, keine Flamme. Es ist einfach nur da. Leuchtende Quellen, die einen ganzen Raum erhellen. Aber auch draußen sind überall helle Lichtpunkte zu sehen. Ganz seltsam. Sie drücken auf irgendetwas und es leuchtet."

„Das ist Zauberei", hauchte Friedlinde fasziniert.

„Nein. Dort ist das anscheinend normal", er trank von seinem Bier und wischte sich über den Mund. „Und alle Frauen tragen Hosen. Ich sah sogar eine, die ihr Haar kurz geschnitten trug und ein merkwürdiges Metallgestell im Gesicht hatte."

„Ein Gestell im Gesicht? Wozu denn das?", fragte Irmlind.

„Keine Ahnung", er zuckte flüchtig mit den Schultern. „Eine kleidete sich auch in grelle bunte Farben, leuchtend wie Feuer."

„Oh ja", rief Teutobald kichernd dazwischen. „Das war sicher die Blonde."

Er nickte. „Die Speise, die ich dort zu mir nahm, war wohl das Schmackhafteste, was ich je aß. Süß und würzig zugleich." Er erinnerte sich sehr genau an diesen ungewöhnlichen Geschmack und auch an den dunkelroten Saft, der ihm die Sinne benebelte. „Und in ihrem Haus sind übergroße Luken, aus denen man herausschauen kann, aber es kommt kein Wind durch. Es zieht auch nicht, sondern es ist sehr warm und behaglich." Für einen Augenblick schwieg er. „Ich habe noch nie so bequem gelegen, wie auf Mariellas Nachtlager", sagte er nachdenklich und alle starrten ihn an. Schweigen senkte sich über den Tisch. Frithjof realisierte es gar nicht, doch als er aufschaute, sah er in ihre verwirrten und auch belustigten Gesichter.

„Nun, es klingt alles danach, als hätte es dir gefallen. So schrecklich kann es dort also nicht sein", bemerkte Irmlind und legte beruhigend eine Hand auf die ihres Mannes. Der knurrte in sich hinein und setzte zu einem Vortrag an, doch bevor er auch nur eine Silbe verlauten lassen konnte, kam Teutobald seinem Freund zur Hilfe. „Wer ist eigentlich Isadora?", warf er geschickt dazwischen und hatte sogleich die Aufmerksamkeit aller auf sich gelenkt.

„Isadora?", fragte Friedlinde und sah dabei ihren Vater an.

„Isadora?", auch Irmlind schaute auf ihn.

Friedmund seufzte. Frithjof sagte nichts, doch auch er bedachte ihn mit einem erwartungsvollen Blick.

„Nun gut", langsam beugte er sich vor und stützte sich dabei auf der Tischplatte ab. „Meine Mutter war eine enge Vertraute von Isadora, daher kenne ich ihre Geschichte. Tja und einiges habe ich mir jetzt selbst zusammengereimt", er befeuchtete seine Lippen und lehnte sich noch ein Stück weiter vor. „Adalrich brachte eines Tages ein Mädchen mit. Keiner wusste, woher sie stammte und er nahm sie sogleich zur Frau, obschon sie noch sehr jung war. Doch sie muss damals ein hübsches Ding gewesen sein mit ihren hellroten Locken. Sie hatte sich mit meiner Mutter angefreundet, soweit Adalrich das zuließ." Er erzählte mit ruhiger, gedämpfter Stimme und schaute sie über den Tisch hinweg an. „Häufig sprach Isadora von ihren Brüdern, dass sie sie einfach verloren hätte und sie wartete viele Winter vergeblich darauf, dass sie sie endlich fänden und wieder nach Hause holten. Doch es kam nie jemand. Und wenn auch, Adalrich hätte sie niemals gehen lassen. Er war ein sehr grausamer Mann. Die Zeit strich dahin, sie bekam viele Kinder und verkümmerte. Adalrich sorgte schlecht für sie und die Familie und so starben die meisten von ihnen. Als ich den fünfzehnten Winter erreichte, starb Adalrich plötzlich und von da an war Isadora verschwunden, gemeinsam mit ihrem letzten Kind. Ich weiß noch genau, wie betroffen und besorgt meine Mutter damals war. Niemand wusste, ob sie ihn getötet hatte oder ob es gar jemand anderes war. Jedenfalls wurde sie nie wieder gesehen. Adalwolf blieb mit drei kleinen Brüdern zurück, wovon einer kurz darauf verstarb." Nachdenklich legte er seine Stirn in Falten und strich sich den Bart. „Ich glaube, es war im darauffolgenden Winter, als unerwartet zwei Männer nach ihr fragten, und mit ihrem Auftauchen ereigneten sich seltsame Dinge. Adalwolf erlangte Wohlstand, er verfügte mit einem Mal über so viel Fleisch, dass er es sogar bis zur Siedlung an dem großen Handelsweg brachte, um es dort zu tauschen. Er und seine Brüder trugen neue und ungewöhnliche Gewänder. Ihnen ging es von da an sehr gut, und als diese Männer verschwanden, war auch sein jüngster Bruder verschwunden."

„Waren diese Männer womöglich die Brüder, auf die Isadora all die vielen Winter vergeblich gewartet hatte?", flüsterte Friedlinde ergriffen.

„Ich denke schon. Zahlreiche Winter später tauchten sie erneut auf und genau wie zuvor, erlangte Adalwolf Wohlstand. Es ging ihm gut. Und jetzt, jetzt geschieht es wieder, mit dem Unterschied, dass dieses Mal so viel mehr Fremde auftauchen und obendrein die hier lebenden Menschen sogar gefährden. Doch die magische Zeit ist bald vorüber, die Rauhnächte neigen sich dem Ende zu und das Tor in die andere Welt wird sich versiegeln", schloss Friedmund und warf seinem Sohn einen bedachten Blick zu. „Ich habe keine Erklärung für dieses Ereignis, doch eines ist sicher, diese Fremden sind genauso wenig Trugwesen, wie wir es sind, sie sind gewöhnliche Menschen, sie entstammen nur schlicht einer anderen Welt."

Stille füllte den Raum, die Magie seiner Geschichte hing in der Luft und alle fühlten sich tief berührt von seinen Worten.

„Es ist gefährlich, zu behaupten sie seien Nachtmahre, dies schürt nur die Ängste der Menschen, besonders jetzt, während der Rauhnächte. Rodewins Sippe ist Schlimmes widerfahren und zu Recht fürchtet er sich nun. Doch wenn sich sein Trugwesengerede erst verbreitet, werden sich viele hier auf die Jagd begeben." Wieder blickte er auf Frithjof. „Und dann, mein Sohn, werden sie auch Jagd auf Mariella machen."

Erschrocken sah er ihn an und seine blauen Augen wurden eine Spur dunkler. *‚Sie kommt nicht wieder …'*

„Sie wird dieses Tor nicht ein weiteres Mal durchschreiten wollen, Vater, bisher ist ihr hier nichts Gutes widerfahren." Er sprach leise und seine Stimme klang sehr rau. „Ihr droht keine Gefahr."

29. Dezember 2009

Der Wecker schrillte und Marie tastete träge, um ihm Einhalt zu gebieten. Es war gestern Abend später geworden als sie beabsichtigt hatte. Und nun spürte sie die Strafe dafür körperlich. Schlafmangel und auch etwas Muskelkater, den sie sich während des gestrigen Senftreibens eingefangen hatte, marterten sie. *‚Nur noch fünf Minuten …'*

Lange hatte sie in der Kneipe gesessen, ein paar alkoholfreie Biere getrunken und sich mit Kjelt unterhalten. Tristan war noch vorbeigekommen, hatte ein kurzes, dafür aber heftiges Gespräch mit Lisette geführt und sich eiligst wieder verabschiedet. Raoul war frühzeitig verschwunden, was sehr vernünftig war, doch sie hatte einfach kein Ende finden können. Dieser Vegetarier war eine echte Herausforderung. Sie hatten in ihren Gesprächen nicht versucht, sich gegenseitig von ihrer Lebensweise zu überzeugen, sondern hatten sich bemüht, dem Anderen eine neue Sichtweise darauf zu eröffnen. Das war nicht leicht gewesen, hatte ihnen aber auch sehr viel Spaß gemacht, und was gab es Schöneres, als gemeinsam zu lachen. Er gab ihr ein gutes Gefühl, es war herrlich unbeschwert mit ihm. Und doch waren sie sich nicht nähergekommen. Er hatte sich offenbar nicht getraut und sie war nicht bereit. Andererseits – sie hatten Zeit. Alle Zeit der Welt.

„Marie!" Karl stand in der Tür. „Hey, wach auf. Du bist spät dran."

„Hä?", ihr Oberkörper schoss hoch und verwirrt starrte sie auf den Wecker. Aus den fünf Minuten waren tatsächlich zwanzig Minuten geworden.

„Sinnig", lachte er sie an. „Kaffee ist schon fertig." Er hatte ihr sogar schon ein Brot geschmiert und den Kaffee eingeschenkt, als sie die Küche betrat. Dankbar lächelte sie ihm zu, zog eilig ihre Faserpelzjacke über, nahm die Tasse, steckte sich die Stulle in den Mund, winkte zum Abschied und war schon aus der Tür.

Ein gutes Pensum Arbeit lag noch vor ihr und die Fallen musste sie auch noch kontrollieren. Tja, und zum Mittagessen war sie mit Kjelt im Wildstübchen verabredet, also musste sie sich ranhalten, wenn sie pünktlich sein wollte.

„Hey", rief Marie, als sie die Garage betrat. Raoul stand an seiner Mule, die nun wieder funktionstüchtig war, und belud das Gefährt mit allerlei gefüllten Eimern und Wannen.

„Hey, alles klar?", er grinste. „Du bist spät."

„Jaja", rief sie ihm zu. „Weiß ich."

„Soll ich dir ein paar Fallen abnehmen?"

„Das wäre nett", sie lächelte spitzbübisch. „Hast du denn Zeit dafür?"

„Klar. Meine Fallen sind alle gesichert. Ist zu feuchtkalt dafür. Ich checke alles, was auf meinem Weg liegt, okay?"

„Danke Raoul", sie knuffte ihn liebevoll. „Sehen wir uns zu Mittag?"

„Jab", er sprang in seinen Wagen. „Bis später."

Für Marie war es noch immer befremdlich, ohne ihren Drahthaar unterwegs zu sein. Sie fühlte sich nackt dabei, es fehlte etwas. Auf jeden Fall würde sie über kurz oder lang wieder eine neue Hündin bekommen, um diese Leere auszufüllen, so viel war sicher, auch wenn sie Grille nicht würde ersetzen können.

Nachdem ihre Mule endlich beladen war, fuhr sie los. Es war – wie die Tage zuvor – eiskalt und der jähe Fahrtwind ließ ihre Augen tränen. Die Finger wurden ihr schon steif und sie suchte in den Jackentaschen nach ihren Handschuhen. Den einen fischte sie hervor und mit dem anderen erwischte sie auch eine kleine Papiertüte. Irritiert starrte sie darauf, bis es ihr dämmerte. Abrupt trat sie auf die Bremse und rutschte noch einige Meter über den gefrorenen Weg.

‚Mist. Mist. Mist verdammter!' Besorgt überlegte sie, was der Tierarzt gesagt hatte. *‚Langzeitantibiotikum ..., achtundvierzig Stunden. Vorgestern, gestern. Also heute auf jeden Fall. Mist.'*

Wie konnte sie das nur vergessen? Himmel. Das ging gar nicht Der Habicht brauchte auf jeden Fall das Antibiotikum. Greifvögel reagierten einfach zu empfindlich. Sie hatten ja nichts zuzusetzen und ruckzuck fielen sie von der Stange, würden sie nicht entsprechend behandelt.

Sie stand eine ganze Weile da und überlegte, wie sie vorgehen sollte. Doch dann fuhr sie los. Zum Hünengrab auf der Buschhöhe. Wenn sie sich jetzt beeilte und sich dort nicht lange aufhielt, könnte sie ihre Arbeit heute Vormittag noch schaffen und trotzdem pünktlich zum Mittagessen sein.

Marie hockte sich hin, kroch unter den Stein und schlich sich durch die Zeit. Am Ausgang des Hünengrabes hielt sie einen Augenblick inne und warf einen traurigen Blick auf die Decke in der Ecke, die ihre Hündin verbarg, und widerstand dem Drang, sie noch einmal – wenn auch nur ganz kurz – zu streicheln. Aufmerksam trat sie ins Freie und schaute sich um. Alles war friedlich. Nichts wirkte bedrohlich. Neuschnee bedeckte die Spuren der vergangenen Kämpfe ebenso wie all das geflossene Blut, und der Wald ruhte in winterlicher Eintracht vor ihr.

Heute hatte sie keinen Grund, sich zu fürchten. Kein Schneegestöber, kein Psychopath und Adalhart würde kaum wagen, sie noch einmal anzufallen. ‚*Hoffentlich ...*'

Doch ihr Herzschlag pochte hektisch, sie fühlte sich unruhig und aufgewühlt. Die Erinnerung an Perkenheim jagte ihr eine Gänsehaut über den Rücken und Übelkeit stieg in ihr auf. ‚*Ruhig jetzt. Er ist tot. Dir kann nichts passieren.*'

*

Bernhild spitzte die Ohren, ihr war die allgemeine Aufregung nicht entgangen, und neugierig wie sie war lauschte sie nun an der Tür. Zuvor hatten sich unerwartet Adalhart, Willrich, Guntfried und Rodewin aus der Nachbarsiedlung in ihrem Haus eingefunden. Rodewin hatte dazu noch – sehr aufgeregt – von einem Nachtmahr gesprochen, woraufhin ihr Vater alle Frauen aus dem Haus geschickt hatte und ihren Bruder beauftragte, den Nachbarn zu holen. Jetzt saßen sie beieinander und beratschlagten, was zu tun wäre.

„Was hat es mit dem Nachtmahr auf sich?", fragte sie ihre Mutter leise, die ebenso an der Tür lauschte. Sie schüttelte verängstigt den Kopf. Das Mädchen strich ihr langes Haar an die Seite und drückte ihr Ohr noch dichter gegen die Tür.

„Adalwolf behauptet, das Wesen sei aus Midgard verbannt, doch Adalhart sagt, uns drohe noch immer Gefahr. Ich denke, wir sollten gemeinsam Friedmund aufsuchen und uns mit ihm beraten", raunte Rodewin.

Bernfried krauste die Stirn. „Nie zuvor drohte uns Gefahr von einem Nachtmahr. Ich weiß nicht, was zu tun ist. Können wir gegen ihn kämpfen? Ich stimme dir zu, Rodewin. Lasst uns mit Friedmund darüber sprechen."

„Er ist doch schon längst von diesem Trugwesen – im Körper eines Weibes – verzaubert worden", rief Adalhart aufgebracht. „Wie blind ihr doch alle seid."

„Was sagst du da?" Bernfried blickte ihm finster entgegen. Er traute diesem Burschen nicht.

„Adalhart ist überzeugt, dass dieses Mädchen, Frithjofs Weib, ein Trugwesen ist", sprach Willrich leise. Schweigen folgte, nur das Knistern des Feuers durchdrang die Stille.

„Ich glaube das nicht", gab Willrich zu. „Ich glaube das ganze Böse-Wesen-Gerede nicht. Und ich für meinen Teil werde mich nicht an einer Jagd auf dieses Mädchen beteiligen. Ihr könnt es halten, wie ihr wollt. Ich werde nicht dabei sein", sagte er ernst.

Guntfried nickte zustimmend.

„Lasst uns Friedmund aufsuchen und hören, was er dazu sagt. Danach entscheiden wir, was zu tun ist." Bernfried erhob sich.

„Sie hat euch doch schon alle in ihren Bann gezogen", grunzte Adalhart abfällig.

„Pass auf, was du sagst", zischte Willrich ihn an. „Du bist noch sehr jung, mein Freund, und nur allein auf dein Wort hin, werden wir hier niemanden jagen. Sieh dich vor."

Die anderen Sachsen nickten und erhoben sich von ihren Plätzen.

Eilig huschten die Frauen von der Tür weg und taten geschäftig. Bernhild griff nach einigen Scheiten Holz und wartete, bis sich die Tür öffnete. Fröhlich schritt sie ihrem Vater entgegen.

„Geht ins Haus und lasst niemanden ein", sprach er ernst, während er sich einen Umhang umlegte und die Enden an der Schulter mit der Fibel schloss. Sie griff die Hand ihres Vaters, während sie mit der andern das Holz hielt. „Es geht um Nachtmahre, nicht wahr?"

„Hast du etwa gelauscht?", fragte er unwillig.

Sie ignorierte seine Frage und stellte sich auf die Zehenspitzen. „Ich befürchte, Adalhart hat recht und auch Frithjof wurde verzaubert." Sie blickte ihn abwägend an. „Von Mariella. Vielleicht ist sie ja ein böses Wesen. Oder womöglich eine Hagzissa, die vom rechten Weg abgekommen ist und uns allen Unheil bringt", flüsterte sie ihm ins Ohr.

Nachdenklich musterte er seine Tochter einen Augenblick. Er neigte seinen Kopf. „Wie kommst du darauf?"

„Schau sie dir doch einmal an. Wie seltsam sie gekleidet ist. Und wie fremd in ihrer ganzen Erscheinung. Sie ist nicht von hier, taucht plötzlich auf und schon geschehen seltsame Dinge."

„Was denn für seltsame Dinge?", fragte er nun interessiert.

Sie überlegte kurz. „Auf einmal hat der Eigenbrötler Frithjof ein Weib, welches niemand kennt, und Adalwolf besitzt so viel Fleisch, dass er es sogar eintauscht und uns alle damit versorgt, und jetzt noch der Angriff auf Rodewins Sippe."

„Du hast also doch an der Tür gehorcht?", sagte er böse, nahm dennoch ihre Worte mit auf den Weg und ließ seine Tochter unzufrieden zurück.

*

Friedmund war nicht übermäßig erstaunt, als die Männer sich im Hof vor seinem Haus sammelten und ihn um Einlass baten. Alle bis auf Adalhart hatten sich eingefunden. Er war verärgert und mürrisch zurückgeblieben.

„Wir sind in Sorge wegen dem Nachtmahr, der Rodewin heimsuchte", ergriff Bernfried das Wort.

Friedmund warf seiner Frau einen kurzen Blick zu, worauf diese ihre jungen Töchter und auch Friedlinde, die zu Besuch war, aus dem Haus schickte. „Ihr seid also in Sorge. Hat es denn einen weiteren Übergriff gegeben?", fragte Friedmund sachlich.

„Nein. Adalwolf sagte sogar, der Nachtmahr wäre verbannt", entgegnete Willrich.

Friedmund lehnte sich in seinem Stuhl zurück und strich sich nachdenklich den Bart. Wie war Adalwolf nur an diese Information gekommen? „Ja. Das ist wahr. Er ist nicht nur verbannt, sondern vernichtet. Ich selbst und Teutobald töteten ihn."

Ein lautes Raunen ging durch die Gruppe und sie tauschten verwunderte Blicke. „Du hast ihn getötet?"

„Ja. Und weitere weilen meines Wissens nicht unter uns", sagte er bestimmt.

„Und das zukünftige Weib deines Sohnes?", fragte Bernfried argwöhnisch in Erinnerung der Worte seiner Tochter. „Sie ist sehr befremdlich."

„So? Ist sie das?", er betrachtete den Mann kühl.

„Sie ist seltsam gewandet", er hob die Schultern. „Seit sie hier ist, geschehen ungewöhnliche Dinge."

Friedmund beugte sich vor, stützte seine Ellenbogen auf dem Tisch ab und sah ihn eindringlich an. „Und das macht sie gleich zu einem bösen Wesen?", langsam schaute er in die Runde und blickte jedem in die Augen. „Glaubt ihr das wirklich?" Betretenes Schweigen war die Antwort.

Erneut heftete sich sein Blick auf Bernfried. „Sind dies denn deine Worte oder die deiner Tochter?", fragte er ernst, konnte jedoch ein leicht amüsiertes Lächeln nicht verbergen.

*

Unauffällig pirschte Marie durch den Wald in Richtung Siedlung. Sie konnte dieses beklemmende Gefühl nicht unterdrücken. Es war einfach unheimlich, wieder hier zu sein und hätte sie die Tabletten nicht vergessen, wäre sie kaum hier. Doch die Sorge um Frithjofs Habicht ließ ihr keine Ruhe, und wenn sie das jetzt nicht täte, hätte sie sich vorgestern die ganze Suche auch sparen können.

Marie zog ihre Jacke bis zum Kragen zu, es war deutlich kälter als bei ihr zu Hause, doch das Wetter war ebenso klar. Der Weg war nicht weit und sie fand auf Anhieb die ersten Häuser. Ein wenig aufgeregt nahm sie den Pfad zwischen den Hofzäunen und überlegte, welches denn nun Frithjofs Haus gewesen war. Heute sah alles ganz anders aus.

„Mariella", rief eine helle Stimme nach ihr. Verwundert wandte sie sich um und erblickte Friedlinde. „Bist du auf dem Weg zu meinem Bruder?" Sie schüttelte den Kopf. „Dumme Frage. Natürlich bist du auf der Suche nach ihm", ihr Stirnrunzeln, bei dem sich ihre Augenbrauen leicht hoben, machte einem bezaubernden Lächeln Platz. „Er ist auf der Jagd und ich befürchte, es wird einige Zeit dauern, bevor er wieder heimkommt."

‚Schade ...' Marie konnte ihre Enttäuschung kaum verbergen, schob die Empfindung jedoch unwillig beiseite. Sie war nicht hier, um ihn zu sehen.

„Du solltest nicht hier sein, Mariella", sprach Friedlinde beunruhigt. „Es ist gefährlich. Die Menschen hier sind verängstigt und unsicher."

‚Warum sollte sich jemand vor mir fürchten?'

„Doch wohl kaum wegen mir." Marie kniff die Augen zusammen. „Sei unbesorgt, ich bin schon fast wieder weg. Würdest du Frithjof dies hier geben?", sie reichte ihr das Tütchen mit den Tabletten. „Und richte ihm bitte aus, er möge seinem Habicht jeden Tag eine von diesen kleinen Tabletten, in einem Stückchen Fleisch versteckt, geben, bis sie ganz aufgebraucht sind."

Friedlinde begutachtete fasziniert das Tütchen. „Gut, das will ich ihm sagen. Weiß er denn warum?"

Marie lachte sie an. „Wenn du ihm sagst, dass ich sie gebracht habe, wird er es verstehen."

„Er wird enttäuscht sein, dich nicht selbst angetroffen zu haben. Möchtest du nicht auf ihn warten? Wir könnten gemeinsam in seinem Haus warten", schlug sie vor. „Er könnte dich auch später zurückbegleiten, so wärst du in Sicherheit", unsicher und fahrig drehte sie sich um und warf einen prüfenden Blick zur Haustür.

Marie empfand Neugier und auch Sehnsucht nach Frithjof, doch dadurch, dass sie seiner Schwester näher kam, würde es für sie nicht leichter werden, bald für immer – lebe wohl – zu sagen. Außerdem hatte sie noch zu arbeiten und konnte ihren Aufgaben nicht einfach fernbleiben.

Sie lächelte Friedlinde an. „Es tut mit leid, doch ich muss jetzt gehen. Grüße bitte Frithjof von mir."

„Das werde ich. Doch bitte, sei auf der Hut." Zerstreut schaute sie in alle Richtungen der Siedlung. Kaum hatte sie diese Worte ausgesprochen, da zerriss ein gellender Schrei die Luft und ließ sie sich erschrocken umdrehen. Überrascht erkannte sie Bernhild neben der Umzäunung ihres Elternhauses. Sie war doch gerade noch nicht da gewesen, oder? Im selben Augenblick erspähte sie den Mann, der hinter Bernhild auftauchte. Adalhart. Ausgerechnet.

Marie schaute zu dem Mädchen herüber. „Was hat sie?"

„Oh Mariella! Das ist nicht gut", unruhig zappelte sie umher. „Das ist gar nicht gut. Oje, oje. Was ist zu tun?" Sie packte Maries Arm. „Lauf. Lauf so schnell du kannst, Mariella. Ich werde sie ablenken."

„Aber warum nur?" Völlig irritiert starrte sie Friedlinde an, die grob an ihrem Arm zerrte.

„Frag nicht. Lauf!", stöhnte sie und gab Marie einen energischen Schubs.

„Da ist sie. Da ist sie", schrie Bernhild. „Adalhart! Da ist sie. Hol sie dir. Hol sie dir!"

Durch das Geschrei aufgescheucht, strömten die Männer aus Friedmunds Haus in den Hof und sahen im ersten Moment nur verblüfft, wie Friedlinde auf Adalhart zustürzte und sich wie eine Verrückte an ihn klammerte. Bernhild sprang kreischend neben ihnen herum, während sie sehr unsanft an Friedlindes langem Haarzopf riss. Doch dann wies Guntfried auf die flüchtende Gestalt, deren dunkelroten Locken noch gut zu erkennen waren, bevor sie hinter einigen Zäunen verschwand. „Da ist sie."

Die Sachsen schauten alle in ihre Richtung und standen unschlüssig da. „Oh Bernhild. Du dummes Weib", klagte Bernfried.

Adalhart packte Friedlinde, die ihn so tapfer bezwungen hatte, an beiden Armen und warf sie grob zu Boden. Verzweifelt erwischte sie gerade noch eines seiner Beine, packte zu und hielt sich fest. Er lief los und schleifte sie einige Schritte mit sich. Friedlinde schrie um Hilfe und in dem Augenblick machte es Klick in Adalharts Kopf. All seine angestaute Wut und Barschheit brach wild aus ihm hervor und er trat zu. Friedlinde sackte zusammen, er spurtete los und nahm zornig die Verfolgung auf.

*

Frithjof hockte verborgen hinter einem Dickicht und beobachtete das junge Reh. Er spannte den Bogen und wartete auf den rechten Moment. Der Pfeil zischte durch die Luft und traf das Reh mitten in die Schulter. Er wartete kurze Zeit, doch dann erhob er sich leise und schlich näher. Das Tier lag auf der Seite und zappelte. Zügig griff er nach seinem Messer, beugte sich über den Rücken des Tieres, sodass ihn die zuckenden Läufe nicht verletzen konnten, und stach dem Reh noch einmal ins Herz.

Das würde als Nahrung für die nächsten Tage reichen. Erleichtert raffte er sich auf, schulterte das Tier und wanderte nach Hause. Reh war nicht die übliche Atzung – Nahrung – für den Habicht aber es war gutes Fleisch und ihm würde es auch schmecken.

„Schau an", rief Teutobald heiter. „Ist ja fast so schön, wie einen Habicht zu fliegen."

„Aber nur fast." Frithjof lachte. „Ich bin einfach nur froh, wenn es Vedrfölnir wieder besser geht und wir wieder gemeinsam jagen können."

„Ja. Macht einfach mehr Spaß", stimmte er nickend zu.

Sie waren nicht sehr weit von seinem Haus entfernt und Frithjof entschied, erst das Reh heimzubringen und anschließend Teutobald bei der Beizjagd zu begleiten.

„Aber jetzt etwas anderes, mein Freund. Ich werde im Lenzing deine Hilfe brauchen. Friedlinde und ich werden ein eigenes Haus bauen."

„So. Wird es euch doch zu eng mit deiner Sippe?"

Teutobald nickte grinsend, doch durch lautes Stimmengewirr abgelenkt schaute er auf. Der Aufruhr in der Siedlung erklang immer lauter, je näher sie heraneilten und sie erblickten die Menschentraube, die sich im Hof seiner Eltern tummelte.

„Frithjof!", schrie Friedlinde, die sich ein wenig taumelig wieder aufgerafft hatte, als sie ihn in der Ferne erblickte. „Lauf. Lauf. Du musst ihr helfen." Hysterisch rannte sie ihm entgegen. „Mariella! Du musst ihr helfen." Sie stürzte im tiefen Schnee, rappelte sich wieder hoch. „Lauf", schrie sie. „Hilf ihr. Adalhart ist hinter ihr her!"

Versteinert stand er da, bis er ihre Worte endlich begriff, und ließ sogleich das Reh von seiner Schulter fallen.

Er rannte los.

Friedmund, der schon längst nach seinen Waffen gegriffen hatte, folgte ihm. Und Willrich tat es ihm gleich. Teutobald lief seiner völlig aufgelösten Frau entgegen, umfasste sie mit seinem freien Arm und hielt sie fest. Sie war drauf und dran, hinter ihrem Bruder herzueilen.

Frithjof suchte die Fährte. Doch es waren einfach keine Spuren da. *‚Zur Grabstätte …, dorthin wird sie gehen.'*

Er rannte weiter, achtete nicht auf das dichte Geäst, das ihm ins Gesicht schlug, ignorierte den kalten Wind, der ihm die Tränen in die Augen trieb. ,*Was tut sie hier ...? Dieses Weib.*'

Er rannte und sprang über die am Boden liegenden Stämme verrottender Bäume. Hastete durch den Schnee und doch schien er ihnen nicht näher zu kommen. Lautlosigkeit umgab ihn, einzig sein nervöser Atem störte die Stille und wachsende Angst kroch ihm in jede Faser, ließ sein Blut kochen und zog ihm sämtliche Eingeweide im Leib zusammen.

*

Bis zum Hünengrab war es nicht mehr weit, vielleicht noch hundert Meter, doch Marie wähnte sich noch nicht in Sicherheit und wollte auch keine Zeit dadurch verlieren, dass sie sich nach ihrem Verfolger umsah. Warum jagte dieser Typ sie schon wieder? Was hatte sie ihm nur getan? ,*Verdammte Germanen ...*'

Wie ein Besessener verfolgte Adalhart sie, klebte an ihren Fersen, und holte auf. Rücksichtslos preschte er durch das Unterholz, zückte im Laufen einen Pfeil, schmiss sich auf die Knie und spannte den Bogen.

,*Aarrrgh...*' Völlig unerwartet schoss Marie ein gewaltiger Schmerz durch die Schulter und riss sie schlicht um. Die Qual war unerträglich und sie lag wimmernd im Schnee, fühlte ein warmes Gerinnsel, welches ihr den Rücken hinunterlief, und stöhnte vor Schmerz.

,*Nur noch ein paar Meter. Das schaffst du. Gib nicht auf ...*' Doch sie kam einfach nicht wieder auf die Füße. Sie robbte auf allen Vieren über den Schnee. Der Schmerz trieb ihr den Schweiß aus den Poren, ihr Atem japste panisch und ihre Kehle wurde dadurch so trocken, dass sie röchelnd hustete. Keuchend schleppte sie sich Meter für Meter voran und plötzlich zwang sie ein enormes Gewicht nieder, welches ihr Elend nur noch steigerte. Sie spürte den dunstig warmen Atem in ihrem Nacken und der Ekel überfiel sie. Eine eisige Klinge legte sich ihr an den Hals und sie fühlte die Schärfe des Messers an ihrer Haut.

,*Nein! Nein verdammt!*' Sie würgte und konnte ein Schluchzen nicht unterdrücken. Der Schmerz war kaum zu ertragen und ihr Überlebenswille schmolz dahin.

„Du böses Weib", wisperte ihr Adalhart ins Ohr.

*

Frithjof hörte ihren angsterfüllten Schrei und das nackte Entsetzen packte ihn. Blind vor Wut rannte er durchs dichte Buschwerk und Sekunden später sah er, wie Adalhart sich auf Mariella warf und sie mit seinem Leib bedeckte. Er vernahm ihr Wimmern und stürzte sich hemmungslos auf den Angreifer, umschlang mit einem Arm seine Kehle und riss ihn von Marie herunter. Es begann ein wilder Kampf um Leben und Tod.

Erst lagen sie am Boden, übereinander, aufeinander, dann ließen sie voneinander ab, sprangen auf und umkreisten sich mit gezückten Messer. Sie ließen sich nicht aus den Augen. Ihr fiebriger Atem dampfte in der eiskalten Luft und bildete einen feuchten Film auf ihren Gesichtern. Beide warteten darauf, dass der andere einen Fehler machte, und stießen immer wieder mit ihren Messern vor.

Eine Ewigkeit schien zu vergehen und schließlich war Frithjof es leid. Blitzschnell packte er Adalhart am Hals und griff mit den Fingern fest in seine Gurgel. Während er ihn an sich zog, drehte er ihn so in der Bewegung, dass er mit der anderen Hand das Messer in seine Kehle rammen konnte. Er fackelte nicht lange, drehte die Klinge und schnitt ihm den Hals durch. Adalhart japste, röchelte und sackte in sich zusammen. Frithjof ließ sich gemeinsam mit ihm zu Boden sinken und als kaum noch Leben in ihm steckte, ließ er ihn los.

Mit einem Sprung war er bei Mariella und kniete neben ihr. Angstvoll hielt er den Atem an und mit zittriger Hand berührte er sanft ihre Wange. Wie leblos lag sie im Schnee. Nicht in der Lage, sich zu bewegen, geschweige denn zu reden. Aber sie lebte.

Frithjof atmete über die Maßen erleichtert aus. Für einen Augenblick hatte er das Schlimmste befürchtet. Verdrossen besah er sich den Pfeil und tastete ihr über die Schulter.

„Ganz ruhig Mariella, ruhig", er drückte ihr mit einer Hand fest auf den Rücken, sodass ihr Brustkorb noch tiefer in den Schnee sank. „Halt still", erklang seine kehlige Stimme und mit der anderen Hand zog er ruckartig den Pfeil heraus. Maries durchdringender Schrei hallte durch den Wald.

‚Verflucht noch mal …' Es war fast nicht auszuhalten.

„Gleich wird es besser." Er umfasste ihren Oberkörper und half ihr aus der Jacke, zog ihr den Pullover und das blutgetränkte helle Shirt über den Kopf und besah sich die mittlerweile wulstig geschwollene Wunde in ihrer rechten Schulter. Er kniete sich hinter sie, ergriff eine Handvoll Schnee und drückte ihn auf die Wunde. „Der Schnee betäubt den Schmerz", flüsterte er heiser und zog sie vorsichtig an sich. Umschlang sie mit einem Arm und drückte sie gegen seine Brust. Sie stöhnte vor Schmerzen und er schmiegte sich so nahe an sie, dass er mit seinem Mund ihren Nacken berührte. Sanft tasteten seine Lippen über ihre nackte Schulter und er hielt sie fest im Arm. Nahm ihren betörend, blumigen Duft in sich auf, fühlte ihre Wärme und wünschte sich nichts mehr, als sie für immer an seiner Seite zu wissen. Sie war die Seine. Für immer und alle Zeit. „Gleich wird es besser", seine Stimme klang rau und dunkel. Behutsam hüllte er seinen Fuchspelz um sie, damit sie nicht fror. Sie fühlte sich umsorgt, spürte seinen weichen Mund auf ihrer Haut, und seine warme Liebkosung erfüllte sie mit tief empfundener Geborgenheit. Jetzt war sie sicher.

Friedmund und Willrich hatten sie mittlerweile eingeholt, doch als sie die zwei so erblickten, so eins mit sich und so vertraut, hielten sie sich einigermaßen betroffen im Hintergrund.

Sie wechselten einen flüchtigen Blick, woraufhin Willrich sich zu Adalhart niederkniete und ihn untersuchte. Sämtliches Leben war aus ihm gewichen, die Augen starr und weit aufgerissen lag er in dem blutigen Schnee und zeigte keine Regung mehr. Willrich erhob sich und zuckte mit den Schultern. Dann packten er und Friedmund den toten Körper und schleppten ihn fort.

Frithjof warf den Schnee beiseite und begutachtete die Wunde. Sie blutete nicht mehr so stark, doch zur Sicherheit drückte er erneut eine Handvoll frischen Schnee darauf, legte ihr den Pullover sowie ihre Jacke über und nahm sie auf den Arm.

„Ich bringe dich heim, in deine Welt", sprach er leise und ging auf das Hünengrab zu.

Schmerz und Freude

29. Dezember 2009

Der Schmerz war brennend. Er dehnte sich über ihren gesamten Oberkörper aus und sickerte ihr in jede Faser. Die Kühle des Schnees brachte zwar Erleichterung, eine lindernde Betäubung, die die Essenz des Schmerzes für kurze Zeit lähmte, doch das stetige Pochen in ihrer Schulter wollte einfach nicht nachlassen.

Frithjof trug sie ins Hünengrab, aufrichtig bemüht ihr nicht noch mehr Kummer zu bereiten, setzte er sie behutsam ab und half ihr dabei, sich durch die Zeit zu schlängeln. Auf der anderen Seite angekommen, kniete er sich erneut hinter sie, nahm die Jacke von ihren Schultern und kontrollierte die Wunde. Durch die viele Bewegung hatte es wieder zu bluten begonnen und so legte er nochmals Schnee auf die Stelle und drückte mit der Hand darauf. Marie ächzte, doch sie ließ ihn gewähren.

Vorsichtig legte er ihr die Jacke um und zog sie an sich. „Mariella", flüsterte er ihr ins Ohr. *‚Dich kann man auch nicht aus den Augen lassen …'*

„Frithjof", sie lehnte sich gegen ihn. „Und wieder einmal hast du mich gerettet", sie lachte kaum hörbar und er bemerkte es auch nur an dem leichten Beben ihres Körpers.

„Wenn ich es gleich richtig gemacht hätte, wäre dir jetzt nichts passiert."

„Wer weiß das schon."

Sie schwiegen – eine ganze Weile – und er hielt sie fest im Arm, drückte sein Gesicht in ihre duftigen Locken und zog sie noch dichter, wobei ihr eine seiner langen Haarsträhnen die Wange kitzelte.

„Ich hätte nicht gedacht, dass du noch einmal wiederkommst, nach all dem, was geschehen ist."

„Wäre ich auch nicht. Ich hatte nur vergessen, dir die Tabletten für Vedrfölnir zu geben."

‚Du bist unglaublich …'

„Wegen Vedrfölnir hast du dich ein weiteres Mal in Gefahr gebracht?", zischte er gedämpft und in seiner Stimme klang die verhaltene Wut deutlich mit.

„Ja!"

‚Du stures Weib …'

Sein Atem ging schnell, sie spürte den warmen Hauch an ihrem Hals und auch seine Unruhe, die wie eine lang anhaltende Welle über sie hinwegschwappte.

„Beruhige dich. Diese Tabletten sind wichtig für den Habicht, Vedrfölnir muss sie unbedingt einnehmen und damit basta", rechtfertigte sie sich erschöpft.

„Du bist … so stur", seiner Kehle entwich ein Knurren.

Sie kicherte und stöhnte augenblicklich auf vor Schmerzen. „So wie du."

Nach einer schweigsamen Weile strich er ihr seufzend eine Locke aus dem Gesicht. „Du gefällst mir viel zu gut, Mariella."

„Du gefällst mir auch viel zu gut, Frithjof", ihre Stimme klang dabei samtig, tief und dunkel und abermals spürte er die sanfte Erschütterung ihres Körpers.

„Hm", er sog ihr blumiges Aroma ein und ganz zart berührten seine Lippen ihren Hals. „Was soll ich nur ohne dich anfangen, wenn die Pforte in deine Zeit sich verriegelt?"

Marie lehnte traurig ihren Hinterkopf an seine Schulter. *‚Das frage ich mich auch schon die ganze Zeit …'*

„Dein Leben weiterleben", entgegnete sie nach einigen Atemzügen, „so wie zuvor."

„Ja. Ich habe keine andere Wahl. Auch wenn es nicht das ist, was ich mir wünsche", er zog sie noch dichter an sich heran und wiegte sie in seinen Armen.

Schwermut legte sich wie ein Schleier über ihre Seele, hüllte sie ein und erfüllte sie mit einem unerträglichen Verlustempfinden.

Er lockerte seinen Griff und schob sie besonnen von sich. „Du brauchst Hilfe. Die Heilerin Marlene – kann sie dir nicht helfen?"

Marie fühlte sich matt und entkräftet. „Ja. Ich brauche Hilfe", sagte sie schließlich und grub ihr Handy aus der Jackentasche hervor. Sie tippte kurz eine Nummer und wartete.

Frithjof stierte auf diesen kleinen schwarzen Kasten, beschloss aber, ihn einfach zu ignorieren. Er würde es ja doch nicht begreifen.

„Raoul?", hauchte sie leise, als sich eine Stimme am anderen Ende der Leitung meldete. „Raoul, du musst kommen und mir helfen. Ich bin auf der Buschhöhe und ... ich bin verletzt", dann legte sie erschöpft auf.

Frithjof schüttelte den Kopf. ‚*Und es ist doch Zauberei ...*'

*

Raoul, der just vor der Garage geparkt hatte, da er noch einige Dinge holen musste, sprang eilig auf seine Mule und wollte gerade mit Vollgas davonrasen.

„Hey Raoul", rief Kjelt.

„Hallo!" Raoul stoppte das Gefährt. „Suchst du Marie? Komm, hüpf rein."

Er saß noch nicht ganz, da brauste Raoul schon los. „Eigentlich sind wir zum Mittagessen verabredet, doch ich dachte, ich schaue einfach schon mal früher vorbei."

„Hm", war alles, was Raoul sagte. Irgendwas Schlimmes war Marie passiert. Ihre Stimme hatte so matt und teilnahmslos geklungen. Kjelt starrte ihn irritiert an, doch er bemerkte ihn gar nicht und sauste durchs Gehege.

Abrupt stoppte er die Mule, sprang heraus und rannte los. „Komm mit", rief er, wartete jedoch nicht. Kjelt wunderte sich, folgte ihm dennoch. Raoul hechtete um die Ecke des Geheges und da erblickte er sie auch schon. „Marie!", rief er aus der Entfernung.

Frithjof hob fasziniert eine Augenbraue. ‚*Und das funktioniert mit dem schwarzen Kästchen?*'

„Marie!", er ging vor ihr auf die Knie. „Was ist geschehen?"

Kjelt kam ebenfalls um die Ecke, blieb in derselben Sekunde wie vom Donner gerührt stehen und starrte auf Frithjof. Er fixierte verblüfft die Fuchsschwänze und schlackernden Läufe an dessen pelzigem Umhang. Das lange, goldene Haar, welches ihm ins Gesicht fiel, seine funkelnden Augen, Marie in seinen Armen und den rehbraunen Hund daneben.

„Sie wurde von einem Pfeil getroffen", erklärte der Sachse behutsam.

„Was?" Raoul fuhr sich angespannt mit einer Hand durchs Haar. „Okay. Ab ins Krankenhaus. Ich rufe Mami von unterwegs an."

Frithjof erhob sich und gab Raoul so die Gelegenheit, Marie auf den Arm nehmen zu können.

„Ich kann laufen", meinte sie sich sträubend.

„Halt den Mund", raunte er grob und hob sie hoch.

Frithjof neigte den Kopf zur Seite und zwischen seinen Augenbrauen bildete sich eine tiefe Furche. Raoul schien offenbar mit ihrer Sturheit vertraut zu sein. Unleidlich blickte er auf Kjelt, der mittlerweile näher getreten war, ihn dabei aber auch nicht aus den Augen gelassen hatte. Sie sahen sich finster an. Und ihr Blick wurde noch finsterer. Raoul ignorierte sie beide, er hatte Wichtigeres zu tun und lief los.

Kjelt wandte sich ab, im Begriff ihm zu folgen. „Hier", sprach Frithjof ruhig und hielt ihm Maries Pullover und das blutgetränkte Shirt hin. Kjelt starrte erschrocken auf die Kleidungsstücke und sog zischend die Luft ein. Vorsichtig nahm er sie in die Hand. Dann schaute er auf den Kaukasier und seine Augen wurden schmal.

„Pass gut auf sie auf", drohte Frithjof leise, drehte ihm den Rücken zu und ging. Vor dem Hünengrab hielt er kurz inne. Ein unschlüssiges Zögern, doch er schaute nicht zurück, sondern hockte sich nieder und verschwand unter dem Urgestein.

Kjelt stand entgeistert da, unfähig zu glauben, was er da sah. Er schluckte. Drehte sich um und schritt hinter Raoul her, schaute im Gehen noch einmal zurück, ging verstört weiter, bog um die Ecke, und als er sah, dass Raoul seine Mule bereits erreicht hatte, rannte er los.

„Spring rein, du musst Marie auf deinen Schoß nehmen, Kjelt", forderte er bestimmt.

Er beeilte sich einzusteigen und nahm ihm Marie ab, schloss sie in seine Arme und fühlte sich unbeschreiblich. Purer Unglaube erfüllte ihn und doch war es so real. Marie in seinen Armen, so warm, so hilflos und geschwächt. Dieses sonst so starke Mädchen lehnte jetzt ganz selbstverständlich ihren Kopf an seine Schulter und vertraute auf seine Hilfe. Eine gigantische Welle der Zuneigung packte ihn. Scheu zog er sie dichter an sich heran, hielt sie fest und strich ihr liebevoll über die Wange.

Der Wagen setzte sich in Bewegung.

„Kjelt", flüsterte sie nur.

„Hallo Marie."

„Wird heute wohl nichts mit Mittagessen", stellte sie fest.

„Ach, das holen wir ein anderes Mal nach." Er neigte sanft seine Schläfe gegen ihre Stirn. „War das wieder so ein Unfall?"

Sie nickte.

„Der Kaukasier ist gar kein richtiger Kaukasier, nicht wahr?" seine Stimme klang dabei belegt und ungläubig.

Sie schüttelte den Kopf. „Hm."

„Mami?", erklang Raouls Stimme. „Hey. Wir haben ein Problem. Marie wurde von einem Pfeil getroffen", es entstand eine Pause. „Nein, nun reg' dich nicht auf. Sonst ist alles gut." Wieder eine Pause. „Okay. Wir fahren zum Krankenhaus. Bis gleich." Anschließend rief er Karl an. „Hallo Karl. Ich fahre jetzt mit Marie ins Krankenhaus. Sie wurde bei den Germanen von einem Pfeil verletzt. Keine Panik, nichts Lebensbedrohliches. Melde dich", sprach er auf seine Mailbox.

Als sie den Mitarbeiterparkplatz erreichten, wechselte er noch einige Worte mit einem Arbeitskollegen, der ihnen entgegenkam, während Kjelt Marie zum Patrol trug, und dann fuhren sie auch schon los.

Raoul war augenscheinlich total cool. Er hatte die Kollegen gebeten, ihnen kurzfristig etwas Arbeit abzunehmen, er würde später weitermachen. Er managte die Aufnahme in der Ambulanz und nachdem eine der Schwestern wegen der Pfeilverletzung schon die Polizei einschalten wollte, verwies er umgehend auf seine Mutter. Die auch tatsächlich kurz darauf eintraf und alles Weitere regelte.

Betroffen setzten Raoul und Kjelt sich in den offenen Wartebereich, lehnten sich schweigend in den nicht wirklich bequemen Sitzen zurück und warteten. Bis auf ein paar Schwestern, die hin und wieder an ihnen vorbeihuschten, waren sie allein. Raoul streckte die Beine aus und schlug sie lässig übereinander, vergrub die Hände in den Taschen seiner Jagdhose und versteckte sein Kinn in dem dicken Rollkragen seines Pullovers. Ein paar Ponysträhnen fielen ihm ins Gesicht und er blies sie kurzerhand zur Seite. „Ganz schön aufregend, was?", stellte er sehr leise fest.

Kjelt schüttelte feixend den Kopf. „Man. Das ist echt abgefahren", er rieb sich eine Augenbraue unter seiner krausen Stirn. „Was läuft hier? Blaue Flecken, Prellungen, Unfälle, ein toter Hund, Pfeilverletzung und dann noch dieser Kaukasier, der gar keiner ist und unter einem Steinhaufen verschwindet", er starrte Raoul an. „Das ist echt nicht mehr komisch!"

Raoul fing an zu lachen. „Ne, das ist echt nicht mehr komisch."

Die Tür flog auf und Karl stürmte herein. „Hey. Wo ist sie?"

„Sie wird gerade geröntgt", erklärte Kjelt.

„Was ist passiert?", wollte er wissen.

Raoul hob die Schultern. „Keine Ahnung."

Karl setzte sich neben ihn, stützte seine Ellenbogen auf die Knie und seufzte besorgt. „Ich bin einfach nur froh, wenn diese verdammten Rauhnächte endlich vorbei sind."

„Ich auch", stimmte Raoul ihm zu.

„Rauhnächte?", fragte Kjelt hingegen argwöhnisch.

Karl warf ihm einen angespannten Blick zu. „Lange Geschichte."

Das Quietschen von Gummisohlen auf dem Linoleumboden weckte seine Aufmerksamkeit und er drehte sich, um in den Gang hinter sich zu schauen. Marlene schritt in ihrem wehenden weißen Kittel näher und musterte ihn dabei gedankenvoll. Sie blieb vor ihm stehen. „Alles in Ordnung. Knochen wurden nicht verletzt. Es handelt sich um eine reine Fleischwunde, ist also alles halb so schlimm. Eine kleine Naht und alles wird wieder gut", sie lächelte aufmunternd.

Karl lehnte sich erleichtert in seinem Stuhl zurück.

„Puh", meinte Raoul freudig und sprang auf. „Gut. Ich muss dann jetzt los", und an Kjelt gewandt fügte er hinzu: „Soll ich dich mitnehmen?"

„Ja, das wäre prima", rief er aus und erhob sich ebenfalls. Er brauchte dringend frische Luft und Abstand. Er musste nachdenken.

Nachdem sie weg waren, betrachtete Marlene Karl ernst. Er saß noch immer nach hinten gelehnt in seinem Stuhl und erwiderte ihren Blick. Sie beugte sich vor, stützte ihre Hände auf die Armlehnen seines Stuhls und kam seinem Gesicht so nahe, dass sich ihre Nasen knapp berührten. Sie fing seinen erstaunten Blick ein und ihre Augen wurden schmal. „Du musst etwas gegen diese Zeitreisen unternehmen, Karl", flüsterte sie kühl.

„Und was soll ich deiner Meinung nach tun? Marie vielleicht Hausarrest erteilen?", fragte er ebenso leise.

„Lass dir etwas einfallen."

Karl starrte sie aus zusammengekniffenen Augen an, da sie ihm mittlerweile so nahe war, dass er sie nicht mehr klar sehen konnte. Er nahm ihren frischen Atem wahr, fühlte die Wärme, die sie ausstrahlte, und sog ihren feinen unverfälschten Duft ein. Und dann küsste er sie. Ganz leicht nur. Eine feine, zaghafte Berührung. Überrascht zog sie ihren Kopf zurück, doch er war schneller und umfasste mit beiden Händen ihr Gesicht. „Ich bin sehr froh, dass es dich wieder gibt in meinem Leben, Marlene", flüsterte er und im selben Augenblick bildete sich ein jungenhaftes Lächeln auf seinem Gesicht.

Sie blickte ihn unwirsch an und doch spiegelte sich hinter den Gläsern ihrer Brille eine Spur Heiterkeit in ihren grauen Augen. Letztlich konnte sie ein Lächeln nicht verbergen. „Soso." Doch mit einem Mal wurde ihr bewusst, wo sie sich befand, und zog sich hastig zurück. Verlegen schaute sie sich um und entdeckte die Schwester am Empfang, die sie neugierig beäugte. Marlene räusperte sich. „Ich habe so weit alles geregelt. Allerdings kann ich nicht versprechen, dass es keine polizeiliche Untersuchung geben wird", sie schaute ihn erneut an und reckte ihr Kinn. „Gestern erst tauchte hier ein ganz ähnlicher Fall auf. Dabei handelte es sich um deinen Onkel Wenzeslaus. In deiner Familie ist anscheinend gehörig was los."

Karls Oberkörper schoss vor. „Was?"

*

„Du willst mir nicht erzählen, was da läuft, richtig?", fragte Kjelt, als sie wieder im Wagen saßen.

Raoul warf ihm einen abschätzenden Blick zu. „Nein, eigentlich will ich das nicht", er bog vom Parkplatz auf die Mühlenstraße ab und fuhr zügig Richtung Werpeloh. Der Auspuff seines Patrols arbeitete nicht einwandfrei und der wummernde Sound ließ einige Leute sich nach ihnen umsehen. Raoul schaltete die Musik ein und Linkin Parks „Given up" dröhnte aus den Boxen. Offenkundig wollte er wirklich nicht reden und die Fahrt dauerte auch nur wenige Minuten, da er mit Vollgas über die Landstraße preschte.

Als sie auf dem Windberg angekommen waren, drehte Raoul die Musik leiser, während er den Wagen auf dem Besucherparkplatz stoppte. Er sah Kjelt an, kniff die Lippen aufeinander und seufzte. „Hey", sagte er lässig. „Unterhalt dich doch einfach mal mit Lissi darüber."

Kjelt schaute überrascht auf, starrte ihn an und langsam, ganz langsam schlich sich ein Lächeln in seine Mundwinkel. „Gute Idee", er lachte. „Mach's gut Raoul" und sprang aus dem Wagen.

29. Julmond 434

Friedmund und Willrich hatten Adalharts Leiche mit in die Siedlung genommen und sie inmitten des Dorfes abgelegt. Irmlind kam mit einer Decke herbeigelaufen und reichte sie den Männern, die ihn damit bedeckten. Alle waren versammelt. Alle bis auf Bernhild. Bernfried hatte, nachdem Friedmund die Verfolgung aufgenommen hatte, seine Tochter hinter sich her in sein Haus gezerrt und ihr eine ordentliche Tracht Prügel verpasst. Wohl verdient, wie einige meinten.

„Bringen wir ihn zu Adalwolf", beschloss Guntfried.

„Ja. Das wird das Beste sein. Er muss es gleich erfahren", stimmte ihm Willrich zu.

Friedmund nickte und wandte sich ab, um zu gehen, doch da erblickte er seinen Sohn in der Ferne. Die anderen zogen mit Adalharts Leiche weiter, doch er wartete. Frithjof schlenderte gemächlich dahin und Vreder trottete neben ihm her. Mit hängenden Schultern schritt er näher und wirkte verschlossener denn je. Als er seinen Vater sah, straffte er sich und reckte das Kinn. Friedmund, dem keinesfalls diese Veränderung entging, schluckte betroffen. Als sie voreinander standen, sagte er nichts, sondern legte stattdessen nur einen Arm um seinen Sohn, nickte ihm zu und führte ihn zum Haus.

Sie saßen bereits alle beisammen am Tisch, Friedlinde lehnte in Teutobalds Armen, doch als sie ihren Bruder erblickte, flog sie ihm förmlich entgegen.

„Oh Frithjof!", rief sie aus. „Geht es Mariella gut?", sie packte ihn am Kragen seines Umhangs und sah ihn erwartungsvoll an.

Er schloss sie lächelnd in seine Arme. „Friedlinde. Keine Sorge. Alles wird gut."

Beim Klang seiner Worte entspannte sie sich. „Ja?", sie schaute zu ihm auf und in ihrem Blick spiegelte sich ihr Vertrauen.

„Ja", er lächelte. „Sie ist zwar verletzt, doch in ihrer Welt gibt es gute Heiler."

„Ich war so in Sorge", stöhnte sie. „Dieser verfluchte Adalhart", ihre Stimme wurde grimmig. „Und diese dumme, wirklich dumme Bernhild."

Er drückte sie an sich. „Alles wird gut Friedlinde."

„Auch für dich, mein Bruder?", sie sah ihn aus hellen blauen Augen voller Erwartung an. „Dieses Mädchen ist für dich gemacht, weißt du das?"

Teutobald raufte sich das dunkelblonde Haar. „Frauen!", murmelte er. „Wenn sie doch einfach mal den Mund halten würden."

„Glaubst du?", fragte Frithjof.

„Ja", sagte sie überzeugt. „Es ist doch klar und deutlich zu erkennen. Für uns alle."

„Sie lebt in einer völlig anderen Welt", er senkte den Kopf. „Dort ist kein Platz für mich und ..."

„Nein! So war das nicht gemeint", rief sie erschrocken aus. „Nicht dass du denkst, du solltest zu ihr gehen. Könnte sie denn nicht hier leben? Bei uns? Bei dir?"

Er hob skeptisch die Augenbrauen. „Wohl kaum."

‚Sie wird vermutlich nicht ihre Welt verlassen wollen. Ebenso wenig wie ich die meine ...'

„Setzt euch Kinder", sprach Irmlind dazwischen. „Lasst uns etwas essen."

Alle setzten sich und nach einer Weile schob Friedlinde ihrem Bruder das Papiertütchen über den Tisch. „Sie gab mir dies hier für deinen Habicht." Er starrte darauf. „Es muss sehr wichtig sein, wenn sie sich deshalb so in Gefahr bringt", stellte sie fest.

„Sie war sich der Gefahr nicht bewusst", entgegnete er spröde.

„Mag sein. Du wirst Vedrfölnir trotzdem diese kleinen Dinger geben, in einem Stückchen Fleisch versteckt. So, wie sie es gesagt hat", ihre Miene unterstrich ganz deutlich die gesprochenen Worte. Seine Augen wurden schmal, doch dann lächelte er. „Sehr wohl Schwesterherz."

Friedlinde nickte zufrieden und Teutobald schüttelte mit dem Kopf. Ihr war einfach nicht zu helfen, denn ihr fehlte jeder Sinn für die Realität. „Ich habe dein Reh versorgt und ins Haus getragen", wandte er sich an Frithjof. „Möchtest du morgen mit mir zusammen auf Beizjagd gehen? Bringt dich vielleicht auf andere Gedanken."

„Nein", erwiderte Frithjof nachdenklich. „Ich habe da noch etwas wiedergutzumachen."

30. Dezember 2009

Marie erwachte. Wenn auch ausgeruht, spürte sie im selben Moment den Schmerz in der Schulter und fluchte leise. Sie wälzte sich in ihrem Bett hin und her, bis sie einigermaßen bequem aufrecht saß.

‚*Mierda!*' Es tat wirklich verteufelt weh. Verärgert stierte sie durchs Fenster, doch dort gab es nichts als Finsternis zu sehen. Sie warf einen Blick auf ihren Wecker. Sieben Uhr gewesen. Bedächtig raffte sie sich auf, zog sich den Bademantel über und verließ den Raum. Sie hörte Karl in der Küche werkeln und schlich die Treppen hinunter. „Guten Morgen", grüßte sie ihn ruhig.

„Hey. Du bist schon wach?", er drehte sich ihr zu. „Kaffee?"

„Gerne", sie nickte und setzte sich, ohne ihren Oberkörper übermäßig zu bewegen.

Karl stellte eine Tasse vor sie hin und setzte sich ebenfalls.

„Tut mir leid", sagte sie – ohne ihn anzusehen – und konzentrierte sich stattdessen auf ihren Kaffee.

Er blickte sie fragend an. „Was tut dir leid?"

Sie hob die Schultern und ächzte. ‚*Uhh... shit.*'

„Nun, dass ich jetzt ausfalle. Dass du einen Ersatz für mich besorgen musst. Und ..., na du weißt schon, dass ich dir so viel Ärger mache."

„Ach Marie", er lächelte aufmunternd. „Mach dir darüber mal keine Sorgen. Das kriegen wir schon hin. Wichtiger ist, dass du wieder fit wirst", er rührte in seiner Tasse herum. „Mir wäre nur lieb, du würdest endlich aufhören, diese verdammte Zeit zu besuchen."

Sie sah ihn an, ihre hellen Augen schimmerten und zu seiner Bestürzung erblickte er darin ungetrübte Trostlosigkeit. Er seufzte, hob seine

Hand und strich ihr sachte mit den Fingern über die Wange. Ihm fiel einfach nichts Schlaues ein, was er ihr nun sagen könnte. Diese ganze Geschichte war derart bizarr, dass gut gemeinte Ratschläge nicht ausreichten, um Zuversicht zu vermitteln oder Trost zu spenden.

„Jede Gefahr, die mir dort drohte, ist mittlerweile ausgeschaltet."

‚Oder verludert …'

„Hm", er krauste die Stirn und seine Augenbrauen zogen sich dabei zusammen. „Bist du dir da so sicher?", zweifelnd beäugte er sie. „Bleib' einfach hier. Okay? In zwei Tagen sollte der Zauber vorbei sein."

Sie erwiderte darauf nichts, sondern sah ihn nur an.

„Ich muss jetzt los", er stürzte sich den Kaffee herunter, stand auf, zupfte flüchtig an einer ihrer Locken. „Erhol' dich. Ruh' dich aus."

Sie blieb zurück. Allein. Und eine erschreckende Leere füllte den Raum.

Der Morgen rieselte dahin, es wurde Vormittag und endlich klingelte ihr Handy. Es war Lissi.

„Hey", meldete sich Marie schlicht.

„Hey Süße! Was machst du für Sachen? Geht's dir gut? Wollen wir uns zu Mittag im Wildstübchen treffen? Oder bist du völlig fertig?"

‚So viele Fragen.'

„Gerne", beeilte sich Marie zu sagen. Sie wollte hier nicht mehr alleine rumhängen.

„Ich wollte dich eigentlich gestern noch besuchen, aber Mami hat gemeint, ich sollte dich in Ruhe lassen", sie machte eine kleine Pause, um Luft zu holen. „Du musst jetzt endlich damit aufhören, hörst du. Du darfst da nicht wieder hin."

Marie schwieg. *‚Vielleicht bleib ich doch lieber hier …'*

Lissi atmete hörbar durch. Anscheinend beruhigte sie sich wieder. „Fein. In einer Stunde? Ich bringe Kjelt mit", prompt legte sie auf.

‚Kjelt …' Wie sollte sie ihm all das erklären? Wollte er es überhaupt wissen? Sie schleppte sich zum Kleiderschrank, um sich jetzt endlich etwas anzuziehen, kramte eine Lederhose heraus, dazu eine dunkelrote Flanellbluse und darüber wollte sie sich eine grüne Faserpelzweste ziehen. Das Ankleiden dauerte ewig und anschließend war sie fix und fertig. Sie hübschte sich noch eine ganze Weile vor dem Spiegel auf, schnappte sich ihre Jacke und trottete zum Wildstübchen.

Der Himmel war bedeckt und wirkte, als wolle jede Wolke augenblicklich die mit sich tragende Schneelast loswerden. Eilig zog Marie sich die mit Fell gefütterte Kapuze über den Kopf und fühlte sogleich die behagliche Wärme des Pelzes. Die trötenden Rufe einiger Schwäne erklangen und weckten ihr Interesse. Sie schaute nach oben und ein Schof Singschwäne flog mit geschmeidig elegantem Flügelschlag direkt über sie hinweg. Gar nicht mal hoch, und sie schaute ihnen sehnsüchtig nach. Diese Unabhängigkeit schien ihr so beneidenswert.

Auf ihrem Weg sah sie zwei Kollegen und sofort nagte das schlechte Gewissen an ihr. *‚Dass dieser Scheißkerl mich doch noch erwischt hat .... doch nun ist er tot. Umgebracht ..., wegen mir!'* Der Gedanke erschreckte sie derart, dass sie für einen Augenblick stehen blieb und tief Luft holen musste. Himmel! Wie grausig war das denn? Sie war froh und dankbar, dass sie noch lebte, doch, was war nur in den letzten paar Tagen aus ihr geworden? Zwei Menschen verloren ihr Leben und sie war erleichtert darüber? War sie denn dermaßen verroht?

Erschrocken und auch beschämt strich sie sich mit beiden Händen die Locken aus dem Gesicht und atmete tief ein. Unverzüglich schoss ihr der Schmerz in die Schulter und sie schnaufte verdrossen. Aufgewühlt lief sie zum Wildstübchen rüber, doch bevor sie eintrat, suchte sie am Himmel noch einmal nach den Singschwänen.

„Hey Marie", hörte sie Raoul rufen. Mit großen Schritten kam er schnell näher.

„Hallo", unschlüssig stand sie da. Doch Raoul fasste mit einer Hand ihre Kapuze und küsste sie auf die Wange. „Schön, dich wieder auf den Beinen zu sehen", er grinste verschmitzt und hielt ihr die Tür auf. „Deine Fallen sind alle gecheckt. Nur ein paar graue langschwänzige Nager", meinte er leichthin. Ihnen schlug der Duft von würzigem Gulasch entgegen und sie steuerten zielstrebig die Theke an. „Such' du uns einen Tisch, ich kümmere mich um das Essen", rief er.

Marie nickte, schlängelte sich an einigen Füchsen und Waschbären vorbei auf einen Fensterplatz zu, der ihnen einen tollen Ausblick auf die Wildpferde ermöglichte und von dem sie sogar noch einen Teil des Birkwildgeheges überblicken konnten. Sie saß noch nicht ganz, da erkannte sie schon Lisette und Kjelt im Außeneingang. Sie winkte ihnen zu und verzog gleich das Gesicht vor Schmerzen. *‚Verflucht noch mal ...'*

Sie näherten sich und schon aus der Entfernung registrierte sie Kjelts Unsicherheit. Selbst Lissi wirkte irgendwie gezwungen, was Marie völlig aus dem Konzept brachte. Entsprechend spröde fiel auch die Begrüßung aus und Marie war froh, als sie zum Tresen steuerten, um sich etwas zu essen zu holen. So blieb ihr etwas Zeit, sich auf die Situation einzustellen.

*

„Los. Erzähl' endlich", zischte Lissi, die sich neben ihren Bruder gesetzt hatte und so Kjelt ermöglichte, neben ihrer Freundin Platz zu nehmen.

Das Gulasch dampfte und duftete und ließ Marie das Wasser im Mund zusammenlaufen. Viel lieber würde sie jetzt essen anstatt reden. Sie schielte auf ihren Teller, dann auf Lissi. „Okay. Gleich. Nur ein paar Happen. Ja?"

Lisette stöhnte. „Ja, aber mach schnell!"

Raoul kicherte und Kjelt schaute sie verdutzt an. Marie aß und seufzte. Essen hatte bei ihr schon immer einen sehr hohen Stellenwert eingenommen. Eine gute Mahlzeit verdiente auch ihre Zeit. Schließlich hatte derjenige, der sie zubereitet hatte, einige Mühen investiert, und indem sie sich Zeit ließ und das Essen genoss, zollte sie der geleisteten Arbeit den nötigen Respekt. Außerdem ließ sich das Leben mit einem vollen Magen leichter bewältigen.

Lissi trommelte ungeduldig mit ihren Fingern auf die Tischplatte. Raoul war da viel cooler, wenngleich er nicht weniger neugierig war. Nur Kjelt ließ so gar keine Regung erkennen und verspeiste still seinen Gemüseauflauf.

Erwartungsvoll hob Lissi ihre akkurat gezupften Augenbrauen, als ihre Freundin endlich fertig war. „Und?"

Marie wischte sich mit der Serviette über den Mund, legte diese dann sorgfältig gefaltet auf den Teller und schaute in die Runde.

„Also gut", begann Marie. „Mir fielen gestern die Tabletten für den Habicht in die Finger. Ich hatte sie vergessen. Sie steckten noch immer in meiner Jackentasche und so beschloss ich, sie Frithjof kurz vorbeizubringen", sie lehnte sich zurück und erzählte – betont gelassen, wie sie hoffte – ihre Geschichte.

Ihre Freunde starrten sie an, alle möglichen Gemütsbewegungen flackerten auf ihren Gesichtern und doch unterbrach keiner von ihnen ihre Worte. Als sie ihre Erzählung beendet hatte, folgte Sprachlosigkeit – und diese hielt an. Nur die übliche Geräuschkulisse des heimeligen Wildstübchens, wie das Klappern des Geschirrs, Stimmengewirr und die leise Musik im Hintergrund, zeugte von der Normalität des Alltags.

Lissi fand als erste ihre Worte wieder. „Marie. Du wirst diese Welt hoffentlich nie wieder betreten", sie schaute sie ernst an. „Oder? Mensch, du hättest tot sein können."

Raoul betrachtete sie eingehend, doch er sprach noch immer kein Wort. Lässig lehnte er in seinem Korbsessel und schaute zu ihr herüber.

Kjelt fuhr sich mit beiden Händen durchs Haar, stützte seine Ellenbogen auf den Tisch und legte sein Kinn in die Handflächen. „Ich fasse es nicht", raunte er.

Marie wollte schon darauf reagieren, doch Lissi kam ihr zuvor. „Ich habe ihm alles erzählt", gab sie zu. „Alles!"

Marie schob ihren Teller an den Tischrand und legte ihre Hände auf die Platte.

„Ich hole uns Kaffee", sagte Raoul, während er sich erhob. „Wer möchte?" Alle nickten und er nahm sein Tablett sowie Maries Teller auf und ging zur Theke.

„Ist das jetzt endlich vorbei, Marie? Ich meine, die Rauhnächte sind doch so gut wie gewesen", ihre Stimme klang dabei dünn und beinahe ein wenig schrill.

„Ich weiß es nicht", war alles, was Marie dazu sagte. *‚Ich werde mich von Frithjof verabschieden, komme, was wolle.'*

„Gut. Aber du hast ja jetzt keinen Grund mehr, dort hinzugehen", sie zuckte die Schultern. „Das Rätsel hast du bereits vor Tagen gelöst. Der Habicht hat seine Medikamente und was dein Großonkel dort treibt, kann dir doch eigentlich egal sein."

Kjelt sah sie an, es brannte ihm auf der Zunge nach Frithjof zu fragen, doch er verkniff es sich einfach. Er empfand es als zu ungestüm, derart vorzupreschen, denn offenbar war er ihr wichtig. Fragte sich nur, wie wichtig er ihr tatsächlich war.

„Dann ist das Thema ja jetzt vom Tisch", beschloss Lissi und nahm Raoul, der just wiederkam, den Kaffee ab.

Marie sah sie lange an. *‚Mensch Lissi! Du hast ja keine Ahnung.'* Für sie war das Thema noch lange nicht vom Tisch. Da konnte ihre Freundin noch so schlau reden.

Raoul reichte ihr eine Tasse und ebenso einen Donut, und Marie nahm beides erfreut entgegen. Er wusste einfach, was sie brauchte.

„Also, was machen wir an Silvester?", fragte Lisette angespannt.

„Ich dachte, das wäre schon fest verabredet? In der Dorfkneipe steigt eine große Silvesterparty und ich war der Meinung wir gehen alle hin", warf Kjelt verwundert ein.

Raoul lachte verächtlich. „Ohne mich. Ich werde rausgehen."

„Oh du Langweiler" Lisette warf ihm einen grimmigen Blick zu. „Es ist Silvester."

„Es ist Vollmond", stellte er klar.

So ging es eine ganze Weile hin und her. Nur Marie hielt sich raus. Es war ihr im Moment ja so was von egal, wo sie diesen Abend verbrachte.

Kjelt beobachtete sie unschlüssig. Sie war heute so fern. Die Vertrautheit, wie sie sich noch vor zwei Tagen zwischen ihnen angefühlt hatte, war wie weggewischt, und enttäuscht fragte er sich, ob er ihr je wieder so nah sein würde.

*

Karl lehnte in der Tür zum Schwesternzimmer und witzelte mit einer der Pflegerinnen, als Marlene ihn aus der Ferne erblickte und überrascht näher kam. Das konnte nur er sein. Solch eine grüne Cordhose und Tweedjacke trug sonst kein Mensch.

„Karl?", fragte sie verwundert.

Er drehte sich um und spontan bildete sich ein heiteres Lächeln in seinem Gesicht. „Hey", grüßte er sie und seine Augen leuchteten dabei.

„Hallo", entgegnete sie reserviert. „Was für eine Überraschung."

Er lehnte noch immer, sehr lässig, im Türrahmen. „Nun, ich habe dich gesucht."

„Aha! Was verschafft mir die Ehre?", fragte sie kühl.

Er sah sie an, und obwohl er sie abschätzend betrachtete, erkannte sie doch auch die Vergnügtheit, welche in seinen Augenwinkeln blitzte. „Ich möchte dich gerne einladen, für morgen Abend." Das Lächeln wurde verschmitzt und kräuselte sich um seine Lippen. „Ich würde gerne für dich kochen ... und den Abend mit dir verbringen."

Verblüfft starrte sie ihn an. Die Pflegerin im Stationszimmer stand mit offenem Mund hinter ihm und nickte ihr eifrig zu.

Marlene biss sich auf die Unterlippe, konnte sich ein Grinsen aber auch nicht verkneifen. Dieser verdammte Kerl hatte einfach Charme.

„Nun ja", sagte sie zögerlich, „das ist etwas kurzfristig." Sie senkte den Kopf, um nicht die wild gestikulierende Schwester sehen zu müssen. Atmete einige Male ein und wieder aus. Straffte sich und schaute ihm direkt in die Augen. „Ja. Gerne."

Er lächelte jungenhaft. „Ich freue mich. Dann morgen um acht?"

Sie nickte.

Er griff flüchtig ihre Hand. „Bis morgen", sagte er und schritt zügig den Gang hinunter.

„Karl." Er blieb stehen und sah sich um. „Du hättest auch einfach anrufen können."

Er hob die Schultern und nickte. „Ja. Hätte ich. Aber hätte ich dich auch erreicht?", fragte er. Verlegen schlug sie die Augen nieder und presste die Lippen aufeinander, während sie ihn leise lachen hörte. „Machs gut."

„Meine Zeit Marlene!", rief die Schwester erfreut aus, als er weg war. „Was für ein Start ins neue Jahr."

„Ach ja?"

„Komm schon. Der Kerl ist offenbar ein echter Gentleman. Wo findet frau so etwas heutzutage noch. Was willst du mehr?", fragte sie entrüstet. Sie kannten sich seit über fünfzehn Jahren und waren gut befreundet, daher nahm sie sich das Recht heraus, ihre Meinung zu äußern.

„Und das kannst du nach einem kurzen Gespräch schon einschätzen? Ich sehe schon. Dich hat er längst bezirzt und eingewickelt", meinte Marlene lachend und ging davon.

*

Lissi hatte noch einen Termin und Kjelt musste wohl oder übel mit, da sie ihn hergefahren hatte. Sonst wäre er wahrscheinlich noch geblieben. So sehr Marie sich auch nach Gesellschaft gesehnt hatte, so war sie jetzt doch recht froh darüber, ihre Freundin von hinten zu sehen. Das Letzte, was sie jetzt brauchte, waren Vorhaltungen, und darin war Lissi immer schon ziemlich groß. Sie seufzte verdrossen und sah aus dem Fenster.

„Hey!", meinte Raoul. „Handle so, wie du glaubst, dass es richtig für dich ist. Okay?", er griff nach ihren Händen, die wieder auf der Tischplatte ruhten. „Lissi ist von diesem ganzen Abenteuer ziemlich angegriffen. Die kriegt sich schon wieder ein. Na und Kjelt ist einfach durch den Wind, wie es scheint", er grinste. „Dem hast du mächtig den Kopf verdreht und er ist völlig überfordert mit dieser Germanen-Frithjof-Geschichte", liebevoll strich er mit seinen Daumen über ihre Finger. „Wie auch immer. Vertraue auf dein Bauchgefühl, Marie", sagte er leise.

Marie schluckte und starrte ihn verblüfft an. *‚Was ist los mit dir? So kenne ich dich gar nicht.'*

Noch immer hielt er ihre Hände. „Ich möchte mich entschuldigen", sein Lächeln wirkte angestrengt und er hatte Mühe, dass ihm seine Gesichtszüge nicht entglitten. „Ich war unverschämt. Es tut mir leid. Ich bin dir zu nahegetreten und habe unsere Freundschaft strapaziert. Das war nicht fair."

Angespannt sah er aus dem Fenster, während sie sich zu ihm lehnte und ihre Antwort überdachte.

„Aber warum?", fragte sie leise. „Was ist mit dir?"

Plötzlich ruckte er vor. „Marie! Geh. Geh zum Birkwildgehege. Du hast Besuch."

‚Hä?' Sie stierte aus dem Fenster und sah dennoch nichts von dem, was er dort anscheinend erblickte.

„Geh schon!", schnaubte er.

„Okay!", verwundert erhob sie sich und verließ das Wildstübchen.

Er lehnte sich in seinem Sessel zurück und schaute zum Birkwildgehege, wo er Frithjof entdeckt hatte. Im Grunde war Raoul frustriert, eigentlich sogar am Boden zerstört, doch er war bemüht, sich nichts anmerken zu lassen.

*

Dicke Schneeflocken fielen in gemäßigtem Tempo vom Himmel und verzauberten den frostigen, verschneiten Park in ein verträumtes Wintermärchen. Sie folgte dem Hauptweg, lief am See entlang und bog anschließend um die Ecke des Birkwildgeheges. Und da sah sie ihn. Dieser Fuchspelz war einfach unverkennbar. Verdattert blieb sie stehen.

‚Frithjof ...' Sie hatte so gehofft, ihn zu sehen.

Auch Frithjof blieb überrascht stehen. Nicht weit fort und doch so fern. Er lächelte sie an, mit einem höchst seltsamen Ausdruck in den Augen, hockte sich nieder, schob seinen pelzigen Umhang beiseite, holte einen kleinen Hund hervor und setze ihn in den Schnee. Marie schritt näher und wunderte sich, doch dann begann sie zu lachen und hockte sich ebenfalls hin. Der Hund stand tapsig da, arglos und unsicher schaute er in ihre Richtung. Vreder schnuffelte ihn neugierig ab und knuffte ihn spielerisch mit der Schnauze.

„Hey!", rief sie und klopfte leicht auf den Schnee vor sich. Der Welpe hob vorwitzig den Kopf und wackelte auf sie zu. Marie kicherte und lockte ihn näher. Alles an dem Tierchen schien zu vibrieren, während er freudig näher trabte und als er sie endlich erreichte, liebelte sie ihn munter ab.

„Hey Kerle. Wer bist du denn?", rief sie heiter und freute sich über dieses kleine Geschöpf.

Frithjof schritt behutsam näher. „Mariella", grüßte er sie. „Geht es dir gut?"

„Frithjof", lächelte sie ihn an. „Aber ja. Es tut nur ein bisschen weh, sonst ist alles gut. Was ist das für ein Kerlchen?"

„Nun, einen Namen wirst du ihr geben müssen", zögerlich hockte er sich vor sie und strich der Hündin über den Rücken. „Ich möchte sie dir schenken", kurz wandte er sein Gesicht ab, er wirkte beinahe verlegen. „Als Dank. Du hast deinen Jagdgefährten verloren und so viel für meine getan", bedrückt schaute er sie an. „Sie wird Grille nicht ersetzen können. Doch vielleicht ist sie ein Neubeginn."

„Oh Frithjof!", sie schluckte und schaute in die hellen grünen Augen des Welpen. „Sie ist bezaubernd."

Frithjof lachte erfreut. „Das ist eine Tochter von Vreders Schwester. Sie wird, bei entsprechender Ausbildung, hervorragend arbeiten und du wirst sehr viel Freude an ihr haben."

Marie strich der Hündin über den Kopf und lächelte. „Sie sieht aus wie eine Pusteblume." Die Kopfhaare der kleinen Hündin standen wild und plusterig umher. Sie war vielleicht um die zehn Wochen alt und farblich etwas dunkler als Vreder, die Pfoten und auch die Statur waren schon jetzt sehr kräftig.

Frithjof war zeitig an diesem Morgen – es war noch dunkel gewesen – zu seinem Onkel Irmbert in die Siedlung nahe dem großen Handelsweg aufgebrochen. Hatte die Keulen und den Rücken des Rehs, eingewickelt in ein Tuch, in seinem Rucksack mitgenommen und war eilig durch den tiefen Schnee gestapft. Er wusste, dass Irmbert noch Welpen da hatte, doch leider waren es nur noch Rüden, wie er enttäuscht erfuhr, als er dort ankam. Die einzige Hündin wollte sein Onkel für sich selbst behalten. Auf Frithjofs Drängen hin ließ er sich aber überreden. Jedoch auch nur, weil es sein Neffe Frithjof war und er ihn gern mochte. Bei der Gelegenheit hatte er gleich noch neue Bells für Vedrfölnir mitgenommen, gab Irmbert das Reh, und hatte sich zügig auf den Rückweg gemacht.

Er erhob sich. „Sie gefällt dir also?", fragte er aufgewühlt.

„Frithjof. Was für eine Frage. Natürlich gefällt sie mir." Sie starrte auf den Hund. „Ha. Ein germanischer Jagdhund. Nur für mich." Sie lachte leise. „Das ist sensationell." Sie nahm das kleine Tier auf den Arm und stand ebenfalls auf. „Ein toller Hund", rief sie strahlend.

Er sagte nichts dazu, sondern sah sie nur an. Sie schaute zurück und irgendwann wurde ihr mulmig. „Ist das ... der Abschied?", fragte sie zaghaft.

Er stand vor ihr, strich sich eine Haarsträhne aus der Stirn und sah sie lange an. Sehr lange. In seinen Augen brandete ein Meer von Gefühlen und sie wagte nicht wirklich, sie zu deuten.

„Nein!", er blickte direkt in ihre Augen. „Nein. Ich werde dir nicht Lebewohl sagen, Mariella", es war weniger als ein Flüstern.

Zwischen ihren Augenbrauen bildete sich eine steile Falte und ihr Kopf neigte sich fragend zur Seite, während sie den kleinen Hund auf ihrem Arm kraulte.

„Ich ...", er stockte. „Ich kann nicht!"

Traurig erwiderte sie seinen Blick. Sie verstand ihn so gut.

„Mariella", er legte eine Hand an ihre Wange und trat näher. Ganz nahe. Dicke Schneeflocken fingen sich in seinen Haaren, bedeckten seinen Pelz und dämpften jegliches Geräusch um sie herum.

„Mariella. Viel mehr möchte ich dir sagen, dass ich auf dich warte", er senkte den Blick. Still ließ er einige Sekunden verstreichen und schaute dann wieder auf. „Ich werde auf dich warten. Seien es auch neunzehn Winter." Sachte strichen seine Fingerspitzen über ihre Wange und seine Augen leuchteten in einem klaren, funkelnden und erschreckend tiefgründigen Blau, in dem sich all seine Emotionen spiegelten.

Marie fehlten die Worte. Sie betrachtete sein Gesicht, prägte sich jeden seiner feinen Züge ein und hielt das Bild im Geiste fest. Ihre Lippen öffneten sich und doch floss keine Silbe darüber. *‚Was sagt er da …'*

„Ich weiß, du wirst mir nicht in meine Welt folgen wollen. Doch sei gewiss, dir droht dort keine Gefahr mehr. Nie mehr", er lächelte traurig, während er noch näher an sie herantrat. „Mariella. Du gehörst zu mir", raunte er ihr leise ins Ohr.

Ein hitziger Schauer lief ihr über den Rücken und ihre Haut begann zu prickeln. Wie ein leises Summen pulsierte jede Zelle ihres Körpers und schien sich mit Magie zu füllen.

„Du bist die Meine. Für alle Zeit." Ganz eben nur berührten seine Lippen ihre Wange, zogen eine feine Spur bis zu ihrem Mund, während seine Finger ihr sanft durchs Haar strichen.

Seine Lippen waren so weich, so warm, so sanft, so unglaublich. Er war unglaublich.Sie öffnete den Mund, wollte etwas erwidern, wobei sie sich nicht ganz im Klaren war, was genau sie sagen wollte oder sollte. Doch er legte ihr seine Finger auf die Lippen.

„Schhhh, sag nichts", flüsterte er. „Du bist die Meine. Jetzt und für alle Zeit", er löste sich von ihr, eine Hand noch immer an ihrer Wange und lächelte. „Lass mich nicht neunzehn Winter warten." Er trat zurück, zwinkerte ihr zu, drehte sich um und ging davon.

Marie schluckte, spürte ein Kribbeln in ihren Lippen und tastete mit den Fingern danach. Sie konnte seine Berührung noch immer fühlen. Ihre Augen füllten sich mit Tränen und sie starrte ihm verwirrt und über die Maßen fassungslos nach.

‚Nicht zu fassen! Da kommt er her, sagt solche Sachen und haut dann einfach wieder ab …'

Frithjof drehte sich nicht um, sondern schritt den kleinen Pfad am Gehege entlang, bis er hinter der Biegung verschwand, wo ihn nach wenigen Metern das Hünengrab erwartete und er ihre Welt verließ. Vielleicht für immer.

‚Mierda! Du verdammter Kerl…, maldita la gracia.'

Abschied einer verwunschenen Zeit

30. Dezember 2009

„Hoppla! Wen haben wir denn da?", rief Karl überrascht, als er die Küche betrat. Der kleine Hund war neugierig zur Tür gelaufen, nachdem er Geräusche gehört hatte und stand nun – am ganzen Körper wackelnd – davor, traute sich aber auch nicht näher. Hummel schnuffelte misstrauisch aus der Ferne, trabte dann auf ihn zu, was den Welpen veranlasste, sich heftig wedelnd auf den Rücken zu werfen und schüchtern zu ihr aufzublicken.

Karl hockte sich lachend hin. „Hallo, kleiner Kerl." Der kleine Kerl brachte sich fast um, so freute er sich über diesen Zuspruch. Er stützte seine Pfoten auf Karls Knie ab, schwer bemüht sein Gesicht zu lecken. „Hey, nicht so stürmisch", immer noch lachend wehrte er ihn ab und Hummel begann von Neuem, ihn zu knuffen und abzuriechen.

„Hallo Karl", grüßte Marie, die vor dem kleinen Kamin hockend, soeben im Begriff war ein Feuer zu entzünden.

„Hey Marie. Und wer ist das?"

„Ich weiß noch nicht. Ich habe keinen Namen. Er, das heißt, sie ist ein Geschenk von Frithjof."

Karl machte große Augen. „Du hast einen Hund von ihm geschenkt bekommen? Einen germanischen Jagdhund? Einen Hund aus dem fünften Jahrhundert?", er stierte auf den Welpen, der schon wieder auf dem Rücken lag und sich ergab. „Donnerwetter. Das ist ja hochinteressant. Wie der sich wohl entwickelt?"

Marie kicherte. „Ja, ich denke das wird spannend. Das ist übrigens ein Hapuhunt, genau wie Vreder."

Karl hockte sich wieder hin, woraufhin das Tierchen gleich hocherfreut über ihn herfiel. Er drehte den Hund hin und her, schaute ihm ins Maul, betrachtete eingehend die Schnauze und zupfte an den wüsten Flusen auf dem Kopf. „Netter Hund", sagte er und nahm ihn auf den Arm. „Was ist ein Hapuhunt?"

„Ein Habichtshund", sie grinste verschmitzt. „Echt cool, nicht?"

„Also ein richtiger Vogelhund. Wie soll er heißen?"

„Ich bin noch unschlüssig." Marie runzelte ihre kurze Stirn. „Sie sieht ja so ein bisschen aus wie eine Pusteblume. Aber Blümchen gefällt mir nicht so gut, ich dachte an Primel."

Karl starrte sie ungläubig an, starrte auf den Hund und grinste. „Primel?"

Marie zuckte kaum merklich die Schultern.

„Primel. Na ja", er setzte lachend den Hund wieder auf die Erde. „Wirklich sehr treffend für einen kernigen germanischen Jagdhund."

Sie kicherte, woraufhin der Welpe aufgeregt zu ihr herüberwackelte und sie aus hellen grünen Augen anhimmelte.

„Na, dann haben wir ja bald volles Haus, wenn ich Mitte Januar die kleine Mücke aus England abhole. Zwei Welpen gleichzeitig. Ohoh."

Im Grunde hatte Karl nicht viel Zeit, doch er wollte hören, wie es seiner Nichte ging, und beschloss sich einen Espresso zu gestatten.

Er programmierte die Maschine. „War Frithjof denn hier?"

„Nein. Ich habe ihn bei den Birkhühnern getroffen", nuschelte sie und entzündete das Feuer im Kamin.

„Habt ihr euch verabschiedet?", fragte er vorsichtig und stellte zwei volle Espressotassen auf den Tisch. „Ich meine ...", er überlegte kurz, „euch Adieu gesagt?"

Marie setzte sich ihm gegenüber an den Küchentisch, löffelte sich großzügig Rohrzucker in ihre Tasse und schaute ihn regungslos an. Er lehnte sich aufmerksam in seinem Stuhl zurück und wartete.

„Nein", war alles, was sie sagte.

Seine Augen wurden schmal, sein Blick wurde abschätzend und er neigte abwartend seinen Kopf zur Seite. Marie wusste ganz genau, dass er diesen Tisch nicht eher verließ, bis er alles, was er wissen wollte, auch erfahren hatte. Nun, und er würde auch nicht zulassen, dass sie den Tisch vorzeitig verließ.

Sie seufzte. „Er wollte nicht."

Karls Augenbrauen zuckten.

„Er wollte mir nicht Lebewohl sagen. Er wird aber auch nicht mehr wiederkommen." Sie rührte in der dicken, satten Crema ihres Espresso. „Er will auf mich warten", ihr Mund war mit einem Mal wie ausgedörrt und sie nippte an ihrer Tasse. „Auch wenn es neunzehn Winter dauert. Damit meint er Jahre", fügte sie nickend an.

Karl sagte lange Zeit nichts. Sie tranken still den kleinen Schwarzen und einzig der Welpe machte Radau, da er die alte Hummel lautstark zum Spielen aufforderte.

„Und nun?", fragte Karl endlich.

„Und nun?", fragte Marie verwundert.

Er lächelte. „Was gedenkst du zu tun?"

„Was soll ich schon tun? Was soll ich deiner Meinung nach tun?"

„Das ist eine sehr schwierige Frage", er beugte sich zu ihr vor. „Marie!", nachdenklich kniff er die Augen zusammen und rieb sich über die Nasenwurzel.

„Tatsächlich?", entgeistert schaute sie ihn an. Mit einer derartigen Aussage hatte sie überhaupt nicht gerechnet.

Er lächelte, ganz leicht nur, es war eher ein dezentes Hochziehen der Mundwinkel. „Durchaus."

„A-ha", unsicher stierte sie in ihre Tasse.

„Marie. Ich will ganz ehrlich sein", er seufzte. „Dich und Frithjof verbindet mehr als die aufgeregte Schwärmerei, in welche man allzu gerne verfällt, trifft man auf jemand Außergewöhnlichen. Du selbst weißt es, doch auch wir, die wir zuschauen, sehen es mehr als deutlich. Es ist etwas Besonderes zwischen euch", er hielt inne, strich sich den gepflegten Dreitagebart und schien seine Worte abzuwägen. „Zwischen dir und dem Germanen summt die Magie. Ihr habt euch gefunden. Das ist nicht jedem vergönnt", ganz leise nur entwich ihm ein Lachen. „Wahrscheinlich passiert es den wenigsten. Verstehe mich jetzt bitte nicht falsch. Ich möchte dir keinesfalls raten, zu ihm zu gehen. Ich möchte dir nur verdeutlichen, dass du augenblicklich eine Entscheidung triffst, die dich sehr viele Jahre begleiten wird. In dem Wissen zu leben, die falsche Entscheidung getroffen zu haben, ist nicht wirklich erstrebenswert. Ich sage dir das jetzt, weil ich aus eigener Erfahrung spreche", er schaute ihr aus ernsten grünen Augen entgegen. „Du bist noch sehr jung, Marie. Und ich bin auch nicht der Meinung, dass du dich in so jungen Jahren binden solltest. Sicher nicht. Doch seinem ...", er grübelte, „Seelengefährten zu begegnen, das geschieht einem – wenn überhaupt – nur einmal im Leben, und das solltest du keinesfalls unachtsam beiseiteschieben. Egal wie alt du bist."

Marie schwieg. Sie verstand nur zu gut, wovon er sprach, doch ihr war nicht bewusst, dass es so deutlich zu erkennen war, dieses Besondere zwischen ihnen. Dass Karl es ebenfalls empfand, berührte sie zutiefst.

„Und was soll ich jetzt tun?", fragte sie niedergeschlagen.

„Hm", er schaute sie an und der Ausdruck in seinen Augen offenbarte nur schlichte Hilflosigkeit. „Marie, ich habe keine Ahnung." Nach einer schweigsamen Weile fügte er hinzu: „Ich möchte keinesfalls, dass du in diese schrecklich brutale und rückständige Welt gehst. Ganz bestimmt nicht. Alleine die Vorstellung ist schon völlig absurd. Doch du solltest dir gründlich überlegen, ob du bereit bist, auf Frithjof zu verzichten." Er erhob sich von seinem Stuhl, ging um den Tisch herum und blieb hinter ihr stehen. Sachte strich er ihr durch die Locken. „Marie. Du musst diese Entscheidung nicht jetzt sofort treffen. Du hast Zeit bis morgen oder übermorgen."

Schlagartig fiel eine unsagbare Last von ihr. Seit Stunden schon wühlte sie diese nervöse innere Unruhe auf und sie fühlte sich wie gehetzt. *‚Ich muss mich nicht sofort entscheiden ..., morgen, morgen ist auch noch ein Tag.'*

Er küsste ihr den Scheitel und der Welpe hüpfte ihm freudig um die Beine. „Geh' mit Primel spazieren. Die frische Luft tut dir gut und der Wind pustet dir den Kopf frei."

Marie blieb zurück. Erschöpft, zweifelnd und wie betäubt, klebte sie an ihrem Stuhl und heftete ihren Blick auf das heimelig knackende Feuer im Kamin. Primel hatte sich zu ihren Füßen eingerollt und zeigte keine Regung mehr.

Sie fragte sich, wie viel an Eindrücken und Empfindungen ein Mensch eigentlich ertragen konnte, ohne völlig mutlos aufzugeben und sich zu verkriechen. Sie fühlte sich überfordert. *‚Und das will ich nicht ...'* Sie wollte leben. Und zwar so wie es ihr gefiel. Sie war nicht übermäßig anspruchsvoll. Sie brauchte nicht – wie Lissi – den Trubel, die Aufmerksamkeit und schon gar nicht die Geselligkeit. Sie hatte keine Lust auf dieses himmelhoch jauchzend, zu Tode betrübt - Mädchengetue. Diesen rosaroten Zickenalarm. Sie wollte einfach nur sie selbst sein. Sie wollte Unabhängigkeit. Sie wollte frei sein. Auf Jagd gehen, ihren Jagdhund führen und ihrem Hobby nachgehen. Sie wollte Unbeschwertheit und keinen Liebeskummer. Kummer hatte es schon zur Genüge in ihrem Leben gegeben. Sie wollte einfach nur ihr Leben leben. Und bisher war ihr Leben ja eigentlich auch völlig in Ordnung gewesen.

Ohne Frithjof. Ohne Kjelt. Alles wunderbar. Und jetzt? Jetzt musste sie sich einer Entscheidung stellen. Eine Entscheidung, die etwas Unwirkliches in sich trug. Eine Entscheidung, die ihren weiteren Lebensweg festlegte. Eine gewichtige Entscheidung, deren Auswirkungen auf ihr Leben sie jetzt noch gar nicht absehen konnte. Magie hin oder her. Sie war erst neunzehn.

Dennoch konnte sie davor nicht weglaufen.

‚Mierda.' Sie sprang auf und stöhnte sogleich heftig. Die Schulter tat noch verdammt weh. „Komm Primel. Lass uns an die Luft gehen."

Der kleine Hund hatte seine helle Freude an den Schneeflocken und war schwer bemüht, sich eine zu fangen, als ihn plötzlich der Welpenwahnsinn überfiel und er mit beachtlichem Tempo und wehenden Ohren durch den Schnee preschte. Marie blieb lachend zurück und in unmittelbarer Sichtweite erkannte sie ihren Arbeitskollegen Peter, der ihr zuwinkte. Primel stürmte auf ihn zu, blieb dann jedoch abrupt stehen und beäugte ihn misstrauisch. Unsicher geworden, verbellte sie ihn lautstark. Marie trottete, noch immer lachend, auf ihn zu. „Hey Peter", rief sie.

Skeptisch schaute er sie an. „Hey", und lächelte. „Du lebst ja doch noch."

„Ja na klar", sie lachte fröhlich und lockte Primel zu sich, doch die wollte lieber Peter weiterhin verbellen.

„So klar ist das gar nicht", gab er zu bedenken. „Hier kursieren die wildesten Geschichten", aufmerksam schaute er sie an. „Geht's dir so weit gut?"

„Ja. Alles okay. Morgen bin ich wieder topfit."

„Was ist passiert?"

Sie wiegelte ab. „Ach. Lange Geschichte."

Er betrachtete sie kritisch, als wolle er sich mit dieser Antwort nicht zufriedengeben, nickte dann aber. „Und wer ist der Kläffer?", neugierig hockte er sich vor den Hund, der daraufhin das Bellen einstellte und begeistert auf ihn zusprang.

„Primel."

„Hallo Primel", er kraulte sie ausgiebig. „Komm mit", rief er. „Wir haben einen Neuzugang. Der wird dir gefallen." Peter erhob sich, was Primel ganz und gar nicht gefiel, und Marie folgte ihm neugierig.

Peter betreute die Greifvogelstation und war begeisterter Falkner, wenn es ihm auch momentan nicht möglich war, sich einen eigenen Beizvogel aufzustellen. Sie betraten ein kleines Blockhaus, was als Futterküche und Lager genutzt wurde und steuerten auf die Hintertür zu, die ihnen Zugang zu den Volieren verschaffen würde.

„Wie macht sich der Turmfalke?", fragte sie ihn.

„Klappt ganz gut, vielleicht kann er nächste Woche schon in die Voliere", er blieb vor einer der Volieren stehen und wies auf einen Bussard, der aufgeplustert auf einem dicken Ast stand. Fragend sah sie ihn an. „Schau genau hin", sagte er lachend.

Sie betrachtete ihn eingehend, er wirkte groß, massiger vielleicht, doch war das nicht weiter ungewöhnlich. Die Gefiederfarbe war auch ein ganz typisches Braun in unterschiedlichen Nuancen, möglicherweise sandfarbener als gewöhnlich. Dann sah sie es. Die Ständer waren bis zu den Fängen befiedert. Sie runzelte ihre kurze Stirn, wobei ihr eine Locke ins Gesicht fiel. Und die Fänge waren erstaunlich klein, geradezu zierlich.

„Na so was. Ein Wintergast", jetzt lachte sie auch. „Ein Raufußbussard." Sie schaute ihn an. „Das ist das erste Mal, dass ich einen aus der Nähe sehe. Was ist ihm passiert?"

„Nichts Dramatisches", er schüttelte den Kopf. „Hat sich eine Schwinge geprellt. Ein paar Wochen Ruhe, dann kann er wieder fliegen."

Primel wuselte mit einem riesigen Stöckchen herum, welches sie gefunden hatte. „Hey, den Ast brauch' ich noch", rief Peter und lief feixend hinter dem Hund her, der, hocherfreut über seinen neuen Spielkameraden, einige schnelle Haken schlug. Marie blieb vor einer anderen Voliere stehen und betrachtete den Habicht darin, der schlank und unruhig auf seinem Habichtsbogen umhertrippelte. Es handelte sich um einen Rotvogel, der mit einer bösen Augenverletzung hergebracht worden war. „Was wird nun aus dem Weib?", wollte sie wissen.

Peter schnappte sich den Hund, nahm ihm das Sitzholz ab und drehte sich ihr zu. „Immergrün"? Er trat näher heran. „Sieht nicht so aus, als könne man sie wieder auswildern. Das rechte Auge ist hin."

Maries Mundwinkel hoben sich amüsiert. „Oh, sie hat schon einen Namen."

Spitzbübisch lächelnd zuckte er die Schultern.

„Dann kommt sie also in die Auffangstation", erneut warf sie einen Blick auf den Habicht. „Schade um den Vogel", murmelte sie teilnahmsvoll. „Ich muss los Peter, bis dann. Komm Primel."

„Gute Besserung Marie", rief er ihr nach.

Es hatte aufgehört zu schneien, doch die dicke, noch immer schneelastige Wolkendecke verwehrte jeden Blick auf den Himmel. Feiner Nebel zog auf, dünn und durchscheinend hüllte er die winterliche Landschaft ein und verlieh der Marie sonst so vertrauten Umgebung ein mystisches Flair. Diese verwunschene Zeit barg einen besonderen Zauber in sich, der die Landschaft zu dieser Stunde des Tages unwirklich erscheinen ließ.

Marie war eine ganze Weile in Gedanken versunken durch den Park gestreift und seltsamerweise tatsächlich wieder auf dem kleinen Pfad neben dem Birkwildgehege gelandet. Sie stand einige Zeit einfach da und ihr war fast, als sähe sie einen wehenden Pelzumhang im Nebel verschwinden. *‚Du träumst schon …'*

Seufzend überquerte sie die kleine Brücke des Sees und Primel, mittlerweile müde geworden, folgte ihr träge. Sie nahm den Welpen kurzerhand auf den Arm, für ihn war es ein sehr aufregender Tag gewesen.

Erneut blieb sie stehen und schaute noch einmal zurück, doch der dichter werdende Nebelschleier bedeckte den Pfad.

30. Julmond 434

Frithjof stand unschlüssig – gegen eine Buche gelehnt – in der Abenddämmerung, nur einen Steinwurf von dem Hünengrab entfernt. Er müsste schon längst auf dem Heimweg sein. Der Wald war um diese Zeit des Tages tückisch, das Rudel Wölfe jagte noch immer in diesem Landstrich und in der Dunkelheit lauerten mitunter noch andere Gefahren.

‚Sie wird kommen …, sie muss kommen.' Er glaubte fest daran. Ganz fest. Sie würde sich für ein Leben an seiner Seite entscheiden. Alles andere er-

schien ihm undenkbar. Die Vorstellung, sich jetzt von diesem Ort zu trennen, vermittelte ihm ein Gefühl des Verlustes. Es glich einem Abschied, und der Gedanke daran wühlte ihn auf und war ihm zuwider. Er mochte sich einfach nicht von diesem Ort abwenden. Was wenn sie plötzlich die Zeit durchschritt und er wäre nicht hier?

„Frithjof", raunte eine Stimme leise hinter einigen Bäumen hervor.

Wachsam wandte er sich um und das erheiterte Gesicht seines Freundes tauchte vor ihm auf. „Teutobald, was tust du hier?"

„Ich suche dich. Und was tust du hier?"

‚Erwischt ...'

„Herumstehen", dabei verzog er keine Miene.

„So." Teutobalds Grinsen reichte von einem Ohr zum anderen. „Herumstehen. Mitten im Wald. Einfach so", er nickte wissend.

Frithjof schwieg. Äußerlich war er die ungetrübte Gelassenheit, doch im Grunde brauchte er seinem Freund nichts vorzumachen.

„Dein Vater schickt mich, er ist besorgt", im Nähertreten legte er seinen Kopf schief und blieb zwei Schritte vor ihm stehen. „Er befürchtet, du könntest dem wahnwitzigen Gedanken verfallen, nicht ohne dieses Mädchen sein zu wollen." Aus dunkelblauen Augen betrachtete er ihn abschätzend. „Womöglich ihre Welt als deine neue Heimat annehmen."

Frithjof, der sich wieder lässig gegen den Baumstamm lehnte, linste seinen Freund durch einige Haarsträhnen, die sein Gesicht zum Teil verbargen, an. „Wie kommt er nur auf solch einen albernen Gedanken?", fragte er leise, mit düster klingender Stimme.

„Vielleicht weil er – wie wir alle – die Magie zwischen dir und Mariella sieht. Es ist dieses besondere Band zwischen euch, was ihn durchaus erfreut, jedoch nicht minder beunruhigt."

Verwundert wölbte er die Augenbrauen und in den darunterliegenden Augen flimmerte ein sanftes Leuchten. Seine Mundwinkel kräuselten sich, ganz eben nur, doch das kleine lausbubenhafte Lächeln konnte er nicht verbergen. Sein Schweigen dauerte noch einige Augenblicke und Teutobald nahm es gelassen hin.

„Ist es so offensichtlich?", fragte er endlich, wenn auch zögerlich.

Teutobald lachte gedämpft. „Oh ja Frithjof. Glaube mir, das ist es. Nichts war je deutlicher." Er legte ihm eine Hand auf die Schulter. „Doch nun komm. Ich bin mir sicher, dass du auf sie wartest, doch es ist unwahrscheinlich, dass sie heute noch kommen wird. Die Rauhnächte sind noch nicht vorüber, der Zauber hält noch an."

Silvester 2009

Lissi plagte das schlechte Gewissen. Sie fühlte sich ganz elend dabei. Ihre Impulsivität brachte ihr manches Mal auch nur Ärger. Dabei war es im Grunde die Sorge um Marie gewesen, die sie zu solch einer Zicke mutieren ließ.

Sie lag im Bett, las in ihrem Vampirroman und schaute nebenbei Dick und Doof im Fernseher. Seit Stunden schon war sie wach und fand einfach nicht wieder in den Schlaf. Mittlerweile war es acht Uhr morgens, doch so früh aufstehen mochte sie auch nicht.

Die Eindrücke der vergangenen Tage hatten ihre Psyche arg strapaziert und das Abschalten war ihr kaum möglich. Perkenheim besuchte hartnäckig ihre Träume, sodass sie den Schlaf schon fürchtete. Sie schämte sich dafür. Was war ihr denn schon großartig geschehen? Nichts. Nichts wirklich Tragisches. Dennoch packte sie immer wieder aufs Neue das Entsetzen. Himmel. Wie musste sich da Marie erst fühlen? Welche Ängste musste sie ausgestanden haben?

Sie las die Seite mittlerweile zum dritten Mal und bekam immer noch nicht mit, was der schöne Vampir gerade trieb. Verflucht. Lissi griff nach ihrem Handy und rief kurzerhand ihre Freundin an. Marie war mit Sicherheit schon unterwegs und kontrollierte ihre Fallen. Wurde Zeit, dass sie ihrer Freundin auch eine Freundin war.

*

Primel saß unbeholfen und schüchtern auf dem Beifahrersitz des kleinen Pritschenwagens, während Marie durchs Gehege fuhr. Sie durfte zwar noch nicht arbeiten, doch ihre Fallen hatte sie heute selber kontrolliert und diesmal auch gesichert, denn wenn sie heute Abend feiern würde, bräuchte sie sich darum wenigstens morgen keinen Kopf machen. Die Durchlauffalle am Hünengrab hatte sie sich für den Schluss aufgehoben, und während sie nun den Wagen stoppte, kraulte sie den kleinen Hund und sprach beruhigend auf ihn ein.

„Komm Primel", sie nahm sie auf den Arm, stieg aus und stellte sie auf dem Boden ab. „Na lauf." Trödelnd bog sie um die Ecke des Birkwildgeheges. Zwar war es noch recht dunkel, dennoch tat sich das Hünengrab durch die dicke Schneeschicht auf dem Deckstein deutlich hervor. Marie schaute gar nicht erst hin, sondern schritt zügig daran vorbei und steuerte auf ihre Falle zu. Sie fühlte ein sanftes Flattern in der Magengegend und wurde nervös. *‚Wie albern ..., nur weil du in der Nähe bist.'*

Mit der Taschenlampe beleuchtete sie die Signalstange, die noch an ihrem Platz war, und lockte daraufhin den Hund zu sich. Sie wollte vermeiden, dass er in die Röhre lief und die Falle auslöste. „Primel", rief sie und pfiff leise. Die kleine Jagdhündin wackelte freudig näher und Marie, die noch immer kein Halsband für sie hatte, nahm sie auf den Arm und hielt sie fest, während sie die Falle sicherte.

Leises Vogelgezwitscher kündigte den Sonnenaufgang an und der Horizont färbte sich bereits orangerot. Marie ließ den Hund erneut laufen und betrachtete einige Zeit versonnen das Hünengrab.

‚Wie gern wäre ich jetzt bei dir ...' Aufgeregt trat sie näher und mit jedem Schritt, den sie sich näherte, steigerte sich auch ihre Nervosität. Sie würde auf gar keinen Fall hineingehen. Nein! Sie wollte einfach nur einen Moment bleiben und sich den Sonnenaufgang anschauen.

Mit den Händen schob sie die Schneeschicht beiseite und setzte sich auf den Deckstein. Hier fühlte sie sich Frithjof augenblicklich viel näher

Mit klammen Fingern zog sie ihren iPod aus der Jackentasche, steckte sich die Kopfhörer in die Ohren und wählte ein Stück von Livingston aus. Unterdessen trollte Primel fröhlich im Schnee umher und Marie beobachtete sie dabei. Sie stellte die Musik leise, um noch andere Geräusche wahrnehmen zu können. Für alle Fälle. Sie war wachsamer geworden.

Die Zeit verstrich und mit jeder Minute manifestierte sich das orangerot des Himmels leuchtender, fing sich in den Wolken und ließ sie rosaviolett schimmern. In der Ferne glitzerten die Häuserdächer des Ortes – geziert von Raureif – und die kalte Luft dampfte bei jedem ihrer Atemzüge.

Gebannt sah Marie zu, wie der Tag erwachte und erlebte ganz bewusst diesen Moment, ließ sich von der Musik in ihren Ohren betören und mitreißen.

Und ihre Emotionen schwappten förmlich über. Ihr war, als spüre sie Frithjofs Wärme, seine zaghafte Berührung, seine Nähe, seine Lippen. Als kitzele sein wilder Duft sie in der Nase, als streife sein warmer Atem ihre Haut. Es trennte sie nur ein Wimpernschlag und doch war seine Zeit so fern.

Fremd. Unwirklich. Uralt.

Morgen schon wäre diese verwunschene Zeit womöglich vorüber. Aus der Zauber. Schluss mit der Magie zwischen den Jahren. Lebt wohl ihr Germanen.

‚Que te vaya bien, Frithjof …'

….And still I'm losing you …, klagte Beukes Willemse's wunderbare Stimme in ihren Ohren.

Still saß sie da. Aufgewühlt und verstört. Ihre kleine beschauliche Welt hatte Risse bekommen und offenbar ließen die sich nicht so einfach kitten.

‚Verdammt …' Sie sprang von dem Steingrab herunter. Sie musste weg hier. Jetzt. Sofort.

„Primel", rief sie und ihre Stimme klang dabei schrill. Zielstrebig lief sie auf ihre Mule zu, nahm den Hund hoch, hüpfte hinein und gab Gas. Sie schaute nicht zurück.

*

Das Handy summte in ihrer Tasche, unwillig stoppte sie den Wagen und zog es hervor. *‚Lissi … oh je. So früh? Ist doch gar nicht ihre Zeit.'*

„Hallo Lissi", meldete sich Marie knapp.

„Guten Morgen. Alles klar? Geht es dir gut? Bist du schon unterwegs? Hast du Lust mit mir zu frühstücken?"

‚Immer so viele Fragen auf einmal …'

„Ja", beantwortete sie alle gleichzeitig.

Lissi überlegte kurz. „Fein. Treffen wir uns bei dir, in … sagen wir einer Stunde? Ich bringe Brötchen mit."

„Gut. Bis dann." Doch das hörte Lissi schon nicht mehr, sie hatte bereits aufgelegt.

Ein Eichhörnchen huschte vor ihrem Wagen über den Weg und Primel reckte freudig den Hals, sie sprang auf und stützte die Vorderpfoten auf das Armaturenbrett. Wedelnd stand sie da und ihr Hals wurde immer länger.

„Nein." Marie zog den Hund wieder auf den Sitz und schwupp, da saß sie auch schon auf ihrem Schoß. Sie musste sich das Lachen verkneifen. „Nein", energisch schob sie Primel auf den Beifahrersitz. Ihre aufgeweckten grünen Augen sahen sie fragend an. Jetzt lachte Marie doch. *‚Schön dich zu haben, kleiner Germanenhund …'*

*

„Hallo!", flötete Lisette, als sie das Wohnzimmer betrat. Geschmeidig, mit der Brötchentüte wedelnd, durchquerte sie den Raum, hüpfte die Treppe hinunter und blieb verdutzt stehen. „Oh."

„Hey", rief Marie, die die Kaffeemaschine befüllte, und warf ihrer Freundin einen bewundernden Blick zu. Wieder einmal war sie total chic und schön. So wie immer.

Primel schien irritiert, da Lissi nur so dastand und sie anstarrte. Leise knurrend trat sie zaghaft einen Schritt näher.

„Mensch Lissi, jetzt sag' dem Hund endlich Hallo. Das ist Primel", rief sie lachend, während sie zwei Tassen, gefüllt mit cremigem Kaffee, auf den Tisch stellte.

Lissi hockte sich hin, streckte beide Hände aus und die Hündin flog ihr, jetzt hocherfreut, in die Arme. Sie drückte sie an sich und knuddelte sie heftig. „Ohoho."

Marie verdrehte die Augen. Ihre Freundin neigte zu sehr zum „Eititei", wie ein richtiges Mädchen. „Bitte verwöhne sie nicht gleich wieder. Und sie kommt nicht auf den Schoß", stellte sie klar.

„Ach, nun sei doch nicht so", kicherte ihre Freundin.

„Doch. Ich meine das ernst."

Lissi setzte sich hin, den Hund noch immer im Arm und grinste sie an. „Nur ganz kurz."

„Nein."

Enttäuscht seufzend stellte sie den Hund auf seine Füße und zupfte ihr die flusigen Haarsträhnen. „Also. Woher kommt dieses bezaubernde Geschöpf so plötzlich?"

„Es war ein Geschenk."

Lissi kniff die Augen zusammen und wartete auf mehr Informationen.

Marie blickte sie an und seufzte. „Es war ein Geschenk von Frithjof."

„Boh ey", staunte Lissi.

„Ja", nickte sie zustimmend und öffnete die Brötchentüte. Das duftig warme Aroma der knusprigen Rundstücke schlug ihr entgegen und ließ ihren Magen laut aufknurren. „Mhmm."

„Du hast einen Hund aus der Steinzeit?" Lissi glotzte den Hund an.

„Nein. Spätantike."

Ihre Freundin winkte ab. „Ach. Diese Feinheiten." Sie riss ihren Blick von dem Hund los und musterte stattdessen Marie. „Du hast ihn also noch einmal gesehen?"

„Ja", sagte sie reserviert und schnitt einige Scheiben von der Wildschweinsalami ab.

„Und?"

Marie stellte sich dumm. „Und was?"

Lissi ließ sich dadurch nicht beeindrucken. „Und?"

„Nichts und!"

„Oh Marie! Sei, verdammt noch mal, nicht so stur." Lissi knallte ihre Hand auf den Tisch, wobei ihre Tasse klirrte. „Ihr habt euch verabschiedet und das war's jetzt? Ernsthaft?"

„Wir haben uns nicht verabschiedet." Marie biss in ihr Brötchen.

„Ihr seht euch wieder?" Lissis Augen wurden immer größer.

„Nein." Sie sagte das so lässig, doch es fühlte sich ganz anders an. Es fühlte sich falsch an. Dieses Wort erschien ihr so inhaltslos. Illusorisch. War jetzt wirklich alles vorbei und das Leben ging wie gewohnt weiter? *‚Ja! Finde dich damit ab ...'*

Lisette fixierte ihre Freundin einen Moment, griff dann über den Tisch hinweg ihre Hand und drückte ganz eben nur ihre Finger. „Ich kann nicht glauben, dass du das so locker wegsteckst."

Marie schwieg. Was sollte sie auch sagen.

„Tut mit leid das ich gestern so eine Ziege war. Ich war besorgt", lächelnd schüttelte sie den Kopf. „Außerdem bringt mich Kjelt völlig durcheinander. Man, dieser scharfe Typ weiß einfach nicht, wie er mit dir umgehen soll und löchert mich andauernd."

„Hm", Marie kaute gänzlich unbeeindruckt ihr Brötchen.

„Ja. Hm." Lissi fischte sich ein Croissant aus der Tüte. „Flirte mit ihm, lass dich von ihm bezirzen. Das bringt dich auf andere Gedanken."

„Was?", bestürzt zog sie die Augenbrauen hoch und ihre Stirn wurde dabei ganz runzelig. „Lisette!", nachdenklich legte sie ihr Brötchen beiseite. „Die vergangenen Tage, diese vermaledeiten Rauhnächte, haben mein Leben total auf den Kopf gestellt. Ich wurde verprügelt, bedroht, beinahe umgebracht. Ich bin knapp, ganz knapp nur, einem Psychopathen entkommen und mein Hund wurde getötet. Und das alles in einer Zeit, die seit über einem Jahrtausend nicht mehr existiert", sie raufte sich die Locken. „Ich kann nicht einfach abschalten und so tun, als wäre alles in bester Ordnung", sie seufzte. „Frithjof war immer da. Für mich. Er war an meiner Seite. Und wenn nicht er, so war es sein Freund Teutobald, der mir half. Wie soll ich denn das so einfach vergessen können und zur Tagesordnung übergehen", fügte sie leise hinzu und blickte in die hellgrauen Augen ihrer Freundin. „Ich mag Kjelt, sehr gerne sogar. Er ist einfach toll. Nur im Moment, befürchte ich, würde ich es mir mit ihm nur verderben, was wirklich schade wäre." Angespannt strich sie sich über die Augen. „Ich bin momentan die totale Spaßbremse."

Lissi hüllte sich einige Zeit in Schweigen, doch dann huschte ihr ein freches Grinsen übers Gesicht. „Kein Mensch sagt heute noch – vermaledeit –, Süße. Nur damit du es weißt. Und jetzt gib es zu. Sag es ..., Kjelt ist echt heiß!"

„Ja. Kjelt ist sogar megaheiß."

„Das finde ich auch und glaube mir, jemandem wie ihm begegnet man nicht alle Tage auf dem Hümmling", lächelnd lehnte sie sich vor.

„Einem Frithjof begegnet man auch nicht alle Tage auf dem Hümmling", flüsterte Marie.

Lissi stützte ihre Ellenbogen auf dem Tisch ab und legte den Kopf in ihre Hände. „Das ist wahr. Frithjof ist besonders", sie seufzte. Plötzlich wurde Lissi ernst. „Ach Marie, ich mag mir gar nicht ausmalen, was dir alles zugestoßen ist. Diese ganzen Verletzungen und ...", sie stockte, „und morgen ist es vorbei?"

„Ich denke schon. Zumindest für die kommenden neunzehn Jahre."

„Du magst ihn sehr, nicht wahr? Mehr als du dir selbst eingestehen willst", fragte sie vorsichtig.

Marie erhob sich rasch, ging zur Kaffeemaschine hinüber und tat sehr geschäftig, und Lissi war im selben Moment klar, dass sie keine Antwort auf ihre Frage bekäme.

„Aber ihr werdet euch wiedersehen. In neunzehn Jahren", versuchte sie einzulenken. Primel stellte die Vorderpfoten an ihren Oberschenkel und mit einem Griff zog Lissi den Hund auf ihren Schoß. „Mensch, dann sind wir alt und grau", sie seufzte schon wieder und pflückte dabei an Primels flusigen Fellsträhnen.

„Lass das nicht deine Mutter hören und setz gefälligst den Hund wieder auf die Erde."

Der Gong an der Tür unterbrach das Gespräch und Marie schlenderte überrascht zur Tür, nur um nach dem Öffnen noch überraschter zu sein.

„Guten Morgen, Hauptkommissar Teegler und das ist meine Kollegin Brach", stellte der Mann sich und die Frau vor, die mit gezückten Ausweisen vor der Tür standen. „Sind Sie Mariella Fernández Lünshof?"

„Guten Tag", begrüßte sie die Polizisten in Uniform und nickte verblüfft. „Ja, die bin ich."

„Dürfen wir hereinkommen? Wir hätten da ein paar Fragen?", bat der Mann und sein Tonfall deutete an, dass er ein Nein nicht akzeptieren würde.

„Natürlich. Kommen Sie rein." Sie ließ sie eintreten und ging dann voraus in die Küche, wo sie ihnen einen Kaffee anbot, den sie freundlich ablehnten. „Das ist meine Freundin Lisette Van Dahl", stellte sie Lissi, die mächtig verwirrt ausschaute, vor. „Bitte setzen Sie sich doch."

„Holländerin oder Französin?", fragte Teegler, betrachtete sie eingehend und fragte sich, warum zwei so offensichtlich verschiedene Mädchen wohl miteinander befreundet waren. Ein Modepüppchen wie sie konnte doch eigentlich mit einer Jägerin – wie er vermutete – nicht viel gemeinsam haben.

„Weder noch. Mein Vater ist Belgier, daher der Name", verwundert kniff sie die Augen zusammen.

Primel fegte durch die Küche und beäugte die Fremden misstrauisch, sie wollte schon losbellen, doch Marie packte sie und legte sie neben ihrem Stuhl ab. Was dem Hund ganz und gar nicht gefiel.

„Und Sie?", richtete er sich an Marie.

Fragend schaute sie zurück.

„Ihre Nationalität?"

„Ach so. Ich bin Spanierin."

„Aha." Er nickte und seine Kollegin machte sich derweil Notizen. „Mich verwundert, ehrlich gesagt, Ihr Doppelname", gab er liebenswürdig zu.

Marie besah den Mann skeptisch, entschied sich dann aber dafür, ihm erst einmal seine Fragen zu beantworten. „In Spanien tragen die Kinder den ersten Nachnamen des Vaters und den ersten Nachnamen der Mutter als Familiennamen. Das ist also nicht ungewöhnlich."

Er nickte lächelnd. „Gut. Sie wurden vorgestern wegen einer Verletzung ins Sögeler Krankenhaus gebracht. Wegen einer Pfeilverletzung. Richtig?"

„Äh. Ja." Marie hob verblüfft die Augenbrauen. *‚Madre de Dios…, deshalb seid ihr hier?'*

„Wie kam es zu der Verletzung?"

‚Shit …' Sie wechselte einen Blick mit Lissi und wusste einfach nicht, was sie dazu sagen sollte. Das Schweigen hielt an und der gute Kommissar wurde merklich ungeduldig.

„Das war meine Schuld", platzte Lissi heraus. „Ich habe den Pfeil auf Marie geschossen. Wenn auch unbeabsichtigt."

Marie sagte nichts, doch ihre bernsteinfarbenen Augen wurden immer runder. Unruhig rutschte sie auf ihrem Stuhl herum, was den Hund dazu brachte, aufzustehen.

„Es war ein Unfall", behauptete Lissi.

„Hmhm. Ist das so?", meinte der Polizist und ließ keinerlei Regung erkennen.

„War mein erster und letzter Versuch mit dieser Waffe", sagte sie und wurde tatsächlich auch noch verlegen.

‚Du bist so was von ausgebufft, Lissi …'

„Deshalb sind Sie hier?", fragte Marie vorsichtig.

„Und Sie?", wandte er sich ihr zu und überging damit ihre Frage. „Kennen Sie sich im Umgang mit Waffen aus?"

„Äh. Ja. Im Rahmen der Jagdausübung schon."

„Und das heißt was?", fragte er ernst.

„Ich kann mit den Waffen, die für die Jagdausübung erlaubt sind, umgehen", entgegnete sie leicht verärgert. „Darf ich fragen, warum Sie das interessiert?"

„Nun", begann Teegler, „ist Ihnen nicht bekannt, dass Herr Wenzeslaus Lünshof tags zuvor mit einer ganz ähnlichen Verletzung ins Sögeler Krankenhaus eingeliefert wurde?", aus durchdringenden, kühlen Augen sah er sie an.

„Nein", Marie schluckte.

„Er ist doch ihr Onkel."

„Großonkel. Wir haben wenig Kontakt", sie zuckte die Schultern und verkniff sich ein Stöhnen, denn die Bewegung schmerzte ordentlich, doch das wollte sie dem Herrn Polizisten natürlich nicht zeigen. „Ist vielleicht reiner Zufall."

„Zufall?", er strich sich mit zwei Fingern über die Stirn. „Ich glaube nicht unbedingt an Zufälle, aber vielleicht haben Sie ja eine Erklärung dafür, Frau Fernández Lünshof", aufmerksam fixierte er sie. „Ihr Großonkel ließ vorgestern einen Wagen abschleppen, der unbefugt auf seinem Grundstück parkte. Ein Sportwagen, er gehört einem gewissen Moritz Perkenheim. Kennen Sie ihn zufällig?" Er betonte das letzte Wort besonders.

Lissi sog scharf die Luft ein.

„Nein", Marie schüttelte langsam den Kopf. *‚Ich weiß, wer er war aber ich kannte ihn nicht …'*

„Jedenfalls, nachdem der Abschleppdienst den Wagen auf seinem Gelände abgestellt hatte, ist ein anderer Fahrer wohl etwas ungeschickt mit seinem LKW dagegengefahren, wodurch die Kofferraumklappe aufgesprungen ist", ernst schaute er immer noch auf Marie. „Der Fahrer wollte sie wieder schließen, doch das Heck des Sportwagens hatte sich bei dem Aufprall verzogen. Er klappte sie ganz auf und entdeckte dabei eine Leiche."

Marie und Lissi schnappten beide hörbar nach Luft.

„Die Leiche eines jungen Mädchens. Groß, schlank, blond", er warf, mit zur Seite geneigtem Kopf, einen Blick auf Lissi. „Wir konnten sie noch nicht identifizieren. Offenbar wird sie nicht vermisst."

„Eine Leiche?", fragte Marie entsetzt und ihre Stimme klang dabei dünn und brüchig.

„Ja, eine Leiche." Sein kühler Blick ruhte auf ihr. „Finden Sie es nicht auch merkwürdig, dass dieses Fahrzeug zufällig bei Ihrem Großonkel vor der Tür stand? Und dass zufällig er wie auch Sie – augenscheinlich unabhängig voneinander – durch einen Pfeil verletzt wurden?"

*

„Sagst du mir jetzt endlich, was da für eine Angelegenheit läuft, Karl?", fragte Matthias ernst. Unterdessen legte er seinem Bauhund, einem kleinen Terrier, einen Sender um den Hals. Sie waren auf dem Weg, ein paar Fuchsbaue zu kontrollieren und standen gemeinsam am Heck seines alten Ladas.

Karl musterte ihn überlegt.

„Heino, du weißt schon, der Polizist, rief mich heute früh an und fragte mich, warum ich an Perkenheim interessiert gewesen wäre. Irgendjemand fand ein totes Mädchen im Kofferraum seines Wagens, den dein Onkel zuvor von seinem Grundstück entfernen ließ."

„Was?" Karl war entsetzt.

„Nun ja, Heino wurde daraufhin hellhörig. Er wunderte sich über mein Interesse und ich wundere mich ehrlich gesagt auch. Denn da ist ja noch der Umstand, dass sowohl dein Onkel Wenz wie auch Marie, eine Pfeilverletzung davongetragen haben", er hielt in seiner Bewegung inne und sah seinen Freund streng an. „Und wenn du mich schon in so eine aberwitzige Chose hineinziehst, wüsste ich auch gerne, worum es eigentlich geht."

Karl fluchte verhalten. „Ich fasse es nicht", er rieb sich gedankenvoll über die Stirn. „Tut mir leid, Matthias. Ich konnte nicht ahnen, dass es zu solchen Verwicklungen kommt", er schüttelte den Kopf. „Himmel, was für ein Mist."

„Ja. Was für ein Mist", sagte Matthias grimmig.

Raoul fuhr mit lautem Wummern vor und parkte neben Karls Wagen. Er war spät dran und sprang heraus, doch als er ihre düsteren Mienen erblickte, blieb er abrupt stehen. „Was ist jetzt wieder passiert?"

Sein Onkel schaute verwundert, ob dieser Frage, auf.

„Perkenheim", knurrte Karl.

„Man, der ist doch tot. Was kann der jetzt noch für einen Ärger machen?"

„Was? Wie, er ist tot?", Matthias starrte von einem zum anderen. „Hey Jungs. Was ist hier los?"

Raoul und Karl wechselten einen intensiven Blick, in dessen Anschluss Raoul nur leicht mit den Schultern zuckte. Karl senkte den Kopf, vergrub die Hände in seine Hosentaschen und verharrte so einen Augenblick. „Matthias, das ist eine wirklich bizarre Geschichte, in die wir da geraten sind und ich vermute fast, du wirst mir nicht ein Wort glauben ..., nun sei's drum."

Matthias lehnte sich gegen seinen Wagen und lauschte, sichtlich verblüfft, Karls Worten. Zwischendurch fügte Raoul noch das ein oder andere hinzu, wodurch sich Matthias' Gesichtszüge nur noch mehr verspannten.

„Das ist doch nicht euer Ernst?", fragte er matt und sah von einem zum anderen, nachdem sie geendet hatten. „Karl, du alter Schurke! Raoul! Dass ihr mir so etwas verheimlicht, ist ja wohl unmöglich. Da erlebt ihr so ein beeindruckendes Abenteuer und erzählt mir nichts davon", enttäuscht schüttelte er den Kopf.

Das betretene Schweigen, welches daraufhin einsetzte, hielt einige Minuten an. Bis Karl endlich gestand: „Ich wollte dich da nicht mit hineinziehen."

„Na toll", sagte er erbost, „ich stecke ja wohl mittendrin."

Wieder setzte Schweigen ein und wurde nur durch das leise, aufgeregte Winseln des Terriers unterbrochen.

„Ach, was soll's. Kommt", rief Matthias zerknirscht, „lasst uns erst mal einen Fuchs flottmachen. Ärgern kann ich mich auch später."

*

Marie betrachtete den Polizisten kühl. Anfänglich nervös geworden, war sie jetzt verärgert und fühlte sich in die Enge getrieben. Sie hatte, verdammt noch mal, nichts getan und würde sich auch, verdammt noch mal, jetzt nicht schuldig fühlen.

Dieses Monster Perkenheim hatte ihren Hund umgebracht, hatte sie und ihre Freunde bedroht, er hatte Frithjof verletzt und auch den Habicht. Er hatte offenbar ein Mädchen getötet und er hätte auch sie getötet, wären ihr nicht zwei fremde, freundliche Menschen zu Hilfe gekommen. Er war der Üble, das personifizierte Böse. Nicht sie.

‚Verfluchter Perkenheim! Verfolgst mich noch immer …'

Marie konnte nicht lügen, es lag ihr einfach nicht im Blut. Verdrießlich lehnte sie sich nun vor und schaute dem Mann geradewegs ins Gesicht „Tatsächlich klingt es merkwürdig, wenn Sie die Fakten so zusammenfassen. Doch ich kenne Perkenheims Wagen nicht und weiß auch nicht, was es damit auf sich hat. Oder wollen Sie etwa behaupten, ich hätte mit der Leiche zu tun? Tja, und was meine Pfeilverletzung angeht, steht sie in keinerlei Verbindung mit diesem Kerl und auch nicht mit meinem Großonkel."

Teeglers prüfender Blick ruhte auf ihr und seine Kollegin machte sich emsig Notizen.

‚Ob sie wohl alles wörtlich mitschreibt?'

Er wandte sich Lissi zu. „Frau Van Dahl, gehört Ihnen der Pfeil sowie der Bogen, mit dem Sie Ihre Freundin verletzten?"

„Nein", erwiderte sie prompt.

„Sondern?"

„Meinem Onkel." Und sie wurde nicht mal rot dabei. Doch sie wusste auch, dass er tatsächlich eine derartige Waffe besaß.

„Und wer ist Ihr Onkel?"

„Matthias Brantbur."

„Ach. Der Name kommt mir bekannt vor. Ist er nicht für den Landkreis tätig?" Teegler wunderte sich ganz offen und die Haut seiner Stirn legte sich dabei in Falten.

Lissi nickte eifrig. „Ja, das ist er."

Er schwieg einige Sekunden und schaute sie abschätzend an, nickte dann entschlossen seiner Kollegin zu und erhob sich. „Ich danke Ihnen für Ihre Mitarbeit", er reichte beiden die Hand „und wünsche Ihnen einen guten Rutsch."

Marie erhob sich ebenfalls, doch er winkte ab. „Machen Sie sich keine Mühe, wir finden selbst hinaus."

Sie blieben starr zurück und warteten, mit angehaltenem Atem, auf das sich schließende Geräusch der Haustür, doch bevor eine von ihnen etwas sagte, sprang Lissi auf und linste die Treppe hoch, ob sie auch wirklich fort waren.

„Heilige Scheiße", rief sie aus, „in was für einen Mist sind wir denn da jetzt geraten. Mann, oh Mann, oh Mann!", sie plumpste in ihren Stuhl. „Eine Leiche?", starr blickte sie auf ihre Freundin. „Marie. Eine Leiche! Dieser Scheißkerl verfolgt uns. Ich habe wegen ihm schon Albträume ..., jetzt noch dieses tote Mädchen ..., groß, schlank, blond! Heilige Scheiße!" In ihre sonst so melodische Stimme färbte sich ein weinerlicher Klang, sie fuhr sich mit der Hand übers Gesicht und atmete tief durch. Einmal, zweimal, dann wurde sie ruhiger und mit einem Mal reckte sie das Kinn. „Ich werde heute Abend jede Menge Schampus in mich hineinkippen und so tun, als ob mich das alles gar nichts angeht", der fassungslose Ausdruck ihrer grauen Augen sprach Bände. „Diese Tage zwischen den Jahren haben es aber auch gehörig in sich, Süße."

„Ja! Ein Schock jagt den nächsten", murmelte Marie und schüttelte sich. „Mein Leben war noch nie so spannend. Dabei mag ich es eigentlich ganz gern ruhig und beschaulich", stöhnend erhob sie sich. Ihre Schulter schmerzte höllisch vom steifen Sitzen auf dem Stuhl. Sofort hüpfte Primel nach Aufmerksamkeit haschend um sie herum, nur war Marie gedanklich gerade viel zu abgelenkt, um darauf einzugehen. Sie holte sich ihr Antibiotikum aus dem Küchenschrank, goss ein Glas Wasser ein und spülte die Arznei damit herunter. „Ich muss Karl anrufen", stellte sie leise fest und machte sich auf die Suche nach ihrem Handy.

*

Absolute Lautlosigkeit beherrschte den winterlich verschneiten Wald und sie standen ruhig, mit der Flinte in der Hand, jedoch nicht weniger angespannt, um den Fuchsbau positioniert und warteten.

Es handelte sich um einen recht großen Bau mit elf Ausgängen und die kleine Terrier-Hündin namens Foxdevilbella, kurz Bella gerufen, machte ihren Job. Und sie machte ihn gut. Hin und wieder hörten sie sie bellen, anscheinend brachte sie ordentlich Unruhe in den Bau. Der Fuchs ahnte wohl schon die Gefahr, die über der Erde auf ihn lauerte, und wollte den Bau nicht verlassen.

Da klingelte Karls Handy. Er hatte schlicht vergessen, es lautlos zu stellen und fing sich ein paar böse Blicke ein. Das war ihm noch nie passiert. Für gewöhnlich achtete er peinlich genau auf diese Details. Zerstreut suchte er in den Taschen seiner Jacke nach dem klingelnden Etwas und wurde zusehends unruhiger.

Raoul verdrehte die Augen, schüttelte den Kopf und wechselte einen verschmitzten Blick mit Matthias. Das war's dann wohl. Der Fuchs würde jetzt garantiert nicht mehr springen. Schade, wo sich die kleine Bella doch so ins Zeug legte.

Als Karl endlich sein Handy fand, klingelte es auch nicht mehr. Reumütig zuckte er mit den Schultern und gab den beiden per Handzeichen zu verstehen, dass er sich vom Bau entfernen würde. Vielleicht kam der Fuchs ja, wenn er den Eindruck gewann, dass sich die Gefahr außerhalb des Baus entfernte, doch noch hervor. Matthias – die Ruhe selbst – nickte ihm zu. Sie würden auch zu zweit klarkommen.

Raoul grinste nur, er selbst war ein guter Schütze und routinierter Baujäger. Seit vielen Jahren schon begleitete er seine Freunde Jobst und Rüdiger im Winter, beides eingefleischte Baujäger. Wobei, richtig spannend wurde diese Jagdart eigentlich erst in den letzten Januartagen, bis gut Mitte Februar. Dann begann die heiße Phase der Paarungszeit, die wohl erfolgreichste Zeit in der Baujagd. Sie waren ein junges Team, wobei Jobst, der auch den Hund führte – einen Terrier namens Rakete – mit seinen siebenundzwanzig der Älteste von ihnen war. Oberstes Gebot am Bau war Ruhe. Absolute Ruhe. Das erhöhte die Chancen für den Hund, und der Hund machte wahrlich einen harten Job. Nichtsdestotrotz war Rakete mit so viel Passion bei der Arbeit, dass es ihnen eine wahre Freude war, mit ihr zu jagen.

Tja, und bei solch einer Jagd, es war seine erste Baujagd in diesem Winter, traf er Hjalmar, einen Arbeitskollegen von Rüdiger. Seit diesem Tag – heute war es bereits der dreiunddreißigste – stand sein Leben Kopf. Von einem Augenblick zum anderen. Nichts war mehr wie zuvor. Und seit genau vier Tagen nun, wartete er auf eine Nachricht von ihm. Nichts. Keine SMS, kein Anruf. Keine Reaktion. Das war bitter.

Es dauerte keine zehn Minuten, da lugten überraschenderweise die Ohren des Fuchses aus einem Gang hervor, gerade mal fünfzehn Meter vor Raouls Nase. Vorsichtig, im Zeitlupentempo, wagte er sich zentimeterweise weiter. Bella hatte anscheinend so viel Dampf im Bau gemacht, dass er es nun doch vorzog, das Weite zu suchen und den unterirdischen Schutz zu verlassen.

Bewegungslos harrte Raoul aus, gab ihm Zeit, sich noch weiter vorzutasten. Er wartete. Und der Rotrock ebenso. Der sicherte, witterte, zog sich kurz zurück und plötzlich spurtete er los.

Blitzschnell zog Raoul, die Waffe im Anschlag, mit und Bauz, es knallte heftig. Getroffen. Doch er nahm sich noch einmal auf. Bauz, diesmal schoss Matthias und just in dem Moment sauste Bella aus dem Bau, stürmte zu dem Fuchs und packte ihn an der Gurgel. Doch der Fuchs war längst tot.

„Waidmannsheil!" Matthias kam strahlend näher. „Das hat ja doch noch geklappt", er hockte sich zu seiner Hündin und lobte sie ausgiebig.

„Ich dachte eigentlich auch, dass das nichts mehr wird. Kommt doch immer anders, als man denkt", erwiderte Raoul zufrieden.

*

Karl steckte hier am Waldrand, wo er zuvor seinen Wagen geparkt hatte, offenkundig in einem Funkloch und brauchte eine gefühlte Ewigkeit, um überhaupt ein Netz zu bekommen, doch ständig brach es wieder zusammen. Er lief ein Stück den Weg hinunter und endlich bekam er Marie an die Strippe. In dem Moment vernahm er das Knallen.

„Oh, Waidmannsheil gehabt?", fragte sie am anderen Ende der Leitung.

„Hört sich so an. Hoffentlich. Ich hab' den Jungs beinahe die Tour vermasselt. Das heißt, eigentlich warst du es ja", neckte er sie. „Also, was gibt's?"

„Die Polizei war da", erwiderte sie knapp.

„Ah. Klingt nicht wirklich erfreulich. Okay. Ich komme jetzt nach Hause, dann reden wir ...", war alles, was er sagen konnte, da war die Verbindung auch schon wieder weg.

Zügig lief er zurück zu seinem Wagen und sah schon von Weitem, wie Matthias mit Foxdevilbella und Raoul mit dem Fuchs in der Hand aus dem Wald heraustraten. Freudig winkte er ihnen zu. „Waidmannsheil!", rief er.

Raoul lachte. „Waidmannsdank." Sie kamen näher. „Hast uns ja doch nicht alles vermasselt."

„Jaja. Lästere du nur", er suchte in den Taschen seiner Jacke nach dem Autoschlüssel. „Ich muss jetzt leider los. Die Polizei war gerade bei Marie und ..., Mist. Mensch, ich muss erst noch fix einkaufen für heute Abend. Die Geschäfte machen gleich zu."

„Wieso?", fragte Matthias mit runzeliger Stirn. „Du bist doch heute Abend bei uns."

Karl sah seinen Freund scheel an. „Hm. Nein. Nicht so wirklich. Später vielleicht", er fuhr sich verlegen mit der Hand über den kurzen Bart. „Ich habe deine Schwester heute Abend zum Essen eingeladen."

Raoul schmunzelte, doch Matthias klappte der Mund auf und seine Augen wurden rund und riesig. „Marlene? Du hast tatsächlich mit ihr gesprochen? Du hast sie gesehen und ihr habt geredet? Und du hast sie zum Essen eingeladen?" Ihn noch immer anstarrend schüttelte er den Kopf. „Es geschehen noch Wunder!", er lachte laut heraus. „Mensch Karl. Ich fasse es nicht."

Karl wurde verlegen, was eigentlich nicht unbedingt typisch für ihn war und Raoul beobachtete dies erstaunt.

Matthias knuffte seinen Neffen in die Seite. „Die brauchen unsere Hilfe gar nicht."

„Sieht wohl so aus."

Karl kniff misstrauisch die Brauen zusammen. „Was soll das heißen?"

„Die U2 Karte, für das Konzert. Wir haben Mami ebenfalls eine geschenkt."

„Oh, hm. Ganz schön clever." Er grinste verhalten und kratzte sich am Kinn. „Ja nun. Jedenfalls muss ich jetzt los."

„Einkaufen?", fragte Matthias verschmitzt.

„Ja, das auch, aber vor allem muss ich zu Marie."

„Mach dir keinen Kopf." Matthias nickte Raoul, noch immer grinsend, zu. „Wir fahren zu Marie, so kannst du in Ruhe einkaufen, um meine kleine Schwester heute Abend mit einem hoffentlich gelungenen Menü zu verzaubern und ihr gehörig den Kopf zu verdrehen."

*

Raoul kraulte Primel, mit der er zusammen vor dem Kamin hockte, das wuselige Haupt. Er war fast ein bisschen neidisch. Einen Jagdhund, vor allem so einen aus alter Zeit, hätte er auch gerne. Zuvor hatte der Welpe sich ein paar stürmische Anschnauzer von Bella eingefangen und war jetzt auffallend kusch.

Matthias hingegen saß am Tisch, seiner Nichte gegenüber, und starrte sie einigermaßen fassungslos an. „Was habe ich eigentlich Schlechtes getan, dass ihr mich alle in so eine verrückte Geschichte hineinzieht, die ich bis vor zwei Stunden noch gar nicht kannte." Kopfschüttelnd lehnte er sich in seinem Stuhl zurück.

„Tut mir leid, Matthias", verlegen klimperte Lissi mit ihren grauen Augen. „Das kam mir ganz spontan über die Lippen, ... einfach so. Ich konnte Marie doch nicht hängen lassen."

„Jaja, du und deine Impulsivität, ehe man sich versieht, hat man plötzlich eine Leiche an den Hacken. Du bist echt gefährlich, meine Liebe, weißt du das eigentlich"?

Marie prustete los, stöhnte jedoch sofort scharf auf. Abrupte Bewegungen bekamen ihr im Moment ganz und gar nicht. Lissi dagegen klappte beleidigt den Mund zu, während Raoul – mit Primel im Schlepptau – zum Tisch herüberkam und sich neben seinen Onkel setzte.

„Was machen wir nun?", fragte er gleichmütig und schaute dabei in die Runde.

Lissi schwieg und es sah auch nicht so aus, als wenn sie in nächster Zeit noch etwas sagen würde.

„Vielleicht sollten wir uns mit Onkel Wenzeslaus absprechen", schlug Marie vor. „Schließlich werden sie ihn sicher noch einmal befragen."

Matthias beugte sich vor, kniff die Augen so weit zusammen, bis sich eine dicke Falte zwischen ihnen bildete, und legte sein Kinn auf die Fäuste, während er seine Ellenbogen auf den Tisch stützte. „Nein", sagte er kurz darauf bestimmend. „Ich werde mit Heino reden. Nur werde ich nicht umhin kommen, ihm einen Teil der Geschichte zu erzählen", er schaute auf Marie. „Nur so viel, dass es erklärt, dass wir alle eigentlich nichts damit zu tun haben. Macht euch keine Gedanken, Kinder, da kriegen wir schon einen Dreh dran." Er setzte sich aufrecht hin. „So, und jetzt will ich einen guten Cognac auf diese ganze Aufregung am letzten Tag des Jahres." Augenzwinkernd wandte er sich an Marie. „Den besonders guten Cognac bitte, den Karl in der hintersten Ecke seines alten Wohnzimmerschrankes versteckt hält."

*

Nachdem Lissi sich verabschiedet hatte, allerdings erst nachdem Marie hoch und heilig versprach, sie gegen acht Uhr am Abend abzuholen, blieben Marie und Raoul, mit den mittlerweile drei Hunden, in der Küche zurück.

Karl, der zwischenzeitlich heimgekommen war, hatte sich mit Matthias und dem guten Cognac ins Wohnzimmer verdrückt.

„Das ist wirklich ein wunderschönes Geschenk, das dir Frithjof da gemacht hat. Ich bin beeindruckt." Sich ein paar Haarsträhnen hinter die Ohren klemmend, beugte er sich näher zu ihr. „Frithjof ist etwas Besonderes", meinte er leise.

„Verdammt noch mal", ranzte sie ihn an und sprang von ihrem Stuhl auf.

Verblüfft stierte Raoul zu ihr hoch und beobachtete, wie sie umständlich die Kaffeemaschine quälte.

„Warum müsst ihr mir das alle immer wieder unter die Nase reiben. Ich weiß es selber", sie ließ beschämt ihre Schultern sacken. „Nur zu genau." Reglos stand sie da mit gesenktem Kopf und Raoul, der sich lautlos von seinem Stuhl erhoben hatte, näherte sich ihr langsam. Er umfasste ihre Taille – so wie schon einige Tage zuvor – und zog sie vorsichtig an sich. Sein Kinn auf ihre linke Schulter legend, flüsterte er: „Marie, tut mir leid. Doch ich sehe deinen Kummer sehr genau ... und ich kann es nachfühlen."

Sie entspannte sich in seinen Armen und atmete hörbar aus. „Ich fühle mich schrecklich." Tatsächlich weinte ihre Seele. „Als hätte ich einen Teil von mir verloren und ihn in der anderen Welt zurückgelassen." Sie schmiegte ihren Kopf gegen seine Wange. „Es fühlt sich so falsch an."

Still ruhten sie in ihrer Umarmung, bis er sanft seinen Kopf zurückzog und ihr rau ins Ohr flüsterte: „Vielleicht ist die andere Welt ja genau die richtige für dich." Sie spürte das feine Beben seines Körpers, als ein lautloses Lachen ihn erschütterte. „Vertraue auf dein Bauchgefühl. Höre auf deine innere Stimme", mit einem tiefen Atemzug sog er ihren blumigen Duft ein. „Nur dann triffst du die richtige Entscheidung."

„Er wartet auf mich", wisperte sie.

„Hm. Nun, es hätte mich auch gewundert, wenn er bereit wäre, in dieser Welt leben zu wollen. Das wäre undenkbar, eigentlich sogar unmöglich", er drückte sie ein wenig fester an sich. „Es wäre auch nicht richtig."

Die Hunde um sie herum lärmten und jagten sich gegenseitig quer durchs Haus, der Welpe wiegelte die beiden anderen auf und war die pure Freude.

„Lass dich nicht beirren, Marie. Jetzt zählt nicht die Meinung der anderen, nicht Lissis, nicht Kjelts, nicht meine und im Grunde auch nicht Karls. Es ist dein Leben und du musst tun, was du für richtig hältst."

‚Aber ich weiß einfach nicht, was ich für richtig halte …' Sie löste sich aus seiner Umarmung und wandte sich ihm zu. Lächelnd strich er über ihre Wange.

„Ich muss los, Luder vergraben. Heute Abend will ich ansitzen. Das Wetter ist gut, es ist Vollmond, was will ich mehr." Sekundenlang heftete sich der Blick seiner warmen braunen Augen auf die ihren. Liebevolle Zuneigung spiegelte sich in ihnen und er spendete ihr Trost.

„Machs gut Marie", flüchtig drückte er ihre Hand.

„Machs gut Raoul."

*

Einige Zeit nachdem Raoul gegangen war, betrat Karl die Küche. Er war guter Stimmung, gleichwohl diese durch seine Sorge um Marie gehemmt wurde. Er beschloss, sie damit nicht übermäßig zu belasten. „Wie fühlst du dich? Was macht die Schulter?", wollte er wissen.

Marie, die dabei war das Hundefutter zu bereiten, sah sich um. „Es geht schon. Hier und da zwirbelt es noch, aber es könnte schlimmer sein."

„Ich glaube, wegen der Polizei solltest du dir nicht allzu viele Gedanken machen. Das kriegen wir schon hin. Und außerdem hast du schließlich nichts ausgefressen. Außer hin und wieder einen Ausflug in die Spätantike zu unternehmen, doch das müssen wir ja nicht jedem auf die

Nase binden", sagte er gelöst und blinzelte ihr zu. Er öffnete den Kühlschrank und holte einen kleinen Rehrücken hervor. Marie stellte vor Primel einen Napf ab und lehnte sich gegen die Küchenarbeitsplatte. Der Welpe mäkelte mit dem angefeuchteten Trockenfutter, doch der Hunger war genügend Antrieb für ihn, um es letztlich doch zu fressen.

„Hm. Wir werden sehen." Sie beobachtete, wie Hummel neidisch den Napf belauerte und sich näher schlich. „Irgendwie ganz schön gruselig, dass bei Onkel Wenz tagelang eine Leiche vor der Haustür parkte."

„Nicht nur irgendwie. Das ist hypergruselig, vor allem wenn ich daran denke, dass ich mehrfach an diesem Wagen vorbeigelaufen bin." Er legte den Rücken auf ein großes Brett und begann, ihn vom Knochen zu lösen. „Möchtest du nachher mit Marlene und mir zusammen essen?"

Marie grinste ihn an. „Nein!", sie kicherte. „Ich gehe lieber auf eine Party."

„Okay. Dann zaubere ich für dich vorher eine Kleinigkeit."

*

Jose Carreras „Granada" donnerte aus den Boxen, während Karl in der Küche – dem Duft nach zu urteilen – ein wahres Meisterwerk kreierte. So gelöst hatte Marie ihn lange nicht gesehen und sie freute sich für ihn.

Nach der Fütterung hatte sie mit den Hunden einen Spaziergang gemacht. Primel war jetzt satt und müde und brauchte dringend ein Nickerchen, sie dagegen brauchte jetzt ganz dringend eine Dusche.

Das Duschen gestaltete sich allerdings schwieriger als gedacht mit der Verletzung, da diese ja nicht nass werden durfte. Die meiste Zeit vertrödelte sie aber vor dem Kleiderschrank. Entschied sich nach einer gefühlten Ewigkeit für eine schwarze, sehr enge Lederhose und eine grüne Seidenbluse. Rundete das Ganze mit einem schwarzen Gürtel, auf dessen Schließe ein dickes Hirschgeweih prangte, und einer kleinen goldenen Halskette, mit einem eingefassten Fuchszahn als Anhänger, ab. Dazu noch eine schwarzgrün melierte, kurze Tweedjacke und dunkle Stiefel. Das musste reichen. Ihr Magen knurrte und wenn sie noch was essen wollte, musste sie sich jetzt sputen.

„Hey, du siehst toll aus", rief Karl, als sie die Küche betrat.

„Danke. Das riecht ja ganz schön lecker hier", entgegnete sie lachend und schielte in den Backofen. „Was kochst du Feines?"

„Hm, es gibt einen kleinen Avocadosalat mit Rehfilet als Vorspeise, einen Rehrücken mit Wildpreiselbeeren in Blätterteig als Hauptgang, dazu einen guten St. Emillion, und ein Apfelparfait mit Calvadoscreme als Nachtisch."

Marie starrte ihn verblüfft an und schluckte. „Wow." Allein der Gedanke ließ ihr schon das Wasser im Munde zusammenlaufen.

„Und für dich gibt es jetzt ... aber erst nachdem du dich gesetzt hast", er zog einen Teller hervor und stellte ihn vor sie auf den Tisch. „Eine Folienkartoffel mit Bärlauchcreme, Salat und", er zückte eine Pfanne vom Herd, „Rehrückensteaks." Er stellte die kleine, noch sehr heiße Pfanne auf einem Untersetzer vor ihrem Teller ab. „Bon Appetit."

„Mhm, Karl du bist unglaublich." Sie aß mit Genuss und sie plauderten indessen, ganz bewusst, nur über Belanglosigkeiten.

„Kümmerst du dich zwischendurch um Primel?", fragte sie ihn im Gehen.

Grinsend zuckte er die Schultern. „Klar."

„Fein. Also dann", sie wollte sich schon abwenden, doch Karl ergriff ihre Hand und zog sie in seine Arme.

„Alles Gute Marie", sagte er leise und drückte sie.

„Alles Gute Karl."

Lächelnd hielten sie sich noch für einen kurzen Moment mit den Blicken fest, nachdem sie sich aus ihrer Umarmung lösten.

Als sie das Haus verließ, schmetterte Jose gerade inbrünstig „Und es blitzten die Sterne" und sie blieb vor der Tür stehen und schaute zum Nachthimmel. Die Sterne blitzten tatsächlich, der Mond leuchtete hell und klar als runde Scheibe am Firmament. Die Luft war kalt und eine kristallklare, wunderbare Nacht umgab sie.

*

Die Party war bereits in vollem Gange, als Lissi und sie endlich ankamen. Die laute Musik ließ den Boden unter ihren Füßen beben, flackernde bunte Lichter blendeten sie und nahmen ihnen die Sicht, wodurch sich, zwischen all den wippenden und tanzenden jungen Leuten, kaum die gesuchten Gesichter erkennen ließen. Lissi zappelte gleich fröhlich mit, während sie sich einen Weg durch die Menge bahnte und Marie folgte ihr einfach.

Plötzlich fühlte sie ein paar Hände an ihrer Taille und drehte sich überrascht um. Kjelt strahlte sie an, mit einem jungenhaften aber ebenso herausfordernden Lächeln. „Hallo. Da bist du ja", seine Augen funkelten übermütig.

„Hey", sie lächelte zurück. Sein Duft hüllte sie ein und benebelte ihre Sinne. Sie kannte sich nicht aus mit Herrendüften, aber dieser hier war berauschend.

„Schön dich zu sehen, Marie." Er streifte sie mit seinem Blick und sein Lächeln wurde noch spitzbübischer. „Gut siehst du aus", er nickte anerkennend. Der DJ spielte eine Melodie von OneRepublic ein und die Tanzfläche füllte sich. Kjelt zog sie kurzerhand in die Menge. Und Marie war viel zu verdattert, als dass sie sich hätte wehren können, doch eigentlich wollte sie es auch gar nicht.

‚Flirte mit ihm, lass dich bezirzen ...', klangen ihr Lissis Worte in den Ohren.

Und Kjelt gab sich sichtlich Mühe. Er setzte alles ein, was er hatte und das war verdammt noch mal nicht wenig. Obendrein sah er zum Anbeißen aus. Ganz in schwarz, von seinem locker, aber nicht zu locker sitzenden Hemd, das lässig über die enge Jeans fiel, bis zu seinen coolen Boots.

Sie tanzten und Kjelt besaß ein gutes Gefühl für Musik. Seine Bewegungen waren anziehend, sinnlich und einladend. Immer wieder berührte er sie, kam ihr nahe, so nahe, dass sie seinen Atem auf ihrer Haut spürte. Ihre Schulter schmerzte, doch sie ignorierte es, ebenso wie sie all die anderen Mädchen um sich herum ignorierte, die Kjelt anschmachteten. Himmel, dieser Typ war heiß begehrt und er interessierte sich ausgerechnet für sie. Nicht für irgendeine perfekte Vegetarierin, sondern für sie, Marie, die Jägerin.

Sachte legte er ihr seine Arme um den Hals, während er sich rhythmisch zur Melodie wiegte, zog sie näher, noch näher und sie war seinem makellosen Mund so nah. Er versuchte nichts darüber hinaus. Auch wenn ihre Lippen sich so nahe waren und eine Berührung schon in Aussicht stand, wahrte er diese winzige Distanz. Er flirtete mit ihr, auf eine hinreißend zurückhaltende Art, die ihre Lust auf mehr weckte. Sein Charme tat ihr gut und gefiel ihr noch besser.

Das schöne Musikstück wurde leiser und leiser und endete. Sie standen dicht beieinander mitten auf der Tanzfläche und sein Blick wanderte über ihr Gesicht, ein leichtes Lächeln huschte über seine Züge, wodurch die Grübchen trotz des Dreitagebarts deutlich hervorstachen. Er nahm ihre Hand und zog sie sanft mit sich zur Theke.

Marie holte erst einmal ausgiebig Atem, ihr war ganz schön warm geworden.

„Darfst du überhaupt Alkohol trinken?", fragte Kjelt dicht an ihrem Ohr. „Ich meine wegen der Verletzung. Du nimmst sicher Medikamente."

„Alkoholfreies Bier darf ich", sie lachte ihn beschwingt an und schaute sich suchend nach ihrer Freundin um.

„Hey Marie", hörte sie ihre Stimme hinter sich. „Das ist Gerrit. Er kommt aus Papenburg."

Überrascht drehte sie sich um. „Hallo Gerrit. Was verschlägt dich zu Silvester auf den Hümmling?", fragte sie leichthin.

Er rückte näher und flüsterte ihr ins Ohr: „Die Aussicht, deine Freundin Lissi kennenzulernen."

„Oh." Marie nickte. „Na so was." Sie besah ihn sich genauer, ganz netter Typ, entschied sie, wobei er für ihren Geschmack zu sehr einen auf verwegen machte.

„Hallo Gerrit", grüßte ihn Kjelt und drückte Marie ein alkoholfreies Bier in die Hand. „Brauchst du ein Glas?"

Kopfschüttelnd lehnte sie sich zu ihm. „Woher kennt ihr euch?"

„Durch Tristan", seine Nase streifte ihre Locken. „Du riechst gut", flüsterte er ihr ins Ohr.

Gänsehaut kroch ihr über den Rücken und sie wurde verlegen. „Du auch."

Er lachte leise und tippte ganz eben mit seiner Bierflasche gegen ihre. Ein cooler Song von Empire of the Sun setzte ein und er stellte seine Flasche auf die Theke. „Ich muss mich bewegen. Du machst mich viel zu nervös", bemerkte er schüchtern und steuerte auf die Tanzfläche. Marie blieb verblüfft zurück und sah ihm nach. Sie lehnte sich gegen den Tresen und beobachte ihn, beobachtete seine rhythmischen Bewegungen zum Takt der Musik und ihr blieb beinahe die Spucke weg.

„Habe ich dir nicht gesagt, dass er purer Sex auf Beinen ist?", zischte ihr Lissi ins Ohr.

Er war unglaublich. Und so anziehend. Marie schluckte.

‚*Wow …*' Offensichtlich war sie mit diesem Gedanken nicht allein. Ein paar Mädchen neben ihr kriegten sich bald nicht wieder ein und sie fragte sich, ob er sich dessen tatsächlich nicht bewusst war. Mit geschlossenen Augen bewegte er sich zur Melodie und vermittelte einen entrückten Eindruck. Als gäbe es nur ihn und die Musik.

*

Raoul beobachtete den Fuchs durch sein Fernglas. Die Sicht war heute genial, Mond und Schnee, diese Nacht würde richtig hell bleiben. Der Bursche lief jedoch gute zweihundert Meter von ihm entfernt nach links über den Acker, andererseits kam der Wind gut, sodass er eventuell doch noch die Witterung von dem Luder aufnahm.

Plötzlich fühlte er eine Vibration an seiner Brust. Verblüfft griff er nach dem Handy in seiner Jackentasche und schaute darauf. Eine SMS war eingegangen und neugierig las er den Absender.

„JA!", rief er laut und sprang so stürmisch auf, dass die Kanzel ins Schwanken geriet und dabei ordentlich lärmte. „Ja!", rief er noch einmal, jetzt aber leiser und er stieß heftig den Atem aus. Seine Freude war unbändig und er drückte eilig die Taste, um die SMS zu lesen.

Auf welcher Kanzel finde ich Dich? Hjalmar

Aufgeregtes Beben durchfuhr Raoul und schoss ihm bis tief in den Magen. Er setzte sich erst einmal, da ihm die Beine zitterten, und atmete mehrmalig tief durch. Mit klammen Fingern schrieb er eine Nachricht und schickte sie an Hjalmar. Und dann wartete er. Nervös. Aufgeregt. Und er wurde von Minute zu Minute hibbeliger.

Es dauerte keine Viertelstunde, da vernahm er leise Schritte in dem harschen Schnee. Das sachte Knacken klang immens laut in der friedlichen Stille. Und mit jedem dieser Schritte pochte auch sein Herzschlag einige Takte schneller. Er spürte, wie die Kanzel wackelte, als Hjalmar die Leiter erklomm und zählte die Sprossen mit. Die Tür wurde geöffnet und da stand er, dunkel, nur seine Silhouette leuchtete durch den hellen Mond. Die Gesichtszüge waren für Raoul nicht sichtbar, doch er vermutete ein Lächeln.

„Hallo Hjalmar", flüsterte er leise und rutschte ein wenig beiseite, um neben sich auf der Bank Platz zu machen.

„Hey Raoul", er nahm einen kleinen Rucksack von der Schulter und setzte sich neben ihn. Sie sahen sich an und da war es tatsächlich. Ein Lächeln.

„Was hat dich so lange aufgehalten?", fragte Raoul beherzt.

„Der Schnee", sprach der Norweger gelassen. „Ich bin, nachdem ich deine SMS erhalten habe, gleich am nächsten Tag losgefahren, doch ich war mitten in Norwegens Wildnis auf Elchjagd und bin erst heute Morgen hier angekommen." Er seufzte. „Danach brauchte ich dringend ein paar Stunden Schlaf."

„Schön dich zu sehen, Hjalmar."

„Es ist auch schön dich zu sehen, Raoul", mit klarem Blick schaute er ihm in die Augen. „Über deine Nachricht war ich ..., nun ich habe mich ziemlich gefreut", sein Lächeln war schelmisch und spiegelte ehrliche Begeisterung. „Schon als ich fuhr, hatte ich den Gedanken Silvester wieder zurück zu sein, um mit dir diese Nacht zu verbringen. Ich hatte mich nur nicht getraut etwas zu sagen."

„Hm." Raoul nahm seinen Hut ab und klemmte sich mit der linken Hand einige Ponysträhnen hinters Ohr. „Ich brauchte etwas Zeit, um mich selbst zu finden."

Hjalmar griff in seinen Rucksack und fischte eine Flasche Champagner und zwei Gläser heraus. "Und jetzt hast du dich selbst gefunden?"

Raouls zögerndes Lächeln entwickelte sich zu einem schüchternen Grinsen. „Ja. Habe ich. Mich selbst ... und dich", sagte er vorsichtig.

„Wir sollten das feiern. Meinst du nicht auch?", Hjalmar lachte befreit, zwar leise, doch es klang sehr glücklich.

„Und wer von uns fährt?"

„Notfalls nächtigen wir in meinem Wagen. Ich habe in den letzten Tagen häufiger darin geschlafen. Das geht ganz prima."

Neujahr

Silvester 2009

„Gleich ist es soweit", rief Lissi. „Gehen wir schon mal nach draußen?"

Marie nickte, Kjelt besorgte unterdessen Sekt und drückte ihr ein Glas in die Hand. „Ein Glas wirst du dürfen, oder nicht?", fragte er sie umsichtig.

„Sicher. Es ist Silvester."

Draußen tummelte sich schon eine Armada von jungen Leuten. Einige hatten Feuerwerk mitgebracht und sie zählten gemeinsam laut zurück, als sie nur noch wenige Sekunden vom neuen Jahr trennten. „....Drei, zwei, eins, yeehaa..."

Kjelt hielt Marie am Arm. „Ein frohes neues Jahr", flüsterte er kaum hörbar.

„Frohes neues Jahr." Sie wollte schon mit ihm anstoßen, nur Kjelts Blick hinderte sie daran. Er sah ihr fest in die Augen und in seinen schimmerte die tiefe Zuneigung, die er für sie empfand. Er legte eine Hand an ihre Wange, ganz vorsichtig, nicht grob aber gleichwohl bestimmt, und zwang sie, ihn anzusehen. Und dann berührten seine Lippen die ihren. Sanft, mit nicht zu viel Druck und dennoch fordernd. Marie sog seinen Duft ein, sein Mund war so weich und ... warm und ... weich und ... sonst war da nichts. Gar nichts. Kein Funke, der sich entzündete. Nichts.

Irritiert löste sie sich von ihm und starrte ihn an.

Er starrte verblüfft zurück und ließ seine Schultern sacken. „Das hatte ich mir irgendwie anders vorgestellt", er schluckte, senkte seinen Blick und schaute Sekunden später gleich wieder auf.

„Ich mir auch", wisperte sie.

Erstaunt ruhten lange Zeit ihre Blicke aufeinander und da fiel es ihr plötzlich wie Schuppen von den Augen.

Sie war gebunden. Sie war an Frithjof gebunden. Und in diesem Augenblick erfasste sie auch die Bedeutung dieser Verbindung. Selbst wenn sie neunzehn Winter getrennt würden, änderte es nichts. Er war ihr Gefährte. Diese besondere Bindung zog sich durch mehr als ein Jahrtausend und nichts würde sie je schrecken können. Mit den Jahren der

Trennung würde sie vielleicht an Intensität verlieren, doch sie wäre immerfort da.

Marie senkte den Kopf und schloss die Augen. Sie konnte es fühlen. Wie eine innerliche Rebellion tobten ihre Gefühle und wollten ihr den Weg weisen. Als würde sie von einem Faden gezogen, überfiel sie der Drang, jetzt nach Hause zu gehen. Jetzt sofort, bevor es zu spät war.

Sie schluckte, starrte auf ihr Glas und trank es spontan in einem Zug leer. Dann sah sie Kjelt an. „Ich muss jetzt gehen", sie räusperte sich verlegen. „Es tut mit ehrlich leid, Kjelt", sagte sie aufrichtig.

Traurig nickte er und strich ihr mit den Fingerknöcheln über die Wange. „Ja. Mir auch."

„Machs gut", sie beuge sich vor und küsste ihn auf die Wange, stellte ihr Glas auf die Fensterbank und verschwand in der Menge, ohne sich ein weiteres Mal umzudrehen.

Sie hielt Ausschau nach Lissi und fand sie nach wenigen Minuten im Kreise einiger Klassenkameraden, die munter eine Magnumflasche Sekt in der Gruppe kreisen ließen. Von Gerrit war weit und breit nichts mehr zu sehen.

„Hey", rief sie und tippte ihr auf die Schulter.

Lissi drehte sich ihr zu. „Hey. Frohes neues Jahr, Süße", und umarmte sie stürmisch.

„Ja. Dir auch. Ich werde jetzt gehen", sie drückte Lissi innig. „Kümmere dich um Kjelt. Ich denke du bist jetzt genau die richtige Zerstreuung für ihn."

Ihre Freundin schob sie misstrauisch von sich. „Marie! Was ist passiert?" Mit zur Seite geneigtem Kopf musterte sie sie argwöhnisch. „Du machst doch keine Dummheiten oder etwa doch?"

„Nein", sie lachte. „Ganz im Gegenteil. Ich kenne meinen Weg."

Lissi war noch immer skeptisch. „Na gut. Wir sehen uns."

Marie nickte und ging lächelnd davon. *‚Ja irgendwann …'*

„Machs gut Lissi."

*

Offenbar waren Karl und Marlene nicht da, denn sie fand das Haus – bis auf die Hunde, die müde zusammen im Hundekorb kuschelten – leer vor. Vielleicht machten sie einen romantischen Mondspaziergang. Verdient hätten es beide. Es wurde Zeit, dass sie sich endlich wiederfanden.

Eilig huschte sie die Treppe hinauf in ihr Zimmer, zog sich um, nahm sich den großen Reisekoffer vom Schrank und füllte ihn mit all den wesentlichen und auch unwesentlichen Dingen, die sie zum Leben brauchte. Sie packte noch einige Bilder, Bücher, die neue Ausgabe ihres Lieblingsbuches in Spanisch natürlich, ihre Geige und weitere Kleinigkeiten ein. Nahm ihre Fuchsdecke vom Bett und zurrte sie an dem Koffer fest. Unten suchte sie noch ihre Flinte, Munition, und zwei Messer aus dem Waffenschrank, holte ihre Medikamente aus der Küche und suchte dann ihren alten Schlitten im Geräteschuppen.

Nachdem sie alles zusammen auf dem Schlitten verstaut hatte, schrieb sie eine kurze Nachricht an Karl, denn im Grunde hatten sie sich doch eigentlich schon verabschiedet, dachte sie jetzt. *‚Unbewusst habe ich alles vorbereitet …'*

Sie wickelte den Hund in eine ihrer Jacken, legte ihn oben auf das Gepäck, und machte sich auf den Weg. Der Mond erleuchtete in einem kühlen, gleißenden Licht ihren Weg, doch als sie an den Volieren vorbeikam, blieb sie unschlüssig stehen.

‚Immergrün …' Sollte sie sie mitnehmen?

Vielleicht kam das Weib als Beizvogel mit einem Auge klar, einen Versuch war es jedenfalls wert und allemal besser, als ewig ein Dasein in der Voliere zu fristen.

Kurz entschlossen betrat sie das kleine Blockhaus. Sie würde Immergrün nicht einfach auf der Faust tragen können, denn sie war noch nicht ausgebildet und es wäre purer Stress für den Vogel. Also suchte sie einen Karton und pirschte sich dann leise in die Voliere des Habichts. Sie fasste mit beiden Händen von hinten über die Flügel des Greifvogels, der sofort vor Schreck erstarrte, und steckte sie vorsichtig in den Karton. Anschließend löste sie die Langfessel von der Sitzstange und zog diese aus dem Boden.

Sie verstaute den Karton und den Habichtsbogen auf dem Schlitten und war augenblicklich froh darüber, dass Karl sich nie hatte durchringen können, das alte Ding zu entsorgen.

Innerlich fühlte sie mit jedem Schritt, den sie sich näher auf das Hünengrab zubewegte, wie ihre Seele sang, und diese seltsame Empfindung bestärkte sie umso mehr in ihrer Überzeugung, das Richtige zu tun. Ein ganz unwirkliches, eigenartiges Gefühl von Glück durchströmte sie und sie war die Ruhe selbst. Sie kannte ihren Weg. Das war es, was sie wollte. Auch wenn es ein Abenteuer und schwer für sie würde, sich in dieser alten Welt zurechtzufinden, war es doch das einzig Richtige. Und sie wäre nicht allein. Es gab Frithjof. Und es gab seine Sippe.

‚Frithjof …' Jetzt bekam sie doch Herzklopfen. Sie atmete einige Male tief durch, als sie vor dem Steingrab stehen blieb und plötzlich überfiel sie die Panik. Was wenn sie zu spät kam? Wenn der von Drachen bewachte Hünenstein seinen Zauber längst verloren hatte? Unruhig strich sie sich die Locken aus dem Gesicht, hockte sich hin und kroch, den Schlitten hinter sich herziehend, unter den Deckstein.

Sie war noch da, die kribbelnde Magie, die von diesen Steinen ausging, pulsierte ihr bis ins Blut. Eine mächtig Kraft war hier am Werk und schien nur auf sie zu warten.

Oder bildete sie sich das alles womöglich nur ein?

1. Hartung 435

Ein flackerndes Licht, welches Schatten auf den Eingang der Grabstätte warf, ließ sie einen Moment erschrocken innehalten. Misstrauisch und ebenso wachsam schlich sie darauf zu und linste im Schutze der sie umgebenden Dunkelheit daraus hervor.

Ein kleines Lagerfeuer, schon beinahe heruntergebrannt und mehr glühend als Flammen aufwerfend, knisterte vor sich hin.

‚Frithjof! Er wartet tatsächlich …' Langsam trat sie aus dem Hünengrab heraus, ließ ihn dabei jedoch nicht aus den Augen.

Er hatte es sich vor einer stattlichen Buche bequem gemacht. Anscheinend wartete er schon eine Weile auf sie, denn sein Lager wirkte beinahe gemütlich. Umsichtig hatte er zuvor einige Äste vor den Stamm geschichtet und diese dann mit einem Fell abgedeckt, wodurch dieses Polster nun ihm und Vreder Schutz vor der Kälte und dem Schnee bot.

Lässig lehnte er mit dem Rücken gegen den Baumstamm, die Beine übereinandergeschlagen zum Feuer ausgestreckt und lächelte sie lausbubenhaft an. Er hatte die Geräusche aus dem Steingrab, die er so sehnlichst erwartet hatte, sofort wahrgenommen und wäre am liebsten gleich aufgesprungen, doch er zwang sich zur Ruhe. Er wollte sie keinesfalls erschrecken. Jetzt, nachdem sie ihn erkannt hatte, stand er auf und kam näher. „Mariella", flüsterte er sanft und ergriff ihre Hand. „Du bist wahrhaftig gekommen."

„Du hast tatsächlich auf mich gewartet, Frithjof."

Sein Lächeln wurde noch intensiver und er berührte mit der anderen Hand ihr Kinn und strich mit dem Daumen über ihre Lippen. Er zog sie näher zu sich, hob ihr Gesicht und legte seinen Mund auf den ihren. Federleicht. „Komm", flüsterte er, „lass uns heimgehen."

‚Ja! Lass uns heimgehen.'

Epilog

Neujahr 2010

„Und so schließt sich der Kreis", stellte Wenzeslaus besonnen fest. Woraufhin ihn Karl und Albert verwundert in Augenschein nahmen.

„Wie soll ich das verstehen?", fragte sein Neffe verwirrt.

Ein Lächeln huschte über das Gesicht des alten Mannes und er schob die vor ihm stehende Tasse beiseite, um seine Ellenbogen auf den Tisch lehnen zu können. „Nun, unsere Zeit ist schon über viele Jahre mit dieser Fremde verbunden. Genau genommen seit siebenundfünfzig Jahren, als wir unsere Schwester Isadora in dieser Epoche verloren."

„Ihr hattet eine Schwester?" Karl war geschockt.

„Ja Karl", er sprach leise und andächtig. „Isadora ist deine Tante", er wandte sich Albert zu, „und deine Mutter."

„Was?" Albert verlor schlagartig sämtliche Gesichtsfarbe und er starrte ihn mit offenem Mund an. Unruhig geworden, benetzte er seine wulstigen Lippen und schluckte. „Meine Mutter? Soll das etwa heißen, ich stamme aus dieser schrecklichen Zeit?"

„Ja mein Sohn. Als wir neunzehn Jahre nach Isadoras Verschwinden wieder ein Tor fanden, haben wir sie natürlich gesucht. Und bei unseren Nachforschungen trafen wir auf deinen Bruder Adalwolf. In der Spätantike ist dieser Landstrich sehr dünn besiedelt, musst du wissen, und so war es nicht weiter schwierig. Doch Isadora war fort, niemand wusste, wo sie war und so beschloss ich, dich Adalbert, an Kindes statt anzunehmen."

„Adalbert?", er wischte sich nervös über den feuchten Mund und ein trauriger Zug legte sich über seine Miene. All die Jahre wurde er immerzu von dem Gefühl begleitet, dass irgendetwas in seinem Leben anders war. Diese Empfindung war für ihn nur nie wirklich greifbar gewesen.

„So lautet dein Name", er sah ihn bekümmert an. „Und jetzt ist wieder ein Mitglied unserer Familie dortgeblieben. Wenn auch, wie es scheint, aus freien Stücken."

„Wie konntet ihr uns das nur all die Jahre verheimlichen, Wenz?" Karl starrte ihn verdrossen an. Fassungslosigkeit überschwemmte ihn und er fühlte sich innerlich wie zerrissen.

„Dionysius und ich schworen uns damals, kein Wort darüber zu verlieren. Nicht einmal unsere Eltern wussten, wo Isadora geblieben war."

„Aber sie haben doch sicher nach ihr gesucht?", fragte Karl.

„Selbstverständlich", seine Schultern hoben sich leicht. „Irgendwann wurde die Suche eingestellt." Er nippte an seiner Tasse Kaffee. „Dein Vater hingegen hat nie aufgehört, sie zu suchen. Und ich befürchte er sucht sie noch heute."

„Aber wo sollte er nach ihr suchen, wenn nicht hier. Wenn nicht jetzt oder vielmehr, wenn nicht in den vergangenen Tagen?"

Wenzeslaus sah seinen Neffen lange an. Er nippte erneut an dem Kaffee, stellte die Tasse ab und sein Blick wurde ernst. „Karl. Glaubst du denn ernsthaft, dass dein Vater dich und Marie in all den Jahren nur deshalb nicht besucht hat, weil er auf einer Weltreise ist?"

Karls Augenbrauen zogen sich zusammen. „Nun, er hat sich so entschieden und wir bekamen jedes Jahr zu Weihnachten eine Postkarte von ihm."

Wenzeslaus hob eine Augenbraue und seine Augen leuchteten unergründlich. „Und stammen diese Karten auch tatsächlich von ihm?"

„Von wem wohl sollten sie sonst sein? Außerdem weißt du sehr genau, dass sich der Zugang in diese alte Welt nur alle neunzehn Jahre öffnet, Onkel Wenz", bemerkte Karl argwöhnisch.

„Bist du dir da so sicher?"

Glossar

Germanische Ausdrücke

Alben	*Unterirdisch lebende böse Wesen*
Asen	*Kampf-Göttinen*
Asgard	*Wohnsitz der Götter*
Austri	*Osten*
Ernting	*August*
Freyja	*Göttin der Liebenden*
Trugwesen	*boshafte Geschöpfe / Geister*
Jötunheim	*Welt der Riesen / Thursen*
Julfest	*Wintersonnenwende*
Julmond	*Dezember*
Hagzissa	*Hexe, Zaunreiterin*
Hartung	*Januar*
Lenzing	*März*
Met	*Honigwein*
Midgard	*Mittelwelt, Menschenwelt*
Nachtmahr	*Nachtalb, albtraumhafte Gestalt*
Nilfheim	*Nebelwelt*
Nornen	*Schicksalsgöttinnen*
Nordri	*Norden*
Odin	*auch Wodan, Hauptgott der eddischen Mythologie*
Thursen	*Riesen*
Thing	*Versammlung*
Sudri	*Süden*
Utgard	*Welt der Riesen, Zwerge, Alben und sonst. Dämonen*
Wonnemond	*Mai*
Westri	*Westen*
Yggdrasil	*in der germanischen Mythologie verbindet der Weltenbaum die neun Welten*

Spanisch

Cuidate mucho mi carinio	Pass auf dich auf mein Liebling
El cabron	Mist
Maldita la gracia	Das hat gerade noch gefehlt
Madre de Dios	Ach du meine Güte
Monstruo	Monster
Que te vaya bien	Lebe wohl

Ich habe die jagdlichen Ausdrücke möglichst umschrieben, dennoch möchte ich hier einen kleinen Auszug aus der Falkner- und Waidmannsprache vorstellen.

Falknersprache

abtragen	*Gewöhnen an den Falkner*
abspringen	*das von der Faust springen des Beizvogels*
Atzung	*Nahrung des Beizvogels*
aufschirren	*einem Beizvogel Geschüh, Bells, Drahle und Langfessel anlegen*
aufstellen	*einen Beizvogel anschaffen*
Beize	*Jagd mit dem Greifvogel*
Beizvogel	*zur Jagd abgetragener Greifvogel*
Bells	*Glöckchen am Fuß des Beizvogels*
binden	*Festhalten der Beute*
Drahle	*Wirbel, der Geschühriemen und Langfessel verbindet*
Falkner	*Jäger, der mit dem Beizvogel die Jagd ausübt*
fliegen	*(seinen Beizvogel fliegen) fliegen lassen*
Geschüh	*die beiden Lederriemen die der Beizvogel an den Füßen trägt*
Gewölle	*Unverdauliche Stoffe, (Haare, Federn), die der Greifvogel auswürgt*
Habichtsbogen	*gebogene Sitzstange*
kröpfen	*Greifvogel nimmt Nahrung auf*
lahnen	*Bettellaute*

Langfessel	*Lederriemen, um den Beizvogel festzumachen*
Mauser	*Gefiederwechsel*
Nestling	*junger Greifvogel, der ausgehorstet wurde*
Penn	*Feder von Stoß und Schwinge*
Rothabicht	*Habicht im Jugendkleid*
schlagen	*Ergreifen der Beute*
Schmelz	*Exkremente des Greifvogels*
Schiften	*abgebrochene Penn mit Mauserfeder wiederherstellen*
Schwinge	*Flügel*
Terzel	*männlicher Greifvogel*
Vogelhund	*unter dem Beizvogel geführter Jagdhund*

Waidmannssprache

Abbalgen	*Fell abziehen*
Abfangen	*Töten auf kurze Distanz (mit dem Messer)*
Ankirren	*wenig Futter ausstreuen als Lockmittel*
Äser	*Maul*
Balg	*Fell*
Blatt	*vorderer Teil des Rumpfes*
Bockkitz	*männl. Rehkitz*
Branten	*Pfoten (Fuchs)*
Decke	*Haut mit Haaren*
Fallensteig	*mehrere Fallen in einem Revier*
Fang	*Maul*
Fähe	*weibl. Fuchs*
Fangeisen	*Falle*
Fuchshaken	*Reißzähne*
Gehöre	*Ohren*
Gesperre	*Henne mit Küken*
Läufe	*Beine*
Luderplatz	*Köderplatz an dem Lockfutter ausgelegt wird*
Lunte	*Schwanz*
Kette	*Familienverband Rebhühner*
Klagen	*Angstschrei*

Kleines Jägerrecht	*Herz, Lunge, Leber, Milz und Nieren.*
Ranzzeit	*Paarungszeit beim Fuchs*
Ricke	*weibl. Reh*
Schleppwild	*totes Wild, wird für die Jagdhundeausbildung benötigt*
Schmalreh	*weibl. Jährling*
Spießer	*Hirsch mit Spießgeweih*
Sprung	*mehrere Rehe zusammen*
Schwarte	*Haut mit Haaren*
Schweiß	*Blut*
Träger	*Hals*
Trittsiegel	*Schalenabdruck*

Danksagung

Ich habe das Glück, von wunderbaren Menschen umgeben zu sein, die mich mit großer Begeisterung bei diesem Projekt unterstützt haben, und möchte mich bei ihnen bedanken.
Meine Korrekturleserin Irmina Zurlutter, Walter und Liz Kötter, meine Mutter Ingrid und Bianca Grosch.
Besonders danke ich meinem Mann.

Zu guter Letzt möchte ich ein paar Worte an die jungen Menschen richten, die mein Leben über viele Jahre begleitet haben:
Ihr habt mich wahrlich inspiriert!